L'inconnu vénitien

Un regard si troublant

KAT CANTRELL

L'inconnu vénitien

HARLEQUIN

Collection : PASSIONS

Titre original : PREGNANT BY MORNING

Traduction française de CLARISSE ARBEZ

HARLEQUIN®
est une marque déposée par le Groupe Harlequin

PASSIONS®
est une marque déposée par Harlequin.

HARLEQUIN
83-85, boulevard Vincent-Auriol, 75646 PARIS CEDEX 13.
Service Lectrices — Tél. : 01 45 82 47 47
www.harlequin.fr

ISBN 978-2-2803-2932-3 — ISSN 1950-2761

1

C'était le carnaval. Matthew Wheeler se jeta dans l'effervescence des ruelles vénitiennes non pour manger, boire ou faire la fête, mais pour tout oublier.

Des quatre coins du globe, des visiteurs affluaient vers Venise, attirés par la beauté, l'histoire et l'aura de la cité lacustre, mais, dans la foule compacte massée en cet instant sur la Piazza San Marco, personne n'était là pour les mêmes raisons que lui.

Il réajusta le masque qui lui couvrait la partie supérieure du visage. L'accessoire était inconfortable, mais absolument indispensable. Tout le monde autour de lui était déguisé. Certains, comme lui, ne portaient qu'un smoking et un masque, mais beaucoup avaient revêtu des costumes du XVIIIᵉ siècle. De nombreuses femmes avaient ainsi opté pour des robes sophistiquées dans le plus pur style Marie-Antoinette et pour des perruques poudrées agrémentées de plumes, de perles et de diamants. Dans tous les cas, sous le masque s'épanouissait un immense sourire. La seule chose au monde que Matthew ne pouvait faire apparaître sur ses lèvres.

— Suis-moi ! On va retrouver une bande de copains au Caffe Florian ! déclara en le prenant par l'épaule Vincenzo Mantovani, le propriétaire de la maison qui jouxtait la sienne.

— *Va bene*, répondit Matthew.

Sa réponse en italien lui valut un sourire appréciateur de ce Vénitien pure souche qui s'était proposé de le guider dans les méandres du carnaval. Vincenzo était toujours partant pour entraîner son voisin dans toutes sortes d'aventures, du moment qu'elles étaient légères, branchées et un peu déjantées. En un mot, il était le compagnon idéal pour un homme dans les mêmes dispositions, mais ignorant par quel moyen vivre ce type d'aventures.

Matthew aurait tout donné pour oublier Amber, ne serait-ce que quelques heures, mais le souvenir de sa femme ne cessait de le hanter, où qu'il aille, même ici, en Italie, à des milliers de kilomètres du lieu où elle était enterrée.

Vincenzo continuait à lui parler dans son anglais au délicieux accent italien, tandis qu'ils fendaient la foule autour de la Piazza San Marco pour atteindre le Caffe Florian. Là, Vincenzo dut se taire, tant le bruit était assourdissant. Ce qui convenait parfaitement à Matthew qui n'était pas d'humeur disserte. Sans doute n'était-il pas pour Vincenzo le compagnon idéal que ce dernier était pour lui.

Comme beaucoup de Vénitiens, Vincenzo était très accueillant. Il s'était immédiatement rapproché de ce voisin qui vivait seul dans le fastueux *palazzo* qui jouxtait le sien — pour reprendre les mots de Vincenzo, même si Matthew ne pouvait nier qu'il y avait un peu de vrai dans cette description élogieuse. Matthew avait arraché *in extremis* ce palais donnant sur le Grand Canal à un prince arabe qui le convoitait aussi. Il l'avait offert en cadeau de mariage à Amber. Mais sa femme et lui n'étaient jamais venus en Italie au cours des onze mois qu'avait duré leur mariage. A l'époque, accaparé par son travail, il avait pensé qu'ils avaient toute la vie pour en profiter…

Maintenant, il était trop tard.

Il avala une gorgée du cappuccino que son nouvel ami avait réussi à obtenir du serveur débordé. Il devait vraiment faire l'effort de se montrer un peu plus gai, songea-t-il. Et pour cela, il devait arrêter de penser en permanence à Amber. Elle aurait détesté le voir dans cet état. Depuis des mois, il essayait désespérément de passer à autre chose, sans grand succès. Son objectif, ce soir, était d'oublier son deuil et de se comporter comme un être léger, frivole, sans attaches et sans responsabilités. Bref, de se glisser dans l'atmosphère fantasque et hédoniste du carnaval.

Or la tâche n'était pas mince quand on était un Wheeler.

A la suite de son père et de son grand-père, Matthew avait, avec son frère, assuré le développement florissant de l'entreprise familiale Wheeler Family Partners, société texane spécialisée dans l'immobilier d'entreprise depuis plus d'un siècle et désormais évaluée à plusieurs centaines de millions de dollars. Jusqu'à la mort de sa femme, puis celle, subite, de son grand-père, Matthew avait toujours cru que la force de la volonté et le stoïcisme avaient raison de tout. A tort, comme il l'avait appris à ses dépens. Le chagrin qu'il avait éprouvé après ces deux décès presque concomitants avait été si violent qu'il n'avait pas vu d'autre solution que de fuir.

Oui, il s'était enfui, purement et simplement. Et il lui fallait désormais trouver l'énergie de revenir à Dallas, à la vie qu'il avait laissée derrière lui et redevenir l'homme qu'il avait été jusqu'alors.

Les plages paradisiaques du Mexique ne lui avaient pas donné le moindre indice de la manière dont il pouvait recoller les différents morceaux de cette vie qui avait subitement volé en éclats. Son excursion au Pérou, en haut du Machu Picchu, non plus. Il en était juste ressorti exsangue. Quant aux noms des différentes destinations de rêve où il s'était ensuite rendu, ils s'étaient tout simplement effacés de sa mémoire.

Un mois plus tôt, il était arrivé à Venise. Et pour le moment, c'est là qu'il comptait vivre.

Aux environs de 23 heures, Vincenzo entraîna une centaine de ses amis et connaissances, dont Matthew, chez lui pour un bal masqué. Les ruelles et venelles empruntées ne permettaient qu'à quelques personnes d'avancer de face, aussi le lieu des réjouissances, fastueusement illuminé, bruissait-il déjà de rires et de conversations lorsque Matthew y parvint, tandis que sa propre demeure était plongée dans le silence et l'obscurité.

Il tourna résolument le dos à ce spectacle déprimant et

gravit les marches qui menaient à l'entrée dérobée du palais de Vincenzo.

Sur le seuil, un serviteur costumé le débarrassa de son manteau. Sur une immense table ancienne, au centre de l'entrée, trônait une coupe de verre remplie de numéros de téléphone portable griffonnés.

— C'est une soirée portable.

Une voix singulièrement rauque avait prononcé ces mots, et il se retourna pour en découvrir quel en était l'auteur.

C'était une femme. Masquée, bien évidemment, et qui portait une robe de dentelle exquise sur une multitude de jupons. Son décolleté était beaucoup moins plongeant que celui des autres femmes qu'il avait côtoyées ce soir, mais son regard fut comme aimanté par la poitrine de l'inconnue. Confus, il détourna bien vite les yeux et aperçut alors deux ailes argentées, semblables à celles d'un papillon, dans le dos de la fine jeune femme.

— Ma surprise était donc si évidente ? demanda-t-il en se forçant à regarder son interlocutrice dans les yeux.

Elle sourit.

— Vous êtes américain…

— Est-ce la raison pour laquelle je ne saurais pas ce qu'est une soirée portable ?

— Non, si vous l'ignorez, c'est plutôt parce que vous êtes un tout petit peu moins écervelé que les gens qui se trouvent ici…

Elle connaissait donc les invités réunis ce soir-là. Mis à part Vincenzo, qui au demeurant avait disparu, Matthew ne connaissait personne.

Mais ce drôle de petit papillon de nuit était une première rencontre intéressante.

La majeure partie de son visage était dissimulée par le masque, à l'exception notable de sa bouche maquillée de rose. Des cheveux bouclés aux nuances de caramel blond tombaient en cascade sur ses épaules dénudées.

Elle était d'une beauté stupéfiante…

Quant à sa voix… elle était sensuelle et profonde, avec des intonations rauques, voire éraillées, qui le faisaient tressaillir.

Voilà peut-être que se présentait enfin l'occasion tant attendue de se changer les idées.

— Vous avez piqué ma curiosité. J'avoue ne pas savoir ce qu'est une soirée portable. Voudriez-vous bien éclairer ma lanterne, histoire que je ne meure pas idiot ?

— Oh ! c'est simple, observa-t-elle avec un léger haussement d'épaules. Les femmes déposent leur numéro de téléphone portable dans cette coupe. Les hommes en prennent un au passage. Et voilà. Mise en relation immédiate.

Vincenzo avait une manière un peu surprenante de faire la fête…, songea Matthew qui ne put s'empêcher d'ajouter :

— Vous parlez d'une relation !

— Vous n'allez donc pas pêcher l'un de ces numéros dans cette coupe à la fin de la soirée ?

Question piège ! Le Matthew raisonnable d'autrefois aurait évidemment répondu avec la plus grande fermeté qu'il en était absolument hors de question. Ce genre de marivaudage était plutôt l'apanage de son frère Lucas. Dans une vie antérieure, du moins. Car, par un bizarre retournement de situation, son frère était désormais marié, tandis que lui s'initiait aux soirées portable.

Matthew n'avait toutefois aucun des talents de séducteur de son frère. S'il savait négocier l'achat d'un gratte-ciel dans le centre-ville de Houston ou évoluer dans les cercles très fermés de la haute société de Dallas, au petit jeu de la séduction, particulièrement en tant que jeune veuf de 32 ans, il était totalement dépassé.

Lorsque Matthew avait fui Dallas, il avait caressé l'espoir de devenir aussi libre et insouciant que Lucas avant sa rencontre avec sa femme Cia. Avec pour seule boussole son plaisir, Lucas passait alors de conquête en conquête, sans se préoccuper le moins du monde des conséquences de ses actes. Tout le contraire de Matthew, qui, comme son père et son grand-père avant lui, avait recherché une compagne avec qui fonder une famille. Or, une fois celle-ci trouvée, le rêve avait volé en éclats.

Il enviait vraiment son frère.

Et justement, en pareille situation, qu'aurait fait Lucas ?

— Mmm... Ça dépend. Est-ce que vous y avez déposé le vôtre ? demanda Matthew en désignant la coupe.

— Non, ce n'est pas mon style, répondit la jeune femme avec un rire rauque.

Etrangement, cette réponse suscita chez lui un sentiment paradoxal de soulagement et de déception mêlés.

— Ce n'est pas le mien, non plus, si ça peut vous rassurer, même si, dans ce cas précis, j'aurais sans doute fait une exception.

Un large sourire s'afficha sur les lèvres de la jeune femme qui se rapprocha dans un bruissement de soieries, lequel n'était pas sans évoquer le frôlement des ailes d'un papillon.

Elle se pencha vers lui et murmura de sa drôle de voix éraillée :

— Moi aussi...

L'instant suivant, elle s'était envolée.

Il la regarda virevolter dans la grande salle de bal du palazzo de Vincenzo et disparaître dans la foule.

Quelle sensation étrange que de se sentir ainsi, en un instant, envoûté par une femme, ou plus précisément par le son d'une voix.

Devait-il la suivre ?

Comment ne pas le faire, alors qu'elle venait si clairement de lui dévoiler son inclinaison pour lui ?

Peut-être sa réponse n'était-elle qu'une manière aimable de le quitter, une forme de badinage qu'il ne devait pas prendre au sérieux.

Il pesta intérieurement.

Il y avait bien trop longtemps qu'il ne s'était prêté au jeu de la séduction ! Il en avait oublié toutes les règles. Mais il était à Venise, pas à Dallas, et il avait changé.

Il n'y avait plus de règles.

Il emboîta donc avec détermination le pas de la femme aux ailes de papillon.

La musique électronique avait beau détonner avec les danseurs en costume du XVIIIe siècle, personne ne semblait en faire grand cas. Tout le rez-de-chaussée du palazzo s'était métamorphosé en immense piste de danse, mais nulle part Matthew ne discernait trace de la mystérieuse femme aux ailes de papillon.

Tout à coup, un scintillement argenté attira son regard, et il entraperçut le bout de ses ailes alors qu'elle disparaissait dans une autre pièce.

Il entreprit de se frayer un chemin entre les danseurs, à la poursuite de la première femme qui ait retenu son attention au cours des dix-huit derniers mois.

Lorsqu'il s'immobilisa sur le seuil de la pièce où elle s'était échappée, il la vit, à quelques pas d'un groupe de personnes dont le regard était rivé à un spectacle qu'il ne discernait pas. Et tout à coup, il eut la certitude qu'elle se sentait aussi seule que lui au milieu de cette foule compacte.

Des amateurs de tarot s'étaient regroupés autour de Mme Wong. Evangeline La Fleur n'avait aucun goût pour la cartomancie, mais, ce soir, elle avait du temps à perdre… Alors pourquoi pas ?

Elle s'approcha, mais tout à coup elle eut la sensation nette que quelqu'un l'observait.

Le type de l'entrée.

Leurs regards se croisèrent de nouveau, et elle sentit un délicieux frisson la parcourir. Il y avait quelque chose de troublant dans la manière qu'il avait eue de lui parler. Comme s'il s'intéressait vraiment à ce qu'elle disait.

Or, dernièrement, peu de monde avait prêté attention à ce qu'elle pouvait dire, mis à part bien sûr si elle répondait à cette question honnie : « Mais qu'allez-vous donc faire maintenant que vous ne pouvez plus chanter ? » Autant lui demander de se prononcer sur ce qu'elle ferait une fois dans la tombe…

Le smoking du type de l'entrée était bien coupé et laissait entrevoir, sous l'étoffe, un corps bâti à la perfection et, pour tout dire, assez tentant.

Comme par un fait exprès, la musique se tut lorsqu'il s'avança vers elle, sans un regard pour le reste de la salle. Il ne la quittait pas des yeux, et cette marque appuyée d'attention n'était pas sans effet sur elle. Elle se sentait littéralement fondre.

Pour éviter de n'en rien laisser paraître, elle se força à soutenir son regard.

Allez, viens, beau gosse…

Le fait qu'il porte un masque n'était pas pour lui déplaire. Et encore moins le fait qu'il ne puisse pas savoir qui elle était. Au fond, cette attirance qu'elle éprouvait était en partie due à l'anonymat de leur rencontre, un contexte qui ajoutait du piment à la situation.

Si, quelques semaines ou même quelques jours plus tôt, on lui avait dit qu'elle ressentirait pareille attirance, elle aurait poussé les hauts cris. Mais, à la vérité, cette situation lui plaisait.

A quand remontait sa dernière rencontre avec quelqu'un qui ne savait pas que sa carrière était brisée ? Ou qui ignorait combien de Grammies elle avait remportés pour ses chansons ?

Longtemps, elle avait gravité parmi les stars incontestées de la pop, au point que son prénom suffisait à l'identifier. Pour tous, elle était Eva.

Et puis, tout à coup, elle s'était retrouvée sur la touche, rejetée, parce qu'elle avait eu un problème de cordes vocales.

— Je vous retrouve enfin ! murmura-t-il comme s'il craignait qu'on entende ses paroles. Je commençais à me demander si vous ne vous étiez pas littéralement envolée.

Elle laissa échapper un éclat de rire qui la surprit elle-même. Depuis quelque temps, elle n'avait pas trop le cœur à rire.

— Pas avant minuit ! Ça ne marche pas avant.

— Dans ce cas, j'ai intérêt à me dépêcher.

Ses yeux posés sur elle étaient magnifiques, d'un bleu

intense, absolument pur, qui contrastait avec le velours noir du loup qu'il portait.

— Je m'appelle…

— Non, le coupa-t-elle en posant un doigt sur ses lèvres. Pas de présentation, pas de nom. Pas tout de suite.

Comme il avait entrouvert les lèvres et semblait désireux de mordiller son doigt, elle le retira prestement. Cet inconnu était sans nul doute attirant, mais elle n'avait pas encore tout à fait décidé si elle voulait ou non aller plus loin. Les amis de Vincenzo étaient parfois un peu trop délurés, même pour elle, qui, d'habitude, n'avait pas froid aux yeux.

— Vous cherchez à savoir ce que l'avenir vous réserve, demanda-t-il en désignant d'un mouvement de tête le petit groupe agglutiné autour de Mme Wong.

A cet instant, cette dernière leva la tête et s'adressa à elle.

— Vous, la fille aux ailes de papillon, venez vous asseoir ici !

Sauf à attirer l'attention sur elle, ce qu'elle ne souhaitait pas, Evangeline ne voyait pas comment refuser. Elle s'assit donc en face de Mme Wong, parfaitement consciente de la proximité de la grande main de l'inconnu posée sur le dossier de la chaise, à quelques centimètres à peine de son cou.

Mme Wong lui présenta les cartes pour qu'elle coupe le jeu.

Après la désastreuse opération des cordes vocales qui lui avait coûté la voix, Evangeline avait passé trois mois à la recherche frénétique d'un traitement miracle ou d'un oracle qui lui annoncerait une guérison subite, et elle s'était jetée dans les bras de toutes les voyantes roumaines, de tous les acupuncteurs asiatiques, de tous les rebouteux et charlatans. Bref, elle n'en était pas à sa première séance de tarot et ne s'attendait donc pas à de grandes révélations.

La foule déguisée referma le cercle autour de Mme Wong, lorsque celle-ci commença à étaler les cartes devant elle.

— Vous vivez un grand conflit, n'est-ce pas ?

Ah… pas mal, songea Evangeline qui n'infirma ni ne confirma, attendant la suite de la prophétie.

La vieille femme joua machinalement avec l'un des

nombreux anneaux qui ornaient ses doigts, tandis qu'elle examinait les cartes.

— Vous avez subi une blessure profonde, et vous avez perdu quelque chose de très précieux pour vous.

La main de l'inconnu masqué effleura ses cheveux. Evangeline se raidit sur son siège.

Une blessure.

Oui, elle avait été blessée. Et à plus d'un titre.

— Cette carte…, ajouta Mme Wong en la désignant. Ça m'intrigue… Est-ce que vous cherchez à concevoir ?

— Moi, avoir un bébé ? Loin de moi cette idée ! s'exclama Evangeline.

— Concevoir peut s'entendre de différentes manières, objecta avec douceur Mme Wong. C'est l'étape qui suit l'inspiration. Et vous avez été inspirée. Maintenant, il vous faut passer le cap et donner forme à cette inspiration.

L'inspiration… Elle s'en sentait bien dépourvue actuellement.

Elle sentit sa gorge se nouer douloureusement. Les chansons qui, depuis sa plus tendre enfance, jaillissaient à tout bout de champ dans sa tête s'étaient tout à coup tues et, depuis la dramatique intervention chirurgicale, elle n'avait plus composé aucun texte ni aucune mélodie.

Mme Wrong reprit la main étalée devant elle et mélangea de nouveau les cartes.

— Il me faut un autre tirage pour y voir plus clair.

Tétanisée, Evangeline tenta de se reprendre, mais elle sentait sa vision se brouiller et sa gorge se serrer, signe que les larmes n'étaient pas loin.

Elle aurait tout donné pour utiliser un de ces petits gestes ou mots codés auquel elle avait recours pour dire à son agent d'intervenir et de la tirer d'affaire. Chaque fois que les journalistes ou des fans l'avaient mise en difficulté, elle avait prononcé un mot convenu à l'avance avec lui, et il était venu à son secours.

Sauf qu'elle n'avait plus d'agent veillant sans relâche sur elle, plus d'échappatoire non plus. Elle avait été lâchée par tous : son agent, sa maison de disques, ses fans. Comme, avant eux, son père…

— Vous m'aviez promis de danser avec moi ce soir.

L'inconnu lui saisit la main, et l'aida à se lever et à quitter la table.

— Je vous remercie, ajouta-t-il à l'intention de Mme Wong, mais nous avons déjà beaucoup abusé de votre temps et de votre attention pour ce soir. A bientôt et bonne soirée.

Et, sans plus de cérémonie, il l'entraîna loin de la table et des regards curieux.

Lorsqu'ils s'arrêtèrent dans un coin de la grande salle où les danseurs se déhanchaient frénétiquement, son pouls avait un peu décéléré.

— Comment avez-vous fait pour vous en rendre compte ? lui demanda-t-elle.

— Vous étiez tellement raide, tellement silencieuse, je me suis dit que ça suffisait, déclara-t-il simplement.

— Vous avez bien fait, merci.

Une seconde s'écoula et, lorsqu'il fut clair qu'il ne poserait aucune question — ce dont elle lui était infiniment reconnaissante —, elle fit mine de chercher un serveur autour d'elle.

— Je ne sais pas vous, mais moi je boirais bien une flûte de champagne.

En vérité, l'idée de boire la moindre gorgée d'alcool la rendait nauséeuse, mais elle avait besoin d'être seule une seconde afin de reprendre ses esprits.

— Vous ne voulez pas danser d'abord ?

— Non merci, pas tout de suite.

En réalité, avec la migraine qu'elle sentait poindre, elle n'avait qu'une envie : quitter la soirée et battre en retraite dans sa chambre. Sauf que sa chambre était juste au-dessus de la piste de danse et que toutes les autres chambres avaient été investies par des amis de Vincenzo.

— Je reviens tout de suite, lui dit-il. Ne bougez pas.

Il disparut alors au milieu de la foule des danseurs.

Peut-être pouvait-elle discrètement rassembler quelques

affaires et prendre une chambre à l'hôtel Danieli… Elle se ravisa aussitôt. Comme si elle allait réussir à trouver une chambre de libre à Venise en plein carnaval !

Mais son cavalier inconnu était déjà de retour, une flûte de champagne dans chaque main. Elle se força à lui sourire.

Oui, il était beau, sympathique et attirant, mais elle n'était pas assez bien ce soir pour aller plus loin avec lui.

Elle avalait une gorgée de champagne en réfléchissant à une issue lorsque, du coin de l'œil, elle aperçut une vision cauchemardesque.

C'était Rory. En compagnie de Sara Lear.

Bien sûr qu'il sortait maintenant avec Sara Lear.

Le premier album sirupeux de Sara, constitué de chansons d'amour aux arrangements mièvres et aux rythmes convenus, avait fait un tabac à sa sortie et était toujours en tête des ventes.

La starlette ne portait pas de masque, évidemment pour être reconnue. Quant à Rory, il avait également ôté le sien, sans doute pour qu'on sache bien qui était le nouveau compagnon de Sara Lear.

Evangeline avait jeté la bague de fiançailles qu'il lui avait offerte lorsqu'il l'avait quittée juste après l'opération.

Rory et Sara pénétrèrent dans la salle et en prirent littéralement possession, comme s'ils étaient maîtres des lieux. Et pourquoi s'en priver, après tout ? L'un comme l'autre avaient des cordes vocales saines, des carrières bien lancées, des fans et des engagements à la pelle. Six mois plus tôt, auréolée de succès, Evangeline aurait pu être comme Sara Lear au bras de Rory Cartman, béate d'amour et parfaitement aveugle à la cruauté du monde qui porte aux nues de jeunes artistes prometteurs et cloue au pilori de vieilles gloires.

Un accès soudain de migraine la fit plisser des yeux.

Elle avala la dernière gorgée de champagne que contenait encore sa flûte et tenta de trouver une manière de passer devant Rory et Sara sans être reconnue. Elle ne se faisait pas trop de souci pour Sara : elles ne s'étaient jamais rencontrées.

Echapper à la perspicacité de son ex-fiancé, en revanche, était une tout autre affaire.

Inutile d'ajouter qu'il était hors de question pour elle d'essuyer en public les questions et les regards emplis de pitié de l'homme qui lui avait brisé le cœur et de la femme qui l'avait à la fois remplacée dans le lit de son ex-fiancé et en tête du box-office.

— Vous voulez un autre verre de champagne ? lui demanda à ce moment-là l'homme qui l'escortait depuis le début de la soirée.

Rory et sa nouvelle princesse de la pop venaient juste de s'arrêter à quelques mètres de l'alcôve plongée dans la pénombre où elle se trouvait. Elle ne pouvait ni s'échapper ni prendre le risque de rester là, sans écran entre elle et son ex.

Aux grands maux les grands remèdes, songea-t-elle, désespérée.

Elle saisit aussitôt la flute de son interlocuteur, la posa avec la sienne sur une table, saisit le revers du smoking de l'inconnu et l'attira à elle.

A l'instant où leurs lèvres se soudèrent, le nom de Rory Cartman cessa brutalement d'avoir le moindre sens.

2

En un éclair, Matthew sut ce qui allait arriver.

Il n'eut cependant pas le temps de décider si oui ou non il voulait de cette femme dans ses bras. Et, lorsque la jeune femme aux ailes de papillon pressa ses lèvres contre les siennes, tout son corps s'embrasa.

Face à cette situation totalement inédite, il calqua instinctivement sa réaction sur celle que, il l'imaginait, Lucas aurait eue en pareille situation.

Il saisit le visage de l'inconnue dans ses mains, l'inclina et pressa fermement sa bouche sur la sienne. Avec un léger soupir, elle entrouvrit ses lèvres tout en l'attirant vers elle.

Il s'abandonna sans vergogne à ce baiser si intense qu'il ne pouvait plus penser, plus respirer et presque plus tenir debout.

C'était tout bonnement renversant. En même temps, et ce n'était pas le moins choquant, tout cela lui semblait parfaitement naturel, normal, comme s'ils s'étaient déjà jetés au cou l'un de l'autre dans la pénombre. Leurs corps se trouvaient, se répondaient, alors qu'ils étaient l'un pour l'autre de parfaits inconnus.

Tout semblait aller de soi.

Cette femme n'était pas du tout son genre : elle était trop brillante, trop sensuelle, trop belle aussi. Il ne se voyait pas du tout la présenter à sa mère ou l'emmener au vernissage d'une exposition au musée de Dallas où ils côtoieraient toutes les personnalités importantes de la ville.

A cet instant, toutefois, il s'en fichait éperdument.

Et, pour la première fois depuis la mort d'Amber, il se

sentait vivant. Une femme l'embrassait, et il sentait son cœur battre frénétiquement dans sa poitrine.

Après ce qui lui sembla une éternité, elle s'écarta de lui et planta son regard dans le sien.

— Je suis désolée, déclara-t-elle, le souffle court.

— De quoi ?

Il n'avait tenu dans ses bras qu'une seule femme, Amber, pendant cinq ans, et pour lui embrasser de nouveau quelqu'un, de surcroît une inconnue, avait quelque chose de stupéfiant. Si ce baiser n'avait sûrement pour elle rien d'aussi chargé, elle ne pouvait tout de même pas y être restée totalement insensible…

— Je n'aurais pas dû, répliqua-t-elle.

— Permettez-moi de vous contredire ! Vous avez très bien fait, je peux vous le certifier.

Il avait beau avoir un peu perdu la main, elle était encore dans ses bras, et il ne comptait pas laisser filer une femme qui avait réussi la prouesse de faire tourner son monde intérieur sur son axe.

Il inspira violemment, ce qui eut pour effet de presser plus fortement encore le buste de l'inconnue contre son torse. L'effet fut immédiat.

— Peut-être, mais pour de mauvaises raisons. Il faut que je vous avoue la vérité. Mon ex est dans cette pièce, et je vous ai sauté au cou pour éviter de le croiser.

— Si, en plus, je vous ai rendu service, je ne vois vraiment pas où est le mal.

Elle eut un rire éraillé, puis recula d'un pas, se dégageant de son étreinte. Elle ne s'éloigna toutefois pas tout à fait de lui.

— Juste pour éviter toute méprise : je n'ai pas pour habitude de me jeter au cou des hommes pour les embrasser.

— Ecoutez, si ça vous arrange, je veux bien me dévouer et être cet homme que vous embrassez avec fougue et sans prévenir, en cas de besoin.

— Formidable. D'autant que je sens que je vais bientôt avoir envie de vous embrasser encore.

Il n'avait pas rêvé. Elle avait bien ressenti quelque chose en l'embrassant…

Il se sentit gagné par un délicieux sentiment de joie. Ce soir, il était un autre, et jusqu'à présent il ne pouvait que s'en féliciter.

— Matt. Je m'appelle Matt.

C'était sorti tout à fait naturellement, alors que, jamais de sa vie, il ne s'était fait appeler Matt. Mais ce soir, il avait très envie d'être Matt. Matt n'était pas plombé par une tragédie personnelle, n'était pas démuni quant à savoir quelle direction donner à sa vie ou comment sortir de la vallée de larmes dans laquelle il se retrouvait coincé. Matt n'avait pas tout laissé tomber, famille, travail, responsabilités, et ne passait pas non plus une partie de ses nuits à culpabiliser. Non, Matt ne connaissait aucune de ces affres. Matt prenait du bon temps à Venise avec une jeune femme aux ailes de papillon, et se demandait seulement ce que la nuit lui réservait.

Elle lui sourit.

— Enchantée, Matt. Moi, c'est Angie, et à ce stade de notre intimité je crois qu'on peut se tutoyer.

— Accordé, Angie.

Quelque chose lui disait que ce n'était pas le vrai nom de cette femme-papillon, mais, comme lui non plus ne lui avait pas donné son véritable prénom, il n'allait pas en prendre ombrage.

— Montre-moi ton ex, histoire qu'on reste à bonne distance.

Dans la mesure où elle cherchait à éviter ledit ex, il songea que la rupture n'avait pas dû être très facile, et probablement pas à l'initiative d'Angie.

Lentement, elle se retourna pour lui faire face.

— Il est au fond de la pièce, sur le canapé, avec sa blondasse.

Matthew regarda dans la direction indiquée par Angie. Elle devait parler de ce couple enlacé qui semblait un peu avoir oublié qu'il était entouré de parfaits inconnus…

Se retrouver nez à nez avec son ex qui roucoule avec une autre femme, la situation devait être cruelle pour Angie.

— Ils n'ont pas compris que c'était un bal masqué, pas une soirée exhibitionniste ? demanda-t-il.

— Tu sais que tu me plais, toi, répondit-elle du tac au tac.

Il lui adressa un sourire triomphant.

— Eh bien, c'est réciproque.

— Tant mieux, parce que je compte bien user et abuser de toi. Sauf si tu y vois un inconvénient, bien sûr…

Il arqua un sourcil étonné.

— Tout dépend de l'usage que tu comptes faire de moi… Et, pour tout dire, j'espère que c'est dans la même veine que ce baiser que tu m'as donné pour éviter de tomber nez à nez avec ton ex.

Finalement, il n'avait pas totalement oublié comment flirter, même s'il était assez époustouflé par sa repartie pour le moins directe.

Elle humecta ses lèvres, et sa manière de le faire — sans quitter des yeux celles de Matthew — le troubla au plus haut point.

— Ne te fais aucun souci… J'ai l'honneur de t'annoncer que tu es mon nouveau petit ami.

— Parfait. Je n'avais pas vraiment compris que j'avais postulé, mais je suis heureux d'avoir passé haut la main les épreuves d'un processus de sélection certainement aussi drastique que rigoureux.

Elle rit, et les sonorités éraillées de son rire accrurent encore le désir qu'il éprouvait pour elle.

— Oh ! c'est un poste temporaire… juste pour ce soir. Je n'aime pas trop l'idée de m'imposer à des gens qui n'ont peut-être qu'eu pitié d'une pauvre fille solitaire un soir de carnaval. Prétendons qu'il s'agit d'un coup de foudre, et demain matin je t'offre le petit déjeuner.

Le petit déjeuner ? Elle avait donc à l'esprit quelque chose de plus pimenté encore que ce qu'il s'était imaginé jusque-là.

— Très bien, mais j'espère que je ne fais pas de l'ombre à un autre petit ami qui ne verrait peut-être pas d'un très bon œil tout cela…

— Tu sais comment tourner les choses, mais franchement ce n'est pas la peine de faire tant de circonvolutions. Si tu veux savoir si je suis libre, va droit au but.

Pour le coup, il avait perdu la main. Du temps où il était célibataire, aucune fille n'aurait été aussi directe...

— Dans ce cas, puis-je savoir si tu as quelqu'un dans ta vie, Angie ?

Elle s'approcha de lui et se hissa sur la pointe des pieds pour chuchoter à son oreille :

— Oui, un type nommé Matt. Il est canon, je te préviens...

— Ah bon ?

C'était bien la première fois qu'on disait de lui qu'il était canon. Ce n'était toutefois pas pour lui déplaire.

— Présente-le-moi, il faut que je fasse sa connaissance, poursuivit-il après être resté un instant déconcerté.

— Volontiers. Vincenzo a un très grand balcon au deuxième étage. Va chercher deux flûtes de champagne, et on s'y retrouve.

Elle tourna aussitôt les talons et, par-dessus son épaule, lui jeta un regard plein de sous-entendus, tandis qu'elle se dirigeait vers l'imposant escalier en pierre.

Sans perdre de temps, Matthew se mit en quête de deux flûtes de champagne. Il avait vraiment envie de savoir ce que ce petit papillon sexy avait derrière la tête. La nuit était pleine de promesses et, pour une fois, il avait vraiment envie qu'elle les tienne...

Le balcon surplombait une petite cour à l'abandon plongée dans les ténèbres. Pas du tout le genre d'endroits, songea Evangeline, où elle risquait de tomber nez à nez avec Rory et Sara, que seules la foule et les lumières attiraient.

Elle était à peu près certaine que Matt n'avait pas reconnu Rory. Son cavalier d'un soir ne semblait pas exactement le genre d'homme à écouter des disques punk.

Si la musique était assourdissante au rez-de-chaussée, seuls les graves faisaient vibrer le sol en pierre sous ses pieds. Au loin, du côté de la place Saint-Marc, les bruits des feux d'artifice se mêlaient au brouhaha de la foule comme à la musique des fêtes privées, le tout se fondant, créant cette atmosphère féerique propre au carnaval vénitien. L'espace d'un instant, elle se retrouvait seule au milieu de la plus grande fête du monde.

Elle n'eut pas longtemps à attendre avant d'être rejointe par Matt. Il apparut bientôt dans l'embrasure de la porte vitrée, deux flûtes à la main, et le frisson qui la parcourut en le voyant n'avait rien à voir avec la fraîcheur de cette nuit de février.

Elle avait été bien inspirée de rester avec lui ce soir.

Si elle ne l'avait pas fait, elle aurait sans doute dû affronter Rory et Sara, et, surtout, elle aurait manqué le baiser le plus incandescent de sa vie. Lequel, pour ne rien gâcher, avait chassé sa migraine naissante. A tous points de vue, vraiment, Matt faisait un fiancé de complaisance absolument parfait.

Il lui tendit une flûte.

— Ce balcon n'est pas facile à trouver. Comment connais-sais-tu l'endroit ?

— Je séjourne chez Vincenzo pendant la durée du carnaval. Ma chambre est au bout du couloir.

— Ah bon ! Et comment as-tu rencontré Vincenzo, Angie ?

Evangeline tressaillit. Seule sa mère l'appelait Angie, et elle commençait à regretter le choix de ce pseudo.

— C'est un ami d'amis. Et toi, comment l'as-tu connu ?

Comme il était bien éduqué et avait cent fois plus de classe que les amis follement riches mais un rien vulgaires de Vincenzo, elle était prête à parier qu'il était juste une connaissance.

— Je passe le carnaval dans la maison d'à-côté.

Gagné ! Sans doute était-il à Venise pour affaires ou, plus vraisemblablement, avait-il loué le palazzo voisin le temps du carnaval.

— Tu restes combien de temps à Venise ?

Un pli amer se dessina soudain sur la bouche de Matt.

— Je ne sais pas exactement…

Elle perçut instantanément sa réticence et n'insista pas, même si elle avait tout à coup très envie de savoir ce qui l'avait amené à Venise. L'envie de prendre le large, peut-être. Une passion pour la voile… Elle n'avait jamais eu comme petit ami un homme d'affaires, aussi les goûts et les motivations de Matt lui étaient assez opaques.

Mais, comme elle avait elle aussi des secrets à protéger, elle n'allait pas tenter de percer les siens. Elle avala une gorgée de champagne et laissa les bulles pétiller sur sa langue tout en observant son fiancé d'un soir.

Evidemment, s'ils restaient sur ce balcon, elle n'avait pas vraiment besoin d'un petit ami en titre pour la protéger des questions de son ex.

Ce qui signifiait donc que ses intentions étaient autres.

Elle était seule dans la ville la plus romantique du monde, et Matt constituait une occasion en or de rompre un célibat dont elle n'avait jusque-là pas ressenti à quel point il était pesant. Pour elle, la solitude était allée de pair avec l'opération et la perte de sa voix. Tout le monde l'avait évitée, sinon repoussée, et depuis elle ne laissait plus personne l'approcher de trop près, de crainte de revivre pareils rejets.

Mais ce soir, les choses étaient différentes. Comment cet homme pouvait-il la rejeter, puisqu'il ne savait pas qui elle était ?

Rassérénée, elle sentit le désir monter en elle. Qui, face à un aussi bel homme, pourrait lui en faire le reproche ?

Il n'avait pas encore abaissé son masque. Mais elle devinait qu'il avait un beau visage à la mâchoire ferme et un torse large et musclé sous son smoking. Le reste de son visage était dissimulé, tout comme ses espoirs, ses traumatismes, son passé… Et le mystère qui l'entourait participait au charme de leur rencontre.

Indéniablement, il existait entre eux comme une alchimie. Elle l'avait sentie dès leurs premiers échanges à l'entrée du palazzo. Elle avait l'impression très nette qu'ils se reconnaissaient, qu'ils s'étaient déjà vus à de nombreuses reprises sans avoir jamais eu l'occasion d'entamer une conversation.

— Tu as déjà essayé le speed dating ? lui demanda-t-elle tout de go.

Il avala une gorgée de champagne, puis secoua la tête.

— Désolé de te décevoir, mais non.

Elle s'en doutait un peu. Un homme aussi séduisant que lui n'avait pas besoin de recourir à de telles extrémités pour rencontrer une femme !

Quant à elle, elle ne se risquait pas à ce genre de jeux dangereux. Jusque-là, toutes ses tentatives de flirt s'étaient soldées par un désastre. Et puis, à ses yeux, il n'y avait que trois catégories d'hommes : les mecs pris, les groupies pathétiques et les opportunistes.

Sans conteste, Rory appartenait à la dernière catégorie. Sa défection juste après son opération l'avait beaucoup affectée. Dire qu'elle avait pensé que, de toutes ses connaissances, il serait celui qui manifesterait le plus de compréhension et de compensation, qu'il serait celui qui l'aiderait à traverser la crise la plus douloureuse de son existence. Or il s'était empressé de rompre. Si elle regardait le côté positif de la situation, cette expérience l'avait à jamais guérie de son désir de relation durable.

Ce qui la ramenait à son chevalier servant masqué : il était tout à fait ce qu'il lui fallait.

— Moi non plus, même si cela m'a toujours tentée. Ça doit être amusant…

— Et en quoi cela consiste-t-il donc ? Je suis toujours partant pour de nouvelles expériences, surtout si elles sont amusantes.

Elle adorait sa manière de s'exprimer, son langage soigné. Et puis, il la traitait comme une personne douée d'intelligence, ce qui n'était pas si courant dans le milieu où elle évoluait.

— Eh bien, d'après ce que j'ai compris, le but est d'aller à l'essentiel, raison pour laquelle la rencontre n'excède pas quelques minutes, voire une poignée de secondes. Il faut rompre la glace et faire connaissance en un temps record, avant que la sonnerie retentisse. Il s'agit donc d'essayer de déterminer en un minimum de temps si on a des points communs.

Il pencha la tête, l'air moqueur.

— Je sais déjà que tu me plais. Pourquoi s'infliger l'épreuve du speed dating si on sait à quoi s'en tenir ?

Elle secoua la tête malicieusement, mais sans le quitter des yeux. Une part d'elle brûlait de laisser l'attirance immédiate qu'elle avait éprouvée pour cet homme suivre son cours et l'entraîner jusqu'à sa conclusion naturelle. Sauf qu'aucune fille sensée ne s'abandonnait sans savoir auparavant à qui elle avait affaire.

— Eh bien, disons que c'est le processus normal de sélection des candidats. Quand il se passe quelque chose entre deux personnes, je trouve intéressant de pousser le test un peu plus loin…

— Et, juste histoire de savoir, on a combien de temps ?

— Pose-moi autant de questions que tu le souhaites et, quand le compte à rebours de mon téléphone sera terminé, tu pourras m'embrasser.

Il posa une main sur son visage.

— Et si on faisait l'impasse sur le questionnaire pour passer directement au baiser ?

— Tu n'es pas bien curieux comme garçon ! s'exclama-t-elle en repoussant gentiment mais résolument sa main.

Une main qu'il s'empressa de glisser dans ses cheveux. Puis, du pouce, il commença à effleurer sa peau à l'arrière de son oreille.

— A l'évidence, tu as besoin qu'on te rappelle à quel point la sensation de tes lèvres sur les miennes est agréable.

Elle fut parcourue d'un frisson plus profond et plus intense que le précédent.

Il y avait bien longtemps qu'elle n'avait ressenti un trouble aussi délicieux…

Elle n'avait pas véritablement besoin de la séance de speed dating pour savoir à quoi s'en tenir. Mais elle était déterminée à poursuivre le jeu.

— Allons, sois un peu joueur… C'est l'affaire de cinq minutes, tout au plus.

Et, pour couper court à toute réplique, elle sortit de sa pochette son téléphone portable et mit en route la fonction chronomètre. Puis elle déposa l'appareil sur le rebord du balcon, derrière Matt, avant de fixer ses magnifiques yeux d'un bleu pur. Elle aimait plus que tout ces instants un peu fiévreux, lourds d'attente et d'indécision, et elle était bien déterminée à les vivre intensément.

— Je commence, si tu veux bien, lança-t-il. Combien de fois as-tu croqué un homme sur un balcon ?

Elle éclata de rire, surprise elle-même de la facilité avec laquelle, de nouveau, son rire jaillissait.

— Jamais jusqu'à présent. Tu vois, tu peux te flatter de me faire faire toutes sortes d'écarts par rapport à ma ligne de conduite habituelle.

— Combien d'hommes as-tu croqués ?

— Un ou deux. Je ne suis pas du genre à m'excuser d'avoir envie de faire l'amour de temps à autre. Je devrais, tu crois ?

— Ce n'est pas à moi qu'il faut poser la question. Ceux qui aimeraient sans doute recevoir tes excuses, ce sont tous les hommes du rez-de-chaussée que ton choix exclut ! Mais à ton tour de poser des questions.

— Je suis nue. Qu'est-ce que tu fais ?

— Je tombe à genoux et je pleure de joie. Ça te va comme réponse, ou tu veux vraiment que je sois plus explicite ?

Décidément, cet homme lui plaisait de plus en plus… D'ailleurs, il la faisait beaucoup rire : un signe qui ne trompait pas.

— C'est exactement ce que je comptais te demander. Que fais-tu ensuite, et ensuite et encore ensuite ?

— Est-ce que je t'ai invitée au restaurant tout d'abord ?

— Peu importe. Je te rappelle que je suis nue, au cas où tu l'aurais oublié.

— Oh non, joli petit papillon, je ne l'ai pas oublié. Je te posais la question juste pour avoir une bonne idée de la situation.

Il posa la main sur sa nuque, exerçant une pression presque imperceptible, et elle inclina la tête en arrière, tandis que les lèvres de Matt venaient effleurer les siennes, sans se poser, mais si proches qu'elle sentit le désir l'embraser.

Elle n'avait pas prévu que ce petit jeu de speed dating puisse se transformer en préliminaires. Mais peu importait ! C'était absolument délicieux de jouer ainsi avec le feu, de le couver puis de l'attiser tour à tour. Et puis, vu la tournure que prenaient les choses, il n'y avait aucun risque qu'il en vienne à lui poser des questions sur sa vie professionnelle…

— Es-tu nue sur le lit après que je t'ai lentement déshabillée ? murmura-t-il tout près de sa bouche.

Elle eut tout à coup envie de souder ses lèvres aux siennes pour sceller le lien qu'elle sentait s'établir entre eux.

— A moins que tu ne sois nue sous la douche et que tu ignores encore que je vais bientôt t'y rejoindre ? Ou nue et endormie, et je te contemple avant de te réveiller lentement et de façon experte…

A ces évocations, elle sentit des vibrations dans tout son corps.

— Tricheur. Tu as déjà joué à ce petit jeu, avoue…

Elle sentit la bouche de Matt se tourner vers sa joue.

— Disons plutôt que j'apprends vite et bien. Mais ne détourne pas la conversation. Quelle est ta réponse ? Sauf erreur de ma part, tu as trois options.

— Vraiment ?

Qui croquait qui ? Et jusqu'où voulait-elle aller ? Jamais elle ne s'était placée dans une situation aussi périlleuse, à deux doigts de s'abandonner à un homme dont elle ne savait rien, qu'elle avait rencontré il y avait moins d'une heure et qui pourtant la troublait terriblement.

— Au lit, sous la douche ou endormie ? reprit-il. Il faut que je sache pour pouvoir détailler les caresses que je compte te prodiguer… A moins que tu préfères que je te montre, tout simplement.

Voilà exactement la réponse qu'elle aurait aimé lui faire…

Mais elle n'était plus en état de parler, car il venait de glisser son bras autour de sa taille et l'attirait tout contre lui. Elle posa les mains sur ses épaules puissantes.

— Je ne sais pas si tu as remarqué, mais il n'y a pas de douche sur ce balcon.

— C'est vrai, murmura-t-il. Et le compte à rebours est terminé.

C'était faux, mais en cet instant c'était bien le moindre de ses soucis.

Il inclina légèrement la tête et posa ses lèvres sur les siennes, et, de nouveau, elle sentit tous ses sens s'embraser.

Décidément, cet homme était un expert... Elle sentit ses lèvres s'entrouvrirent et leur baiser s'intensifier.

La bouche de Matt avait un goût de miel, légèrement relevé par les notes d'agrumes du champagne qu'il venait de boire. Un pur délice.

Elle agrippa le revers de son smoking et l'attira à elle.

Plus, il lui en fallait plus. Elle sentait en elle une soif que seul pouvait tarir cet homme attirant et mystérieux.

A en juger par l'urgence qu'il avait mise dans son baiser, il éprouvait le même besoin. Et c'était elle qui l'attirait, pas Eva. Pour la première fois depuis des années, elle vivait une rencontre qui n'était pas biaisée par les préjugés, favorables ou défavorables, qu'on pouvait avoir sur elle.

— Touche-moi ! ordonna-t-elle d'une voix que le désir rendait encore plus rauque.

Il sembla hésiter, puis posa sa main sur un de ses seins.

Elle réprima un soupir de frustration.

C'était autre chose qu'elle avait en tête...

Elle se pencha vivement, saisit l'ourlet de cette robe ridiculement longue et la releva, avant de prendre la main de Matt et de la guider vers elle.

Les pupilles des yeux de Matt se dilatèrent.

— Un string ? Sous une robe du XVIIIe siècle ? C'est incroyablement sexy !

— Pas autant que ta main sur moi, alors que je suis encore totalement corsetée dans ce costume.

Il la caressait déjà, suivant les contours du string. Elle sentit ses jambes se dérober sous elle.

— Surtout ne t'arrête pas… Je t'en prie, continue.

Il s'empara de sa bouche et l'embrassa avec fougue, tandis que ses doigts se frayaient un chemin sous le mince triangle de soie. Assez profondément pour lui couper le souffle de longues secondes.

Elle se cambra contre lui. Pourvu qu'il ne s'interrompe pas, c'était si bon !

Elle ne savait pas si elle faisait bien de s'abandonner ainsi, mais en cet instant elle était incapable de décider et de réfléchir : son corps menait la danse. Un corps à deux doigts d'exploser de plaisir sous ses doigts experts.

Pourtant, il s'écarta et, avec un long soupir, fit retomber sa robe sur ses jambes.

— Angie, il faut que je t'avoue quelque chose.

— Tu es marié, c'est cela.

La déception l'avait submergée avec une telle rapidité et une telle force qu'elle faillit fondre en larmes. Et le désir qui la tenaillait s'évanouit brutalement.

Elle aurait dû s'en douter…

— Non, pas du tout ! protesta-t-il avec véhémence. Je suis complètement libre. C'est juste que… je n'ai…

— Tu ne te sens pas attiré par moi…

— Tu plaisantes ? Je n'ai jamais été aussi attiré depuis longtemps, et je pense d'ailleurs que tu t'en es rendu compte. Mais il y a un problème et de taille… C'est la première fois de ma vie que, en quelque sorte, je séduis une femme sur un balcon, et je ne suis pas tout à fait prêt.

Que voulait-il dire ?

Ah… oui…

— Tu veux parler du préservatif ?

Un fou rire qu'elle ne put réprimer la gagna. Il était si touchant et semblait si désolé, se passant la main dans les cheveux avec une frustration évidente. Contre toute attente, elle sentit quelque chose de doux l'envahir.

Eh bien, il n'était pas le seul à être pris au dépourvu…

Allait-il toujours se montrer aussi surprenant et troublant ? Il fallait espérer que non ; sinon, elle risquait gros.

3

— Ça n'entame pas ton sens de l'humour, on dirait…

Matthew, lui, avait définitivement perdu le sien. Jamais il ne s'en était autant voulu.

Jamais aussi il n'avait été autant troublé.

Les femmes qu'il côtoyait habituellement étaient toutes très sophistiquées et fort peu délurées.

Avec une femme désinhibée, tout prenait un tour beaucoup plus excitant.

— Ce n'est pourtant pas drôle… Crois-moi, vraiment.

Elle saisit les revers de sa veste de smoking et l'attira à elle.

— Tiens ! déclara-t-elle en l'embrassant rapidement. Voilà pour te récompenser d'avoir oublié de te munir d'un préservatif.

— Tu te moques ?

Elle haussa délicatement une épaule.

— J'ai eu ma dose de salauds qui ne pensent qu'à ça, alors c'est plutôt rafraîchissant de tomber sur quelqu'un qui n'a pas sur lui tout ce qu'il faut pour tirer un coup, vite fait bien fait. Et puis, on n'est plus au Moyen Age. Tu pourrais fort bien m'en vouloir de ne pas avoir, moi non plus, de quoi me protéger.

— J'en conclus que tu n'as pas plus de préservatifs que moi.

— Mais c'est notre jour de chance. C'est le carnaval, et je ne doute pas que nous puissions trouver une boîte pleine de préservatifs aux couleurs et aux parfums délirants dans la chambre de Vincenzo.

Génial. Voilà qu'ils en étaient réduits à voler des préservatifs.

Pourtant, sa proposition ne le choquait pas plus que cela.

Que diable était-il allé faire sur ce balcon ?

— C'est peut-être un signe, tu ne crois pas ?

— Un signe de quoi ? Tu penses qu'on ne devrait pas batifoler ensemble ce soir ?

Batifoler… Matthew Wheeler n'était certainement pas homme à « batifoler ». C'était un homme qui avait été heureux en ménage, marié à une femme qui n'était pas loin d'être la perfection incarnée, et il le serait encore si elle n'était pas morte subitement d'une rupture d'anévrisme.

Angie n'accordait peut-être aucun crédit aux signes, mais lui non. Sans doute rien ne devait se passer, et pour de très bonnes raisons. Avait-il vraiment envie d'une aventure d'un soir avec une femme rencontrée lors d'un bal costumé et dont il connaissait en tout et pour tout que le prénom ? Franchement, ce n'était pas du tout son style.

Il ferait mieux de rentrer au plus vite se coucher dans son palazzo désert et rêver d'Amber, ou de se réveiller en sursaut au milieu de la nuit. S'il parvenait à s'endormir, bien sûr. La plupart du temps il restait éveillé dans la pénombre et se tourmentait à l'idée d'avoir laissé tomber son frère.

C'était cela, sa vraie vie. Et il n'aurait pas été bien glorieux d'utiliser Angie pour apaiser son désespoir et combler sa solitude.

Mais Dieu qu'il était difficile de se détourner d'elle…

Lorsqu'il l'avait prise dans ses bras, lorsqu'il avait senti contre lui son corps souple et vibrant, il avait eu la nette impression de revivre. De renaître.

D'un autre côté, ce n'était pas non plus très glorieux de la laisser tomber ainsi. Elle lui avait expressément demandé de prétendre être son fiancé, un rôle qu'il avait endossé avec une facilité déconcertante sans trop mesurer à quel point elle devait avoir souffert pour lui demander un tel service.

Il ne pouvait pas lui faire défaut ainsi.

— Si on dansait ? proposa-t-il pour gagner du temps.

— Danser avec tous ces gens, au rez-de-chaussée ? demanda-t-elle, surprise.

— Pourquoi pas ? Tu ne veux pas offrir à ton ancien petit

ami la joie douce-amère de constater que tu l'as rapidement remplacé ? Et puis, j'ai besoin d'un peu de temps. Comme ça, on verra si on a vraiment envie d'aller plus loin, toi et moi.

— Je vois… Dans ce cas, que dis-tu de ça : je fais un tour dans la chambre de Vincenzo, je fourre autant de préservatifs que possible dans mon sac, on se retrouve sur la piste de danse et, si tu te débrouilles aussi bien dans ce domaine que lors des entretiens de speed dating, on va plus loin ensemble. Enfin, pas trop loin, par exemple dans ma chambre…

Sa proposition suggestive eut un effet immédiat sur lui.

Il tenta de repousser les différentes images, toutes plus érotiques les unes que les autres, qui lui avaient immédiatement traversé l'esprit. En vain.

— Me voilà prévenu !

Elle lui lança un sourire malicieux.

Il saisit sa main et l'entraîna au rez-de-chaussée pour ce qui s'annonçait comme un enchaînement de poses lascives ou suggestives. Mais, au moins, dans une pièce bondée, il pourrait plus facilement résister à la tentation de plonger sous les robes d'Angie.

A sa grande surprise, le rez-de-chaussée était encore plus peuplé que lorsqu'ils avaient quitté les lieux quelques minutes plus tôt. Des couples se pressaient et ondulaient lentement au rythme langoureux d'un slow. D'autorité, Matthew attira Angie à lui et l'entraîna au milieu de la foule compacte des danseurs.

Il n'avait pas dansé depuis des années. Heureusement, les rudiments appris lors des cours suivis avec Amber avant leur mariage lui revinrent subitement à la mémoire. Il se préparait à prendre la position qu'il avait apprise pour la valse, lorsque Angie se plaqua contre lui et se mit à onduler sensuellement contre son corps au rythme hypnotique de la musique. Une vague de désir déferla sur lui.

A l'évidence, elle n'avait pas suivi le même genre de cours de danse…

Il plaça ses mains dans le creux des reins de sa partenaire

et imita ses mouvements. Mais il ne pensait qu'à une chose : le petit triangle de soie qu'il avait caressé sous ses jupons…

L'oreille d'Angie était tout près de sa bouche, et il se sentit l'envie irrépressible d'en mordiller le lobe. Il s'éclaircit la gorge dans l'espoir de chasser ce désir et la tension qui l'avaient submergé au contact d'Angie.

— Que dirais-tu de continuer à répondre à mes questions comme tout à l'heure, mais en mettant le curseur, disons, un peu plus bas sur l'échelle du torride ?

Elle pencha la tête, et celle-ci trouva tout naturellement sa place dans le creux de l'épaule de Matthew. Il sentit les plumes qu'elle avait piquées dans ses cheveux lui effleurer le cou.

— Je t'écoute.

— Quelle est ta couleur préférée ?

— Ce n'est pas un cran en arrière, c'est soixante-dix, au moins ! Mais, pour répondre à ta question, je n'ai pas de couleur préférée, j'aime l'arc-en-ciel et toutes ses couleurs.

Quelqu'un les heurta par inadvertance, ce qui eut pour effet de les plaquer encore davantage l'un contre l'autre. Ce qui, s'il était parfaitement honnête, n'était pas pour lui déplaire.

— Et la tienne ? demanda-t-elle.

L'odeur presque exotique qu'exhalait sa chevelure venait de lui parvenir. Au grand air, il ne l'avait que vaguement perçue, mais contre elle, dans cette atmosphère confinée, il ne pouvait manquer de la sentir. Rien chez cette jeune femme n'était banal, ordinaire. Même son shampoing avait une odeur unique, inouïe. Et tout semblait lui rappeler qu'ils venaient de deux mondes différents et qu'ils n'auraient jamais dû se rencontrer.

— Le noir. Ça va avec tout.

— C'est pratique, en effet. J'aime cette qualité chez un homme. Et où es-tu né ?

— A Dallas, au Texas. Mais je t'en supplie, ne me demande pas si je connais J.R. Ewing !

C'était la question qu'on lui posait avec une régularité affligeante depuis qu'il avait atterri en Europe. Tout le monde semblait avoir vu la série et ne manquait pas de lui demander avec humour s'il connaissait tel ou tel membre de la saga.

— Et toi, tu viens d'où ?

— De Toronto. Mais ma mère a déménagé à Détroit lorsque j'avais quelques mois à peine. C'est là que j'ai grandi.

Leurs mondes n'étaient, après tout, peut-être pas aussi éloignés l'un de l'autre qu'il le pensait.

— Tu es donc américaine ?

Le silence qui suivit fut si long que Matthew se demanda si, sans le vouloir, il ne l'avait pas offensée. Elle devait pourtant bien savoir que sa voix éraillée masquait tout accent.

— Plus qu'américaine, en fait, je suis de partout et de nulle part, répondit-elle finalement avec un rire qui sonnait un peu faux. D'habitude, je dis aux gens que je suis une Québécoise anglophone.

— Est-ce que ta mère vit toujours à Détroit ?

— Non, elle s'est installée à Minneapolis lorsqu'elle a épousé son quatrième mari. Mais j'ai encore de la fami… je connais encore des gens à Détroit.

De la famille ou des gens ?

Il préféra ne pas creuser. La douleur sourdait dans le ton de sa voix. Et, si elle avait voulu préciser, elle l'aurait fait.

— Dans ce cas, tu te sens comme chez toi en Europe.

— Oh ! pas seulement ! Je me sens bien partout où le vent me mène.

Elle avait tenté d'insuffler à sa remarque une forme de désinvolture, mais il n'était pas dupe. En fait, elle ne se sentait vraiment à sa place nulle part, et cela la tourmentait, il en était sûr.

— Et toi ? Tu habites toujours à Dallas ?

— Non.

Un lieu où s'ancrer, un havre, un refuge : voilà ce qu'ils ne possédaient ni l'un ni l'autre. Elle errait de par le monde, lui avait tout vendu avant de partir : sa maison, sa voiture, tout. Les seuls biens qu'il possédait désormais étaient les effets personnels qu'il avait rangés dans son placard dans le palazzo et quelques souvenirs d'enfance conservés dans la cave de ses parents.

— Moi aussi, je vais là où le vent me porte, finit-il par dire.

Elle s'arrêta de danser et, assez inévitablement, percuta le couple voisin, ce qui leur valut un regard mécontent de ces derniers. Impatiemment, elle entraîna Matthew hors de la piste de danse et le plaqua contre un mur, les yeux emplis de compassion derrière son masque.

— Je suis désolée.

— De quoi ?

— De ce qui a dû t'arriver.

Elle n'alla toutefois pas plus loin.

Dans leurs regards passa comme une vague de compréhension mutuelle. L'un comme l'autre étaient en quête d'eux-mêmes. L'un comme l'autre étaient porteurs de secrets lourds de souffrances, de désespoir et de solitude.

Au fond, pas grand-chose ne les séparait.

— Je suis contente que le vent nous ait portés tous les deux jusqu'ici.

Ils n'en étaient plus au speed dating. Quelque chose de bien plus important était en train de se passer.

— Moi aussi.

La mort d'Amber lui avait brisé le cœur, avait bien manqué le briser tout court, et il s'était résigné à ne plus jamais aimer. Pendant des mois, il avait même désespéré de ne plus jamais éprouver quoi que ce soit pour quiconque, et puis, tout à coup, au milieu de cet océan de douleur surgissait cette femme à la voix rauque et aux ailes de papillon qui faisait de nouveau battre son cœur.

Elle était un don du ciel, et il n'avait aucune envie de la laisser s'échapper.

S'il n'avait pas particulièrement envie de passer la nuit avec une conquête d'un soir, parfaitement interchangeable, il était très curieux de savoir ce que deux âmes en peine pouvaient s'apporter l'une à l'autre.

Très conscient de ce qu'il faisait, il prit la main de la femme-papillon et lui sourit.

— Plutôt que de monter à l'étage, si tu me suivais à la maison ?

A la maison. Voilà qui ne pouvait qu'être attirant pour Evangeline, elle qui n'avait jamais accolé ce terme au moindre lieu où elle avait habité.

Des pseudo-beaux-pères, plus ou moins officiels, ça, en revanche, elle en avait eu, et même une kyrielle. Ainsi qu'une demi-sœur, Lisa, que son père devait avoir préférée, puisqu'il avait épousé la mère de Lisa et pas la sienne. Et quantité de chambres d'hôtels et de trajets en jets. Voilà ce qu'elle avait connu.

Mais une maison, un foyer bien à elle, non, elle n'en avait jamais eu.

Impossible toutefois de l'avouer. Si, par malheur, elle baissait le masque et que Matt se révélait être un reporter, elle était faite.

Non, le masque la protégeait, lui permettait de tenir cet homme à distance, comme de dissimuler les cicatrices dont l'un comme l'autre n'étaient pas exempts à l'évidence.

Avec un rire qu'elle espérait léger, elle cilla, avant d'ajouter :

— Et que me proposes-tu exactement ?

— De poursuivre cette conversation au calme, loin des ex, de la foule, des conventions. D'être seuls tous les deux, et de ne faire que ce qui nous plaît.

Dans ce cas, elle était partante.

— Et, si j'avais envie qu'on continue à porter nos masques, que dirais-tu ?

— On fait ce qui nous plaît. C'est valable pour tout, dans tous les domaines.

Elle se sentit tressaillir délicieusement aux sous-entendus de ses propos.

— C'est bien joli, mais qu'est-ce qui me dit que tu n'as pas des arrière-pensées malhonnêtes ?

— Je peux t'en assurer, mais dans tous les cas tu vas devoir me croire, me faire confiance. Ni toi ni moi n'avons le choix. Il faut parier sur la bonne foi de l'autre.

Une seconde s'écoula, puis il ajouta avec un regard malicieux :

— Et je ne démens pas avoir des idées derrière la tête.

— En fait, j'y compte bien.

— Allez, viens ! lança-t-il en l'entraînant.

Du coin de l'œil, à sa gauche, elle aperçut Sara Lear qui posait devant les photographes, encadrée par deux drag queens. Rory n'était pas dans les parages, mais il pouvait apparaître d'un instant à l'autre. C'est ce qui la décida. La dernière chose au monde qu'elle souhaitait, c'était de se retrouver seule au milieu de cette soirée avec le rappel incessant de tout ce qu'elle avait perdu.

— Je te suis…, déclara-t-elle, sans hésiter davantage.

La main dans la main, ils s'échappèrent du palazzo de Vincenzo par une petite porte qui donnait sur une ruelle. A la lueur de la lune, ils poussèrent une grille, traversèrent une jolie cour et grimpèrent les marches d'un escalier extérieur richement sculpté jusqu'à une porte que Matt ouvrit.

— Bienvenue au Palazzo d'Inverno ! déclara-t-il en la faisant entrer.

A la vue des fresques qui couvraient les murs et se prolongeaient au plafond où explosait une constellation de motifs de la Renaissance de toute beauté, elle eut le souffle coupé. D'autant qu'au bout de la pièce, derrière de splendides portes vitrées biseautées, s'ouvrait un majestueux balcon de marbre surplombant le Grand Canal.

Au milieu de la pièce, trois immenses canapés en toile de lin écru permettaient de contempler la magnifique vue sur Venise qui brillait en ce moment de tous les feux du carnaval.

— C'est majestueux…

Il n'y avait pas d'autre qualificatif pour décrire ce lieu.

Le palazzo de Vincenzo, qui appartenait à sa famille depuis

les Médicis et regorgeait de merveilles, ne pouvait rivaliser avec un lieu aussi spectaculaire.

— Jamais je n'aurais imaginé que quelque chose d'approchant puisse exister à Venise.

Sur la bouche de Matt apparut l'ébauche d'un sourire.

— C'est pas mal, en effet.

— Celui qui a eu la chance d'acheter cette splendeur n'a pas mal placé son argent. Et toi, tu es un sacré veinard d'avoir pu louer cet endroit. C'est fantastique.

Il lui lança un regard étrange.

— Je transmettrai à l'heureux propriétaire les éloges dont tu couvres son bien, promis.

— Tu disposes des trois étages, ou juste de celui-ci ?

— Des deux derniers seulement. Le rez-de-chaussée n'a pas encore été restauré. Les chambres sont au-dessus. Ça te dirait de faire le tour du propriétaire et d'en voir une ?

— Ça sent le traquenard…, plaisanta-t-elle. Mais je te suis. Non seulement je brûle d'envie de voir le reste de la maison — pour des raisons purement esthétiques, bien sûr —, mais je meurs d'impatience de quitter enfin cette robe.

Elle avait esquissé un pas vers l'escalier, mais il la retint et riva ses yeux d'un bleu cristallin aux siens.

— Angie, je ne t'ai pas simplement invitée ici pour te déshabiller. Et, lorsque j'ai dit « on fait ce qui nous plaît, comme bon nous semble », il faut aussi comprendre que rien n'est obligé. Si rien ne se passe, ce n'est pas un problème. Ça me convient parfaitement qu'on parle tous les deux, tranquillement, jusqu'à l'aube. On fait ce dont on a envie et c'est tout. Promis.

— Matt…

Le reste de sa phrase resta bloqué dans sa gorge.

Décidément, il n'avait rien de commun avec les gens qui gravitaient dans son monde. Il y avait en lui une vulnérabilité, mais aussi une profondeur qui l'attiraient terriblement. Et sa retenue la sidérait. Tous les hommes qu'elle avait rencontrés jusqu'à présent prenaient tout ce qu'ils pouvaient prendre dès qu'ils en avaient l'occasion.

Rien à voir avec lui. Au contraire, il lui disait qu'elle avait le choix et qu'elle pouvait finalement se refuser à lui, quand bien même elle s'était jetée dans ses bras toute la soirée. Il ne la considérait, non comme acquise, mais comme à conquérir. Elle se sentit touchée de tous ces égards.

— Ça ne me dérange pas non plus si on discute toute la nuit.

Elle ne parlait jamais. S'épancher lui répugnait, particulièrement en ce moment où le son de sa voix la mettait dans tous ses états. Mais elle ne voulait pas être la seule à avoir le droit de changer d'avis.

— C'est ce dont tu as envie ?

Elle mourait d'envie d'être le centre d'attention de cet homme qui semblait comprendre à demi-mot ce dont elle avait besoin. Elle sentit un désir soudain l'envahir.

— J'ai juste envie d'être avec toi.

— Eh bien, je suis là, à ta disposition. Aussi longtemps que tu le souhaiteras. Je n'ai pas l'intention de bouger.

Et, alliant les actes à la parole, il baissa légèrement l'intensité des lampes et s'installa dans l'un des canapés.

— Ma maison, ma table et mon lit sont à ta disposition, le temps que tu voudras.

Elle éclata de rire, et tous les sous-entendus du moment s'évanouirent.

— C'est bien une chose que je n'ai jamais eue ! Mais tu sais, je ne plaisantais pas quand je disais que je mourais d'envie d'ôter cette satanée robe. Je peux à peine respirer avec le corset que je porte. Et cette robe pèse un âne mort !

— Tu veux que je te prête un T-shirt ?

— En fait… pas vraiment. Ce dont j'ai vraiment besoin, en revanche, c'est de ton aide.

Elle ôta d'un coup de pied ses escarpins, traversa la pièce, s'assit à côté de lui et lui tourna le dos.

— Les lacets du corset sont impossibles à défaire, termina-t-elle.

— Comment aurais-tu fait si on ne s'était pas rencontrés ? Tu aurais été condamnée à dormir avec ce corset…

Si on ne s'était pas rencontrés. L'expression la fit tressaillir. Oui, c'était une rencontre, une vraie, et d'une importance qu'elle n'avait pas soupçonnée de prime abord. Autrement, d'ailleurs, elle n'aurait sans doute pas baissé sa garde.

— J'imagine que je me serais découvert des talents insoupçonnés de contorsionniste, murmura-t-elle, tandis qu'il relevait délicatement ses cheveux qui tombaient en cascade sur son dos et les lui rabattaient sur l'épaule.

Elle sentit des picotements dans sa nuque.

Les mains de Matt glissèrent le long de son buste, attisant le feu qu'il avait allumé en elle un peu plus tôt sur le balcon et qui ne s'était jamais vraiment éteint. Elle s'attendait à sentir d'une seconde à l'autre ses lèvres se poser sur son épaule ou à la base de son cou. Et plus l'attente durait, plus elle sentait le trouble l'envahir, jusqu'à la déraison.

A l'évidence, il était passé maître dans l'art subtil de nourrir le plaisir en prolongeant indéfiniment les préliminaires.

Entre autres choses.

Mais elle lui montrerait, une fois qu'il serait nu à ses côtés, qu'elle aussi n'était pas tout à fait novice en la matière…

Mais allaient-ils finir par se glisser dans un lit ? Rien n'était moins sûr. Il était parfaitement déconcertant de sentir une liaison superficielle se transformer… en quelque chose d'indéfinissable. En quelque chose de bien plus significatif qu'une nuit d'amour destinée à l'aider à supporter la solitude.

Mais quelle était la nature de cette relation ? Difficile à dire.

Finalement, après ce qui lui sembla durer une éternité, elle sentit les lacets se desserrer, le corset se détendre et ses seins enfin s'échapper du carcan qui les comprimait.

— Il n'y a pas d'autre moyen pour retirer ce corset que de le passer par-dessus la tête, observa-t-elle sans se retourner. Tu crois que tu peux m'aider ?

Il l'aida à retirer le corset, lequel entraîna les kilomètres de tulle de sa jupe qui y étaient accrochés, et l'instant d'après elle était quasiment nue devant lui, ne portant plus en tout et pour tout que son minuscule string et son masque.

Qu'allait-il faire maintenant ?

Sa réponse à cette question sur le balcon avait été des plus vagues.

Il déposa tout d'abord avec beaucoup de délicatesse sa robe sur le rebord du canapé. Puis, sans dire un mot, il se tourna vers elle.

L'intensité de cet instant était si forte qu'elle pensa s'évanouir.

— Alors, de quoi as-tu envie de parler ? demanda-t-il d'un ton malicieux. Ça m'intéresse…

Du bout des doigts, il suivit les huit notes de la gamme qui étaient tatouées au creux de ses reins. Ce simple contact fit naître en elle un irrépressible frisson.

— Des notes de toutes les couleurs de l'arc-en-ciel. C'est original… Ça me plaît, remarqua-t-il.

Personne ne le lui en avait jamais fait la remarque auparavant.

— La musique est très importante pour moi.

Elle n'avait pas prévu d'en dire autant, et il lui fallut réprimer la douleur que la remarque avait fait surgir. Ce soir, cependant, elle n'était pas seule pour faire face à cette vie sans musique qu'il lui fallait désormais affronter.

— Matt ?

— Oui…

La chaleur qu'elle perçut dans sa voix la rasséréna.

— Je vérifiais juste que tu étais toujours là. Dis-moi, est-ce qu'on va parler toute la nuit comme ça, ou n'y aurait-il pas une autre activité toute aussi plaisante qui te tenterait ?

— C'est une proposition ?

— Je crois qu'on peut répondre par l'affirmative.

Jamais elle n'avait eu autant envie d'un homme. Que fallait-il donc qu'elle dise pour qu'il passe à l'action ?

— Mais une proposition visiblement guère alléchante puisque tu es toujours assis à mes côtés, bras ballants…, observa-t-elle, un rien dépitée.

— Tourne-toi vers moi, Angie.

Elle obtempéra, lentement.

Lorsqu'elle fut face à lui, il la couva du regard, puis, tout aussi lentement qu'elle s'était tournée, il détailla chaque partie de son anatomie. Elle se sentit littéralement s'embraser sous son regard ardent.

— Tu es la plus belle femme que j'aie jamais vue. Viens !

Il lui prit les mains et s'approcha d'elle. L'instant suivant, il l'avait attirée dans ses bras et l'embrassait.

Lorsque leurs bouches se soudèrent, les flammes du désir jaillirent.

C'était une évidence : ils étaient faits l'un pour l'autre.

Lorsqu'il pencha la tête pour déposer un baiser dans son cou, leurs masques s'entrechoquèrent. Sans nervosité, il les remit en place et riva ses yeux aux siens.

— On ne fait que ce dont on a envie. Ça tient toujours ?

Puis, sans prévenir, il fit glisser une main le long de son dos et ouvrit ses doigts en éventail dans le creux de ses reins, sur les notes de musique qui y étaient tatouées, comme s'il savait qu'il tenait entre ses doigts son essence, ce qu'elle avait de plus cher.

Elle ferma les yeux et laissa échapper un gémissement.

— J'ai rarement été aussi bien, déclara-t-elle pour toute réponse. Et maintenant, ne me dis pas que tu as envie de parler…

Elle l'entendit rire doucement, tandis qu'il l'embrassait dans le cou.

— Je n'en ai pas spécialement envie en ce moment, mais, si tel est ton désir, je discuterai avec toi avec plaisir.

Elle répondit en secouant très doucement la tête, de peur qu'il n'écarte sa bouche d'elle.

— J'ai envie de toi.

— Parfait. Parce que j'ai la ferme intention de te faire l'amour.

Elle en rêvait.

Elle avait envie de cet homme, de le sentir en elle, de se fondre en lui, corps et âme.

Il posa une main ferme dans son cou.

— Angie, murmura-t-il avec respect, révérence presque.

— Arrête ! répondit-elle tandis que des larmes lui montaient aux yeux.

Des larmes étaient venues en même temps que la conscience soudaine qu'elle avait envie d'autre chose avec lui, quelque chose contre lequel elle luttait depuis le début de la soirée.

— Arrête, je t'en supplie.

— D'accord, répondit-il.

Il retira ses mains.

— Non, n'enlève pas tes mains ! Et arrête de m'appeler Angie !

Et, avant même qu'elle ait eu le temps de penser aux mille et une raisons qui auraient pu la dissuader d'agir ainsi, elle retira son masque et ajouta :

— Je m'appelle Evangeline. Fais-moi l'amour. A moi, pas à un masque.

4

— Evangeline.

Le nom lui allait comme un gant, songea Matt en le prononçant. C'était vraiment le prénom idéal pour cette femme ailée, mystérieuse, surgie de nulle part. Angélique et évanescente tout à la fois.

Il la dévisagea avidement, et quelque chose en lui tressaillit, comme face à une révélation.

Te voilà donc...

— Angie est le diminutif qu'on me donne. En réalité, je m'appelle Evangeline, précisa-t-elle.

Il sentit une émotion étrange l'envahir.

— Heureux de la confiance que tu me fais, Evangeline, observa-t-il, la gorge nouée.

Elle n'avait pas seulement ôté son masque. Elle avait fait beaucoup plus : elle s'était dévoilée.

La signification profonde de ce geste lui fit éprouver douloureusement l'impossibilité qu'il y avait pour lui de faire de même.

Désireux malgré tout de ne pas sembler en reste, il retira également son masque.

Elle le dévisagea si longuement, si intensément qu'il se sentit légèrement rougir.

Qui aurait pu penser qu'ôter un masque provoquerait en lui des émotions d'une telle intensité ?

— Grand Dieu, tu es splendide !

— Ordinairement, on m'appelle plutôt par mon prénom,

mais, si tu préfères m'appeler « Grand Dieu », surtout n'hésite pas. Je n'y vois pas d'inconvénient.

Elle éclata de rire à sa réplique.

— Jolie manière de dissiper un malaise. Bravo, chapeau bas. C'est un talent qui n'est pas donné à tout le monde.

— Bon, on en a fini avec les révélations pour ce soir ? demanda-t-il.

— J'espère bien que non. Maintenant que j'ai vu ce qui se dissimulait derrière ce masque, je meurs d'envie de savoir ce qui se cache sous ce costume, déclara-t-elle en tirant sur le nœud papillon de Matthew.

— J'espère ne pas trop décevoir tes attentes, déclara-t-il d'une voix qui, tout à coup, se faisait plus sourde.

Ce devait être la nervosité. Entre autres choses.

Sans chercher à cerner davantage les causes de son trouble, il prit Evangeline dans ses bras et grimpa rapidement l'escalier qui donnait à sa chambre.

— Un homme capable de gravir quatre à quatre les marches d'un escalier en me portant sans paraître à bout de souffle possède une musculature qui ne peut que répondre à mes attentes, souffla-t-elle tandis qu'il la déposait sur le lit.

Elle détacha ses yeux des siens et balaya la pièce du regard avant de les fixer au plafond.

— Quelle merveille !

Matt leva les yeux vers les seize scènes Renaissance qui s'y succédaient avec grâce.

— C'est le plafond que je préfère dans ce palais, moi aussi.

— C'est somptueux. Si tu n'y vois pas d'inconvénients, je le contemple pendant que tu redescends chercher les préservatifs qui sont restés dans ma pochette de soirée, près du canapé, déclara-t-elle en lui décochant un regard malicieux tandis qu'il réprimait un juron.

Il s'exécuta et parvint assez vite à retrouver la pochette bourrée de préservatifs accrochée à la robe-carcan d'Evangeline.

En remontant avec la pochette, il s'immobilisa au milieu de l'escalier. La pochette rebondie lui rappelait dans toute sa crudité ce qu'il s'apprêtait à faire, à savoir faire l'amour avec une femme dont il avait découvert le visage dix minutes plus tôt.

Etait-ce vraiment ce qu'il souhaitait ?

La réponse s'imposa aussitôt : oui, c'était bien ce qu'il comptait faire.

Après tout, ce n'était qu'une nuit. Une nuit où il pouvait peut-être enfin endiguer son deuil avec l'aide de cette magnifique jeune femme auprès de laquelle il se sentait vivant — oui, enfin vivant.

Lorsqu'il pénétra dans la chambre, Evangeline était installée dans un fauteuil crème et contemplait le plafond, les yeux éblouis, les cheveux repoussés en arrière, entièrement nue et parfaitement à l'aise. Cette absence d'inhibition l'arrêta. C'était rare. Etonnant. Excitant.

Il sentit son corps se raidir et ses doigts le picoter au souvenir de la douce peau de la jeune femme. La nuit qui s'annonçait était un cadeau de la vie, et il lui fallait remercier le ciel de la chance qu'il avait.

Elle détacha son regard du plafond et lui adressa un sourire sensuel.

— Viens, toi !

Seul un fou pouvait repousser une invitation pareille.

D'une main, il retira chaussures et chaussettes en traversant la pièce, puis, arrivé au lit, jeta la pochette sur l'oreiller tout en contemplant sa plastique sculpturale, d'une perfection absolue.

— Une seconde…

Il ouvrit un des tiroirs de sa table de chevet, prit un briquet et alluma les bougies posées de chaque côté du lit, puis éteignit les lampes.

— Génial, approuva-t-elle.

Elle se redressa, s'approcha de lui et le saisit par les revers de sa veste dont elle le débarrassa en un tournemain.

— Tu es bien trop habillé à mon goût… Ça me met mal à l'aise d'être nue comme ça devant toi.

— Il n'y a vraiment pas de raison. Tu es si belle…

La lueur des bougies conférait à sa peau une nuance

mordorée et incendiait les boucles de sa chevelure. Les mains d'Evangeline, occupées l'instant d'avant à défaire son nœud papillon, se posèrent sur ses pectoraux, et elle planta son regard dans le sien.

Une kyrielle d'émotions traversèrent son regard, et ils restèrent ainsi longuement, en une communion silencieuse.

— Tu sais très bien pourquoi…, ajouta-t-elle.

Oui, il le savait. Au fond de ses yeux, il vit les mêmes choses qu'elle devait, sans aucun doute, discerner au fond des siens. Ils se comprenaient, mystérieusement, sans un mot, sans un geste. Profondément.

Il l'avait perçu dès qu'il l'avait vue, dans le hall d'entrée du palazzo de Vincenzo. Il le ressentait de nouveau avec une intensité accrue en cet instant solennel.

Si elle se sentait mal à l'aise, ce n'était pas à cause de sa nudité, mais parce qu'elle avait retiré son masque et redoutait de découvrir qu'elle avait commis une erreur en lui accordant ainsi sa confiance.

Cette nuit, il vivait la rencontre intime de deux êtres éprouvés par la vie qui cherchaient du réconfort. Et il n'allait pas se refuser à cette rencontre parce qu'il voulait se montrer à la hauteur de la confiance qu'elle lui faisait. Parce qu'il voulait faire l'amour à cette femme si différente de toutes celles qu'il avait rencontrées jusqu'alors, une femme qui n'était pas du tout le genre d'un homme d'affaires de Dallas, mais qui était la femme idéale pour quelqu'un qui ne savait plus du tout qui il était ou quelle vie il voulait mener.

Et puis, il avait envie de savoir ce qui pouvait arriver s'il faisait fi de toutes les règles qu'on lui avait inculquées. De toute façon, cela ne pouvait pas être pire que l'enfer sur terre qu'il vivait depuis les dix-huit derniers mois.

S'il se débrouillait bien, cela pouvait en plus être fabuleux.

Et d'ordinaire, ce qu'il faisait, Matthew le faisait à la perfection.

— Je ne vais pas te décevoir…

— Je le sais. Je ne serais pas ici sinon.

La voix d'Evangeline était devenue incroyablement rauque.

Elle s'interrompit un instant avant de poursuivre, laissant l'émotion qui sourdait dans sa voix pénétrer Matthew jusqu'au plus profond de lui-même.

— C'est juste que je n'ai jamais vécu quelque chose de comparable auparavant.

Eh bien, songea Matthew, dans ce cas, ils étaient deux.

— Surtout, n'oublie pas : on fait ce qui nous plaît, comme on en a envie, sans contraintes.

— Oui, oui, je me souviens. Sauf que j'ai un principe, déclara-t-elle tout en finissant de dénouer son nœud papillon avant de s'attaquer aux boutons de sa chemise. C'est moi qui commence. Tu attends ton tour.

Le désir déferla en lui. Une femme l'avait-elle jamais autant provoqué et excité en le déshabillant ?

— C'est injuste comme principe. Pourquoi ne pourrions-nous pas nous explorer l'un l'autre en même temps ?

— Parce que c'est ainsi. Parce que c'est moi.

Elle venait de défaire le dernier bouton de sa chemise et posait le bout de ses doigts sur son torse.

— Et, pour être tout à fait précise, j'ai pour principe d'explorer en deux temps, d'abord avec mes yeux. Puis avec ma bouche.

Ses yeux se mirent alors à détailler sa peau exposée, tout en l'attirant vers elle. Puis, sans prévenir, elle le fit pivoter sur lui-même et lui attacha les mains derrière le dos avec les manches de sa chemise.

— Alors là, ce n'est vraiment plus juste du tout !

— Il n'y a pas de justice en ce bas monde, pas plus en amour qu'à la guerre.

Puis elle le fit se retourner et fit glisser son index le long de son torse jusqu'à la ceinture de son pantalon.

— Mais tu pourras tout de même épancher ta soif de justice lorsque j'aurai fini mon exploration !

Elle l'attira à lui et, d'un seul mouvement, lui ôta pantalon et caleçon, contemplant longuement son membre dressé.

Il repoussa son pantalon d'un coup de pied.

— Tu sais, je pourrais facilement me dégager, si je voulais.

— Ne t'avise pas d'essayer, déclara-t-elle d'un ton faussement badin.

Amour et guerre tout à la fois, c'était bien ce qu'elle lui proposait. Et c'était terriblement excitant.

— Retourne-toi, je veux tout voir, dit-elle en accompagnant ces mots d'un petit geste de l'index.

Il obtempéra sans mauvaise grâce.

— Et quand commence l'exploration avec la bouche ? demanda-t-il par-dessus son épaule, un rien provocateur.

Pour toute réponse, il sentit les lèvres d'Evangeline se poser au creux de ses reins et ses cheveux se répandre sur lui. Tout son corps, si longtemps endormi, se réveilla.

Lentement, elle remonta jusqu'à sa nuque. Il se mit à gémir quand il la sentit mordiller le lobe de son oreille avant de le faire tourner sur lui pour égrener des baisers le long de sa mâchoire.

Puis ils cessèrent tout à fait de parler quand elle se pencha vers lui pour l'embrasser.

Il brûlait d'envie de l'attirer contre lui et de lui infliger à son tour les plus doux des sévices, mais il s'y refusait. Son sens de la parole donnée lui interdisait de rompre sa promesse, et il s'efforçait de ne pas violer la règle qu'elle avait instaurée alors même qu'elle faisait tout pour le rendre fou de désir. Il manqua bien passer outre à plusieurs reprises, alors qu'elle lui prenait la tête dans les mains pour intensifier leur baiser et, ce faisant, effleurait son torse du bout de ses seins. Mais il se maîtrisa *in extremis*.

Quelques secondes — ou minutes, il ne savait plus — plus tard, elle mit un terme à leur baiser et se cambra légèrement. La soie du triangle de son string dont elle était vêtu l'effleura, et il gémit, à deux doigts d'exploser de plaisir à ce contact aussi sensuel qu'inattendu.

Mais non, pas question.

Il inspira profondément et parvint à se maîtriser.

— Matt, murmura-t-elle à son oreille, d'une voix éraillée qui lui parut la chose la plus excitante du monde, ce qui m'a frappée dès que je t'ai vu, ce sont tes mains. Des mains qu'on sent légères et expertes à la fois. Je veux les sentir explorer mon corps. Maintenant.

Et elle se pencha pour défaire le nœud qu'elle avait réalisé à la hâte avec les manches de sa chemise, même si, déjà, il s'était défait de ses entraves.

Il s'empara aussitôt de sa bouche tandis qu'il posait ses deux paumes sur la chute de ses reins et les glissait doucement sur sa peau soyeuse, vers cette croupe parfaite et si excitante. Il se pressa contre elle, s'abandonnant à la sensation de la sentir tressaillir au contact de son érection, au plaisir de se sentir impatient, avide. Enfin, il ressentait autre chose que du vide, de la tristesse ou de la confusion.

Lorsqu'il glissa ses doigts sous le triangle de soie, elle laissa échapper un gémissement et s'arqua pour le laisser pénétrer en elle, la tête en arrière.

Il était comme électrisé.

Elle n'avait vraiment rien à voir avec Amber.

Il chassa immédiatement cette pensée.

Le passé n'avait pas à revenir hanter sa vie. Mais, malgré ses efforts, la comparaison s'installa. Amber était une femme sophistiquée, d'une rare élégance, belle à la manière de ces objets très rares qui exigent soins et égards. Si leur vie amoureuse avait été épanouie et heureuse, elle s'était toujours déroulée dans le noir, sous les draps, ce qui, à l'époque, ne lui posait aucun problème.

Ce soir, il s'agissait de tout autre chose : d'une nuit érotique, torride même… Evangeline n'était pas Amber. Et cette nuit, tout était permis.

Ce soir, il avait envie de s'abandonner totalement dans les bras de cette femme et de se réveiller un autre homme au matin.

Evangeline prit Matt dans ses bras et l'exhorta à se dépêcher. Mais rien ne semblait pouvoir forcer cet homme à adopter un rythme autre que le sien.

Ses doigts qui glissaient sur sa peau semblaient l'envelopper dans des rets de plaisir, un plaisir qui la faisait vibrer jusqu'au plus profond d'elle-même.

Et surtout, auprès de lui, elle se sentait désirée, comblée et même appréciée à sa juste valeur. En un mot, acceptée.

Avec infiniment de douceur et de retenue, il l'étendit sur le matelas et lui retira son string avant d'explorer son ventre, puis son buste, caressant et embrassant chaque centimètre carré de sa peau. Lorsqu'il parvint à sa gorge, il lui fit courber la tête en arrière et traça un chemin de baisers de sa bouche à son cou. En même temps, du genou, il écarta ses cuisses et se glissa, dur et tendu, entre elles. Des feux d'artifice éclatèrent à l'arrière des paupières baissées d'Evangeline.

Jamais auparavant elle n'avait senti monter en elle pareil désir. Jamais aussi rapidement. D'habitude, elle avait besoin d'un peu de temps pour s'abandonner. Mais, compte tenu de l'intensité de leurs échanges dès leur rencontre, rien d'étonnant à ce qu'elle manque toucher le septième ciel en sentant ses cuisses entre les siennes.

Ce qu'il était en train de faire avec sa langue sur ses seins chassa vite toute pensée. D'autant qu'il entreprenait de mordiller doucement puis plus intensément leurs bouts dressés. Elle se cambra tandis que tout son sexe se contractait.

Elle gémit.

— Viens, Matt, viens.

Ce qu'elle pensait être une injonction pressante prit sans qu'elle le veuille le ton d'une supplique. Mais peu importait.

Il sortit un préservatif et l'enfila, puis, enfin, elle le sentit se glisser entre ses cuisses. Et lentement la pénétrer sans la quitter des yeux.

Un sentiment puissant la submergea. Comme si le lien qui les unissait avait quelque chose de primordial, d'essentiel, de mystique même.

Non, décidément, elle n'avait jamais rien vécu de tel.

Ce n'était pas un coup d'un soir dont on se souvenait à peine une semaine plus tard. Cela ne rendait leur liaison que plus redoutable. Plus le lien est fort, plus les choses peuvent s'avérer dévastatrices.

Retirer son masque avait été un geste un peu fou, un pari, mais Matt ne l'avait pas reconnue, elle en était sûre. Tout cela aurait dû lui permettre de profiter pleinement de cette nuit d'amour avec cet homme qui, ne la connaissant pas, ne pouvait vraiment pas la blesser. Cela aurait dû être libérateur. Au lieu de quoi, elle se sentait plongée en pleine confusion.

Elle s'efforça désespérément de se départir de ce sentiment d'effroyable vulnérabilité que cet homme réussissait à faire naître en elle juste en la regardant.

— Non, pas comme ça, déclara-t-elle en se dégageant et en roulant sur le côté.

— Je vais trop vite en besogne, c'est ça ?

— Non, c'est juste trop… classique. Si tu me prenais plutôt comme ceci…

Elle se mit à genoux sur le lit, dos tourné à lui, et lui jeta un regard par-dessus son épaule.

Pour toute réponse, il lui sourit et plaqua son torse sur son dos, égrenant un chapelet de baisers le long de son cou tandis qu'il la pénétrait par l'arrière.

C'était beaucoup mieux. Ainsi, elle pouvait ignorer l'émotion qu'elle voyait sur le visage de Matt quand il posait ses yeux sur elle.

D'une main douce et ferme, il écarta les lèvres de son sexe, posa son index sur la perle de chair qu'il recélait et se mit à la caresser doucement tandis qu'il allait et venait en elle.

Elle laissa le plaisir monter en elle en vagues régulières et se mit à gémir. C'est lorsqu'elle cria son prénom qu'elle prit conscience que peu importait qu'elle voie ou non son visage. Ses caresses avaient la même intensité que son regard.

Elle sentit des larmes lui monter aux yeux. Elle avait envie que ces caresses signifient bien tout ce dont elle les sentait pleines, même si c'était terrifiant de l'admettre.

Elle n'eut pas le temps d'élaborer davantage de plans : un orgasme aussi puissant qu'un ouragan s'abattit à cet instant sur elle, lui arrachant des cris de plaisir. L'instant suivant, dans un dernier coup de rein puissant, il la rejoignait.

Comme elle s'était écroulée sur le lit, haletante, comblée, il la prit dans ses bras et elle se blottit contre lui, étonnée elle-même par le caractère simple et naturel de cette étreinte si douce, elle qui aimait d'ordinaire qu'on ne la touche pas tout de suite après l'amour.

— Je n'ai jamais joui aussi vite de ma vie, murmura-t-il à son oreille. Je crois que cela va devenir ma position préférée.

Dommage, songea-t-elle, que cela n'ait pas eu le bénéfice escompté de son côté. Elle se sentait submergée d'émotions déconcertantes. Et le fait d'être lovée tendrement dans ses bras et qu'il lui caresse doucement la taille ne contribuait guère à clarifier ses pensées et ses émotions. Une chose était sûre : l'attirance qu'elle éprouvait pour lui n'était pas que purement sexuelle. Elle avait envie que Matt soit pour elle quelqu'un de différent, de spécial.

Là, c'était grave, réalisa-t-elle, atterrée par la pensée qui venait de la traverser.

Il fallait absolument qu'elle se lève et qu'elle parte au plus vite. Tout de suite, avant qu'elle se rende compte que cela n'était pas le cas.

Mais si elle partait, à quoi s'exposait-elle ? A une longue nuit solitaire, allongée dans le noir, à écouter le brouhaha des conversations des invités de Vincenzo mêlé à la musique assourdissante.

— Mais ne te méprends pas : je suis prêt à essayer toutes sortes de positions pour vérifier que c'est bien celle que je préfère. D'ici quelques minutes. Je sais qu'on a des préservatifs à ne plus savoir qu'en faire, mais il me faut un tout petit peu de temps pour renaître de mes cendres. Tu n'es pas une femme dont on se remet en un clin d'œil.

Elle sourit. C'était agréable de savoir que leurs ébats avaient été aussi stupéfiants pour lui que pour elle.

Elle s'était préparée à être poussée vers la sortie. Peut-être même qu'une part d'elle le souhaitait inconsciemment — après tout, c'était l'option la plus sûre. D'autant que rares étaient les hommes qui aimaient passer la nuit avec une femme à leurs côtés après l'amour.

Découvrir que ce n'était pas le genre de Matt la ravit. Plus que de raison.

— Que dirais-tu de simplement discuter ?

Qu'est-ce qui lui prenait ? Elle ne restait jamais d'habitude.

Elle faillit ravaler sa proposition, mais elle se ravisa. Elle avait le moral en berne, et inexplicablement cet inconnu nommé Matt la requinquait. Rien ne pressait, il serait bien temps de prendre la poudre d'escampette au petit matin. En attendant, elle avait envie de s'offrir une nuit de liberté, au cours de laquelle rien ne compterait en dehors de cet homme qui, visiblement, l'appréciait et la désirait.

Elle sentit les lèvres de Matt contre sa tempe.

— Une discussion à bâtons rompus ? Comme tout à l'heure lorsqu'on s'essayait au speed dating ?

Elle frissonna, sans doute sous l'effet d'un de ces courants d'air frais qui parcouraient le palazzo.

— J'ai du mal à croire que nous puissions nous trouver encore d'autres points communs, mais pourquoi pas…

Il éclata de rire.

— C'est vrai qu'au lit c'est l'accord parfait entre nous. Cela faisait longtemps que je n'avais pas vécu cela.

— Ah oui ? Vraiment ? Et combien de temps, sans indiscrétion ?

Il la fit rouler sur le côté et rabattit les draps.

— Un an et demi, à peu près.

Quoi ?

— Comme je ne crois pas une seule seconde que ce soit par manque d'opportunités, j'imagine que c'est par choix. J'espère juste que je ne suis pas en train de te faire rompre des vœux.

— Non, pas du tout, n'aie crainte, déclara-t-il avant de s'interrompre un long moment. Je ne suis pas rentré dans les ordres : ma femme est morte il y a dix-huit mois.

Sa femme était… morte !

— Oh ! Matt, je suis vraiment désolée.

Très émue, elle se retourna et, impulsivement, l'étreignit. Difficile d'expliquer pourquoi elle avait agi ainsi. Elle n'était pas naïve au point de croire qu'elle pouvait remédier d'une quelconque manière à cette perte ou soulager sa peine…

— Merci, murmura-t-il à ce moment-là contre ses lèvres.

Il s'interrompit, et le sourire qu'il lui adressa lui brisa le cœur.

— J'imagine que tu avais tout autre chose en tête lorsque tu as parlé de discuter ensemble, mais j'ai pensé qu'après tout tu devais savoir.

Sans doute sentait-il lui aussi que se nouait entre eux quelque chose qui dépassait de beaucoup ce qu'ils s'étaient l'un comme l'autre imaginé.

— C'est pour cela que tu vas là où le vent te pousse, comme une âme en peine, dans l'espoir de pouvoir mettre un point final à cette tragédie, c'est cela ?

D'un mouvement de tête, il lui confirma qu'elle avait vu juste.

— Tu n'es pas à Venise pour affaires, pas vrai ? continua-t-elle.

— Si seulement… Ce serait si simple. Tu ne peux pas savoir à quel point je souhaiterais savoir comment faire son deuil une bonne fois pour toutes !

Matt était donc veuf, récapitula-t-elle, un peu désorientée par la révélation.

— Les gens de nos âges ne devraient pas mourir…

Et, de la même façon, les gens de leur âge ne devraient pas tout perdre à la suite d'une opération ratée. Sauf que des tragédies arrivent, et qu'elles n'obéissent à aucune logique ou nécessité…

L'air impénétrable, il écarta une boucle qui lui était retombée sur le visage.

Il allait sûrement lui demander de lui révéler à son tour le drame qui la hantait. Il risquait d'être déçu. Elle ne comptait en effet rien dire, tout simplement parce qu'elle s'en sentait incapable. Non, elle ne dirait rien à Matt, même si, après l'aveu qu'il venait de lui faire, ce n'était pas très juste de se montrer aussi réticente à lui expliquer les raisons de sa propre vulnérabilité.

Heureusement, il ne lui posa aucune question.

— Tu crois qu'on a le même âge ? Enfin, je ne sais pas si je suis autorisé à poser cette question… Dans mon souvenir, il y a une règle qui interdit qu'on demande son âge à une femme.

Elle laissa échapper un rire.

— Je croyais qu'on s'était mis d'accord pour ne rien s'interdire, pour ne respecter aucune règle, sauf celle de notre bon plaisir ? Donc, je te réponds : j'ai vingt-sept ans.

— Moi, trente-deux. Ce n'est pas encore assez vieux pour devoir attendre plus longtemps avant de renaître de mes cendres, si tu vois ce que je veux dire.

Elle le laissa changer de sujet en l'embrassant à perdre haleine. Puis il roula sur elle et, en appui sur ses avant-bras musclés, il la contempla. Au fond de ses yeux, il ne lut que le désir qu'il ressentait pour elle, pas de chagrin. Aux prises l'un comme l'autre avec des tragédies personnelles, ils partageaient le même combat contre la pesanteur de leur désespoir.

Et, l'espace d'une nuit, la magie opérait.

5

Lorsque Evangeline se réveilla, elle découvrit Matt qui la contemplait. Les rideaux étaient ouverts et la pièce inondée de soleil. Il était encore plus beau à la lumière du jour qu'à celle des bougies.

— Bonjour, murmura-t-il avec un sourire avant de mêler ses doigts aux siens et de les porter à ses lèvres.

Elle lui rendit son sourire.

— Tu es toujours d'aussi bonne humeur le matin ?

Avec un rire, il repoussa une mèche de cheveux qui lui était tombée sur le visage.

— Non, c'est toi qui as le don de me mettre de bonne humeur.

— Et dis-moi, tu me dévisages comme ça dans mon sommeil sans raison, ou c'est parce que tu envisages de me harceler de tes poursuites une fois qu'on se sera séparés ?

— J'ai mes raisons, mais tu vas me prendre pour un dingue...

— Dis toujours.

— J'aime ton visage. Il était caché une grande partie de la nuit, je n'ai pas encore eu le temps de m'en imprégner.

— Mon visage n'a pourtant vraiment rien de spécial.

Mis à part que le monde entier le connaissait, bien sûr, ajouta-t-elle intérieurement.

Elle s'assit et repoussa les draps afin de prendre la poudre d'escampette si jamais la conversation prenait un tour qui lui déplaisait.

Et puis, c'était le matin, et elle était restée avec cet homme déjà plus que de raison.

Mais, avant qu'elle ait posé le pied par terre, il l'avait saisie par le poignet.

— Je pourrais te contempler des heures durant, je crois.

— Tu m'étonnes : je suis dans le plus simple appareil. Bien sûr que tu pourrais me contempler ainsi des heures durant.

Les hommes, franchement...

Sauf que les yeux de Matt n'étaient pas fixés sur ses seins, ses hanches ou ses jambes.

Elle essayait désespérément de faire de Matt un de ces machos stéréotypés pour mieux se détacher de lui, mais même elle n'était pas dupe.

— Il te reste des plumes dans les cheveux.

— Non, c'est pas vrai !

— Si...

Il posa alors ses mains sur ses cheveux et découvrit que des épingles à cheveux maintenaient toujours en place une partie des décorations sophistiquées qu'elle portait sur la tête la veille.

Génial. Elle devait avoir sur le haut du crâne une sorte de nid d'oiseau écrasé. Ce devait être du meilleur effet.

— Laisse-moi faire !

Il quitta le cocon protecteur des draps qui tombèrent à ses pieds en cascade, et elle se sentit tressaillir à sa vue. Décidément, il n'y avait rien de typique chez Matt... Et son physique ne faisait pas exception à la règle.

Il se posta derrière elle sans la toucher. Cela ne changeait rien à l'affaire. Elle sentait sa présence, et sa peau réagissait à cette proximité troublante, tandis qu'avec une douceur incroyable il ôtait l'une après l'autre les épingles qui parsemaient sa chevelure.

— Voilà, c'est la dernière, déclara-t-il au bout de quelques secondes, triomphant.

Pour autant, il n'avait pas retiré ses doigts de la masse de ses cheveux en désordre qu'il semblait décidé à démêler lentement, en passant ses doigts dans les boucles enchevêtrées.

Puis il souleva sa chevelure et posa ses lèvres sur la base de son cou, la faisant tressaillir.

Il fallait vraiment qu'elle parte. Leur nuit d'amour était finie. Mieux aurait valu qu'elle parte plus tôt, avant qu'il se réveille. D'ailleurs, pourquoi ne l'avait-elle pas fait ?

— Matt ?

Ses lèvres cessèrent leur progression inéluctable le long de sa nuque.

— Tu vas me dire que tu dois absolument être ailleurs, là, maintenant, tout de suite. Que c'était sympa de me rencontrer, mais que les bonnes choses ont une fin. Je me trompe ?

Elle était à ce point prévisible ?

— Désolée, mais non, je n'ai aucune obligation d'aucune sorte qui me contraigne au départ.

Bravo ! On ne pouvait guère imaginer aveu plus idiot. Voilà que d'elle-même, elle s'était ôté toute porte de sortie.

— Dans ce cas, reste !

Il l'attira à lui, tandis qu'il continuait à l'embrasser avidement. Elle sentit qu'elle se liquéfiait totalement.

Non, elle n'allait nulle part, pour le moment du moins. Mais elle n'allait pas non plus faire l'amour sans le voir. Pas cette fois-ci.

Elle pivota sur elle-même sans quitter ses bras et, dans un même mouvement, noua ses jambes autour de sa taille. Le plaisir qu'elle vit incendier son regard éveilla en elle un désir ardent.

— Essaie un peu de me désarçonner, cow-boy !

Il laissa échapper un rire dont les ondes se propagèrent jusqu'aux tréfonds de son être.

— Tous les Texans ne font pas du rodéo, tu sais.

— Qui parle de monter à cheval ? déclara-t-elle en le caressant et en le faisant basculer en arrière dans un fauteuil.

Là, à genoux au-dessus de lui, elle se redressa un instant et l'observa.

Le spectacle qu'il lui offrait dans sa nudité virile valait d'ailleurs la peine d'être contemplé.

Les yeux assombris par le désir, il releva le menton.

— C'est ton tour d'aller chercher les préservatifs.

Elle s'étira jusqu'à la table de chevet et déchira avec les dents l'étui de la protection en latex.

— Tiens…

— Eh bien, il ne te reste plus maintenant qu'à me chevaucher, belle cavalière… Et cette fois, ajouta-t-il avec un clin d'œil, tu n'as pas besoin de me ligoter les mains.

A vrai dire, elle avait employé ce moyen dans l'unique but de faire descendre de quelques degrés le niveau de sensualité entre eux la veille au soir. Mais, si elle était parfaitement honnête, le subterfuge avait plutôt eu l'effet inverse de celui escompté…

— Ça t'a plu, on dirait ?

Sa réplique n'avait pas plutôt passé ses lèvres qu'elle la regretta. En fait, elle n'avait aucune envie de ces échanges piquants, mordants. Les mots d'esprit et les reparties vives, très peu pour elle aujourd'hui. Elle désirait retrouver le Matt tendre, profond qu'elle avait rencontré la veille au soir et qui lui avait donné ce sentiment si rare d'être pour lui un être précieux.

Quand s'était-elle métamorphosée en jeune fille en fleur ? Cinq minutes plus tôt, elle était mentalement sur le pas de la porte et, tout à coup, elle se retrouvait à rêver d'amour tendre.

Décidément, Matt lui faisait tourner la tête.

— Il va bien falloir que je finisse par trouver quelque chose chez toi qui me déplaise…, remarqua-t-il alors.

— Je t'ai bien eu dans ce cas.

Il la regarda droit dans les yeux, et ce regard la transperça littéralement.

— Je ne crois pas, non.

Elle détourna les yeux et laissa tomber le préservatif sur le sol.

— Mais tu ne me connais pas. Pas vraiment.

En réalité, personne ne la connaissait vraiment. Et c'était tout à fait intentionnel.

— Ce n'est pas vrai, déclara-t-il en se redressant et en lui prenant le menton entre deux doigts. Lorsque tu as retiré ton masque, j'ai su tout de suite qui tu étais.

Elle sentit son cœur s'arrêter un instant de battre.

— Vraiment ?

Pourquoi n'avait-il rien dit ?

Quelle idiote elle faisait ! Il ne lui avait rien dit parce qu'il avait envie de faire l'amour à une célébrité. La déconvenue faillit lui arracher un sanglot. Non, après tout, il était comme tous les autres.

— Oui, j'ai su tout de suite, comme si je t'avais connue depuis toujours.

Il secoua la tête avec un petit rire avant de poursuivre.

— Désolé, je ne suis peut-être pas très bon dans ce registre. Et, pour ne rien arranger, tu dois avoir l'impression d'être en face d'un adolescent confus et bredouillant.

— Qu'est-ce que tu racontes ? Je ne comprends rien.

Il laissa échapper un soupir d'exaspération.

— C'est difficile à expliquer. Disons que j'ai vraiment eu la sensation, très étrange, lorsque tu as retiré ton masque, que je savais qui tu étais. Rien à voir avec ce qu'on peut éprouver lorsqu'on tombe, par hasard, sur quelqu'un qu'on a côtoyé au lycée pendant des années et perdu de vue. Non. C'était comme une reconnaissance instinctive, élémentaire. Intérieure. Jamais je n'avais vécu cela auparavant.

Son regard la suppliait de le comprendre, mais le tumulte intérieur qu'elle éprouvait l'empêchait de donner le moindre sens aux mots qu'il prononçait.

— Et j'avais l'impression que c'était réciproque. Que toi aussi, profondément, tu devinais qui j'étais.

C'était donc de cette entente par-delà les mots qui s'était immédiatement nouée entre eux dont il parlait…

Elle sentit les battements de son cœur ralentir.

— La première fois qu'on s'est embrassés, je n'avais pas du tout l'impression que c'était une première fois. C'est de cela dont tu parles ? lui demanda-t-elle.

Son regard s'illumina aussitôt à ces mots, ce qui lui alla droit au cœur.

— Oui, c'est ça. C'est de cela dont je parle. Tout entre nous a tout de suite été… parfait. Et d'ailleurs regarde : on est là complètement nus à discuter, et il n'y a aucune gêne.

Elle lui sourit avant de répondre.

— C'est plutôt pas mal, à mon sens.

— Au mien aussi. Et je sais l'essentiel sur toi : tu es mon papillon.

Les lèvres de Matt s'approchèrent des siennes, et ils échangèrent un long baiser plein de promesses.

Cela suffit à retourner complètement la situation une fois de plus. La voilà qui aspirait tout à coup à vivre avec lui des choses auxquelles il était parfaitement déraisonnable d'aspirer. Comme, par exemple, une seconde nuit d'amour avec cet homme qui lui faisait oublier la solitude, qui lui donnait l'impression d'être précieuse, chérie, presque aimée.

Mais combien de temps cette fuite en avant pouvait-elle durer ?

Plus vite elle mettrait un terme à tout cela, plus vite ce désir d'abandon dans les bras de Matt se dissiperait. Mais, à la seconde où elle franchirait le seuil de la chambre de Matt, il lui faudrait reprendre pied dans la réalité, affronter de nouveau solitude, carrière brisée et voix cassée, avec pour toute protection l'identité d'Eva. Autant dire pas grand-chose.

Avec Matt, elle était une femme comme les autres, et elle vivait une histoire intense, douce et étrange. Une nuit ne suffisait pas. Mais plus elle resterait, plus elle laisserait Matt prendre de l'importance. A ses risques et périls.

Elle plongea son regard dans les yeux bleus très clairs de son amant.

Une petite voix dans sa tête lui disait qu'il fallait prendre garde à cet homme complètement atypique.

**
***

Matthew saisit le menton d'Evangeline et l'embrassa jusqu'à ce que la prudence la plus élémentaire l'oblige à s'écarter d'elle. Elle était là, nue au-dessus de lui, les jambes enroulées autour de sa taille, et cette position était si sensuelle, si érotique qu'il se devait de rester vigilant...

La nuit précédente avait été un rêve éveillé, et ce matin les choses étaient tout aussi stupéfiantes que la veille. Il s'était réveillé en sursaut, terrifié à l'idée qu'Evangeline se soit évaporée au matin comme la brume sous les rayons du soleil. Mais non, elle était là, les cheveux répandus sur l'oreiller, la respiration paisible, tout simplement superbe dans son sommeil.

Leur nuit s'était achevée, mais il n'avait aucune envie de lui dire *ciao*. Il avait envie de plus.

Il en était là de ses réflexions lorsqu'elle posa les mains sur le creux de ses reins et l'attira à elle. Il était déjà presque en elle. Il sentit ses cuisses se raidir, et il gémit contre sa bouche tandis qu'il cherchait à l'aveuglette le préservatif à côté de lui, avant qu'il soit trop tard.

Lorsqu'il le trouva enfin, il se recula pour l'enfiler rapidement sans toutefois cesser de l'embrasser.

Enfin, il fut prêt, et l'instant suivant il la pénétrait. Profondément.

Elle poussa un gémissement de plaisir.

Puis, très vite, il se mit à aller et venir en elle, faisant croître leur désir, culminer le sentiment de complétude qu'il éprouvait jusqu'à ce que, ensemble, ils parviennent au paroxysme de leur plaisir.

Lorsqu'elle se mit à gémir de plaisir, il jouit à son tour.

Il l'entoura de ses bras et la serra contre son torse tandis que les vagues de l'orgasme déferlaient sur elle, l'une après l'autre. Lorsqu'elles s'espacèrent, il plaqua ses lèvres sur sa tempe et l'embrassa. Rien au monde n'aurait pu l'écarter d'elle à cet instant.

— J'adore aussi cette position, murmura-t-elle au bout de quelques instants.

— Elle n'est pas mal, en effet, répondit-il avec un large sourire.

Sa joue effleura la sienne, chatouillant sa barbe naissante.

Aussi délicieux que fût ce moment, il fallait songer à se lever.

— Tu n'as pas faim ? Moi, je meurs d'inanition. Je vais nous préparer un petit déjeuner de rois…

Sans doute tout cela sonnait-il un peu faux, et sans doute n'était-elle pas dupe : la proposition visait surtout à la retenir auprès de lui. Mais peu importait. Trop de choses dans sa vie s'étaient terminées prématurément et, si elle partait, il ne la reverrait sans doute jamais. Il était prêt à tout pour éviter qu'un tel scénario se réalise.

— Ça ne te dérange pas si je prends d'abord une douche ?

Avant même qu'il ait eu le temps d'approuver, elle laissa échapper un grommellement.

— Mince, j'ai oublié. Je n'ai pas mes affaires ici. Est-ce que ton offre de me prêter un T-shirt tient toujours ? Si c'est le cas, je suis preneuse.

— Bien sûr ! Laisse-moi la salle de bains une seconde, et je t'en déniche un.

Il s'écarta d'elle, non sans la couver un instant du regard, tant ce petit papillon sans inhibition était splendide dans la lumière du soleil. Puis il alla chercher un T-shirt dans le dressing attenant à la salle de bains et revint le lui porter.

Il se pencha vers elle, l'embrassa, puis descendit en sifflotant vers la cuisine.

En sifflotant…

On lui aurait dit la veille qu'il siffloterait le lendemain matin en descendant préparer le petit déjeuner, il aurait ri au nez de son interlocuteur ou serait resté sidéré. Sauf que son aptitude à la sidération s'était considérablement émoussée ces douze dernières heures, très exactement depuis qu'Evangeline et ses ailes de papillon étaient venus voleter dans sa vie. Elle était la femme la plus attirante qu'il ait jamais rencontrée. La femme la plus sexy aussi et, en d'autres circonstances, elle n'aurait pas jeté un regard sur lui.

Mais on était à Venise, et il ne s'était pas présenté à elle en tant que Matthew Wheeler, magnat texan de l'immobilier d'entreprise, mais en tant que Matt. Cette identité d'emprunt avait franchement du bon.

Au même instant, la plomberie antique du Palazzo d'Inverno se mit à vibrer, l'avertissant qu'Evangeline était en train de prendre sa douche. Il imagina son corps splendide sous le jet chaud de l'eau… Jamais il n'avait trouvé un son de plomberie aussi mélodieux. Aussitôt, la grande bâtisse froide et silencieuse se remplit d'Evangeline, ce qui était très loin de lui déplaire.

Lorsqu'elle apparut quelques minutes plus tard, uniquement vêtue de son T-shirt sous lequel se devinaient des seins hauts et fermes et d'où s'échappaient deux jambes fuselées, il déglutit péniblement.

— Comment fais-tu pour rendre un vulgaire T-shirt en coton aussi sexy ? lui demanda-t-il tandis qu'il lui tendait un verre de jus d'orange.

— C'est un de mes nombreux talents naturels, lui répondit-elle en se hissant sur la pointe des pieds pour l'embrasser.

On aurait dit qu'ils avaient fait cela toute leur vie.

Puis elle s'installa nonchalamment sur l'un des tabourets qui se trouvaient face à l'îlot de cuisson.

— J'espère que tu n'as rien contre des œufs et des toasts…

— C'est parfait. Je ne suis pas une de ces femmes perpétuellement au régime ou bien végétariennes et en guerre contre toute forme d'exploitation animale. Moi, je mange sans me poser de question.

— Une femme comme je les aime, approuva-t-il, soulagé.

— Et voilà un homme comme je les aime : capable de cuisiner.

Ils se dévorèrent du regard jusqu'à ce qu'une subtile odeur de toast grillé les rappelle à d'autres appétits. Il retira les toasts du grille-pain, servit les œufs sur des assiettes et apporta le tout sur l'îlot où il s'assit à côté d'elle.

C'était la première fois qu'il prenait le petit déjeuner avec une femme depuis… il ne savait combien de mois. Il se rendait compte tout à coup combien la vie à deux lui avait manqué : se réveiller auprès de quelqu'un, partager une salle de bains, rire et faire l'amour à loisir.

Mais regretter, déplorer et se lamenter ne ramènerait pas Amber. Mieux valait se contenter de ce que la vie lui proposait.

— Et que comptes-tu faire ce week-end ? demanda-t-il après avoir mordu dans son toast.

— On n'est que mercredi…, s'exclama-t-elle, surprise. Le week-end, c'est dans très longtemps.

— Oui, mais j'aimerais te revoir. Peut-être même qu'on pourrait sortir ensemble.

Elle posa sa fourchette très lentement avec ce qui lui parut la solennité qui accompagne les annonces fracassantes.

— Sortir ensemble, je ne suis pas trop fan, à vrai dire.

— Ah…

La douche froide.

A l'évidence, il avait perdu la main côté jeu de la séduction : la seconde d'avant, il aurait pourtant parié que le courant passait bien entre eux.

— Et de quoi es-tu fan, sans indiscrétion ?

Son rire rauque le surprit.

— Eh bien, de toi, par exemple.

— Ah ! Bon. D'accord. A vrai dire, j'en ai un peu douté, l'espace d'un instant.

Pour masquer sa surprise et son contentement, il enfourna une énorme bouchée d'œuf.

— Est-ce que tu crois que je peux avoir la présomption de conclure que tu serais contente de me revoir ? finit-il pas demander.

— Matt…

Elle soupira. Ce qui ne le rassura pas.

Puis elle reprit :

— Tu es la meilleure chose qui me soit arrivée depuis très très très longtemps. Mais…

— Pourquoi diable faut-il qu'il y ait un « mais » ? Je suis la meilleure chose qui te soit arrivée depuis très longtemps, un point c'est tout. Je n'invente rien, tu viens de le dire. Alors laisse-toi faire…

C'était le moment décisif, un instant qu'il connaissait bien. Celui où se scelle l'accord et où il faut remporter l'affaire. Et, ce qu'elle ne savait pas, c'était qu'il était expert en négociation.

Elle contempla son assiette pleine un long moment.

— Et si je te dis que je veux bien continuer à te voir, mais ici, chez toi?

La tension qu'il discernait dans ses épaules, la raideur de sa nuque, tout dans son attitude corporelle témoignait de l'importance qu'elle accordait à sa réponse.

Il haussa les épaules avec une nonchalance feinte.

— La dernière fois que je suis sortie avec une femme, les dinosaures peuplaient la terre. J'ai pas mal perdu la main et je ne tiens donc pas plus que ça à te faire la cour en plein restaurant alors qu'on peut être tellement mieux et plus à l'aise ici. La seule chose qui compte, pour moi, c'est de te revoir. Le lieu m'importe peu. A toi de voir le jour qui te convient le mieux, par rapport à tes engagements, ta vie.

Lorsqu'elle releva la tête, il vit les larmes qui embuaient ses yeux, et il sentit aussitôt son cœur se serrer.

— Je n'ai ni engagements ni vie, murmura-t-elle.

— Evangeline…

Qu'était-on censé faire dans ce genre de situation? Que fallait-il dire?

Suivant son impulsion, il se leva, la prit dans ses bras et la serra très fort, un peu confus mais heureux d'avoir réussi à faire quelque chose.

Elle s'agrippa à ses épaules avec une telle force, un tel désespoir qu'il aurait tout donné pour en connaître la raison.

— Je suis désolée. D'habitude, je ne m'effondre pas en larmes lorsqu'un homme me demande de sortir avec lui.

Le petit rire qui lui échappa lui rendit un peu d'espoir. Tout n'était peut-être pas perdu.

— Je ne vous demande pas de sortir avec moi, non, madame. Je tiens de source sûre que vous n'êtes pas une fan de ce genre de mondanités. Je vous invite à venir dîner à la maison, rectifia-t-il, priant intérieurement pour que cette proposition rencontre son assentiment. Je cuisinerai.

— Eh bien, va pour un dîner, répondit-elle dans ses bras. Ce soir. Demain soir. Et autant de soirs que tu le souhaites.

— Alors, ce soir. Et dans ce cas, reste, répliqua-t-il, énonçant la proposition qu'il aurait dû lui faire dès le départ.

Cette maison avait besoin de sa présence, de sa luminosité. Ou plutôt il en avait besoin, lui.

— A moins évidemment que tu n'en aies marre de moi ou qu'il te faille un peu voir Vincenzo. Après tout, c'est lui qui t'invite…

— A l'heure qu'il est, Vincenzo doit dormir comme un sonneur après la soirée de folie qu'il vient de donner. Et, avec la gueule de bois qu'il va avoir à son réveil, il ne remarquera même pas que je ne suis pas là.

Manifestement, elle non plus n'avait pas envie de lui tirer sa révérence.

— Moi, en tout cas, je ne risque pas de ne pas voir si tu es là ou pas là. Reste ici une nuit ou, mieux encore, tout le week-end.

Les mots avaient passé ses lèvres comme d'eux-mêmes.

Elle resta un instant les paupières closes, hésitante.

Lorsque finalement elle ouvrit les yeux, la lueur qu'il vit traverser son regard l'avertit d'un danger imminent.

— Pourquoi ne m'as-tu posé aucune question à propos de ma voix ?

— Pourquoi ? J'aurais dû ?

— Elle est abîmée, cassée. Tu ne cherches pas à savoir ce qui m'est arrivé ? Ne me dis pas que tu n'as pas remarqué.

Cassée ? Voulait-elle dire que les choses n'avaient pas toujours été ainsi ?

— Tu as remarqué d'emblée mes mains. Moi, en effet, j'ai aussitôt remarqué ta voix. Elle est fabuleuse. Extrêmement troublante. Très sexy, pour dire les choses franchement.

— Non, ce n'est pas du tout sexy. C'est horrible. Je parle

comme une fumeuse de soixante ans abonnée depuis toujours à ses quatre paquets de cigarettes par jour.

— C'est ridicule. Ta voix n'est pas commune, c'est certain, mais c'est ce qui te donne ce charme fou. Lorsque tu prononces mon nom, ça fait vibrer un truc en moi, juste là…

Il avait saisi sa main et l'avait plaquée sur son plexus solaire.

— J'adore, poursuivit-il. J'aime que le son de ta voix ait un tel effet sur moi.

Elle retira sa main.

— Tu fais semblant de ne rien comprendre.

Pour évacuer la frustration, il se passa la main dans les cheveux.

— Non, je ne fais pas du tout semblant. Mais reprenons. Qu'est-il arrivé à ta voix, Evangeline ?

— Lorsqu'on chante beaucoup, des polypes se développent sur les cordes vocales. Parfois même, elles se rompent. C'est réparable, mais l'opération est extrêmement délicate. La chanteuse Adele a eu affaire à un excellent chirurgien. Moi pas.

Déboussolé un instant par toutes ces informations inattendues, il demanda :

— Qu'est-ce que tu entends par « chanter beaucoup » ? Tu es chanteuse professionnelle ?

— Oui, on peut dire ça.

Les yeux d'Evangeline étaient rivés aux siens, et il avait la nette impression qu'elle cherchait à confirmer quelque chose.

— Bon, trêve de cachotteries. Si je reste, il faut que tu saches : lorsque je chantais, j'étais connue sous le nom d'Eva.

— Eva…

Le nom faisait jaillir dans son esprit l'image de la femme qui se trouvait devant lui, mais métamorphosée en une chanteuse très maquillée, sanglée dans une minirobe en lamé doré, entourée d'une centaine de danseurs.

— Tu veux dire… la chanteuse qui a ouvert le Super Bowl ?

Elle acquiesça, le visage rigide mais le regard en alerte, prêt à évaluer sa réaction.

— C'est censé me terrifier ou me faire fuir ?

— Je ne sais pas ce que c'est censé provoquer en toi. Simplement, je n'avais pas envie que ce non-dit subsiste entre nous.

Une pensée le traversa, et il se figea.

— Tu es vexée que je ne t'aie pas reconnue ?

En même temps qu'il prononçait ces mots, un doute s'empara de lui. Lorsqu'elle avait retiré son masque, il avait eu l'impression d'avoir toujours connu la jeune femme qui dévoilait son visage devant lui. N'était-ce que le souvenir de cette silhouette entraperçue sur un écran ?

Le doute s'intensifia, et il sentit ses épaules se raidir. Avant de disparaître tout à coup. Il s'était senti sur la même longueur d'onde que cette femme dès la première minute, dès la première seconde. Cette sensation n'avait rien à voir avec la reconnaissance d'une célébrité dont il n'avait que faire.

— Non, soulagée au contraire, répondit-elle finalement en lui serrant la main. Et toi, est-ce que ma notoriété te dérange ? Ou ma fortune ? J'espère que ça ne change rien pour toi.

— Pas le moins du monde.

Elle n'avait pas seulement rien de commun avec Matthew Wheeler, songea-t-il. Elle appartenait à un tout autre monde, à des années-lumière du sien. Un monde de limousines, de paillettes, de tapis rouges, de flashes et de projecteurs qui n'avait rien à voir avec les cercles distingués de la grande bourgeoisie qu'il fréquentait. Mais ce n'était pas une nouveauté. Dès qu'il l'avait rencontrée, il avait senti qu'ils n'avaient rien à voir l'un avec l'autre.

Peu importait. Il était à Venise, à des milliers de kilomètres des cercles qu'il fréquentait autrefois. La seule chose qui comptait, c'était que, pour la première fois depuis dix-huit mois, il avait l'impression d'être vivant. Le reste était sans importance.

— Puisqu'on en est au chapitre des aveux et révélations, observa-t-il, je suis moi aussi passablement fortuné. Ainsi, ce palazzo m'appartient. C'était mon cadeau de mariage à ma femme, Amber. A Dallas, je suis l'un des associés d'une grosse société spécialisée dans l'immobilier d'entreprise. J'y avais une maison, je conduisais un break, et je faisais plein d'autres choses encore qui t'auraient totalement rebutée. Mais, juste après le décès d'Amber, j'ai délégué toutes mes responsabilités à mes associés et j'ai sauté dans le premier avion. A vrai dire, je n'ai pas grand-chose à offrir à quiconque en ce moment. Peut-être que j'aurais dû te le dire avant qu'on s'engage dans cette relation ? Est-ce que ça change quelque chose pour toi ?

Si c'était le cas, il ne lui en voudrait pas. Il n'était pas franchement un bon parti, émotionnellement parlant.

— C'est comme ça que tu vois les choses : on s'engage dans une relation ?

— Oui. Même si c'est totalement inattendu... J'ai fui Dallas pour tenter de retrouver le goût de vivre après la mort de ma femme, et là, tout à coup, j'ai le sentiment que c'est possible, grâce à toi...

De son pouce, il lui caressa le menton, avant de poursuivre.

— S'il te plaît, reste.

— Matt, murmura-t-elle en lui prenant le visage dans les mains. C'est complètement dingue. On vient juste de se rencontrer.

— Si tu as envie de partir maintenant, je te raccompagne jusqu'à la porte.

Elle refusa d'un mouvement de tête dépourvu de la moindre hésitation.

— Mais tu n'as pas besoin d'être vu à mes côtés. Il y a toujours quelqu'un qui me reconnaît. Et chaque fois, c'est la même chose. Le harcèlement reprend, on revient une fois de plus sur ma carrière brisée en plein vol...

Ses yeux s'embuèrent de nouveau.

— Ce n'est pas très drôle, à vrai dire, finit-elle par dire.

Là était l'origine de ce désarroi qui l'habitait, il en était sûr. Ce papillon si beau, si léger, si délicat avait été abîmé, et le public ne la laissait même pas tranquille pour panser ses plaies. Il se sentit gagné par l'envie de la prendre dans ses bras et de la protéger contre le monde extérieur. Il aurait tout donné pour pouvoir l'aider à réparer ce qui pouvait l'être et la soutenir dans son long chemin…

L'un comme l'autre, ils avaient perdu quelque chose, et peut-être avait-elle besoin de lui autant qu'il avait besoin d'elle, même si elle paraissait moins encline à l'admettre.

— Bien. Pour ma part, sortir n'est pas indispensable. D'autant que je n'ai aucunement l'intention de te partager.

D'un geste, il balaya la pièce.

— On peut rester tranquillement ici, à l'abri du monde extérieur, juste tous les deux. Moi, non seulement ça ne me dérange pas, mais ça me convient. Si c'est aussi ton cas, alors passe en vitesse chez Vincenzo, prends tes affaires et viens t'installer ici aussi longtemps que tu le souhaites. Et quand ça ne te conviendra plus, eh bien, tu iras où bon te semblera. D'ici là, on continue comme on a commencé : on fait comme bon nous semble.

C'était une décision un peu folle. En tout cas, nullement réfléchie. Une décision qui ne ressemblait guère à cet homme qu'il était jusqu'à la veille encore, un homme posé et désespéré depuis le décès de sa femme. En fait, c'était la raison pour laquelle les choses fonctionnaient entre eux. La raison pour laquelle Evangeline et lui avaient eu le déclic.

La folie douce avait du bon…

6

Evangeline se faufila dans la maison de Vincenzo et parvint jusqu'à sa chambre sans rencontrer âme qui vive. Tout le monde devait encore dormir…

Elle ouvrit la porte sans bruit, se glissa à l'intérieur et entreprit aussitôt de boucler sa valise, résolue à rejoindre au plus vite Matt dans son palazzo.

Difficile pour le moment de savoir s'il s'agissait de la meilleure ou de la pire décision de sa vie. Le mieux encore était de ne pas y penser. Elle verrait bien…

Pour le moment, elle était curieuse de savoir ce que lui réservaient ces quelques jours où, coupée du monde, elle resterait en tête à tête avec cet homme. La permission qu'il lui avait donnée de partir si jamais elle se sentait mal à l'aise lui permettait d'envisager cette perspective nouvelle avec légèreté.

S'enraciner, s'immobiliser étaient des perspectives angoissantes pour elle, toujours avide de nouvelles expériences et de nouveaux horizons. En effet, elle connaissait bien les dangers qu'il y avait à laisser quelqu'un prendre trop d'importance dans sa vie et dans son cœur.

Mais, si elle regardait les choses sous un autre angle, rencontrer un homme qui partageait les mêmes craintes et les mêmes désirs qu'elle était chose rare. Tout comme l'était l'absence en lui de velléités de se débarrasser d'elle au plus vite.

Lorsqu'il lui avait demandé de rester, il n'avait pas la moindre idée de qui elle était — elle en était absolument certaine. Cela avait profondément pesé dans sa décision.

Pour lui, Eva n'avait aucune importance. Seul comptait ce qui se passait entre eux.

Evidemment, se retrouver tout à coup dépossédée de tous les oripeaux d'Eva, n'être plus qu'Evangeline, était troublant, voire effrayant. Mais, tout au fond d'elle-même, elle mourait d'envie de rencontrer quelqu'un qui s'intéresse vraiment à elle et s'attache à elle, à sa personnalité profonde.

Si jamais elle découvrait que Matt n'était pas cet homme, elle filerait.

Elle finit de boucler sa valise en un temps record. C'était un domaine où elle avait toujours excellé.

Tandis qu'elle descendait le grand escalier de marbre du palazzo de Vincenzo, la valise à la main, un de ses amis, qui s'était endormi sur un canapé, se réveilla. Franco. A moins que ce ne soit Fabricio. Enfin, peu importait.

— Eva, je ne savais pas que tu étais ici !

Il fixa son regard sur sa valise.

— Mais tu es déjà sur le départ, si je ne m'abuse…

— Oui. J'en informerai Vincenzo un peu plus tard, quand il sera réveillé lui aussi.

— Oh ! attends ! Il faut absolument que tu participes à mon émission cette semaine. *Milano Sera* te recevra avec beaucoup d'égards, tu peux me faire confiance.

Ça y est, elle le remettait. C'était Franco Buonotti, le présentateur d'une émission musicale qui passait en deuxième partie de soirée sur une chaîne italienne. Il l'avait sollicitée à plusieurs reprises pour réaliser un entretien exclusif avec elle.

— Désolée, mais je ne pense pas que ça soit possible.

— Oh ! vraiment… Même pas pour moi ?

— Même pas pour toi.

Et, sans un regard vers le présentateur déçu, elle s'enfuit vers le refuge que son beau blond aux yeux bleus lui proposait opportunément.

A l'étage, dans la chambre de Matt, elle défit sa valise et disposa ses affaires sur les étagères qu'il avait dégagées pour elle de son dressing. Incapable de résister à la tentation, elle ouvrit un tiroir pour toucher une chemise. En fait, il avait très peu de vêtements. Il voyageait avec aussi peu d'effets personnels qu'elle.

Sans doute parce que ni l'un ni l'autre n'avait d'endroit où se poser.

Bizarrement, voir leurs affaires côte à côte dans le dressing lui procura une sensation étrange. De permanence. D'intimité.

Mais, plus bizarre encore, elle sentit naître sur ses lèvres un sourire…

Au même instant, le repas que Matt avait commandé arriva, mais il se refroidit devant eux. Tout occupés à discuter, ils en oubliaient de manger. Matt était sans artifices, ne cachait rien, et son désir de partager compensait sa propre réticence à s'ouvrir. Il avait toujours une histoire, une anecdote passionnante à raconter, et elle passa une bonne partie de l'après-midi suspendue à ses lèvres.

Jusqu'à ce que le type de *Milano Sera* vienne rompre la magie du moment…

En effet, un coup à la porte les interrompit dans leur conversation et, lorsque Matt entrouvrit le battant en chêne, elle aperçut le visage de l'ami de Vincenzo dans l'interstice.

— C'est pour moi, je m'en occupe, dit-elle à Matt.

Puis elle ajouta à l'adresse de Franco Buonotti :

— Je t'ai déjà dit que c'était non.

— *Cara,* personne ne me dit « non »…

— Eh bien, ça sera une première. Et, par ailleurs, tu es ici chez un ami, dont c'est une propriété privée. Merci de ne pas violer de nouveau cet espace comme le droit à la vie privée.

Et, sans plus de cérémonie, elle referma la porte.

— C'était qui ? lui demanda Matt. Un escroc capable de vendre des glaces à des Esquimaux ?

Elle sentit un sourire affleurer à ses lèvres, alors même qu'elle était tendue comme une corde d'instrument. Matt avait ce don rare de rendre les choses drôles et légères.

— C'est le présentateur d'une émission sur le câble italien, et il veut absolument que je passe dans son émission.

— Vu le mal qu'il se donne, ça lui tient à cœur…

— Je suis désolée qu'il se soit permis de venir m'importuner chez toi.

Elle laissa échapper un soupir avant de reprendre :

— Vivre hors du monde : le concept était attirant, mais j'ai bien peur que ce ne soit pas possible, vu que le monde se bouscule sur le seuil de ma porte.

Le signal d'un message entrant sur son téléphone souligna au même instant la pertinence de sa remarque. Par habitude, elle jeta un coup d'œil à l'écran. C'était un mot d'excuse de Vincenzo, conscient des mauvaises manières de son ami.

Matt saisit son téléphone et le posa sur une console sans un regard.

— Le monde ne veut peut-être pas te laisser tranquille, mais tu n'es pas obligée de répondre à ses sollicitations.

Il saisit sa main et la serra fort, avant de continuer :

— Souviens-toi : ici, il n'y a pas de règles, pas de lois. Tu ne fais que ce que bon te semble.

— Merci.

Il l'entraîna vers le canapé où ils s'installèrent tous les deux confortablement. Le soleil avait déjà décliné et jetait une lumière dorée sur les murs blanchis à la chaux d'un palazzo de l'autre côté du canal.

— Alors, comme ça, tu conduisais un break ? demanda-t-elle de but en blanc, pour changer de sujet de conversation.

Le break ne collait pas du tout avec le personnage qu'elle rencontrait, lequel semblait si enclin à jeter règles et conventions aux oubliettes.

Il rit.

— Incroyable, pas vrai ! Eh bien si… Mais je l'ai vendu comme tout le reste après la mort d'Amber. C'était plus simple. Et, comme je ne savais pas du tout vers quoi je m'orientais ou quand je rentrerais, c'était aussi plus raisonnable. Parfois, j'ai l'impression que cette partie de ma vie n'est qu'un rêve, et j'ai même du mal à croire que j'ai été cet homme. Je dois presque faire un effort pour me rappeler la vie que je menais et la personne que j'étais.

Elle se demanda si elle lui aurait accordé un regard si elle l'avait rencontré lors d'une soirée aux Etats-Unis.

— Tu es venu à Venise parce que ça te rappelait ta femme ? Tu ne m'as pas dit que tu avais acheté ce palazzo pour elle ?

Les doigts qu'il lui passait dans les cheveux s'immobilisèrent.

— Oui, j'ai acheté ce lieu pour elle, mais elle ne l'a jamais vu. Elle est morte peu de temps après notre mariage. On n'avait pas eu le temps de venir ensemble ici.

— Quel dommage.

Même si elle déplorait la cruauté du destin qui avait empêché cette femme à la vie si courte de découvrir le somptueux témoignage d'amour que son mari lui avait offert, elle ne pouvait réprimer un frisson de plaisir à l'idée qu'elle était la seule femme avec laquelle il avait couché dans ce palais.

— Et, pour être parfaitement honnête, c'est l'absence de souvenirs, de fantômes qui m'a attiré ici. Au Palazzo d'Inverno. Tu sais ce que cela veut dire ? Palais d'hiver, en italien. Ça semblait convenir parfaitement à mon état, vu que j'avais l'âme et le cœur pétrifiés.

Elle sentit son cœur se serrer de compassion. Il errait comme une âme en peine à travers le monde, à la recherche d'un baume qui apaiserait ses maux. Peut-être était-ce ce qu'elle était pour lui…

Quelle bêtise de s'imaginer une chose pareille ! Sans doute était-ce même la meilleure manière de tout rater. Mais elle avait beau essayer de s'ôter cette idée de la tête, elle persistait.

— Sauf que la personne qui a fait construire ce palace l'a peut-être nommé ainsi parce qu'il voulait y venir l'hiver et profiter de la douceur du climat à cette période.

— C'est vrai. Mais pour moi, ce palazzo n'est chaleureux que parce que tu es là. Je ne serais pas venu ici si Amber avait connu ce lieu. J'ai vendu notre maison à Dallas et tout ce qui pouvait me rappeler des souvenirs d'elle. C'est trop douloureux. Je suis quelqu'un qui s'attache fortement.

Cela allait sans dire… Quelqu'un de la densité de Matt ne pouvait qu'être très profondément ébranlé par la perte de l'être aimé.

Elle l'observa regarder par la fenêtre.

— C'est difficile pour toi de parler d'elle ?

— Oui.

Il n'en dit pas plus, et son expression était sans ambiguïté : il ne comptait pas développer davantage.

D'un homme qui s'ouvrait si facilement, racontait sans cesse mille anecdotes, c'était le signe que le sujet était particulièrement sensible, voire tabou.

Peut-être était-elle en train de se fourrer dans le pire pétrin de sa vie en s'imaginant que, par sa présence et sa compassion, elle parviendrait à apaiser les peines de Matt.

Derrière la vitre, elle vit un oiseau se percher sur le parapet de marbre du balcon.

— Lorsqu'un journaliste me posait une question à laquelle je ne savais comment répondre au cours d'une interview, j'utilisais un mot codé dont nous étions convenus à l'avance, mon agent et moi, pour qu'il vienne à mon secours. On pourrait en avoir un aussi, tous les deux. Chaque fois que l'un le prononcerait, l'autre comprendrait qu'il est en train de toucher à un sujet sensible et qu'il faut s'en tenir là.

Elle vit le pli soucieux qui lui barrait le front disparaître instantanément.

— Et ce nom de code, quel serait-il ?

— C'est toi qui décides. Choisis-le bien ridicule ; comme cela, par la même occasion, il contribuera à détendre l'atmosphère…

— Tatou, suggéra-t-il immédiatement. Le mot est proche de tabou et, en plus, la démarche de ces animaux m'a toujours fait rire.

— Parfait. Alors, tu veux dire « tatou » à propos d'Amber ?

Ses lèvres se pincèrent.

— Peut-être. Peut-être que je suis aussi en train de tourner subrepticement la page. Je suis capable de dire son nom sans m'effondrer. C'est un progrès.

Etait-ce grâce à elle ? En tout cas, elle aurait aimé le croire.

Il la prit par le menton, releva sa tête et la perça de son regard bleu très pâle.

— Si tu veux faire cette interview, je peux jouer le rôle de ton agent.

Elle sentit son souffle se bloquer dans sa poitrine.

— De quoi tu parles ? Je ne veux pas faire cette interview.

— Oui, mais, si jamais tu changeais d'avis, je serais là pour t'aider. Pour venir à ton secours si tu prononçais notre mot magique, ou un autre, plus passe-partout, choisi pour la circonstance.

Il lui adressa un sourire si doux que, malgré la tension, elle se sentit fondre.

— Il n'y a pas de raison que je sois le seul à progresser grâce à notre rencontre, pas vrai ?

Il avait donc tiré un certain nombre de conclusions sur les raisons qui l'amenaient à refuser de donner cette interview.

Cependant, elle secoua la tête.

— Non. Je ne veux pas d'interview en ce moment.

— C'est toi qui décides.

Et, sans transition, il changea de sujet et commença à l'entretenir des différentes possibilités pour le dîner. Elle lui répondit, mais son esprit restait bloqué sur la possibilité qu'il venait d'évoquer et sur l'assistance qu'il lui proposait au cours de l'entretien télévisé.

S'il avait insisté, elle se serait braquée, c'était certain. Il n'y avait rien qui l'irritait plus que de se sentir mise au pied du mur ou harcelée. Mais il ne l'avait pas fait…

A croire qu'il la connaissait depuis toujours.

— Matt…, l'interrompit-elle. Tu le ferais vraiment ? Voler à mon secours si je disais « tatou » ?

— Bien sûr. Je te l'ai proposé, et je tiens toujours mes promesses. Cela veut-il dire que tu es en train d'envisager sérieusement de participer à l'émission de ce type ?

Un silence se fit, qu'il ne brisa pas.

— Je ne sais pas, finit-elle par répondre. Depuis l'échec de mon opération des cordes vocales, j'ai refusé toutes les propositions.

— Pourquoi ? Le trac ?

— Non, j'ai juste peur de questions déstabilisantes qui feraient remonter brutalement mon chagrin. S'il y a bien quelque chose que je veux éviter, c'est me mettre à pleurer devant des journalistes, *a fortiori* devant des caméras.

— Je comprends, mais, sans vouloir être méchant, ce type ne me semble pas particulièrement agressif ou mordant. Si j'étais toi, continua-t-il en effleurant sa joue de son pouce, je commencerais à réapparaître dans ce genre d'émissions de seconde zone du câble italien pour remettre le pied à l'étrier.

— Ce n'est pas idiot. Je vais y réfléchir sérieusement, promis.

En réalité, elle n'allait plus penser qu'à ça.

De nouveau, il changea de sujet et se mit en devoir d'aller lui concocter un repas mémorable. Elle le suivit dans la cuisine et le regarda transformer les ingrédients en mets d'exception.

Comme elle s'extasiait devant sa maîtrise de toutes sortes de techniques d'émincage, de cuisson et d'assaisonnement, il répliqua :

— Eh bien, j'espère que tu te sens redevable et que tu as déjà songé à la meilleure manière de me remercier de te préparer un tel repas.

Elle lui adressa un sourire malicieux.

— Pour déterminer avec précision comment je vais te récompenser en retour, il faudrait que je sache combien d'étoiles tu mérites en tant que chef.

— Ma mère m'a appris tout ce qu'elle savait faire. Mais je pense qu'elle comptait surtout me permettre de survivre, pas d'utiliser mes compétences culinaires comme monnaie d'échange lors de jeux amoureux.

— Tu as du talent comme cuisinier et comme amant, elle peut être fière de son fils.

Ils rirent et continuèrent à se taquiner tout le long du repas, lequel s'avéra aussi agréable et simple qu'elle l'avait anticipé quand elle avait décidé de rester.

Il n'était pas le seul à avoir besoin de baume au cœur. Elle aussi. Mais, à la différence de Matt qui pouvait espérer dépasser la disparition de sa femme, jamais elle ne pourrait se remettre de la perte de ses cordes vocales.

Dix ans durant, elle avait travaillé jour et nuit pour percer, puis grimper tout en haut des ventes d'albums dans le monde, et enfin s'imposer comme une artiste incontournable. Rien ne lui avait été donné. Elle avait tout conquis à la force du poignet. Etre tout à coup privée de toutes perspectives et totalement désœuvrée s'avérait une épreuve supplémentaire, presque aussi éprouvante que la perte de sa voix. Elle avait envie et besoin de s'engager dans un projet qui avait du sens. Mais que se passerait-il si ce dans quoi elle s'investissait se dérobait tout à coup ?

Pour le moment, là n'était pas la question. Pour l'heure, il s'agissait de savoir si oui ou non elle allait accepter de répondre aux questions de cet animateur italien.

Participer à *Milano Sera* ne devrait pas être trop éprouvant, surtout si Matt était présent et la protégeait. Elle devait accepter : cela l'aiderait certainement à trouver des réponses aux questions qui la tarabustaient. Et puis, si jamais elle se retrouvait dos au mur, crucifiée par les questions de Franco, elle pourrait toujours dire « tatou », et Matt interviendrait.

La précédente chargée de communication d'Evangeline accepta facilement d'organiser pour elle l'interview pour *Milano Sera*. Elle devait en particulier obtenir de l'équipe de production deux conditions importantes pour Eva : celle-ci exigeait que Matt soit absolument libre de faire ce que bon lui semblait au moment du tournage, mais aussi que l'interview soit enregistrée dans la maison de Vincenzo.

Trop heureux qu'Eva lui accorde un entretien exceptionnel, Franco accepta toutes ces conditions sur-le-champ, de sorte que, deux jours plus tard, Evangeline se préparait à faire face aux caméras de *Milano Sera*.

Dans le miroir de la salle de bains de Matt, elle vérifia une dernière fois minutieusement son maquillage. Ne pas enregistrer en studio signifiait ne pas disposer des moyens logistiques des chaînes de télévision et donc se priver des compétences de coiffeurs et maquilleurs professionnels. Comme elle n'avait plus depuis longtemps de stylistes et de maquilleurs attitrés, il lui fallait se débrouiller toute seule. Cela ne la dérangeait aucunement. Se préparer lui permettait de tromper l'attente et de trouver un dérivatif à ses nerfs mis à rude épreuve par l'anxiété.

Elle se regarda dans le miroir. Autant qu'elle se le grave dans un coin de sa tête : si fiasco il y avait aujourd'hui, c'était à Eva que tout cela arriverait. Pas à elle.

Lorsqu'elle pénétra dans le palazzo de Vincenzo, escortée de Matt, le brouhaha des conversations s'interrompit net. Une grande quadragénaire à la démarche autoritaire s'avança vers elle et, après s'être présentée comme la productrice de l'émission, la guida vers le lieu du tournage.

Sans sourciller, Evangeline s'installa sur la haute chaise que la productrice lui avait désignée et lissa sa jupe fuchsia, tandis que le directeur artistique réglait les lumières et criait des ordres à des assistants stressés.

Matt observait la scène sans dire un mot, à la limite de la zone de tournage. Avec la main dans la poche arrière de son jean, il semblait extrêmement détendu, mais ce n'était qu'une apparence, car ses yeux ne cessaient d'aller et venir, ne manquant rien. Sa présence la rassurait énormément.

Franco fit alors son apparition, sanglé dans un costume Armani et arborant son sourire de séducteur.

— Eva, quel plaisir de te voir. Je suis tellement heureux que tu aies finalement accepté de participer à l'émission.

Evidemment qu'il était heureux de sa volte-face ! Avec cette interview, il obtiendrait des records d'audience.

Un assistant vint glisser un petit microphone dans son

corsage, qu'elle avait justement choisi pour sa capacité à dissimuler complètement ce genre de micro.

— J'adore regarder *Milano Sera*, c'est donc un plaisir pour moi d'être ici.

Franco hocha la tête avec un grand sourire, même s'il ne croyait sûrement aucun des deux mensonges qu'elle venait de proférer.

— Il y a un petit problème, *signorina*, remarqua l'assistant qui retira le microphone et s'empressa d'aller en chercher un autre. Pourriez-vous faire un autre essai voix, s'il vous plaît ?

— Merci de me recevoir, monsieur Buonotti, déclara docilement Eva.

Franco secoua la tête et tapota son oreillette.

— Non, ça ne va toujours pas.

La productrice et un autre homme se mirent à murmurer dans un coin de la pièce, tandis que les assistants commençaient à s'agiter.

— On peut savoir quelle est la nature du problème ? demanda-t-elle à Franco.

— Ta voix, ma chère. Ça ne passe pas bien avec cet équipement qu'on utilise ordinairement pour les enregistrements en dehors des studios, déclara-t-il brutalement. C'est trop grave, on n'arrive pas à entendre.

Elle sentit ses joues s'empourprer.

— Essayons encore. Pourrais-tu parler directement dans le micro, s'il te plaît ?

Elle hocha la tête.

Franco s'éclaircit la voix avant de se lancer.

— Dites-moi, Eva, à quoi ressemble votre vie maintenant que votre voix a été tragiquement altérée ?

Un vague de nausée s'empara d'elle. Elle tenta de se reprendre. Après tout, il était en train de lui parler de la voix d'Eva. Pas de la sienne.

— Hmm...

Elle secoua la tête, l'esprit tout à coup complètement vide.

Matt avait eu tort. L'interview n'avait pas commencé que

déjà Franco par ses questions rouvrait des plaies à peine cicatrisées. Parler mode, chiffons, ce n'était pas compliqué. Mais évoquer son opération et la perte de sa voix, c'était une tout autre affaire. Pourquoi avait-elle naïvement cru ce que lui avait dit Matt sur le caractère inoffensif des questions de Franco ?

« Tatou » ! eut-elle envie de hurler.

Hélas, sa gorge était tellement serrée qu'elle n'arrivait pas à prononcer un mot et même à énoncer une syllabe.

Et non, tout cela n'arrivait pas à Eva seulement, cela lui arrivait à elle.

Heureusement, Matt était déjà auprès d'elle et l'entraînait hors de la zone de tournage, tandis qu'il informait la productrice qu'Eva ne donnait pas d'interview à des émissions qui ne disposaient pas d'équipements d'enregistrement de bonne qualité.

— Bravo, déclara-t-elle quand elle put enfin prononcer un mot, soit à peu près au moment où ils passèrent le seuil du Palazzo d'Inverno. Tu es le meilleur agent que j'aie jamais eu.

— Merci, mais je suis désolé de t'avoir incitée à accorder cette interview.

— Ce n'est pas ta faute, tu ne pouvais pas savoir.

— Si, c'est ma faute. J'aurais dû me douter que ce type se révélerait être un mufle.

— Si ça peut te réconforter, tu as plus que compensé son insensibilité.

Il n'avait pas simplement réussi à voler à son secours, il l'avait exfiltrée avec art, sans souligner son désarroi ni donner l'impression à l'équipe de *Milano Sera* que la diva qu'elle était à leurs yeux avait été ébranlée par son passage sur le plateau. Un véritable tour de force !

— Tu es gentille, mais non, ça ne m'aide guère, répondit-il en éclairant la pièce qui peu à peu s'assombrissait en cette fin d'après-midi de février. Tu savais ce qui allait se passer, tu m'as prévenu, et pourtant j'ai voulu croire que je saurais te venir en aide.

Il laissa échapper un soupir de frustration.

Elle s'avança et se lova dans ses bras, puis posa la tête sur son épaule.

— Tu m'as apporté exactement ce dont j'avais besoin. Un lieu où me réfugier, loin de tout cela.

Il l'enlaça et l'attira tout contre lui, délicieusement.

— C'est déjà ça. Le Palazzo d'Inverno t'accueillera aussi longtemps que tu le souhaiteras.

Pas la maison. Toi.

Il lui était d'un tel réconfort. Dans ses bras, rien ne semblait pouvoir l'affecter.

Mais elle se garda bien de le lui avouer.

En tout cas, s'il y avait une leçon à retenir de cette interview avec Franco, c'est qu'il ne fallait plus compter sur la protection qu'Eva lui procurait par le passé. Hors de question maintenant qu'on rejette la seule chose qui lui restait, à savoir son moi profond. Et cela, elle refusait d'en prendre le risque.

Même si, aujourd'hui, elle souhaitait ardemment que Matt fasse partie de sa vie, au fond, elle savait bien qu'il ne pouvait qu'être un délicieux mais fugace intermède dans son existence. Leur aventure vénitienne serait aussi torride qu'éphémère.

De toute façon, elle refusait l'idée de devenir dépendante d'un homme qui occuperait alors la place que la musique avait prise jusque-là dans sa vie. Or elle voyait le piège se dessiner aussi sûrement que si les yeux de Matt avaient été des boules de cristal.

Et le pire, c'est que dans cette affaire il donnerait sans compter, et elle fort peu, car la confiance n'était pas son fort. C'était totalement injuste.

Dans ces conditions, combien de temps allait-elle encore rester ? C'était la question.

7

On était déjà samedi. Matthew n'avait pas vu les jours passer.

Evangeline remplissait la maison de sa présence, exactement comme il se l'était imaginé, et il se sentait devenir aveugle et sourd à tout ce qui n'était pas elle. Ils ne sortaient absolument pas, et cela ne lui pesait pas. Pour survivre, ils comptaient sur les livraisons de l'épicerie, de la pharmacie et des petits commerces environnants auxquels Matt téléphonait chaque jour. Les « remerciements » qu'Evangeline lui avait réservés pour cette organisation hors pair comptaient parmi les plus beaux souvenirs de la semaine écoulée.

Et des souvenirs mémorables, cette semaine n'en manquait pas, à commencer par la levée progressive des ombres qui assombrissaient les yeux d'Evangeline.

Jamais jusque-là il n'avait vécu de relation sans promesse de lendemain. Tous les matins, il s'attendait — se préparait — à ce qu'elle ait disparu au beau milieu de la nuit.

Elle aimait tant l'errance, l'instabilité, l'éphémère. Lorsqu'elle évoquait un concert à Budapest ou à Moscou, il voyait s'afficher sur son visage une expression qui lui rappelait celle qu'il entrevoyait aussi lorsqu'ils faisaient l'amour. Elle ne pouvait peut-être plus chanter, mais elle aimait toujours bouger. Un beau matin, elle passerait à autre chose, larguerait les amarres et le laisserait sur le bas-côté.

Et peut-être serait-ce pour le mieux… Ce qu'ils vivaient était exceptionnel, mais c'était une relation qui n'était pas destinée à durer.

Il vint s'installer à l'îlot central de la cuisine et observa

Evangeline qui faisait la vaisselle. Il cuisinait, elle nettoyait. Ce partage des tâches lui convenait à merveille, d'autant que le spectacle qui s'offrait à lui était des plus charmants.

— Qu'as-tu envie de faire cet après-midi ? lui demanda-t-il.

Elle lui adressa un sourire plein de sous-entendus.

— Deux fois ce matin, tu ne crois pas que ça suffit ? feignit-il de s'offusquer.

— Si, mais je n'en ai jamais assez. J'aime trop ça, avec toi. Tu me plais, il faut que tu te fasses à cette idée.

Parfait. Parce qu'elle aussi, elle lui plaisait. Tout était fantastique. Les douches, les repas, la vaisselle, les discussions interminables l'après-midi…

— Il va faire incroyablement beau et chaud aujourd'hui. Une vraie journée d'été en plein hiver. Si on dînait sur le toit-terrasse ce soir ?

— Tu as un toit-terrasse, et tu ne m'en as rien dit ? observa-t-elle de sa voix grave.

Cette voix. Il avait beau la connaître, l'avoir entendue des centaines de fois, elle continuait à le surprendre, à le faire tressaillir et, accessoirement, à le rendre fou de désir. C'était la première chose qu'il avait envie d'entendre le matin et la dernière avant de s'endormir.

— Je ne t'en avais pas parlé ?

— Je veux voir cette merveille tout de suite. Le dîner peut attendre.

— Tes désirs sont des ordres, tu le sais, ma belle.

Il la prit par la main et l'entraîna derrière lui.

A l'extérieur, tandis qu'ils gravissaient les marches d'un escalier extérieur, il faisait frais, mais des rayons de soleil rendaient l'atmosphère estivale. Et, à chaque marche qu'ils gravissaient, Venise se dévoilait un peu plus. Lorsqu'ils parvinrent à la terrasse, elle laissa échapper un cri stupéfait.

— Incroyable ! Oh, Matt, je pourrais vivre ma vie entière ici. A cet endroit précis. La vue est stupéfiante !

— Je sais. C'est une des raisons qui m'ont poussé à acheter ce palazzo.

Derrière des plantes en pots s'élevaient les fabuleuses façades blanches, brunes et terracotta de la cité vénitienne.

Des millions de dollars de biens immobiliers s'étendaient de part et d'autre du canal et, il y a peu, il aurait évalué d'un œil professionnel chacune des maisons, chacun des palais, appréciant leur environnement, leur structure, leur façade ou leur exposition, comptant le nombre d'étages, jaugeant le nombre de mètres carrés. Mais, aussi fabuleuse que soit cette vue, elle ne pouvait égaler le spectacle de la femme divine qui se trouvait à ses côtés.

— Regarde ! On voit les flèches de San Marco. Et Santa Maria della Salute en arrière-plan. C'est magnifique, n'est-ce pas ?

De l'index, elle indiquait l'objet de son admiration, mais il était trop occupé à la contempler pour observer ce qu'elle lui désignait. Des boucles lâches s'envolaient de part et d'autre de son visage et ses yeux s'illuminaient. Il sentit le désir monter en lui. Il la regardait et il la désirait. C'était simple, évident, élémentaire.

— Oui, vraiment magnifique, déclara-t-il.

Il brûlait de plonger ses doigts dans cette chevelure ondoyante. Entre autres.

C'était la grâce de leur accord. Ils faisaient ce qu'ils voulaient, quand ils le voulaient. Et là, il avait envie d'elle, envie de la faire vibrer et de la combler. Là, maintenant, tout de suite.

— Si on rentrait ?

— Tu plaisantes ! Pourquoi ? On est si bien ici.

— Parce que…, commença-t-il d'une voix qui se fit soudain rauque.

Il ne put en dire davantage.

— Ça va ? lui demanda-t-elle, alertée par le son de sa voix.

— S'il te plaît, viens. J'ai envie d'être avec toi.

— Mais tu es avec moi…

Le regard de Matt s'assombrit et, comprenant enfin de quoi il retournait, elle lui lança un sourire malicieux.

— Et, si tu veux tout savoir, j'aime autant faire l'amour dehors que dedans.

Elle se pencha vers lui et effleura ses lèvres délicatement, tandis qu'elle glissait ses mains sous sa chemise. Il était déjà à demi fou de désir, et cette caresse finit de lui faire perdre la tête. Et presque le contrôle de lui-même.

— Evangeline…, gémit-il tandis qu'elle écartait la ceinture de son jean et glissait ses mains sous son caleçon pour prendre dans ses paumes ses fesses nues. On est sur le toit, bon sang…

— Et alors, murmura-t-elle contre sa bouche. Si tu me veux, prends-moi, cow-boy !

Aussitôt, il se saisit avidement de sa bouche. Elle lui volait le peu de raison qu'il lui restait, muait son désir en un besoin urgent, pressant et lui faisait perdre tout sens du temps, de l'espace et, accessoirement, des convenances.

Aucun doute : il l'avait dans la peau.

Elle inclina davantage la tête, approfondit encore leur baiser, mettant tous ses sens en émoi.

Ses hanches se plaquaient aux siennes, en quête de la complétude que tous deux savaient proche et délicieuse.

Il faillit perdre l'équilibre lorsqu'elle lui retira sa chemise en la passant par-dessus sa tête. Avant qu'il ait eu le temps de protester, elle avait défait son pantalon, baissé son caleçon et prit son sexe dans ses mains pour le caresser.

Ils étaient sur le toit, et tout le monde pouvait les voir.

Quand elle s'agenouilla et referma sa bouche sur lui, tout se brouilla. Ses genoux se dérobaient sous lui, ses pensées voltigeaient très haut dans les airs. S'abandonnant au plaisir qui le submergeait, il se cambra pour mieux goûter cette caresse délicieuse, jusqu'à ce qu'il se sente se consumer. Une seconde de plus, et tout serait fini…

— Attends, mon cœur.

Il se dégagea doucement, ôta le reste de vêtements qu'il avait encore sur lui, s'assit en tailleur et la prit dans ses bras.

Des bruits de la rue montaient jusqu'à lui. Peu importait. Elle l'incitait à vivre de nouvelles expériences, et c'était bon.

L'instant d'après, elle s'était déshabillée à son tour, et ils s'embrassaient de nouveau tandis que ses jambes fines et élancées s'enroulaient autour de sa taille, exactement comme il adorait.

Il sentit les étincelles jaillir et les flammes renaître lorsqu'il se glissa en elle. Les yeux clos, il s'immobilisa, savourant le plaisir d'être en elle, se délectant de différer un instant l'assouvissement du désir fou qu'elle lui inspirait.

Il avait quitté Dallas dans l'espoir — qu'il considérait à l'époque comme chimérique — d'éprouver de nouveau des sensations et des émotions. Evangeline avait réussi le tour de force de briser l'épaisse couche de glace qui enserrait son cœur et de le ramener à la vie.

Elle murmura son nom et se cambra, l'attirant encore plus profondément en elle. Le toit-terrasse, l'air, quelque chose donnait à leurs ébats une intensité qu'ils n'avaient jamais eue auparavant.

Son regard se riva au sien tandis qu'ils parvenaient au pic de leur plaisir et, tout à coup, il la vit secouée par un orgasme d'une incroyable intensité qui déferla sur lui et suffit à le faire jouir à son tour. L'explosion retentit en écho dans sa tête, lui brouillant un instant la vue.

Il la tenait contre elle tout en essayant de reprendre son souffle. Leur plaisir avait été… différent. Et, dans cette relation où tout semblait toujours renouvelé, il se demandait combien de nuances encore il allait découvrir, explorer.

Lorsqu'elle remua légèrement, se redressant, un accès de lucidité vint éclairer d'une lumière nouvelle le moment qu'ils venaient de vivre.

— Evangeline… Je crois que nous avons oublié le préservatif.

— Ne te fais pas de souci pour ça, murmura-t-elle à son oreille. Je ne suis pas dans la période fertile de mon cycle.

— Tu es sûre ?

— Oui et, même si ce n'était pas le cas, il est trop tard maintenant, répondit-elle en souriant. En tout cas, ça valait la peine. Je ne sais pas pour toi, mais pour moi c'était exceptionnel.

— Pareil pour moi.

— Mais ce n'est pas une raison pour être imprudent, reprit-elle en agitant l'index comme une institutrice grondant un élève. Il faut que tu arrêtes d'être aussi craquant et sexy.

— Moi ?

Il n'arrivait toujours pas à s'y faire. Chaque fois qu'elle lui rappelait qu'il lui plaisait, il avait l'impression qu'il y avait méprise sur la personne.

— C'est toi qui étais follement excitante avec tes cheveux dans les yeux et ta bouche entrouverte.

— Mais non… Ce sont le lieu, les positions nouvelles qui t'excitent. Admets-le…

— Absolument pas. C'est toi qui me rends fou, avoua-t-il.

C'était la vérité : elle le touchait de mille et une manières.

Il sentit un accès de culpabilité l'envahir. Il avait temporairement réussi à trouver un remède pour soulager le mal dont il souffrait. Mais était-ce bien juste de se servir ainsi d'Evangeline ?

Il saisit sa main et la porta à ses lèvres.

— Mais tu sais, n'est-ce pas, que je n'ai pas grand-chose à t'offrir ? Emotionnellement, du moins.

Elle acquiesça, tout en le scrutant du regard.

— Je suis bien au clair sur ce qui se passe entre nous, n'aie crainte. Ensemble, nous sommes plus forts pour tenir à distance nos démons respectifs, voilà tout. C'est parfait tant que ça marche. Ensuite, on verra… Et toi, ça va ?

— Oui. Je vérifiais juste que nous étions toujours sur la même longueur d'onde.

Tenir à distance leurs démons personnels : c'était effectivement ce qu'ils s'efforçaient de faire. Et elle avait conscience que la tâche le mobilisait complètement et qu'il ne fallait pas compter sur grand-chose venant de lui.

Ils redescendirent l'escalier pour continuer à être si merveilleusement bien ensemble.

Normalement, les choses auraient déjà dû se gâter… Il aurait été assez logique que, dans ce huis clos, les deux inconnus

qu'ils étaient l'un pour l'autre commencent à s'ennuyer gentiment, à s'agacer mutuellement pour des riens, voire à ne plus
du tout se supporter…

Mais rien de tout cela ne se produisait.

Plus il passait de temps en compagnie d'Evangeline, moins
il se reconnaissait. Il ne portait plus de costume, encore
moins de chemises repassées, et il ne pensait plus du tout à
vérifier le solde de son compte en banque. Vivre en T-shirt
et dépenser sans compter était extrêmement agréable. Autant
que de passer du temps avec Evangeline.

Surtout, il ne se morfondait plus sur la disparition d'Amber.
Il aurait dû s'en réjouir. Pourtant, il n'arrivait pas à se départir
d'une impression étrange…

Un jour, en fin d'après-midi, le téléphone d'Evangeline
bipa. Elle le prit, puis revint se lover sur le canapé à côté
de Matt avant de jeter un coup d'œil au message qui s'était
affiché sur l'écran.

— Nicola, une cousine de Vincenzo, organise un dîner ce
soir, annonça-t-elle. Ça te dit ? C'est informel, et elle me jure
que les invités sont tous des amis proches, triés sur le volet.

Ils n'avaient pas mis le nez dehors de toute la semaine.
L'instinct de préservation avait jusque-là réussi à l'emporter
sur l'autre partie d'elle qui aimait l'aventure, la fête, les rencontres et les expériences inédites. Mais à vrai dire, le plaisir
de passer du temps avec Matt n'était pas tout à fait étranger
à cette victoire.

— C'est tentant. Mais je ne veux pas du tout te forcer.
C'est toi qui décides.

Encore une preuve de l'incroyable délicatesse de cet homme,
qui prenait toujours ses désirs et ses réticences en compte.

Elle ne songeait d'ailleurs plus à s'enfuir. Elle vivait le
moment présent, sans se poser de questions. Et, en toute
franchise, les rodéos avec Matt n'étaient pas pour lui déplaire.
Cet homme réussissait à la troubler rien qu'en la regardant.

Dès lors, était-elle prête à se risquer à l'extérieur ? Cela avait beau n'être qu'un repas avec des invités choisis, dans un hôtel particulier vénitien, elle hésitait.

— Nicola habite à l'autre bout du Grand Canal. Comment on s'y rendrait ?

Matt posa sa main chaude et rassurante sur la sienne.

— Que dirais-tu d'y aller en bateau-taxi ? Si tu mets une capeline à larges bords et une écharpe, dans l'obscurité, personne ne te reconnaîtra.

— Marché conclu, dans ce cas.

Et, sans plus attendre, elle envoya un texto à Nicola pour la remercier de son invitation et lui annoncer qu'elle viendrait accompagnée. Puis elle effaça sans même le lire le message qu'elle venait de recevoir de sa demi-sœur Lisa et entreprit de se préparer.

Ce qui lui laissa largement le temps de penser à sa demi-sœur. Non seulement celle-ci, âgée de dix-sept ans, avait la vie devant elle et des cordes vocales intactes, mais son père s'était marié avec la mère de Lisa lorsqu'elle était tombée enceinte, ce qu'il avait refusé de faire lorsque la mère d'Evangeline s'était retrouvée dans la même situation. Sa relation avec Lisa n'avait donc jamais été simple et l'était encore moins maintenant qu'elle avait perdu la voix.

Depuis le fiasco de son opération des cordes vocales, Evangeline n'avait pas parlé à sa sœur. Combien de messages celle-ci lui enverrait-elle en vain avant de cesser de lui écrire ? Ce n'était pas comme si elles étaient proches…

Elle soupira et fit un effort conscient pour chasser de son esprit ces pénibles réflexions. Il était hors de question qu'elles ruinent la soirée que Matt et elle s'offraient.

Lorsque Evangeline vint rejoindre Matt, il l'attendait, vêtu d'un simple jean et d'un pull marin.

Il examina le chapeau sous lequel elle avait relevé ses cheveux, l'écharpe et l'immense paire de lunettes qui dissimulaient son visage.

— Pas mal, conclut-il à l'issue de son inspection. Mais

de nuit, les lunettes noires, c'est louche. En les portant, tu risques d'attirer l'attention sur toi.

Elle les retira et se retourna vers lui avec un sourire.

— Satisfait ?

— Avec toi, toujours…

Voir Matt heureux la ravissait, et elle se réjouissait de penser qu'elle n'était pas étrangère à cette étonnante guérison.

Un taxi fluvial vint les chercher sur le ponton devant le Palazzo d'Inverno et les conduisit en un temps record à l'autre bout du Grand Canal, à la maison de la cousine de Vincenzo. Les étoiles scintillaient dans le ciel et sur les eaux, lesquelles tentaient de rivaliser avec les mille et une lueurs de Venise, créant une scène enchanteresse sous les yeux d'Evangeline.

Une fois à l'intérieur de la maison, Evangeline, accompagnée de Matt, s'avança vers Nicola, mais, à son immense consternation, elle se rendit compte au moment de lui présenter ce dernier qu'elle ne connaissait pas son nom de famille.

Avec un rapide sourire à son adresse, comme pour lui signifier qu'il avait lu dans son esprit la raison de son hésitation, Matt serra la main de Nicola Mantovani.

— Matt Wheeler. Enchanté de faire votre connaissance.

Nicola fit un signe discret à un serveur qui aussitôt vint leur proposer un verre de spumante.

— A l'amitié ! déclara Nicola en levant son verre.

Puis elle les accompagna dans le salon où ils retrouvèrent Vincenzo et quelques autres invités.

Lorsque Vincenzo se lança dans une longue critique de l'opéra auquel il avait assisté à la Scala le week-end précédent, Evangeline en profita pour se pencher vers Matt et murmurer à son oreille :

— Wheeler, c'est un joli nom de famille.

Matt lui sourit.

— Et à qui ai-je l'honneur ? Je n'ai pas encore l'honneur de vous connaître, madame, il me semble.

— Evangeline La Fleur, déclara-t-elle avec une affectation

un peu moqueuse. Enchantée de faire votre connaissance, Matt Wheeler.

Au même instant, le compagnon de Nicola les rejoignit et demanda à Matt ce qu'il faisait dans la vie.

— Je suis associé dans une entreprise texane spécialisée dans l'immobilier d'entreprise.

Il avait répondu sans la moindre hésitation. A l'évidence, c'est ainsi qu'il se définissait professionnellement. Evangeline ne put s'empêcher d'éprouver une forme de jalousie. Même autrefois, elle n'aurait jamais pu répondre avec autant d'assurance à une telle question. Alors maintenant que sa voix était à jamais cassée...

— Ah, vous connaissez sans doute J.R. Ewing, dans ce cas ? lança Angelo, qui semblait goûter lui-même sa plaisanterie.

Evangeline prit sur elle pour ne pas lever les yeux au ciel, mais, à sa grande surprise, Matt éclata de rire.

Elle lui savait gré de se montrer bienveillant à l'égard de ses amis et de leurs plaisanteries qui manquaient parfois de subtilité.

— Vous êtes dans l'immobilier, dites-vous, reprenait Nicola. Vous vendez des maisons ?

— Non, pas des maisons. Des bureaux. Plus exactement des immeubles, voire des gratte-ciel entiers du centre-ville de Dallas.

Au ton qu'il avait employé, Evangeline sentit tout de suite qu'il aimait son travail.

— Nous vendons aussi des zones d'activité, des complexes hôteliers, sportifs ou commerciaux clés en main. Ce genre de choses.

Nous... Pourquoi ne disait-il pas « je » ? Qui était-ce « nous » auquel il faisait référence ?

— Impressionnant...

Nicola se pencha vers Matt, soudain plus intéressée par le compagnon d'Evangeline maintenant qu'elle percevait en lui l'homme d'affaires fortuné.

— Matt a beaucoup de succès, remarqua Evangeline, qui

pourtant ne savait pas grand-chose de la réussite professionnelle de Matt.

Connaître son nom de famille ou la nature exacte de ses
activités professionnelles à Dallas n'était pas au centre de ses
préoccupations, et donc de leurs discussions. Et cet évitement
tenait en partie au fait que tout cela rappelait Amber à Matt.

Mais, évidemment, il avait du succès. Il suffisait de le
regarder pour le savoir.

Il serra sa main.

— Evangeline est gentille. En ce moment, je suis en congé
sabbatique. Wheeler Family Partners faisait partie des cinq
entreprises du Texas réalisant le plus gros chiffre d'affaires
et les plus gros profits l'an dernier, mais cette réussite revient
essentiellement à mon frère. Pas à moi.

— Il s'agit d'une entreprise familiale ? demanda Nicola.

Matt acquiesça, avant d'expliquer que la société dont il était
un des associés avait été fondée un siècle plus tôt par un de
ses aïeuls, et que son père et son frère détenaient toujours,
avec lui, l'entreprise qu'ils dirigeaient collégialement.

Personne ne sembla remarquer l'émotion — fierté et responsabilité mêlées — qui sourdait dans sa voix. A l'exception
d'Evangeline.

Pour elle, la famille était un concept sans grande signification, mais, à l'évidence, pour Matt, c'était la pierre angulaire
de son existence avant son arrivée à Venise.

Pour l'heure, il errait de par le monde pour trouver un sens
et une issue au drame qu'il venait de traverser, mais combien
de temps cela durerait-il ? Allait-il finir par retourner d'où il
venait ? Elle n'avait pas envie de lui poser la question. N'avait
pas envie que la réponse influe d'une manière ou d'une autre
sur leur histoire. Mais l'étau qui tout à coup lui enserrait la
gorge lui disait que tout cela avait plus d'importance qu'elle
voulait bien se l'avouer : ils étaient plus différents l'un de
l'autre que ce qu'elle avait voulu croire jusqu'à présent.

Elle attendit qu'ils aient quitté la soirée et soient à bord

du taxi fluvial qui les ramenait au Palazzo d'Inverno pour
aborder de nouveau le sujet.

— Parle-moi de ta vie à Dallas. Je voudrais en savoir plus…

Avec un rire, il l'embrassa.

— Pourquoi ? Tu as besoin d'un somnifère ? Parce que je
te préviens, tu risques de t'assoupir au bout de cinq minutes.

— Ça m'étonnerait fort que le type qui a relevé mes jupes
sur un balcon de Venise le soir de notre rencontre ait eu une
existence si ennuyeuse…

— Je te rappelle qu'à Dallas je conduisais un break,
Evangeline.

— Tout cela, c'est du passé, maintenant…

La mort brutale d'Amber l'avait transformé. Il était devenu
un être sans attaches, comme elle. Comme elle, il avait été
touché de plein fouet par une tragédie dont les échos ne
cessaient de transformer sa vie. Et, maintenant qu'elle savait
d'où il venait, elle éprouvait tout à coup un besoin viscéral
de se sentir proche de lui.

— Ça n'a plus d'importance, non ?

— Si, ça a de l'importance. J'ai fui mes responsabilités.
J'ai lâché non un travail, mais l'entreprise familiale. J'ai laissé
tomber toute ma famille.

Sa voix ne tremblait pas.

De la force, il en avait à profusion. Elle l'avait déjà perçue
chez lui, mais jamais à ce degré-là. Ce qui ne faisait que le
rendre plus attirant.

Jusqu'à présent, les hommes qu'elle avait rencontrés étaient
faibles, sans principes, regrets ni remords. Rien à voir avec
Matt qui regrettait ses choix, ses actions et assumait pleinement la responsabilité de ses actes.

— Je ne voulais pas retourner le couteau dans la plaie
en évoquant ta vie d'avant. On s'en tient là ? « Tatou » ?
proposa-t-elle.

— Oui, « tatou ». Ce n'est pas un sujet de conversation
bien intéressant. Mais toi, comment était ta vie lorsque tu

chantais aux quatre coins du monde ? demanda-t-il en mêlant ses doigts aux siens.

— Survoltée. Insipide. Solitaire.

Elle sentit sa main serrer la sienne, comme pour l'encourager à poursuivre.

C'était si agréable de vivre avec cet homme. Peut-être pouvait-elle, pour une fois, se confier. Juste un peu.

— Le type que je voulais éviter à la soirée de Vincenzo, Rory, il était censé me guérir de tout ça. On se ressemblait, lui et moi. On avait chacun un nom, et une carrière déjà bien engagée dans la pop, un mode de vie bohème qu'on adorait lui comme moi. Il avait bien quelques défauts — une prédilection pour le whisky, par exemple —, mais je fermais les yeux parce que j'étais amoureuse. Mais manifestement, il n'avait aucune envie de voir son nom associé à celui d'une chanteuse sur le déclin… C'est bête, hein ?

— Je suis désolé.

— Moi pas. De toute façon, la stabilité, ce n'est pas pour moi. C'est d'ailleurs une des choses que j'adorais dans mon métier : ce mouvement permanent. Etre tout le temps entre deux avions, constamment changer de lieux, de salles, de danseurs, de choristes, j'adorais.

Et c'était bien l'écueil principal sur lequel risquait de s'échouer leur histoire, car, si Matt et elle avaient en commun une histoire récente faite de drames et de deuils, ils ne partageaient sinon pas grand-chose. Il était un homme d'affaires couronné de succès pour qui la famille était primordiale, et elle, une chanteuse dont la carrière venait de se briser et qui détestait la stabilité sous toutes ses formes.

Le moment de grâce qu'elle partageait avec Matt ne durait que parce que tous deux tentaient de tenir à distance leurs démons.

Mais combien de temps encore ce refuge provisoire tiendrait-il avant de s'écrouler ?

8

Evangeline roula sur le côté et se pelotonna sous les draps. Il faisait encore nuit. Sa conscience avait beau être encore embrumée par le sommeil, elle savait que Matt était réveillé.

Deux semaines et quatre jours après leur rencontre, elle pouvait évaluer ce genre de choses. Elle connaissait aussi ses plats préférés, le rythme qu'elle devait imprimer à ses hanches pour le faire atteindre le plaisir, ou encore l'art et la manière de lui soutirer l'un de ses éblouissants sourires dont il avait le secret.

Et, s'il était réveillé, elle savait aussi qu'elle n'arriverait jamais à se rendormir sans connaître la raison de son insomnie.

Pour deux âmes solitaires, ils étaient en passe de devenir dangereusement proches.

Elle cherchait toujours désespérément une raison de larguer les amarres, attendait toujours de voir surgir un sentiment d'oppression ou de claustrophobie à force de vivre en huis clos avec Matt, se préparait à découvrir la face sombre de cet homme. Mais rien ne venait. Plus elle passait du temps avec lui, plus elle était convaincue au contraire qu'il était l'homme idéal pour elle et qu'elle pouvait lui faire confiance. Alors, au lieu de chercher un moyen de prendre la tangente, elle restait. Et plus elle restait, plus elle voyait de difficultés à préserver cette bulle de douceur si précieuse et si fragile.

Pourquoi diable n'avait-elle pas rencontré Matt six mois ou un an plus tard ? A ce moment-là, elle aurait certainement su où elle en était sur le plan personnel, et elle aurait pu lui donner ce qu'il méritait : une partenaire plus solide, plus apaisée.

Elle se rapprocha de lui et se lova dans ses bras.

— Oh ! je t'ai réveillé ? Je suis vraiment désolée !

— Non, pas du tout.

Ce lien extraordinaire qui les unissait depuis le début n'avait fait que se renforcer avec le temps. Parfois il finissait ses phrases, et parfois aussi elle n'avait même pas besoin de parler pour qu'il la comprenne. Cette dimension presque télépathique de leur entente la laissait souvent rêveuse.

Cela aurait dû l'effrayer, la suffoquer. Il n'en était rien.

— Je vais descendre et te laisser dormir.

Quelque chose le tracassait. Les tourments de Matt ne lui laissaient aucun répit. Leurs séances répétées et toujours plus éblouissantes de sexothérapie n'y changeaient rien. Elle lui posa un bras sur la poitrine pour le dissuader de quitter le lit.

— Je ne te conseille pas d'essayer. Parle-moi plutôt de ce qui te tracasse.

— Ce n'est pas quelque chose dont on parle au beau milieu de la nuit. Mais merci pour la proposition, j'apprécie.

— Il n'y a pas de sujet tabou pour moi. On est là, tous les deux, tranquilles. On ne peut pas trouver meilleur moment pour discuter.

A moins bien sûr que le sujet en question soit son désir de mettre un terme à leur relation. Un instant, cette pensée la tétanisa. Elle n'avait aucune envie que leur histoire s'arrête maintenant.

La main qu'il venait de poser sur sa poitrine s'immobilisa.

— Tu ne préférerais pas te rendormir ?

— Je préférerais que tu ne sois pas malheureux. Parle-moi, on va essayer de voir ce qu'on peut faire. C'est pour cela que je suis là, pas vrai ? Pour t'aider à repousser une fois pour toutes tes démons.

— Eh bien, je me disais que j'aurais déjà dû dépasser la mort d'Amber.

— Et pourquoi donc ? Qu'est-ce qui t'amène à penser ça ?

— Cela fait plus d'un an et demi qu'Amber est morte. Je

n'arrive pas à comprendre pourquoi je ne m'en suis toujours pas remis.

— Chacun est différent et, dans le deuil comme dans toutes choses, il n'y a pas de règles. Certains dépassent le traumatisme très vite, d'autres très lentement.

— On a été mariés à peine un an. Je suis veuf depuis plus longtemps que j'ai été marié !

— Et alors ? Tu l'aimais.

A l'évidence, beaucoup, songea-t-elle. Bien plus qu'elle n'avait pour sa part jamais aimé quelqu'un. Mais curieusement, elle pouvait facilement s'imaginer ce que l'on pouvait ressentir en étant l'objet d'une telle adoration.

A fortiori celle de Matt.

Cette pensée la fit tressaillir. Tout à coup, elle eut envie de prendre la place d'Amber dans le cœur de Matt. C'était impossible, car cela supposait qu'en retour elle s'abandonne avec autant de confiance à lui et aussi qu'il se détache de son épouse décédée.

Joli aveu que voilà, songea-t-elle. Manifestement, le calme de la nuit était autant favorable aux prises de conscience qu'aux discussions. Tant qu'elle n'énonçait pas tout haut ce qu'elle s'avouait à elle-même tout bas, elle évitait le pire…

Il se retourna nerveusement dans le lit.

— Est-ce que je suis condamné à souffrir le restant de mes jours parce que je suis tombé amoureux de quelqu'un à trente ans ?

Il semblait désespéré.

— Il n'y a pas de solutions toutes faites ou, s'il y en a, je ne les connais pas, dit-elle en posant une main qu'elle espérait apaisante sur son cœur.

— Le jour des funérailles d'Amber, le prêtre a dit quelque chose qui ne cesse de me hanter. Il a beaucoup insisté sur le fait que tout était éphémère, transitoire. Si tel est le cas, je devrais m'en être déjà remis, non ?

— C'est pour cela que tu te tortures ? Franchement, c'est complètement stupide, s'emporta-t-elle. Les prêtres devraient soutenir les gens dans l'épreuve du deuil, pas leur raconter des sornettes qui ne leur sont d'aucun secours ! Quand on vit pleinement sa vie, elle n'a rien de transitoire. Ce n'est pas une salle d'attente où l'on s'ennuie ! Et tous les deux, on a vu ce qui comptait le plus dans notre vie s'effondrer, sans préavis. Alors oui, on a le droit d'être dévasté, désespéré, en colère. Parce que ce qui est parti était précieux et que ça ne reviendra pas.

Il resserra ses bras autour d'elle dans une étreinte apaisante.

— C'est ce qui s'est passé ? Tu as vu ce qui comptait le plus pour toi s'effondrer ?

— Oui, avoua-t-elle, le menton tremblant.

— Tu n'en parles jamais…

Lui non plus ne parlait guère d'Amber.

— Je n'ai plus de voix. Si j'en parle, je m'effondre, et je suis incapable d'articuler le moindre mot.

— Combien de fois vais-je te dire que je trouve ta voix hyper sexy…

Elle soupira. Il était si gentil, si sensible et compatissant. Il n'exigeait rien, ne demandait rien en échange de sa compagnie. Elle devait être à la hauteur de cet homme, lui faire confiance.

— J'ai tout perdu, poursuivit-elle. Et, si ce n'était qu'une carrière, ce ne serait pas bien grave. Toute ma vie, du plus loin que je m'en souvienne, j'ai chanté. A l'époque, chanter était mon unique ressource, mon moyen de faire face, de tenir. Un mécanisme de défense.

— Et à quoi devais-tu faire face, toute petite ? demanda-t-il doucement.

— Oh ! des choses… Ma famille, principalement.

Elle n'en avait pas parlé depuis des années. Mais c'était bien là l'origine de sa vocation, de la modalité qu'elle avait trouvée pour exprimer et sublimer ce qui lui arrivait.

— Mon père était un joueur de hockey à Détroit. Une sorte de commis voyageur, sans cesse sur les routes, dont ma mère était tombée enceinte et qui était parti sans laisser d'adresse. Elle avait toutefois réussi à retrouver sa trace et à obtenir une pension alimentaire, mais l'investissement paternel s'est limité à cela. Elle avait pourtant déménagé aux Etats-Unis pour qu'il puisse s'occuper de moi. Devine combien de fois j'ai eu des nouvelles de lui ?

— Evangeline…

Il l'attira à lui et l'enlaça, les lèvres enfouies dans ses cheveux.

— Ça va, ne t'inquiète pas. Je m'en suis remise.

— Permets-moi d'en douter, murmura-t-il en déposant un léger baiser sur la commissure de ses lèvres. Mais, lorsque nous dansions, tu m'avais dit que tu avais encore de la famille à Détroit.

Comment faisait-il pour s'en souvenir ?

— Mon père, ce n'est pas ma famille. Il s'est disqualifié lamentablement il y a longtemps déjà. Mais j'ai… une sœur ou plutôt une demi-sœur.

— Et vous êtes proches, elle et toi ?

Un rire brisé lui échappa.

— Elle m'adule parce qu'elle aimerait elle aussi faire carrière dans la pop, mais ça s'arrête là.

Lisa lui envoyait une foule de textos, lui demandant des conseils. Evangeline se demandait toujours pourquoi elle y répondait. Personne ne l'avait aidée, elle.

Pourtant, jusqu'à son opération, elle mettait un point d'honneur à lui répondre. Elle avait même payé à Lisa et trois de ses amis un billet d'avion pour Londres afin qu'ils puissent assister à l'un de ses concerts. C'était la dernière fois qu'elle avait vu sa sœur.

— Et elle a du talent ? demanda Matt.

Elle haussa les épaules.

— Je n'en sais rien. Je ne l'ai jamais entendue, trop occupée que j'étais avec ma propre carrière.

— Tu as le temps maintenant, observa-t-il.

Les mots lui firent l'effet d'une détonation.

— Oui… Il faudrait que je l'appelle.

Mais elle ne le ferait pas. Que dirait-elle en effet ? Elles n'avaient jamais réussi à établir un véritable contact, la moindre relation. A l'exception de quelques éléments dans la structure de leur ADN, la seule chose qui les réunissait, c'était leur intérêt mutuel pour la musique.

— « Tatou ».

Trêve de confessions. Lisa était un terrain miné sur lequel elle n'avait pas du tout l'intention d'être entraînée plus avant à cette heure tardive.

— Moi, il faut que je téléphone à mon frère. On ne s'est pas parlé depuis un mois au moins, déclara Matt en roulant sur le matelas.

Sa chaleur lui manqua immédiatement.

— Un mois, c'est long, pour vous ? demanda-t-elle.

— On se voyait tous les jours, son bureau jouxtait le mien… Sans compter qu'on jouait au basket toutes les semaines avec des anciens amis de lycée. Et puis, c'est mon frère, c'est aussi simple que cela.

— Et il te manque.

Ce n'était pas une question. Tout dans la voix de Matt le trahissait. Pourrait-elle un jour avoir ce genre de relation avec Lisa ?

Non. Evangeline n'était pas faite pour ce genre de relations familiales étroites, et elle ne souhaitait d'ailleurs pas s'y risquer. Les risques en cas d'échec étaient trop grands.

— C'était avant, du temps où Amber était là. Après sa mort, j'ai perdu pied. J'ai tout laissé tomber petit à petit. Je me disais toujours que quelque chose allait se produire et me remettre en selle… Et puis, mon grand-père est mort, et j'ai compris. Pour reprendre le contrôle, il fallait que je m'arrache à tout cela. De là date ma décision de tout déléguer à Lucas et de partir.

Il laissa échapper un petit rire avant de poursuivre :

— Je lui ai même vendu ma maison. Il est dans mon ancienne maison, avec une femme dont il est absolument fou, sur le point de devenir père et de donner par la même occasion à mes parents leur premier petit-enfant. Normalement, c'est moi qui aurais dû être là, à sa place, en train de vivre cette vie.

Là-bas. Pas ici. Venise n'était qu'un refuge temporaire. Elle le savait, l'avait toujours su. Alors pourquoi ces mots la rendaient-ils si triste ?

— Tu es jaloux du bonheur de ton frère ?

Au moins, ils auraient ça en commun.

— Non, pas vraiment. Peut-être un petit peu, si je suis parfaitement honnête…, dit-il, soudain abattu. Je suis surtout content pour lui. Jamais je n'aurais pensé qu'il se marie et ait des enfants. Il était plutôt le genre d'homme qui se défile dès que les choses deviennent un peu sérieuses. Et puis, un jour, il a rencontré cette femme, et elle l'a métamorphosé. Il est devenu un homme responsable, fidèle, s'engageant sur le long terme. Jusqu'alors, c'était plutôt moi qui avais épousé ce rôle. Reste à savoir si je peux l'endosser de nouveau…

Il avait plus de choses à régler qu'elle le pensait de prime abord.

— Si je comprends bien, tu n'as pas que le deuil d'Amber à dépasser. Il te faut déterminer si la vie que tu menais avant te convient toujours.

Cette vie incluait des enfants, la transmission, des concepts qui étaient totalement étrangers à Evangeline.

Il laissa échapper un soupir.

— Je ne peux plus me couler dans ce moule, je le sais. Mais, en même temps, j'aspire à redevenir celui que j'étais. Du plus loin que je m'en souvienne, j'ai toujours fait les choses comme il le fallait. J'ai dirigé Wheeler Family Partners et j'ai excellé dans ce rôle. J'étais auréolé de succès, et Amber participait à cette réussite. En tant qu'héritière d'une grande famille, elle avait énormément de relations. Il y avait cinq cents personnes à notre mariage, des P-DG parmi les cinq cents fortunes du monde, un ancien président des Etats-Unis, le gouverneur du Texas. Et nous étions très heureux de notre statut de couple en vue. Les gens pouvaient compter sur nous…

Son cœur s'était un instant arrêté de battre. Son absence de réaction face à son statut de célébrité ou son argent s'expliquait désormais. Il n'avait pas à le lui envier, car, dans un cercle à des années-lumière du sien, il disposait du même prestige et de la même aisance financière.

Un gouffre dont elle n'avait pas jusque-là soupçonné la présence s'élargit entre eux.

Il n'avait pas embrassé la vie de bohème et d'aventure, il avait juste cherché un moyen de guérir de son chagrin pour, une fois les morceaux de sa vie brisée grossièrement recollés, s'y glisser de nouveau.

Et par ailleurs, contrairement à elle, il pouvait revenir en arrière. Et il le ferait vraisemblablement.

Elle déposa un baiser furtif sur sa joue.

— Moi, je compte sur toi. Là, maintenant, tout de suite, je n'ai que toi au monde.

Pitoyable comme déclaration, songea-t-elle, un peu consternée.

— Là, maintenant, tout de suite, je suis vraiment ravi que tu n'aies que moi au monde.

Sa réponse la secoua telle une déflagration.

— Vraiment ? Je croyais que tu voulais rompre !

Il aurait dû s'y préparer, tout comme elle.

— De quoi tu parles ? De nous deux ?

Il rit et changea brutalement de position, la serrant fort contre lui.

— Tu es la meilleure chose qui me soit arrivée depuis très très très longtemps. Pourquoi renoncerais-je à toi ?

— Parce que tu as envie de rentrer chez toi ! C'est ce dont on parle en ce moment, essaie de suivre ! Cette parenthèse vénitienne, elle ne pourra pas durer toujours.

Le silence se fit autour d'eux, et elle se prépara à ce qu'il acquiesce.

— Je ne sais vraiment pas si je pourrai rentrer. Ma famille, toutes ces obligations, tout me semble très oppressant. J'ai l'impression que je ne pourrai plus jamais y faire face. J'ai envie de me retrouver et, en même temps, j'aimerais continuer à me cacher et vivre une autre vie.

Il laissa échapper un rire qui n'était pas très gai.

— Quel lâche je fais !

Non, on percevait surtout un homme déchiré.

— Moi, je voudrais chanter et je ne le peux pas. On est tous les deux pris dans une nasse dont on n'arrive pas à sortir.

Il sentit les battements du cœur d'Evangeline contre sa poitrine et glissa ses doigts dans ses cheveux, avant de poser un baiser sur sa gorge.

Ils avaient l'un comme l'autre perdu tant de choses. Est-ce qu'elle aussi trouvait réconfortant de se trouver dans les bras de quelqu'un qui comprenait ? Lui en tout cas appréciait ce contact et le fait qu'elle lui avait aussi donné la permission de se révolter et d'être en colère.

C'était libérateur.

Car, oui, il était en colère et se sentait coupable d'éprouver une telle rage. Evangeline, elle, avait semblé trouver normale sa réaction et l'avait laissé expulser cette émotion qui était comme du fiel dans ses veines.

— Est-ce que tu as déjà remarqué que tout ce que disent les gens lorsque tu es en deuil n'a strictement aucun sens ? lança-t-il pour continuer à évacuer tout ce qui l'avait agacé ou mis hors de lui lors des mois précédents.

— Donne des exemples !

— J'ai un faible pour « Mais regarde tout ce que tu as encore ». Ça n'a strictement aucun sens. Merci de me rappeler que j'ai toujours un père et une mère en vie. Vraiment, ça change tout. Et, ah oui, j'oubliais : je suis en bonne santé. J'imagine que le fait d'être à peu près en forme va m'aider à traverser cette vallée de larmes…

— Moi, après l'opération, j'ai eu droit à un très compatissant et réconfortant « Au moins tu as encore beaucoup d'argent ». Ne te méprends pas : même si je suis très contente de pouvoir subvenir à mes besoins — ce qui n'est pas forcément le cas de tout le monde après la perte d'un emploi —, l'argent ne change rien au fait que j'ai perdu un élément constitutif de ma personnalité.

— Et qu'est-ce que tu vas faire maintenant que tu ne peux plus chanter ? demanda-t-il tout à trac.

— Si seulement je savais…

— Vraiment, tu n'as aucune idée ?

Elle ne répondit rien, et il caressa doucement ses cheveux.

— C'est le milieu de la nuit, rien n'est tabou, ajouta-t-il.

Pourvu qu'elle ne dise pas « tatou ». La question était cruciale, il le sentait.

— Je ne sais pas, répondit-elle finalement à mi-voix. Chanter est la seule chose que je sache faire. C'est mon seul talent.

— Je n'en crois pas un mot.

— Etre une déesse au lit ne constitue pas un talent, tu sais.

Il leva les yeux au ciel, ce qui lui arracha un petit rire amusé.

— Tu as un don pour me faire rire ! C'est un talent que peu de gens possèdent, alors ne change rien. Mais, pour revenir à nos moutons, j'étais sur le point de te dire qu'il n'est pas si facile que ça de percer dans la pop, sinon tout le monde le ferait. La ténacité est un énorme atout dont à l'évidence tu disposes. Tu as travaillé dur pour connaître un tel succès.

— Oui, ce n'est pas tombé du ciel, je te le garantis. J'ai eu de la chance, mais j'ai aussi énormément travaillé.

Sa voix se brisa sur le dernier mot.

A l'évidence, il y avait aussi quelque chose d'autre qu'elle taisait et qui la faisait souffrir. L'impuissance qu'il ressentait lui faisait mal.

Il prit sa main, l'approcha de sa joue mal rasée et la maintint là, comme pour lui rappeler qu'il n'allait pas partir.

— Je me trompe ou il y a aussi autre chose ? murmura-t-il, sa voix presque aussi rauque que la sienne.

— Non, rien, dit-elle tandis que des larmes perlaient à ses yeux. Mon problème, c'est l'absence de solutions, le vide. Je ne sais plus que faire désormais.

— Ne pas trouver instantanément une solution, c'est normal. Tu n'es pas encore sortie de la vallée de larmes, pour parler comme le prêtre qui avait dit la messe pour Amber. Dans quelque temps, tu sauras dans quelle direction aller.

Il lui fallait également s'en convaincre, car lui aussi voulait quitter cette vallée, dans son intérêt et dans celui d'Evangeline, qu'il souhaitait guider hors de ce dédale.

— La musique, c'était vraiment mon âme.

Des larmes coulèrent sur son torse, mais il ne les essuya pas, pas plus qu'il ne bougea de peur de briser ce moment où elle déversait enfin son chagrin sur son épaule.

— Et je croyais naïvement que c'était en moi à tout jamais. Qu'est-ce que je vais pouvoir faire de ma vie, maintenant ?

— Il n'y a vraiment aucun moyen pour toi de continuer à travailler dans la musique ? Tu joues d'un instrument ?

— Du piano, répondit-elle en s'essuyant furtivement les yeux. J'écrivais toutes mes chansons.

Un élan d'admiration et de fierté l'envahit. Elle avait une capacité et une énergie créatrices qu'il ne soupçonnait pas.

— Eh bien, dans ce cas, deviens auteur-compositeur.

Elle secoua la tête.

— Non, impossible. Je ne peux pas.

— Tu ne peux pas ou tu ne veux pas ? lui demanda-t-il le plus doucement possible.

— Les mots, les idées… tout s'est envolé !

— Ça va revenir. Tu es plus qu'une voix. Tu es une artiste, une créatrice.

Il lui caressa les cheveux.

— Tu vas finir par retrouver l'inspiration et une nouvelle voie. On en trouvera une tous les deux et, dans l'intervalle, on va rester ensemble et analyser tout ce qui ne va pas, lentement, méthodiquement.

— Matt… Je suis heureuse d'être restée. D'habitude, je prends la poudre d'escampette dès le lendemain matin. Je ne reste jamais. Mais c'est une habitude à laquelle je suis heureuse d'avoir fait une entorse.

Il sentit qu'il respirait plus facilement. La conversation avait bien failli mal tourner, mais il avait réussi à rétablir la situation malgré un manque cruel d'expérience en matière de soutien psychologique aux âmes en peine. Sa relation avec Amber avait été simple, sans complications.

Rien à voir avec ce qu'il traversait avec Evangeline.

— Mais tu sais que ça ne peut pas durer, cette histoire entre nous, clarifia-t-il.

Elle ne faisait que prendre du bon temps avec lui tandis qu'elle réfléchissait aux prochaines étapes de sa carrière. Elle avait été extrêmement explicite sur ce point, et il ne devait pas lui en tenir rigueur, car n'était-ce pas ce que lui aussi était en train de faire ?

— J'en ai pour ma part parfaitement conscience, ajouta-t-il, mais je ne peux pas non plus supporter de rester coincé dans cette fameuse vallée tout seul. J'espère juste que tu ne m'en estimeras pas moins pour t'avoir si égoïstement mise à contribution.

— Je ne te considère pas comme quelqu'un d'égoïste.

Non, ce n'était pas du tout son genre. Evangeline était une personne qui ne jugeait pas, ne condamnait pas. Il pouvait tout lui dire et, d'ailleurs, il lui avait confié des secrets qu'il n'avait jamais révélés à personne. Il ne se préoccupait pas de savoir si elle était déçue de ses manquements ou de ses failles.

Dommage qu'il n'ait rien à lui offrir en retour. Dommage qu'ils se soient ainsi rencontrés alors qu'ils étaient l'un comme l'autre coincés dans cette vallée de larmes.

9

— Si on sortait ? proposa Evangeline en fin d'après-midi alors qu'ils regardaient la télévision, lovés l'un contre l'autre.

Convaincu qu'il avait mal compris ce qu'elle venait de lui dire, Matthew s'empara de la télécommande et abaissa le volume.

— Dehors ? A Venise, tu veux dire ?

Mis à part quelques excursions sur le toit-terrasse, ils n'avaient pas franchi le seuil du Palazzo d'Inverno depuis le dîner chez Nicola quelques semaines plus tôt.

— Oui, répondit-elle avec ce qui lui sembla une désinvolture un peu forcée. Invite-moi quelque part ce soir.

— Je croyais que tu n'aimais pas sortir au restaurant…

— Oui, mais, avec toi, c'est différent, répondit-elle en cillant. Pour toi, je suis prête à tous les sacrifices. Je pense même te laisser ôter mes vêtements à l'issue de la soirée pour te remercier.

— Qu'est-ce qui t'arrive ? Un peu de claustrophobie ?

Aussi captivante et drôle soit la compagnie d'Evangeline, c'était certainement ce qui commençait à le gagner également. Depuis quelques jours, il n'arrivait pas à chasser un sentiment d'impatience, d'agitation intérieure.

— Je ne sais pas. Peut-être, oui. Et puis, je ne me suis pas maquillée depuis des lustres, je n'ai pas enfilé autre chose que des T-shirts… J'en ai un peu marre.

— Tu es splendide en T-shirt, même si, bien sûr, je te préfère dans ton plus simple appareil, rétorqua-t-il. Mais j'accepte de sortir dîner avec une femme sublime, parée de tous ses atours.

— Et que dirais-tu de prolonger la soirée par un spectacle ?

Elle sauta du canapé, tout à coup animée.

— D'ailleurs, j'ai la robe parfaite pour ce genre de soirées. Je ne l'ai même jamais portée. Bon, je te préviens, je vais monopoliser la salle de bains un bon moment. Si tu as besoin de quoi que ce soit dans l'intervalle, mieux vaut aller le chercher maintenant !

— Merci, ça va, répondit-il en lui souriant. Profite, prends tout le temps dont tu as besoin…

Une heure plus tard, Evangeline n'était toujours pas sortie de la salle de bains.

Mais, lorsqu'elle apparut en haut des escaliers quelques minutes plus tard, il sentit son cœur s'arrêter un instant.

Elle était stupéfiante de beauté dans cette robe bleue ajustée qui magnifiait ses longues jambes fuselées et sa jolie poitrine. Sa chevelure aux éclats caramel retombait en cascade sur ses épaules, tandis que ses yeux sensuels brillaient de promesses mystérieuses.

Comment pouvait-elle lui faire un tel effet alors qu'ils n'avaient plus de secrets l'un pour l'autre depuis longtemps ?

— Prêt ? demanda-t-elle de sa voix rauque si excitante en terminant de descendre les marches.

Cette voix à nulle autre pareille lui rappelait qu'elle restait la même personne sous ces fards que celle qui se dissimulait sous un masque quelques semaines plus tôt.

Il se leva pour aller la rejoindre.

— Je n'en suis plus si sûr qu'il y a une seconde… Je crois que ton apparition m'a fait perdre ma capacité à mettre un pied devant l'autre. Tu es tellement… Il n'y a pas de mots pour dire à quel point tu es belle. Tu es… sublime.

Frustré de ne pouvoir exprimer toute l'admiration qu'il ressentait, il se passa la main dans les cheveux.

— Et tu es sûre que tu veux être vue en ma compagnie ?

Elle rit à gorge déployée.

— Je te poserai la même question tout à l'heure lorsque j'aurai attiré mon lot habituel d'attention non désirée. Mon premier mouvement a été de chercher une tenue passe-partout pour éviter d'attirer les regards, mais cela n'aurait pas marché de toute façon. Et puis, j'avais envie de me faire belle pour toi. Pour te plaire.

— Pour moi ?

L'intention lui plut énormément, et il l'attira dans ses bras, en veillant à ne pas froisser sa robe.

— Merci, poursuivit-il. Mais ne te plains pas ensuite si j'ai un ego démesuré ! En tout cas, je vais profiter de ce beau spectacle toute la soirée. Je vais devoir être particulièrement convaincant pour t'inciter à retirer de tels atours…

Elle laissa courir ses doigts sur son torse puis les plongea sous la ceinture de son pantalon pour l'effleurer.

— Je te fais confiance pour trouver les arguments qui me plaisent. Et puis, peut-être qu'en me suppliant…

Il laissa échapper un grognement.

— On ne va pas réussir à passer le seuil de la maison si tu continues…

Elle retira sa main, et un sourire taquin s'afficha sur ses lèvres.

— Dans ce cas, je garde la suite pour plus tard…

Les yeux rivés aux siens, il lui tendit son manteau, la prit par la main et l'entraîna à l'extérieur. Le carnaval était fini depuis longtemps, et l'air de la nuit avait déjà un accent printanier.

— On marche, ou on prend une gondole ? Je pensais qu'on pouvait aller dîner dans une trattoria un peu excentrée que j'ai repérée, plutôt que dans un restaurant chic. J'espère que ça te convient… Ce n'est qu'à quelques rues d'ici.

— Je préfère marcher. Je n'ai quasiment rien vu de Venise, et c'est toujours complètement différent de découvrir une ville à pied. La vue qu'on a depuis ton toit-terrasse est incroyable, mais on domine la ville, on ne sent pas inclus. Tu vois ce que je veux dire ?

Il comprenait parfaitement. Il s'était tellement senti si loin de tout depuis si longtemps. Ce soir, à côté d'Evangeline, il appartenait complètement au monde des vivants. L'impression était inédite. Comme s'il était sorti d'un tunnel sombre et que le monde tout à coup s'épanouissait sous ses yeux.

Dans les ruelles, les boutiques étaient éclairées et les vitrines brillaient des mille feux des verreries de Murano ou des masques dorés qui y étaient exposés, tandis que la cité vénitienne était rythmée par le clapotement des eaux des canaux. Chaque pavé, chaque linteau de porte ou de fenêtre, chaque ponton évoquait la paix, l'histoire, la permanence.

Il serra la main d'Evangeline, qui, pour toute réponse, tourna la tête vers lui et lui sourit. Une fois de plus, il se demanda s'il n'y avait pas moyen d'arrêter de porter sur ses épaules le fardeau de son deuil et de faire une chose folle, comme par exemple tout mettre en œuvre pour que cette histoire qu'il vivait avec elle ait un avenir.

Jamais en essayant de trouver un moyen de dépasser la mort d'Amber il n'avait pensé qu'il allait tomber amoureux de quelqu'un d'autre.

Ç'aurait été déloyal vis-à-vis d'Amber.

Non, cette relation ne pouvait vraiment pas durer. Non parce que Evangeline et lui ne pouvaient pas s'entendre. En fait, il craignait de ne pouvoir se donner entièrement à une autre femme, de ne pouvoir aimer quelqu'un d'autre, de ne vouloir un foyer, des enfants avec une autre.

Ils n'eurent aucun mal à trouver le restaurant. Une fois à leur table, Matthew commanda une bouteille d'un excellent chianti que le sommelier s'empressa de leur apporter.

— A cette première sortie en tête à tête ! déclara-t-il en levant son verre.

— On fait un peu les choses dans le désordre, mais cela a son charme…, remarqua-t-elle.

Au même instant, des voix s'élevèrent du fond du restaurant. Le visage d'Evangeline se figea en voyant un groupe d'adolescents que deux serveurs tentaient de repousser.

— Je suis désolée… Ils ont dû me reconnaître et nous suivre.

— Pourquoi t'excuser, tu n'y es pour rien.

— Bien sûr, mais c'est intrusif.

Un sourire qu'il jugea professionnel se dessina sur ses lèvres lorsqu'un serveur arriva auprès d'elle et commença à murmurer à son oreille. Elle acquiesça d'un mouvement de tête, et les fans d'Eva se précipitèrent à sa table en tendant des bouts de papier à Evangeline pour qu'elle leur signe des autographes.

Celle-ci se prêta sans mauvaise grâce à l'exercice, allant jusqu'à poser avec les adolescents pendant quelques minutes. En mode superstar, elle était encore plus belle.

Puis, au bout d'un moment, les adolescents se dirigèrent vers la porte.

— J'espère que cela ne t'a pas trop dérangé…, observa-t-elle, un peu gênée.

Il posa sa main sur la sienne.

— Je suis prêt à bien des sacrifices pour toi, et celui-ci n'était pas bien grand…

Les grands yeux d'Evangeline prirent un nouvel éclat.

— Merci. En tout cas, on a eu de la chance qu'il n'y ait pas eu de paparazzi à leurs côtés.

Mais, lorsqu'ils quittèrent le restaurant quelques heures plus tard, ceux-ci avaient malheureusement été avertis, car des flashes les accueillirent sur le seuil.

Evangeline se rapprocha de Matthew, comme si elle cherchait soutien et protection.

Il sentit l'anxiété le saisir en voyant deux hommes avec des caméras qui leur barraient le passage.

— Eva, s'il vous plaît ! lança le plus petit d'entre eux avec un fort accent américain. Ça ne vous dérange pas trop si je vous pose quelques petites questions ?

Matthew songea à lui demander de s'écarter, lorsqu'il entendit Eva inspirer profondément. Il devait lui venir en aide.

— Ça me dérange, moi, déclara-t-il en se plaçant devant Evangeline pour la protéger des objectifs des caméras.

— Et qui êtes-vous, d'abord ? demanda l'homme à côté du

journaliste américain. Vous avez du temps pour répondre à quelques questions ? Je préférerais épeler votre nom correctement.

— Pas de commentaires, déclara Evangeline.

Les yeux des paparazzi se rivèrent immédiatement à elle.

— C'est donc à cela que ressemble désormais votre voix ? On dirait des graviers qui criblent les parois d'une bétonnière… Je peux l'enregistrer ?

— On rentre, glissa Evangeline à Matthew.

Du spectacle dont elle s'était fait une joie pendant toute la soirée, il n'était plus question.

Si le paparazzo s'était attaqué à autre chose que sa voix, Matthew n'aurait sans doute pas réagi. Mais là, une limite venait d'être franchie. Ces deux idiots étaient en train de ruiner leur soirée.

— Ecartez-vous et laissez-nous passer. Nous ne sommes d'aucun intérêt pour vous.

— Sauf que tu sors avec Eva… Et à ce titre, mec, tu es supérieurement intéressant pour nous.

Le plus grand des deux hommes mitrailla alors Matthew, vite aveuglé par les flashes.

— Vous retirez ces appareils photo de notre vue ou je me charge de les faire disparaître ! rugit Matthew.

— Tu ne serais pas en train de nous menacer, beau gosse ?

— Je vais être plus clair, déclara Matthew en faisant un effort sur lui-même pour ne pas laisser libre cours à sa fureur. Arrêtez de nous poursuivre et de nous harceler comme vous le faites, ou je vous envoie compter les lézardes des murs d'une prison italienne au plus vite ! Ou, si vous préférez, contempler le plafond d'un hôpital italien. A votre convenance.

Les deux hommes échangèrent un regard, puis sourirent, ironiques.

— Tu veux t'en prendre à nous deux ? Pour elle ?

Le sous-entendu était insultant. Comme si elle avait perdu toute valeur après l'accident survenu à sa voix.

Il sentit monter en lui l'envie irrépressible de démolir ces deux minables et serra les poings.

Eloigne-toi. Vite. Avant de commettre un acte que tu pourrais regretter...

Il pivota sur lui-même et saisit la main d'Evangeline pour s'enfuir dans la direction opposée. Mais, quelques mètres plus loin, les paparazzis les avaient rejoints et bloquaient de nouveau leur passage.

— Hé là, les amoureux ! quelle mouche vous a piqués subitement ? On est bien pressés de rentrer tout à coup..., demanda le moins grand des deux en s'intéressant beaucoup aux jambes d'Evangeline.

Vraiment beaucoup trop au goût de Matt. Si ce petit rat puant ne déguerpissait pas immédiatement pour retrouver ses acolytes dans le caniveau, Matthew allait lui boxer le nez.

— On ne fait que notre travail, s'avisa d'ajouter son confrère à ce moment-là.

— Parce que importuner et insulter les gens qui se promènent tranquillement, c'est votre travail...

— Non, mais satisfaire la curiosité du public, ça, oui, c'est notre job. On aimerait bien savoir ce que fait Eva en ce moment, quelle est l'identité de cet homme mystérieux qui l'escorte à Venise, par exemple...

Le plus grand des deux paparazzis colla un petit Dictaphone sous le nez de Matthew.

— Tu parles, on te lâche. C'est aussi simple que ça.

— On vous a déjà dit que nous ne faisions aucun commentaire, répondit Matthew en écartant le Dictaphone.

— Dans ce cas, remarqua son interlocuteur avec un haussement d'épaules cynique, on racontera ce qu'on voudra. Eva visite Venise en compagnie d'un instituteur américain en vacances. Non mieux : quelque chose comme : « Le nouveau petit ami d'Eva : un play-boy criblé de dettes qui n'en veut qu'à son argent ». Ou encore : « Eva couche pour obtenir des contrats de publi...

Le poing de Matthew s'écrasa sur la mâchoire du paparazzo bavard, lequel tomba en arrière et percuta l'autre photographe.

Que c'était bon ! Comme cela faisait du bien, songea Matthew en se frottant les phalanges.

L'homme se relevait déjà, touchant ses lèvres ensanglantées.

— Je vais déposer plainte et sur-le-champ.

— Rendez-vous au tribunal. En attendant, ne vous avisez plus de nous approcher.

Puis il tourna les talons et fraya un chemin à Evangeline dans la foule de badauds médusés qui s'étaient amassés pour assister à la scène. Rapidement, ils s'engagèrent dans une ruelle, puis en prirent une autre et parvinrent à semer leurs poursuivants.

Lorsqu'il fut sûr de leur avoir échappé, il s'arrêta sous un porche sombre.

— Ça va ?

— Et toi ? répondit-elle en posant ses doigts sur son visage. Je ne t'avais jamais vu dans un tel état.

— Et pour cause, c'est la première fois de ma vie que j'en viens aux mains.

Jamais auparavant, même avec Lucas qui pourtant l'avait provoqué de bien des manières par le passé, il n'avait eu recours à la force pour régler un conflit. Habituellement, il gérait ses différends en ayant recours au dialogue et à son habileté tactique. Sauf qu'avec Evangeline rien ne marchait comme il en avait l'habitude.

— Ils ont dit des choses atroces. Personne n'a le droit de te traiter comme ça ou de parler de toi en ces termes.

Elle se laissa aller dans ses bras.

— Merci, murmura-t-elle à son oreille. Je ne trouve pas de mots assez forts pour te dire tout ce que cela signifie pour moi.

Sa réaction avait été instinctive. Il avait agi sans réfléchir, sans se soucier des éventuelles conséquences de ses actes. Il n'avait été mû que par le désir impérieux de protéger Evangeline.

Il la pressa contre lui et sentit le rythme de son cœur reprendre sa course folle…

Amber aurait été horrifiée par sa réaction. Mais, avec elle, il n'avait jamais eu de raison de la protéger ou d'éprouver de la jalousie. Jamais il n'avait eu l'impression d'évoluer sur une corde raide tendue au-dessus d'un abîme et de ne vouloir, pourtant, céder sa place à personne.

Mais Amber n'était plus de ce monde.

Et, s'il ne se détachait pas très vite d'Evangeline, l'homme qu'Amber avait épousé aurait bientôt bel et bien disparu. Et dans ce cas, qui serait-il ?

Le lendemain après-midi, tandis que Matt prenait une douche, Evangeline s'installa confortablement sur le canapé et téléchargea sur la tablette tactile de Matt un bon gros roman de plage qu'elle comptait commencer. Elle avait besoin de se distraire après l'incident de la nuit précédente.

Elle avait longtemps vécu sous l'œil des caméras et cela ne l'avait jamais gênée jusqu'à sa désastreuse opération des cordes vocales.

Depuis, l'attention des médias la rendait malade.

En décochant un direct au paparazzo, Matt lui avait prouvé qu'elle pouvait compter sur lui, mais il avait aussi éveillé des sentiments en elle. C'était beaucoup plus fort que ce qu'il avait fait en la sortant des griffes des gens de *Milano Sera*. Jamais elle n'avait éprouvé quoi que ce soit de comparable : la joie d'échapper à ses poursuivants, l'exaltation de se savoir suffisamment précieuse aux yeux de Matt pour qu'il se confronte physiquement à deux adversaires.

— Je peux te déranger ? lui demanda à cet instant Matt qui sortait de la salle de bains.

— Bien sûr…

Elle posa son écran sur la table basse devant elle.

— Vincenzo est-il chez lui aujourd'hui ?

— J'imagine. Je l'ai vu rentrer il y a une heure pendant que je rangeais la cuisine après le déjeuner. Pourquoi ?

— On va me livrer quelque chose… C'est une surprise,

alors je préférerais que tu ailles traîner une heure ou deux chez Vincenzo pendant ce temps. Et pas d'espionnage !

— Une surprise ? Pour moi ? Mais qu'est-ce que c'est ?

Il sourit et secoua la tête.

— Inutile d'insister, je ne dirai rien, même sous la plus douce des tortures. Et tu n'as plus beaucoup à attendre, de toute façon. Allez, appelle Vincenzo pour voir si tu peux passer chez lui !

Elle obtempéra et, quelques instants plus tard, Vincenzo lui ouvrait la porte.

— Des nuages sombres s'amoncellent dans le ciel de ton paradis, *cara* ?

— A quoi fais-tu allusion ? A Matt et moi ? Non, pas du tout... Il veut me faire une surprise et il faut juste que je sorte un instant.

Vincenzo haussa les sourcils, très excité tout à coup.

— Il va t'offrir une bague de fiançailles, c'est ça !

Sans réfléchir, elle secoua la tête, repoussant la possibilité. Mais après tout, elle n'en savait rien. Et si c'était le cas ? Non. Sûrement pas. Ne lui avait-il pas redit dernièrement que cette idylle vénitienne n'était pas faite pour durer ?

— Réfléchis au lieu de t'emballer, Vincenzo. Si c'était une bague de fiançailles qu'il voulait m'offrir, il n'aurait pas besoin que je parte. D'ordinaire, ça se glisse dans une poche, tu sais.

Elle jeta un coup d'œil à sa main, dépourvue de tout anneau depuis qu'elle avait ôté la bague que lui avait offerte Rory. Matt n'allait pas la demander en mariage, c'était certain. Il envisageait de rentrer au Texas, pas de se trouver une nouvelle femme.

— Comme tu le vois, je ne suis pas expert en matière matrimoniale, reconnut Vincenzo avec humour, avant de repartir d'où il était venu. Bon, fais comme chez toi, ma belle, et, quand tu pars, tire la porte derrière toi.

Restée seule, Evangeline réfléchit à ce qu'elle dirait si Matt posait un genou à terre et prétendait qu'il avait dépassé le deuil d'Amber.

Mais ça n'arriverait pas. Et, si d'aventure il lui déclarait sa flamme et la demandait en mariage, il lui faudrait refuser. Le mariage, ce n'était vraiment pas pour elle.

Quelques instants plus tard, un SMS de Matt lui proposait de rentrer.

Lorsqu'elle poussa la porte du Palazzo d'Inverno, elle manqua défaillir sous l'effet de la surprise.

Un superbe piano à queue noir trônait dans l'un des coins de l'immense séjour qui dominait le Grand Canal. Et Matt la contemplait tranquillement, assis sur la banquette, devant le clavier. La réunion des deux éléments n'était pas pour rien dans l'émotion qu'elle éprouvait.

— C'est sans doute un peu présomptueux de ma part, je m'en rends compte, mais je me suis dit que ça te ferait plaisir de pouvoir jouer du piano ici, vu que sortir n'est pas forcément drôle.

Elle sentait le bout de ses doigts brûler de se poser sur les touches du piano. Depuis l'opération, elle n'avait pas joué, n'avait pas voulu s'y risquer. Pas plus qu'elle ne le souhaitait maintenant.

— Merci. C'est… adorable.

Il releva un sourcil.

— J'espère juste que je n'ai pas gaffé… Ça n'a pas l'air de t'enthousiasmer…

Elle secoua la tête avec véhémence.

— Non, pas du tout. C'est le cadeau le plus attentionné que l'on m'ait jamais fait.

— C'est gentil de dire ça, répondit-il en se levant et en la prenant dans ses bras protecteurs. Mais, inutile de le nier, je te connais : il y a autre chose. Tu veux m'en parler, ou le piano, dans cette pièce, est un « tatou ».

Elle laissa échapper un rire.

— Comment sais-tu que j'allais dire « tatou » ?

— Ton visage se ferme avant de dire « tatou », comme maintenant.

— Je ne veux pas jouer du piano, en fait, déclara-t-elle avant même qu'elle ait eu le temps de réfléchir.

— Tu n'y es pas obligée. Et, si la vue du piano te rend malheureuse, je peux le renvoyer au magasin, déclara-t-il en la serrant très fort contre lui.

— Non, déclara-t-elle de manière moins impulsive. Je me suis mal exprimée : ce n'est pas que je ne veux pas jouer, c'est que je ne peux pas.

— Comment ça ?

— La musique est comme une lame de rasoir pour moi maintenant.

Depuis qu'elle ne pouvait plus chanter, elle souffrait le martyre chaque fois qu'elle entendait un air, et son calvaire empirerait encore si elle se mettait au piano, elle en était certaine.

— Dans ce cas, dire que j'ai gaffé en t'offrant ce piano est un doux euphémisme. Excuse-moi. Je ne me suis pas imaginé une seule seconde que c'était douloureux pour toi de jouer. J'ai bien au contraire pensé que cela t'apporterait… je ne sais pas… de la sérénité, un sentiment de complétude de pouvoir jouer du piano.

Elle ferma un instant les yeux.

— J'aimerais tant trouver la paix, admit-elle. Je ne comprends pas pourquoi c'est si difficile pour moi.

— Etre en paix n'est pas si simple.

— Mais c'est facile lorsque je suis avec toi.

Avec un sourire, il saisit sa main et l'attira vers le piano.

— Alors, essayons de jouer ensemble !

— Mais tu ne sais pas jouer.

Il se plaça au milieu de la banquette, l'installa entre ses jambes écartées puis posa ses doigts sur ceux d'Evangeline qui, eux, étaient en contact avec les touches.

— Montre-moi ! J'ai écouté de la musique toute ma vie, je meurs d'envie d'apprendre.

Elle se cala contre le torse solide de Matt. Elle était en

sécurité avec lui. Il était son point d'ancrage dans cet océan tumultueux qu'était actuellement l'existence pour elle.

— Enlève tes doigts ! Ce n'est pas comme ça que tu vas apprendre. Voilà. Et maintenant, écoute !

Doucement, elle joua quelques notes d'une berceuse pour enfants.

Le toucher de ce piano était absolument exceptionnel. C'était un instrument de très grande valeur qu'il lui avait offert, dans l'espoir, elle le savait, qu'elle fasse plus facilement le deuil de la perte de sa voix en redécouvrant les plaisirs de la pratique instrumentale.

— C'est un peu simple comme choix de morceau, non ? déclara-t-il.

Elle lui décocha un petit coup de coude et ajouta pour rendre les choses plus claires :

— Eh bien, vas-y, je t'écoute. On va voir si c'est si simple que ça.

Il égrena laborieusement les notes et n'accrocha qu'à quelques endroits le morceau. Le résultat était beaucoup plus honorable que ce qu'elle avait prévu, mais il était hors de question qu'elle le reconnaisse.

— Pas mal. Il ne te reste plus qu'à t'entraîner sérieusement. C'est la régularité dans la pratique qui fait tout, en musique, comme ailleurs au demeurant.

— Montre-moi autre chose.

Il plaça son menton sur son épaule et observa intensément le mouvement de ses doigts alors qu'elle se préparait à jouer.

— Un morceau avec les deux mains.

Elle n'eut pas à se faire prier. Ses doigts s'étaient placés sur le clavier. Déjà, elle commençait.

Presque aussitôt, elle sentit les mains de Matt se poser sur son ventre. Elles n'en bougèrent pas de tout le morceau.

Matt était un roc. Il l'avait épaulée de bien des manières au cours des jours précédents.

Lorsque les dernières notes résonnèrent, elle baissa la tête, épuisée.

— C'était de toi ? demanda-t-il doucement.

— Oui. C'est le tout premier morceau que j'ai enregistré. Normalement, cela se joue sur un tempo plus rapide, mais mes doigts sont un peu rouillés.

Il posa ses lèvres sur sa tempe.

— Tu n'es pas obligée de continuer, tu sais, même si je me régale de t'entendre.

— Merci de t'être mis au piano avec moi. Ça aide. Et cela m'a permis de mesurer à quel point la musique est essentielle pour moi.

— Et qu'est-ce que la musique représente pour toi, exactement ?

Une issue.

La réponse avait fusé instantanément dans son esprit. La musique avait été pour elle un moyen de s'échapper. Et elle pouvait le redevenir, d'une autre manière. Elle pouvait très bien dissocier la musique d'Eva et voir quel usage Evangeline ferait de la musique.

— C'est pour moi un univers ouvert, riches de possibilités.

— En tout cas, c'était courageux de ta part de te remettre au piano. C'était difficile, mais tu y es arrivée. Et maintenant, choisis-toi un défi encore plus difficile à relever, comme par exemple de composer une chanson pour Sara Lear.

— Tu me demandes l'impossible, mais je vais y penser, promis.

— Bien.

Il n'en dit pas plus, ce qui l'incita à ajouter quelque chose pour rompre le silence qui s'installait.

— L'industrie de la musique te vole à peu près tout ce qui t'est précieux en échange de la célébrité et de l'argent. Tu finis par ne plus savoir qui tu es à force de changer d'hôtel, de scène et de costume tous les jours. Les gens — que ce soient les fans, les agents, les dirigeants des labels — ne voient plus que la chanteuse au bout d'un moment. La personne en dessous n'existe plus. Tout le monde te met sur un piédestal tout en scrutant le moindre mouvement, le moindre faux pas susceptible de te faire chuter. Et, si jamais ton nouveau disque n'est pas en tête des ventes, tu dégringoles immédiatement.

Elle se tut.

Oui, c'était un piège, songea-t-elle. Tout le monde la voulait, jusqu'au jour où plus personne ne la voulait. C'était ce qui s'était passé avec Rory, les maisons de disques, les organisateurs de tournées, les fans, et même avec les gens qui auraient dû l'aimer et la soutenir quelles que soient les circonstances.

— Moi, je te vois, toi, pas la chanteuse.

— C'est pour cela que je suis toujours là.

Il lui avait permis de baisser la garde, d'ôter son masque et d'être enfin elle-même.

Il était le seul être au monde à qui elle pouvait montrer qui elle était vraiment sans peur d'être rejetée. Il était le seul homme qui lui ait jamais donné envie de poursuivre une relation.

Pour la première fois de sa vie, elle n'avait pas envie de fuir.

10

La lueur de la lune se déversait à flots dans la chambre. Evangeline déplaça le bras de Matt posé sur elle, repoussa les draps et contempla le torse musclé de cet homme endormi à ses côtés.

Incapable de détacher son regard, elle le regarda respirer paisiblement. Jamais elle ne se lasserait de ces réveils entre ses bras. Elle savait qu'elle pourrait rester jusqu'à la fin de ses jours ici et ne rien faire d'autre que de profiter de sa présence.

En elle, les mots s'étaient subrepticement mis à jaillir puis à s'associer à des notes, des rythmes, des tonalités. Il fallait qu'elle couche tout sur le papier. Elle reconnaissait la montée de l'inspiration et l'urgence de composer.

Jouer du piano, la veille, avait ouvert les vannes de la création. Tout cela, une fois de plus, elle le devait à Matt, à sa patience et à l'attention qu'il lui portait.

Arrivée à l'étage inférieur, elle s'installa sur le canapé et se mit à griffonner l'air qui lui était venu sur le verso d'une carte d'un restaurant qui les livrait. Un quart d'heure plus tard, des paroles de chanson couvraient l'intégralité de la feuille. C'était la première fois depuis des mois qu'elle avait réussi à se relier à cette part essentielle d'elle-même d'où jaillissait la musique…

Comme elle cherchait vainement une autre feuille de papier vierge, elle saisit la tablette de Matt. Normalement, elle préférait écrire ses textes à la main, mais à la guerre comme à la guerre… Elle craignait trop de perdre le fil de l'inspiration si elle continuait à chercher cette aiguille dans une botte de foin qu'était une feuille de papier dans cet appartement où personne ne travaillait.

Lorsqu'elle alluma la tablette, un nouveau logo siglé WFP attira son attention. Il n'était pas là la veille.

Elle cliqua, et le site s'ouvrit. C'était celui de Wheeler Family Partners. Tout en haut, sur un bandeau s'affichèrent les portraits de quatre hommes parmi lesquels elle reconnut instantanément Matt. L'homme séduisant à côté de lui ne pouvait qu'être son frère, Lucas. Sa femme avait intérêt à être vigilante, songea Evangeline.

Les autres hommes, d'âge plus mûr, devaient être respectivement leur père et leur grand-père, lesquels se prénommaient Andrew et Robert, comme le mentionnaient les rubriques « En savoir plus » sous les portraits. Matt tenait beaucoup de son grand-père. Les deux hommes avaient le même regard cristallin et le même port de tête qui disaient l'absence de faux-semblants.

Elle surfa quelques minutes sur le site avant de tomber sur un paragraphe. Elle en resta bouche bée. Wheeler Family Partners avait réalisé un chiffre d'affaires de quatre-vingts millions de dollars au cours du trimestre précédent, en partie grâce à la vente d'un complexe dans le nord de Dallas.

Dire que Matt avait été à la tête de cette entreprise ! Comme elle l'avait pressenti, tout réussissait à cet homme. Ses efforts étaient toujours couronnés de succès, professionnellement comme personnellement. D'ailleurs, il avait parfaitement réussi à lui faire passer le goût de la fuite…

Il était beaucoup plus exceptionnel qu'elle se l'était imaginé.

Elle referma le site et ouvrit le logiciel de traitement de texte. Une page blanche s'afficha à l'écran. Cela ne lui faisait pas peur. Les mots qu'elle se mit à taper, en revanche, le firent. Mais elle ne pouvait pas s'arrêter, ne pouvait pas même s'interrompre tant le flot de mots était intarissable. La chanson prenait forme sous ses doigts, parfaite.

Et ce serait un succès, elle en mettait sa main à couper. Après tout, quatre des Grammy Awards qu'elle avait reçus lui avaient été décernés au titre d'auteur-compositeur et non d'interprète.

Elle jeta un coup d'œil au piano à queue, mais résista à la tentation d'essayer de trouver la mélodie adaptée aux paroles qu'elle venait de coucher sur le papier. Matt dormait à l'étage, et elle s'en serait voulu de le réveiller.

La diseuse de bonne aventure lui avait annoncé qu'elle allait concevoir. C'était effectivement ce qui était en train d'arriver : ce qu'elle vivait cette nuit ressemblait à s'y méprendre à une naissance ou à une renaissance.

Une fois le dernier mot affiché à l'écran, elle relut la chanson en entier, imaginant une mélodie. Avec une belle voix comme celle de Sara Lear, ce serait un tube planétaire.

Elle sauvegarda la chanson, puis regarda par la fenêtre les reflets des eaux du canal sur les habitations voisines.

Une belle voix... Ce ne serait pas la sienne qui entonnerait cet air. Ce n'était pas facile de s'imaginer quelqu'un d'autre chanter ce qu'elle venait d'écrire, mais ce n'était pas tout à fait inenvisageable. Cette évolution parfaitement inimaginable quelques jours plus tôt, elle la devait à Matt.

Et, tout à coup, dans le noir, cela ne semblait plus si effrayant de s'avouer qu'elle était en train de tomber amoureuse de lui. Il était si sincère, si solide et son cœur semblait si avide de ces qualités... Elle savait pourtant bien qu'elle courait à sa perte, que jamais elle ne pourrait déboulonner la statue d'Amber de son piédestal et qu'elle vivrait dans son ombre. Elle le savait, mais son cœur refusait de l'admettre.

Il fallait qu'elle le quitte avant qu'il soit trop tard. Nicola avait un appartement à Monte-Carlo, et Vincenzo lui avait proposé par texto de venir les rejoindre.

Elle sentit une nausée la saisir. Elle n'était pas très bien depuis l'incident avec les deux paparazzi, inutile d'y voir un signe.

Oui, il lui fallait filer à Monte-Carlo au plus vite et laisser Matt derrière elle. Or il avait besoin d'elle. Elle aurait d'ailleurs tout donné pour soulager l'angoisse qu'elle sentait percer dans sa voix lorsqu'il parlait de sa famille et de la vie qu'il avait abandonnée. Mais, surtout, si elle était honnête avec elle, elle n'avait aucune envie de partir.

Elle reposa sa tête sur le coussin du canapé. Au-dessus d'elle, au plafond, se déroulaient des scènes de la vie domestique. On y voyait des hommes et des femmes en train de rire, dormir, manger, jouer avec des enfants. Ce palazzo avait été conçu comme un refuge destiné à abriter une personne désireuse de fuir les rigueurs du climat. Matt et elle poursuivaient une quête similaire et, malgré ce dont elle cherchait à se convaincre, ils avaient besoin l'un de l'autre. Combien de temps encore pourraient-ils rester ici avant que le sanctuaire se transforme en hospice désenchanté ?

Les mains de Matt caressant doucement ses cheveux la réveillèrent.

— Ça va ? demanda Matt en se penchant sur elle. Pourquoi n'es-tu pas revenue te coucher ?

— Je le voulais, mais je me suis assoupie sur le canapé sans m'en rendre compte, répondit-elle avant d'étouffer un bâillement.

Elle avait le plus grand mal à sortir de la brume du sommeil.

— Je vais préparer le petit déjeuner.

Manger ne lui disait absolument rien.

— Vas-y, je prends une douche rapide et je te rejoins.

Il se pencha pour planter un baiser sur ses lèvres.

— Tu veux que je monte te savonner le dos…

— Normalement, j'aurais accepté avec enthousiasme, mais je suis un peu déphasée. La douche est surtout censée me réveiller, répondit-elle avec un sourire destiné à adoucir son refus.

— Si c'est thérapeutique, dans ce cas, je m'incline, déclara-t-il en lui caressant la tempe du pouce.

Il disparut dans la cuisine d'où lui parvinrent bientôt des bruits de portes de placards qui se refermaient et de vaisselle qui s'entrechoquait. Des bruits typiques de maisonnée heureuse.

Mais qu'en savait-elle ? Elle n'avait jamais vécu dans un

foyer paisible, ne connaissait pas les bruits qui y étaient associés, n'avait jamais voulu construire ce genre de vie et de bonheur tranquille.

Jusqu'à maintenant, tout du moins.

Qu'est-ce qui lui prenait tout à coup ? Le bonheur familial était un concept pour ceux qui aspiraient à une vie commune, qui décidaient de se faire confiance et ne passaient pas tout leur temps et leur énergie à chercher une porte de sortie…

Fatiguée par toutes ces pensées déstabilisantes, elle monta prendre une longue douche chaude et s'habilla. Peu à peu, elle se sentit reprendre contenance. Lorsque enfin elle redescendit, Matt regardait une chaîne d'information en continu avec, aux lèvres, une moue qui disait clairement qu'il s'ennuyait.

Quand il l'aperçut, son expression changea instantanément. Ses yeux se mirent à briller, son visage s'illumina, et il redevint l'homme le plus attirant qu'elle ait jamais connu. Comme venu de nulle part, le refrain d'une nouvelle chanson jaillit dans sa tête. Une chanson d'amour romantique à souhait et même un brin sirupeuse, jugea-t-elle, un peu honteuse de l'émotion qui l'étreignait.

— Tu te sens mieux ? lui demanda-t-il.

— Qu'est-ce que tu entends par mieux ? marmonna-t-elle, les yeux baissés pour éviter que ceux-ci trahissent les sentiments qui la traversaient.

Il bondit du canapé et la précéda dans la cuisine où il entreprit de garnir son assiette d'une kyrielle d'aliments dont la vue suffisait à la rendre légèrement nauséeuse. A l'idée de devoir avaler tout cela, elle sentit un malaise la saisir.

Ces crétins de paparazzi, si elle les tenait… Ces idiots l'avaient vraiment déstabilisée pour qu'elle ait ainsi durablement perdu l'appétit. Mais elle ne dit rien. Il était inutile de révéler à Matt à quel point tout cela l'avait affectée. Cela ne risquait que de le mettre en colère.

Un verre de jus d'orange à la main, elle s'assit devant l'îlot central et regarda Matt se déplacer dans la cuisine. On aurait dit un danseur de ballet tant ses mouvements étaient déliés.

Il ne se contentait d'ailleurs pas de mettre deux morceaux de pain dans le grille-pain, de poser beurre et confitures sur la table et de crier que le petit déjeuner était prêt. Non, il se déchaînait aux fourneaux comme un grand chef.

Elle avala une petite bouchée de la délicieuse omelette au prosciutto et aux tomates séchées qu'il lui avait concoctée.

— C'est délicieux, comme toujours. Je te l'ai déjà dit, mais tu devrais vraiment songer à ouvrir un restaurant.

— Arrête, je jette juste deux-trois ingrédients dans une poêle, rien de plus. Mais c'est vrai, j'aime cuisiner.

— C'est une bonne chose que l'un d'entre nous ait cette vision-là des choses !

— Je ne savais pas avant de te rencontrer que j'aimais cuisiner. C'est cuisiner pour toi que j'aime.

— Pourquoi ? Parce que je sais faire preuve d'inventivité pour te montrer à quel point j'apprécie tes efforts et tes réalisations ?

Il sourit.

— C'est une des raisons mais, principalement, c'est parce que tu me laisses cuisiner, tout simplement. Amber, elle, se transformait en dragon dès que j'approchais de sa cuisine. Elle disait que j'en mettais partout ; alors, pour éviter de la contrarier, je restais à bonne distance de son domaine.

L'omelette qu'elle était en train de déguster prenait tout à coup une signification tout autre.

— Tu n'as jamais concocté de petits plats pour Amber ?

— Si, au tout début. Mais, comme elle aimait cuisiner et en tirait une légitime fierté, j'ai arrêté pour ne pas lui donner l'impression de rivaliser avec elle. Je ne me serais sans doute jamais remis aux fourneaux si tu n'étais pas venue habiter ici.

Elle sentit sa gorge se nouer.

— Merci d'avoir ressorti ta toque pour moi.

Il lui adressa un immense sourire. Ces derniers temps, il lui fallait de moins en moins de temps pour le tirer de ses idées noires que l'évocation d'Amber ne manquait pas de susciter.

— Tu étais maigre comme un clou lorsqu'on s'est rencontrés. Il faut que je te requinque.

— Ne me fais pas croire que tu ne cuisines que pour me remplumer !

Elle pensait plaisanter, mais, tout à coup, l'évidence la saisit. Si, il s'était mis en cuisine parce qu'il la trouvait mal en point. Depuis le début, il prenait soin d'elle.

Et que cherchait-il à lui dire à travers ce soin qu'il prenait d'elle ? Qu'il éprouvait des sentiments pour elle plus profonds qu'elle le pensait ?

Non, elle allait trop loin.

Elle sentit des larmes monter et, dans sa bouche, l'omelette prit un goût d'emplâtre. Elle repoussa délicatement son assiette.

— J'ai très mal dormi cette nuit, je crois que je vais retourner m'allonger.

— Quelque chose te chagrine ? demanda-t-il en contournant l'îlot central.

Il prit son menton dans ses mains et sonda son regard.

Tout dans son attitude trahissait la prévenance.

— Non, tout va bien. Je suis juste très fatiguée.

Il riva ses yeux aux siens, et elle vit qu'il n'était pas dupe de ce prétexte qu'elle invoquait même s'il n'allait pas la pousser dans ses retranchements.

Une fois dans la chambre, elle se laissa tomber sur le lit. Il avait l'odeur de Matt, ce qui n'était guère propice à l'endormissement. Si jamais elle finissait par sombrer dans le sommeil, des rêves torrides viendraient sans doute la troubler. Elle laissa échapper un soupir. En règle générale et dans ce domaine en particulier, elle préférait la réalité à la fiction. Sauf qu'aujourd'hui elle aurait tout donné pour voir briller dans ses yeux un sentiment plus fort que le désir…

Oui, il lui fallait l'admettre, elle voulait prendre la place d'Amber dans son cœur. Elle avait beau savoir que c'était une mauvaise idée, ce désir n'en disparaissait pas pour autant.

Matt cuisinait pour elle, il avait vis-à-vis d'elle des attentions qu'il n'avait, de son propre aveu, jamais eues pour Amber…

Peut-être avait-il juste besoin d'un peu plus de temps pour dépasser la mort de sa femme. A cet égard, être dans cette maison qu'il avait achetée pour son épouse était probablement contre-productif.

Elle roula sur le ventre et enfouit son visage dans l'oreiller, épuisée par toutes ces pensées qui la tourmentaient inutilement, mais qu'elle n'arrivait pas à chasser de son esprit. Jamais elle ne s'était sentie aussi fatiguée de sa vie. Sans doute était-ce de la décompensation après des années passées à vivre sur un rythme d'enfer, à sauter d'avion en avion, de scène en studio, de plateau de télévision en tournage de clip. Jamais elle n'avait été aussi inactive. Au demeurant, c'était la première fois qu'elle restait aussi longtemps quelque part.

Monte-Carlo l'attirait. Si elle restait, elle craignait fort que ce soudain regain d'inspiration se tarisse. Jusqu'à présent, elle n'avait jamais créé que dans le mouvement.

Mais, si elle s'échappait, Matt risquait de sombrer de nouveau. Et surtout, jamais ils ne sauraient comment leur histoire aurait pu évoluer...

Et s'ils partaient ensemble ?

Drôle d'idée que celle-là...

Mais qui sait ? Peut-être cela pouvait-il marcher.

Inutile de se mentir : elle rêvait d'être aimée de Matt. Un homme solide et sérieux comme lui serait toujours à ses côtés et, pour sa part, elle serait pour lui un indéfectible soutien. Ils se faisaient totalement confiance et se comprenaient, même sans avoir à parler. C'était comme cela qu'elle se représentait l'amour et, pour la première fois de sa vie, elle aspirait à ce genre de relation.

Mais que ferait-elle si jamais, après avoir posé sa question, il refusait ? Pouvait-elle vraiment prendre le risque d'être rejetée par lui ?

Alors qu'elle commençait à réfléchir aux implications de cette question, le sommeil l'emporta.

*
* *

Matthew prit son portable et monta sur le toit-terrasse de la maison, bien décidé à faire quelque chose d'un peu efficace. L'oisiveté avait du bon, mais elle commençait à lui porter sur les nerfs.

Il s'installa au soleil et laissa échapper un soupir de bien-être. La brise vénitienne était absolument divine, fraîche le matin, chaude le soir et toujours chargée des embruns de la mer Adriatique.

Il regretta qu'Evangeline ne soit pas à ses côtés pour en profiter avec lui, mais elle s'était retirée dans la chambre juste après le déjeuner afin de faire la sieste pour la troisième fois de la semaine.

Tout ça ne lui disait rien qui vaille. Il suspectait que le but principal de ces siestes était de l'éviter, parce qu'elle était en train de se résoudre à partir. Il voyait bien d'ailleurs qu'elle se refermait doucement, devenait moins encline à discuter…

De son côté, s'il était parfaitement honnête, il faisait tout pour éviter « le sujet ». Il n'avait pas l'impression que leur histoire soit arrivée à son terme, sans doute parce qu'il n'avait pas envie, lui, qu'elle s'arrête. A l'idée qu'Evangeline parte, il sentit son cœur se serrer douloureusement. Il ferma les yeux.

Stop… c'était insupportable.

Décidé à passer à autre chose, il se connecta au site de WFP, curieux de voir s'il y avait du neuf de ce côté-là. Lucas avait mis en ligne des annonces pour de nouveaux biens, mais rien d'extraordinaire. Rien en tout cas qui permette de réaliser un aussi beau chiffre d'affaires que celui du trimestre précédent. Le premier trimestre était traditionnellement le meilleur de l'année, car les entreprises commençaient leurs exercices et les budgets étaient encore là.

Les chiffres auraient dû être meilleurs…

L'inquiétude le saisit.

Arrête ! Reste à l'écart…

Lucas s'occupait de tout, désormais. Et comment pouvait-il prétendre contribuer efficacement au développement de l'entreprise en étant à l'autre bout du monde ?

Un sentiment de culpabilité mais aussi de frustration l'étreignit. Vendre des biens immobiliers faisait partie de son ADN, et négocier, dépasser les blocages, conclure des accords lui manquait.

Surtout, l'absence d'objectifs à atteindre le rendait fou. Il avait besoin de redevenir le Matthew Wheeler d'autrefois, responsable, actif, qui mettait tout en œuvre pour parvenir aux buts qu'il s'était fixés et dont, le plus souvent, les efforts étaient couronnés de succès. Il n'en pouvait plus d'être cet homme endeuillé qui soit n'avait goût à rien, soit se sentait inutile.

Peut-être pouvait-il quand même se manifester auprès de son frère, sans pour autant prétendre accomplir des tâches qu'il ne pourrait guère mener à bien là où il se trouvait. Ça pouvait lui faire du bien, constituer un premier pas pour sortir de la vallée de larmes.

Un peu comme Evangeline lorsqu'elle s'était remise au piano.

Sitôt dit, sitôt fait. Il saisit son téléphone portable et envoya un SMS à Lucas.

Sa réponse ne se fit pas attendre :

« Toujours en vie ? »

Matthew serra les dents, mais il devait reconnaître qu'il l'avait bien mérité.

« Il semblerait… Dis-moi plutôt ce qui se passe en ce moment à WFP ? Le premier trimestre n'a pas l'air très bien parti… »

Réponse immédiate de Lucas :

« Depuis quand ça t'intéresse ? Tu t'en fiches, non ? »

« Non, je ne m'en fiche pas. Et, si ça te pose un problème d'ego que je t'en parle, dis-le-moi, je t'enverrai des fleurs ou des chocolats pour t'aider à t'en remettre. Mais dis plutôt : comment s'annonce ce premier trimestre ? »

La réponse de Lucas mit plus de cinq minutes à arriver, ce qui permit à Matthew d'imaginer toutes sortes de scénarios, chacun plus horrible que l'autre.

« Richards Group vient d'ouvrir un bureau à Dallas. »

Matthew laissa échapper un juron. Il n'avait pas envisagé cette possibilité.

Saul Richards dominait le marché immobilier de Houston, et les Wheeler celui du nord du Texas. Un accord tacite entre les deux familles voulait que chaque entreprise n'empiète pas sur le territoire du voisin. Toutefois, avec le départ de Matthew, les Richards avaient dû penser l'entreprise affaiblie et estimer que l'occasion de s'emparer du marché jusque-là dévolu aux Wheeler était trop belle pour être manquée.

Matthew n'aurait pas dû s'éloigner. Wheeler Family Partners avait plus d'un siècle d'existence, et Matthew refusait d'être celui qui, parce qu'il n'avait pas été là à un moment crucial, avait causé la faillite de l'entreprise. Il devait aider Lucas. Il devait rentrer.

A sa grande surprise, aucune terreur ne l'envahit.

Sa vie à Dallas avait été étroitement associée à la présence d'Amber, mais aussi à la demande implicite de ses parents de fonder une famille, de s'inscrire dans une lignée et de la perpétuer. Durant ses quelques mois d'absence, contre toute attente, c'était son frère Lucas qui, en se mariant et en ayant un enfant, avait rempli le rôle qui lui était jusque-là dévolu. S'il rentrait, Matthew n'avait donc pas à endosser de nouveau ce rôle et à reprendre exactement la même place dans la famille.

C'était libérateur. Surtout, il se rendait compte que, comme à son insu, il s'était peu à peu reconstruit et guéri.

Au même instant, il entendit Evangeline l'appeler.

Il releva la tête et la vit traverser la terrasse d'un pas dansant et venir à lui. Elle lui souriait, nimbée par les rayons du soleil.

Il sentit sa gorge se nouer.

Qu'elle était belle, lumineuse, sexy !

Il posa son téléphone sur la table et l'attira sur ses genoux avant de l'embrasser fougueusement. Elle sentait le sommeil, la légèreté, tout ce qui est bon dans la vie.

Elle n'était pas pour rien dans cette guérison. Elle avait illuminé de sa présence sa maison. Son humeur aussi. Et surtout son âme.

Comme une vague de désir brûlant déferlait sur lui, il réalisa tout à coup que, s'il rentrait au Texas, leur relation serait terminée.

Une pensée déroutante, dangereuse traversa alors son cerveau : et si elle venait avec lui ?

Non. Il ne voyait vraiment pas comment lui faire pareille proposition. Comme si elle allait accepter de passer ses journées dans une garçonnière, pendant qu'il allait livrer bataille à Saul Richards pour conserver le monopole du marché de l'immobilier de Dallas ! Elle risquait de périr d'ennui à Dallas. Autant il arrivait à se représenter de retour à Dallas pour la première fois depuis des mois, autant il ne parvenait pas à s'imaginer Evangeline venir se glisser dans le rôle de la compagne d'un Wheeler. Jamais une femme aussi lumineuse et vive qu'Evangeline ne pourrait se fondre dans son environnement et se mettre, à l'instar d'Amber, à organiser des dîners, des cocktails et œuvrer pour des associations au côté de sa mère. Les femmes qui peuplaient son univers étaient toutes très bon chic bon genre.

Evangeline s'assit à califourchon sur lui et commença à l'embrasser avec une créativité qui ne cessait de l'étonner. Oui, elle était aussi éloignée de son univers bon chic bon genre que Venise l'était de Dallas.

Bien vite, cependant, il oublia tout, sauf le souffle du vent tiède sur sa peau et la pression du corps chaud de cette femme contre le sien.

Au bout de quelques instants pourtant, elle s'écarta de lui, le souffle court, mais une lueur de détermination dans les yeux.

— Arrête de me distraire, je suis venue te parler.

Cela n'augurait rien de bon.

Il la fit reculer légèrement, d'un centimètre ou deux, pour

éviter qu'elle n'effleure davantage son sexe en érection. Il voulait conserver tout son calme pour l'écouter.

— Dis, ce n'est pas moi qui suis échevelée et sexy en diable, après m'être installée à califourchon sur toi !

— Je n'y peux rien si tu es aussi tentant, murmura-t-elle en posant son index sur son torse et en le laissant glisser le long de ses pectoraux jusqu'à ses abdominaux et même très très en deçà…

Elle ne portait pas de soutien-gorge et parler était bien la dernière chose au monde dont il avait envie à cet instant-là.

— De quoi voulais-tu parler ? demanda-t-il en glissant une main sous le T-shirt d'Evangeline.

Lorsqu'une de ses mains effleura un de ses seins, elle laissa échapper un gémissement de plaisir et se cambra vers lui.

— De Monte-Carlo.

Il s'immobilisa, titillant entre le pouce et l'index son mamelon dressé.

— Qu'est-ce qu'il y a à Monte-Carlo ?

La fin de leur histoire prenait forme : elle allait partir à Monte-Carlo. Il n'arrivait pas à savoir ce qu'il pensait des implications de cette nouvelle.

— Une fête qui y est organisée, ajouta-t-elle.

Elle inspira tout à coup violemment en fermant les yeux.

— Oh, continue, s'il te plaît…, reprit-elle au bout d'un instant. S'il te plaît, c'est si bon.

— Tu veux dire ça ? demanda-t-il en pinçant de nouveau le bout de son sein.

Puis il la fit glisser de nouveau sur son membre dressé parce que, après tout, tout était inattendu avec cette femme et peut-être allaient-ils discuter de leur rupture et se donner du plaisir en même temps. Ce serait en tout cas la première fois depuis plusieurs jours qu'ils se retrouveraient en dehors du lit.

— Oui, ça.

Elle se mit à mouvoir son bassin, mettant le feu à ses sens.

Leurs regards se croisèrent.

— Je te préviens, je n'ai pas de préservatif ici, remarqua-t-elle.

— On dirait un défi... Hmm. Qu'est-ce que je pourrais bien faire qui ne nécessite pas un préservatif ?

Il lui releva le T-shirt et posa ses lèvres sur son mamelon avant de se mettre à le mordiller légèrement. Sa peau tiède avait la douceur du velours. Elle se mit à gémir son nom tout en s'arquant contre lui.

Il adorait la manière dont elle répondait à ses caresses et se délectait de susciter de telles réactions.

Il fit glisser son pouce sous son short puis à l'intérieur de sa petite culotte de soie pour atteindre ce petit bouton magique qu'elle recelait au creux d'elle-même, puis, sans relâche, il la caressa jusqu'à ce qu'elle soit submergée de plaisir. C'était un spectacle magnifique, excitant et sublime qu'il aurait pu regarder encore et encore, sans jamais se lasser.

Comblée, haletante, elle s'effondra sur lui tandis qu'il respirait méthodiquement pour garder le contrôle de lui-même.

— Tu me parlais d'une fête, je crois, observa-t-il lorsqu'elle sembla sortir de sa douce léthargie.

Car oui, elle partait, peut-être même dès la fin de la journée. Peut-être était-ce la dernière fois qu'ils étaient ensemble.

Il avait envie de hurler tant il détestait cette perspective.

— Vraiment ?

Elle inclina la tête pour l'embrasser dans le cou, menaçant par là de le faire tomber de sa chaise.

— Oui, une fête à Monte-Carlo. Et tu as intérêt à aller vite parce que, dans cinq secondes, cette chaise tombe à la renverse.

Il la tenait encore dans ses bras, mais il était atrocement triste à l'idée que tout soit fini entre eux.

Non pas simplement « atrocement triste ». Tout bonnement anéanti.

— Eh bien...

Elle riva son regard au sien et lui sourit, mais il n'y avait aucune joie au fond de ses yeux.

— Oublie, reprit-elle. On parlera de tout cela plus tard, lorsqu'on sera redescendu.

Il déglutit et acquiesça d'un mouvement de tête. Elle n'avait pas envie de ruiner leurs derniers moments ensemble. Et lui non plus.

Evangeline était la plus belle chose qui lui soit arrivée depuis des mois. Elle l'avait ressuscité, soutenu, encouragé, y compris à continuer à vivre cette existence de quasi-fugitif.

Elle ne comprendrait pas son choix. Dans ces conditions, mieux valait qu'ils poursuivent leur chemin séparément, comme prévu. Lucas avait besoin de lui. De retour à Dallas, Matt aurait disparu, il redeviendrait Matthew et retrouverait sa vie d'avant.

De son côté, Evangeline serait libre d'aller où bon lui semblerait, là où le vent la porterait.

Toutes ces perspectives auraient dû le rendre heureux.

Mais il ne pouvait s'empêcher d'avoir la gorge et le cœur serrés à l'idée de quitter Venise et Evangeline.

Si seulement…

Si seulement la vie ne nous imposait pas des choix si déchirants.

Lorsqu'il prit son téléphone portable pour suivre Evangeline à l'intérieur du Palazzo d'Inverno, il vit, affiché sur l'écran, un texto de Lucas envoyé dans l'intervalle :

« Je m'occupe de Richards. Ne te mets pas martel en tête, beau gosse ! »

11

Evangeline contemplait sa valise à moitié faite en se rongeant un ongle.

Matt était parti faire un tour, tout seul. Elle ne lui en voulait pas de s'éloigner d'elle. C'était sa manière de gérer la situation. Si leur histoire touchait à son terme, leur rupture ne ressemblait à rien de connu, n'éveillait aucun sentiment familier. D'ailleurs, si les choses avaient suivi le cours qu'elle désirait, ils ne se seraient pas séparés.

Elle avait même failli lui demander de l'accompagner à Monte-Carlo. Ces mots avaient été sur le bout de sa langue, mais, à la dernière seconde, elle avait ravalé sa proposition. Elle ne pouvait pas prendre le risque qu'il refuse, pas après qu'il ait tout fait pour éviter qu'ils parlent.

En tout cas, elle avait bien l'impression qu'ils ne feraient que parler une fois qu'il serait de retour de sa promenade. Entre-temps, en effet, une nouvelle énorme risquait de prendre corps. Au fond, elle savait déjà de quoi il retournait, mais il lui fallait tout de même vérifier qu'elle ne s'était pas trompée.

La sonnerie de la porte d'entrée retentit.

Evangeline descendit les escaliers quatre à quatre, saisit le paquet que lui tendait le livreur et referma la porte rapidement, réalisant une fois qu'elle était enfermée dans la salle de bains qu'elle ne lui avait laissé aucun pourboire.

Ses mains tremblaient tandis qu'elle extirpait de son emballage le test de grossesse qu'elle avait commandé. Ce n'était pourtant qu'une formalité. Le résultat, elle le connaissait. Cette fatigue inhabituelle, ces nausées, cette envie permanente de faire l'amour avec Matt par moments et, à d'autres, cette difficulté à supporter ses caresses, tout cela dressait un tableau clinique d'un début de grossesse plus que d'un besoin de passer à autre chose.

Comment avait-elle pu s'aveugler si longtemps ?

Ce matin, enfin, elle avait compris et, après un rapide calcul, elle avait conclu que la conception devait remonter à leur première escapade sur le toit-terrasse, quand ils avaient fait l'amour sans préservatif.

Deux minutes s'écoulèrent dans une sorte de brouillard, et elle sentit qu'elle était à un tournant décisif de sa vie lorsque le petit signe plus s'afficha.

Elle sentit monter en elle un sanglot où se mêlaient incrédulité, émerveillement et excitation. Mme Wong avait vu juste lorsqu'elle lui avait dit qu'elle allait concevoir. Et elle ne parlait pas seulement d'œuvres musicales.

Un bébé. Elle allait avoir un bébé. Un bébé de Matt.

Ce serait une fille, et elle aurait les magnifiques yeux bleus de son père et la voix de sa mère. Elle sentit son cœur s'accélérer. Bien sûr. Ce bébé était la voie que la vie lui proposait pour avancer après son accident. Si elle ne pouvait plus chanter, elle pouvait au moins devenir mère.

Quant à Matt, il deviendrait père, le père de cet enfant. Elle lui donnerait ce qu'Amber n'avait pas pu lui offrir : la famille qu'il désirait. Il oublierait son épouse bien vite et viendrait rejoindre Evangeline à Monte-Carlo.

Jusqu'à cet instant, leur histoire ne semblait pas pouvoir s'inscrire dans le long terme et, soudain, tout s'inversait. Impossible en effet, connaissant Matt, qu'il repousse son propre enfant. Matt et elle vivraient heureux, follement amoureux l'un de l'autre, et auraient beaucoup d'enfants à commencer par celui-ci.

Certes, elle allait un peu vite en besogne. Il fallait déjà qu'elle lui annonce l'arrivée de cet heureux événement.

Il serait vraisemblablement aux anges à l'annonce d'une telle nouvelle.

Lorsque le bruit de clé dans la serrure se fit entendre, elle bondit du canapé et se prépara à accueillir le père de son futur enfant. Une émotion puissante s'empara d'elle.

— Coucou ! Je suis contente que tu sois déjà de retour. J'ai quelque chose pour toi.

— C'est rigolo, moi aussi !

Le sourire qu'il lui adressa lui alla droit au cœur.

— Et qu'est-ce que c'est ? demanda-t-il.

Elle secoua la tête.

— Non, toi d'abord, répondit-elle.

Il saisit un paquet au fond du sac qu'il tenait et le déposa entre ses mains.

— C'est pour que tu te souviennes de moi.

Qu'était-ce ? Un bijou ? Elle déchira le papier cadeau, ouvrit l'écrin et laissa échapper un cri de surprise.

— Génial. Je ne m'attendais pas du tout à cela, mais c'est magnifique.

C'était une broche en forme de masque de carnaval émaillée, sertie de diamants à la place des yeux. Elle l'accrocha aussitôt à son T-shirt, juste au-dessus de son cœur.

Il effleura la broche du doigt et releva les yeux vers elle.

— Je suis heureux qu'elle te plaise. Je voulais quelque chose qui rappelle notre rencontre et qui soit facile à transporter partout, comme tu voyages beaucoup.

— Merci. Cela me touche que tu penses à tout cela. Tu me comprends bien.

— J'essaie… Et toi, quelle surprise m'as-tu réservée ?

— C'est aussi un cadeau particulier, qui rappelle notre rencontre et qui est facile à porter.

Elle retrouva le test de grossesse au fond de sa poche, le sortit et le lui tendit. Il n'était pas emballé.

— Qu'est-ce que c'est ? demanda-t-il, l'air interloqué.

Puis il se tut et se figea.

— Tu es enceinte ? finit-il par demander d'une voix altérée.

Ses yeux ne cessaient d'aller de son visage au test de grossesse.

— Tout s'explique…, reprit-il enfin. Les siestes, la fatigue, le besoin de boire du jus d'orange alors que ce n'est pas trop ton genre… Tu es enceinte.

— Et toi, tu vas devenir père, déclara-t-elle avec un immense sourire. Félicitations.

Il s'effondra sur le canapé sans répondre, abasourdi, le petit morceau de plastique entre les doigts.

— Ça veut dire que tu comptes le garder, j'imagine.

Elle le fixa avant de s'exclamer, consternée :

— Bien sûr que je le garde !

— Bon, très bien.

Il inspira, puis se passa la main sur le front d'un air absent, sans la regarder.

— D'accord, très bien, reprit-il. Je voulais juste m'assurer que j'avais bien compris. C'est ta décision, et je t'aiderai quoi qu'il arrive.

— Je n'en ai jamais douté.

Il n'avait rien de commun avec son père. C'était un homme solide, responsable, fiable.

— C'était la fois où nous avons fait l'amour sans préservatif sur le toit-terrasse, c'est cela ? demanda-t-il, un peu tendu. Tu m'avais pourtant dit que ce n'était pas la bonne période du mois.

— Oui, c'était bien cette fois-là. J'ai dû me tromper dans mes calculs… Mais je suis très heureuse à l'idée que nous ayons un bébé, et je suis impatiente de devenir mère. Et toi, comment te sens-tu à l'idée d'être bientôt père ?

Il ferma les yeux.

— Je ne sais pas. Tu as eu un tout petit peu plus de temps que moi pour te faire à cette idée. Laisse-moi une petite minute, s'il te plaît. En attendant, tu veux que je te serve un verre d'eau ou de jus de fruit ? Des biscuits apéritifs ? Je ne sais même pas ce qu'il faut proposer à une femme enceinte… Attends, je reviens.

A la vue de sa panique et de son désir de fuir, elle sentit son souffle se bloquer et sa gorge se nouer. Il lui fallait absolument réévaluer la situation. Jamais elle ne s'était imaginé que la nouvelle le terrifierait. N'avait-il pas toujours désiré fonder une famille ?

Elle inspira profondément pour se calmer.

Il allait finir par se remettre du choc, tenta-t-elle de se rassurer. Dans quelques minutes, quand il serait revenu, ils s'organiseraient pour partir à Monte-Carlo.

Tout allait finir par s'arranger.

Matthew s'engouffra dans la cuisine, son refuge jusqu'à présent. Il posa les mains sur le plan de travail et baissa la tête, atterré.

Enceinte.

Evangeline était enceinte.

Il n'était pas prêt à s'imaginer vivre jusqu'à la fin de ses jours avec Evangeline, n'arrivait pas dépasser un sentiment de panique à l'idée que non pas une, mais deux personnes allaient devenir le centre de son existence et qu'elles pouvaient évidemment disparaître.

Voilà ce qu'il arrivait quand on vivait sans règles, en profitant du moment présent sans penser aux conséquences. Voilà ce qu'on récoltait quand on fuyait ses responsabilités jusqu'à l'autre bout de la terre.

Sans réfléchir, il remplit un verre d'eau et le vida d'un trait, sans reprendre son souffle.

Et maintenant, qu'allait-il faire ?

Un sentiment étrange l'envahit. Du soulagement. Ils étaient contraints de continuer leur bout de chemin ensemble.

Il retourna dans le séjour, parfaitement calme et maîtrisé. Du moins, il l'espérait.

Là, il s'assit sur le canapé à côté d'Evangeline.

— Je suis désolé. Je suis à toi maintenant.

— Tant mieux.

Les yeux d'Evangeline étaient brillants et rouges. Elle avait pleuré pendant son absence, et ce constat lui brisa le cœur.

Arrête d'être un crétin égoïste, Matthew Wheeler.

— Ecoute, dit-il en lui prenant doucement la main, ça va bien se passer. J'avais besoin de réfléchir un instant, je ne voulais pas te faire pleurer, tu sais.

Elle secoua la tête.

— Je suis très émotive en ce moment. La faute aux hormones, vraisemblablement. Enfin, j'imagine… Je n'ai jamais été enceinte jusqu'à présent.

— Ne t'inquiète pas, ça va bien se passer. Je serai là, à tes côtés, pendant la grossesse. Je t'accompagnerai chez le gynécologue, je serai dans la salle de naissance pour couper le cordon ombilical…

Sa gorge s'était nouée. Il avait espéré faire toutes ces choses avec Amber. Jamais il ne s'était imaginé les vivre avec une autre femme, encore moins éprouver autant de joie à l'idée de les découvrir avec Evangeline.

Il préféra repousser ces émotions déstabilisantes. Perdre pied n'allait pas l'aider.

— On va continuer à vivre ensemble, c'est cela ? demanda-t-elle, hésitante, tandis que la pression de ses doigts se faisait plus vive sur les siens. Tu veux faire partie de la vie du bébé ?

La vie du bébé… L'expression était comme sidérante.

Oui, la grossesse n'était que le début d'une longue aventure. Evangeline et lui allaient devenir parents d'un enfant qui allait finir par marcher, parler, faire du vélo et tant d'autres choses encore…

Un bébé. Il allait devenir père. La panique manqua l'aveugler.

— Bien sûr qu'on va l'élever ensemble.

Ce bébé était un Wheeler et, à ce titre, il avait droit à tout ce que la fortune de Matthew pouvait lui accorder. Les circonstances n'étaient pas idéales, mais cet heureux événement ne pouvait que l'aider à lui faire reprendre fermement pied dans le monde réel.

La parenthèse vénitienne était définitivement fermée. Il fallait qu'ils s'organisent, prennent des décisions. Et tout d'abord, ils devaient trouver une maison où s'installer, souscrire des assurances décès et éducation, acheter un siège-auto pour bébé… Dire qu'il n'avait même plus un véhicule à son nom.

Evangeline lui adressa un sourire ému. Elle était aux anges, et il détestait devoir tempérer son enthousiasme. Néanmoins, ils devaient rester concrets et pragmatiques. Leur relation allait devoir durer. Ces deux personnes qu'ils étaient et qui n'avaient pas grand-chose en commun si ce n'est des passés chargés d'événements traumatiques allaient devenir parents.

— Ensemble, répéta-t-elle. J'aime cette idée. Dès le départ, j'ai senti qu'il y avait quelque chose en toi de spécial. Et la cartomancienne avait bien prédit que j'allais concevoir. Tu te souviens ?

Ce dont il se souvenait, c'était qu'il poursuivait un papillon magnifique dans l'unique but de ressentir de nouveau quelque chose, et qu'il s'était jeté tête baissée dans une relation pensant qu'elle allait l'aider à dépasser plus vite son deuil et réinté-grer sa vie d'avant. Tout ce qu'il recherchait alors, c'était un signe qu'il allait pouvoir redevenir lui-même et qu'il pouvait guérir. Au lieu de quoi, des ébats fantastiques en plein air sur le toit-terrasse du Palazzo d'Inverno l'avaient lié à jamais à cette femme.

Une nouvelle vague de panique s'empara de lui, qu'il s'efforça de réprimer au plus vite.

Ils allaient rester ensemble, soudés ; ils allaient devenir une famille, et cette naissance était un cadeau de la vie, décida-t-il.

— On peut se marier discrètement.

S'ils n'avaient que peu d'invités, la date de leur mariage ne serait pas une information de notoriété publique, et ils réussi-raient peut-être même à cacher le fait que cet enfant avait été conçu en dehors des liens du mariage, ce qui pouvait éviter d'embarrasser ses parents, très à cheval sur ce genre de choses.

— Se marier ? Mais de quoi tu parles ?

— Tu es enceinte, il faut bien qu'on se marie !

Elle éclata de rire.

— Enfin, Matt, ne sois pas aussi vieux jeu. On n'a pas besoin de se marier pour vivre ensemble et élever un enfant.

L'amour n'a rien à voir avec un morceau de papier signé devant M. le maire ou M. le curé !

L'amour... Est-ce qu'elle croyait qu'il était amoureux d'elle ? A moins qu'elle en parle parce qu'elle était amoureuse de lui...

Elle le rendait fou. Elle provoquait en lui de très fortes réactions... sensuelles, ou, pour être tout à fait exact, érotiques. Et elle l'avait aidé à sortir la tête, le corps et le cœur d'un état de pétrification avancé. Avec elle, il s'était de nouveau senti libre de dire ce que bon lui semblait, de ressentir ce qu'il voulait. Mais il ne pouvait pas continuer comme cela indéfiniment. Sa vie — sa vraie vie — était une existence sans surprises ni imprévus. Et il lui fallait la réintégrer.

Surtout, il n'avait pas du tout envie d'aimer.

Plus jamais ça. S'il était condamné à souffrir éternellement parce qu'il était tombé amoureux d'Amber, il n'allait certainement pas répéter la même erreur une seconde fois.

Il n'osait pas imaginer ce que ce serait de tomber amoureux de la mère de son enfant et de la perdre.

A la seule pensée de perdre mère ou enfant, il sentit sa poitrine se serrer effroyablement, comme si elle avait été prise dans un étau, au point qu'il pouvait à peine respirer. Il réprima un juron. Il était sans doute déjà trop tard...

— Un enfant n'a pas non plus besoin que ses parents s'aiment. Il a besoin d'être élevé par un couple stable et uni. C'est différent. Et c'est pour cela qu'on doit se marier.

Le rappel était peut-être brutal pour Evangeline, il n'en était pas moins vrai. Ni lui ni elle ne pouvaient continuer à vivre dans cette bulle hors du temps et de la réalité dans laquelle ils s'étaient complu. Et ils devraient se faire tous les deux à cette idée. La vraie vie n'avait pas grand-chose à voir avec des histoires d'amour compliquées entre deux êtres aux personnalités incompatibles sur fond de lagon vénitien. Il leur fallait revenir sur terre.

Elle avait froncé les sourcils.

— Qui te dit que j'ai envie de me marier ? Tu ne m'as même pas posé la question.

Il repoussa l'objection d'un revers de la main.

— C'est juste une formalité, pas la peine d'en faire toute une histoire.

— Une formalité, tu plaisantes ! Moi, je veux qu'on me demande en mariage pour de vrai, qu'on me tende un écrin contenant une bague et puis qu'on ajoute deux-trois mots touchants, une variation sur le thème « je t'aime et je veux passer le restant de ma vie avec toi ». Enfin, tu vois, ce genre de choses. Essaie, et je te dirai quelle est ma réponse.

Elle avait raison. Il lui avait fait sa demande comme un goujat. Mais, bon sang, qui pouvait lui en vouloir de réagir ainsi ? Ce développement absolument stupéfiant lui avait un peu fait perdre le sens commun.

— Désolé, mais je n'ai pas de bague sur moi. Sauf erreur de ma part, on était censés se dire adieu aujourd'hui.

Il inspira profondément, saisit sa main et déposa dans la paume d'Evangeline un baiser, en signe d'excuse pour sa balourdise.

— On essaie de définir ensemble les prochaines étapes ?

Elle lui sourit.

— La première chose à faire, c'est se rappeler qu'on est heureux et qu'on compte bien le rester.

Heureux. Depuis son départ de Dallas, le bonheur avait été pour lui une notion totalement inconnue. Mais, avec l'arrivée d'Evangeline dans sa vie, insidieusement, il avait retrouvé droit de cité.

Sans doute pouvaient-ils être heureux en dehors de Venise. Evangeline était fantastique, forte, résiliente. Il lui suffisait de se rappeler son courage face au journaliste de *Milano Sera,* face aux paparazzi ou encore face au piano intimidant qui faisait resurgir en elle bien des souvenirs traumatiques. Nul doute qu'elle arriverait à se faire au statut de femme au foyer, comblée et active avec un bébé et une maison dont il faudrait s'occuper. Cela l'aiderait sans doute à tenir ses démons à distance et, peu à peu, ils se retrouveraient sans doute l'un et l'autre tels qu'ils étaient à Venise.

Il lui retourna son sourire, ce qui, bizarrement, l'apaisa.

— Au moins, on sait qu'on peut vivre tous les deux à huis clos sans avoir envie de s'égorger au bout de deux jours !

Il n'avait pas à renoncer à elle comme il le pensait quelques heures plus tôt. S'il réussissait à mettre de côté toutes les raisons qui le faisaient douter de la solidité de leur relation sur le long terme, il arrivait à se la représenter à Dallas à ses côtés.

— Et ne t'inquiète pas, je te laisserai cuisiner. Tout le temps. Je n'ai aucun problème avec l'idée qu'un homme règne en maître dans ma cuisine. C'est même assez excitant, je dois dire.

Elle caressa sa main et, pour la première fois depuis le début de leur conversation, il se sentit un peu rassuré.

Evangeline s'assit, replia ses jambes sous elle et se blottit contre le torse de Matt. Tout s'était finalement arrangé, et Matt avait perdu cet air paniqué. Elle comprenait parfaitement sa réaction. Après tout, cet événement allait changer le cours de leur vie. D'ailleurs, il n'était pas le seul à avoir du mal à se faire à cette nouvelle. L'ajustement était rude pour elle aussi.

Quant au mariage, auquel visiblement il tenait, s'il lui faisait une demande en bonne et due forme et, de surcroît, sincère et émouvante, il n'était pas impossible qu'elle accepte.

Cette réalisation était un choc pour elle. Elle avait pensé que Rory avait totalement annihilé en elle le désir de mariage. Mais, avec Matt, tout était différent. Il n'était pas comme les autres hommes et, pour lui, elle était autre chose qu'une ex-star de la pop à la voix brisée.

— On a plein de choses à discuter ensemble, dit-il. D'abord, il faut qu'on parle de cette invitation à Monte-Carlo.

Par chance, elle n'avait pas eu à amener le sujet.

— La fête bat déjà son plein, mais si on arrive jeudi…

— Tu plaisantes, j'espère ? l'interrompit Matt qui inclina la tête pour la fixer. Il est hors de question qu'on aille à Monte-Carlo et encore moins à une fête !

— Mais c'est là que se trouvent tous mes amis. On pourra leur annoncer la grande nouvelle. Et tu auras le droit de boire du champagne pour trois pendant que je siroterai mon verre de jus d'orange !

Comme elle aimerait célébrer ainsi l'arrivée de leur enfant !

— On n'a pas besoin de rester longtemps, ajouta-t-elle. Une semaine, tout au plus. Ensuite, on peut revenir à Venise jusqu'au début de la saison touristique et…

— Venise, c'est fini, la coupa-t-il. On part aux Etats-Unis par le prochain avion. Et, d'ici là, je trouve une bague de fiançailles et des alliances pour qu'on puisse se marier au plus vite, à notre arrivée.

— Je croyais qu'on avait déjà parlé de cette histoire de mariage. Inutile d'évoquer de nouveau la question tant qu'une demande en bonne et due forme n'a pas été formulée et acceptée. Je sais que ce n'est pas tout à fait mon style *a priori*, mais, sur ce sujet, je suis très formelle. Et pour le reste, désolée de t'annoncer que je ne veux pas aller vivre aux Etats-Unis. Je déteste ce pays. La presse people italienne n'est rien comparée à la presse gossip on line américaine.

— Malheureusement, on n'a pas le choix, parce que Dallas est aux Etats-Unis et que c'est là qu'on va vivre.

— Dallas ? Tu veux retourner vivre à Dallas ?

Elle savait qu'il en avait l'intention. Mais les circonstances avaient changé et, surtout, il avait profondément évolué. Plus d'une fois, il lui avait dit ne pas se sentir prêt à retourner au Texas. Partir à Monte-Carlo aurait permis au lent processus de reconstruction qui fait suite à un deuil de se consoler.

— Qu'est-ce que Dallas représente pour toi, au juste ?

— C'est là où se trouvent ma famille et mon travail, répondit-il sur un ton qui disait clairement qu'il n'aurait pas dû avoir à le lui expliquer. Et c'est là que je dois vivre si je veux construire une famille. Ma mère te sera d'ailleurs d'une grande aide lorsque le bébé sera né.

— J'ai déjà une mère.

Enfin, manière de parler, car elle aurait préféré avaler une marmite entière de choux de Bruxelles plutôt que d'appeler sa mère, surtout pour lui demander des conseils relatifs à l'éducation des enfants.

— Ta mère est la bienvenue à la maison autant de temps que tu le souhaiteras. Mais ma mère aussi aura sa place auprès de cet enfant. Je tiens beaucoup à ce que se noue un lien très fort entre mes parents et leur petit-enfant.

— Il y a une application très pratique pour ça, ça s'appelle Skype, répliqua Evangeline.

— Très drôle… J'aimerais bien acheter une maison dans le quartier de mes parents, d'ailleurs. Les écoles sont excellentes. Quand faut-il s'inscrire sur la liste d'attente de l'école, tu crois ?

— Matt…

Il ne semblait pas l'entendre et exposait les différentes activités périscolaires auxquelles leur enfant participerait une fois qu'il serait en âge de le faire. On aurait dit qu'ils vivaient sur deux planètes différentes.

— Matt, reprit-elle plus fermement, je n'irai pas vivre à Dallas.

Dallas était le pire endroit au monde pour Matt. Il semblait penser qu'il était prêt à rentrer, mais il faisait erreur : c'était beaucoup trop tôt. Il avait encore besoin de se reconstruire, de passer du temps avec elle, en tête à tête.

— Bien sûr que si ! Dallas n'est pas la ville que tu imagines, il y a une vie culturelle et artistique intéressante. Ma mère connaît beaucoup de monde, elle pourra te présenter des femmes passionnantes. Tu vas adorer cet endroit.

Elle avait fait preuve de patience face à son obstination, mais son entêtement, couplé à cette irritante volonté de tout décider, commençait sérieusement à l'agacer.

— Je rêve… Toi-même, tu n'aimes pas Dallas et tu prétends que je vais m'y plaire. Tu as toi-même reconnu que cette ville était oppressante ! Plus sérieusement, tu crois vraiment que tu peux retourner négocier des ventes immobilières, comme avant, comme si de rien n'était, comme si tu n'avais pas changé entre-temps ?

— Il faut que je redevienne celui que j'ai toujours été, parce que, fondamentalement, cette personne, c'est moi. Cette vie, ce métier, tout cela me correspond plus que tout ce qui nous entoure ici. Ce palazzo, ce style de vie, ce n'est pas moi. Cela m'a aidé à reprendre pied — même si c'est surtout toi qui m'as remis sur les rails —, mais c'est à Dallas que je veux vivre.

— Non, Dallas n'est pas le bon endroit pour te remettre en selle. Tu veux nous embarquer, tous les deux et le bébé, dans un rêve de quelque chose qui n'existe plus. Monte-Carlo est une meilleure destination pour nous tous. Cela constituerait une étape de transition qui nous permettrait de continuer à progresser vers un vrai projet commun, pas un mirage forcément décevant. Tu t'en rends bien compte, non ?

Sa voix avait pris sur la fin une note désespérée, sans doute parce qu'elle avait bien conscience que, non, il ne s'en rendait pas compte.

— Monte-Carlo n'est pas un endroit pour une femme enceinte, encore moins pour la mère de mon enfant.

— Ça l'est quand c'est moi ladite mère de ton enfant, rétorqua-t-elle vivement, excédée par son autoritarisme.

Ils se défièrent du regard, sans un mot.

— Je ne veux pas que tu traînes avec ce genre de personnes.

— Précise ! C'est quoi « ce genre de personnes » que je ne dois pas fréquenter ? déclara-t-elle, très raide.

Il continua à soutenir son regard.

— Des alcooliques, comme ton ex ; des gens qui rentrent complètement soûls chez eux au petit matin et qui, au réveil, ne savent même plus ce qu'ils ont fait durant la soirée, comme Vincenzo, ou bien qui organisent des parties portables.

— Tu veux que je te rappelle où et comment on s'est rencontrés ?

— Ce n'est ni le sujet ni le problème. Tu ne vas pas à Monte-Carlo, un point c'est tout.

Qui était cet homme qui lui parlait ainsi et la regardait

sans tendresse ? Ce n'était pas Matt, impossible. On aurait dit qu'il venait de mettre un masque particulièrement inquiétant.

— Je ne comprends pas qu'on se dispute pour des choses pareilles. Comment peut-on en arriver là ?

Elle espérait entrevoir au fond de ses yeux une lueur d'empathie, mais celle-ci n'apparaissait pas, comme si le lien entre eux avait tout à coup été brisé. Elle sentit la panique la saisir.

— Je ne comprends pas ce qui nous arrive ! s'exclama-t-elle.

— Tu ne comprends pas ? C'est pourtant simple : nous allons avoir un bébé, et ce bébé sera élevé à Dallas parce que c'est là qu'il sera le mieux entouré et qu'il aura les meilleures chances.

Jamais il n'avait été aussi affirmatif, aussi pressant.

— Et moi, qu'est-ce que tu me vois faire à Dallas ? Recevoir pour le thé en compagnie de ta mère ?

Il haussa les épaules.

— Si ça te dit, bien sûr. Tu peux aussi œuvrer bénévolement pour des associations. Ma belle-sœur s'occupe d'un lieu d'accueil pour les femmes victimes de violences conjugales. Peut-être que ça t'intéresserait de l'épauler. Il faudra un petit peu de temps pour que je renoue avec mes amis et mes connaissances, mais en règle générale j'étais invité une ou deux fois par semaine à des dîners, réceptions et événements organisés par des associations caritatives. Des bals, des cocktails. Tu pourrais m'accompagner...

— A des bals ? Oublie tout de suite !

Elle avait l'impression qu'elle ne connaissait pas l'homme qui lui parlait.

— La vie que tu me présentes, c'est juste inenvisageable pour moi, ajouta-t-elle.

— Inenvisageable... Qu'est-ce que tu veux dire précisément ? Que tu ne peux pas ou que tu ne veux pas l'envisager ?

— Que je ne peux pas. Je mourrai dans un tel environnement. C'est aussi simple que ça.

Lui comme elle périraient d'ennui et de tristesse, c'était évident. Pourquoi s'entêtait-il à ne pas le voir ?

— Mais tu seras avec moi, je te distrairai.

A la vue de son sourire carnassier, elle sentit une nausée l'envahir.

— C'est tout ce que je suis donc pour toi ?

— Non, bien sûr que non, se ravisa-t-il.

Tout en elle espérait qu'il ajoute qu'il l'aimait.

— Je veux que tu sois ma femme, finit-il par dire.

Et c'est là que tout se mit en place brutalement.

— Ah, je vois… En fait, tu ne cherchais pas à dépasser le deuil d'Amber. Ce que tu voulais, en réalité, ce n'était pas guérir de ton chagrin, c'était la remplacer.

— N'importe quoi ! Personne ne peut remplacer Amber, répliqua-t-il, le visage fermé tout à coup.

— Bien sûr, excuse-moi, c'est une erreur de ma part.

Une parmi d'autres. Mais pour autant, elle ne comptait pas en rester là. Elle voulait qu'il entende, dans sa brutale vérité, ce qu'elle avait vécu dans cette relation.

— Moi, vois-tu, je suis tombée amoureuse de toi. Complètement. Et maintenant, il ne me reste plus qu'à découvrir que ce n'était pas réciproque.

Les plis durs qui entouraient sa bouche disparurent.

— Je suis désolé, je ne voulais pas te blesser.

— Peu importe, c'est ce qui va se produire malgré tout.

La vérité était si insupportable à entendre qu'elle sentit qu'elle s'anesthésiait pour éviter de souffrir.

Il ne l'aimait pas.

Il ne pouvait pas l'aimer parce qu'elle n'était pas Amber. Quelle idiote elle avait été en espérant pouvoir le guérir, repousser ses démons, l'aider à retourner vers la vie !

— Evangeline…

Il soupira, et des rides profondes apparurent au coin de ses yeux, le vieillissant prématurément.

— Je ne t'avais fait aucune promesse, souviens-toi. Je m'y étais refusé parce que je ne promets rien que je ne puisse tenir. Or je redoute de retomber amoureux. Je ne le serai peut-être jamais plus.

La vérité est parfois d'une brutalité inouïe, et elle avait largement sous-estimé cet aspect des choses.

— Alors, quand tu me proposes de t'épouser et d'élever ce petit, c'est plutôt à une sorte de colocation déguisée à laquelle tu songes ?

— On peut vivre ensemble sans être amoureux, non ? Le mariage ne change rien, tu le disais toi-même. Ce serait comme ici, à Venise, la stabilité en plus. Si le bénévolat ne te tente pas, tu peux aussi te lancer dans autre chose, peut-être en rapport avec la musique. Donner des cours de chant, par exemple.

— Je ne peux plus chanter, je te rappelle ! répliqua-t-elle juste avant que son cœur se brise en mille morceaux.

— Des leçons de piano, alors.

Il prit sa main et la serra dans les siennes, comme s'il n'y avait aucun problème, comme si tout allait finir par revenir dans l'ordre.

— Tu as bien réussi à me donner quelques rudiments, poursuivait-il. Enfin, je te dis ça, mais il faut que ça te plaise… Moi, ça m'est égal. Tu fais bien ce que tu veux. L'essentiel, c'est que le bébé soit épanoui.

Moi, ça m'est égal…

Pour lui, elle n'était ni plus ni moins qu'une espèce de four dans lequel cuisait sa progéniture, pas une personne à aimer et à choyer. Tout cela disqualifiait violemment leur relation et ravalait leur histoire à bien peu de chose.

Elle retira sa main.

Dire qu'il voulait qu'elle sacrifie tout ce qui la définissait, tandis que lui, en retour, faisait le vœu de ne jamais l'aimer comme il avait aimé Amber. Quel marché de dupes !

Peut-être n'était-il pas capable d'aimer quelqu'un d'autre qu'Amber.

Pourquoi n'avait-elle pas réalisé cela plus tôt ?

— Oh ! ne t'inquiète pas, je m'occuperai très bien du bébé. De mon bébé, précisa-t-elle avec détermination. Parce que, tu sais, je n'ai pas besoin de ton aide. Au cas où tu l'aurais oublié et pour que les choses soient claires, je ne suis pas une gamine de seize ans, paniquée et sans le sou. Pour information, j'ai un revenu imposable à huit chiffres. Le bébé pourra bénéficier de la meilleure éducation, fais-moi confiance. Toi, si ça te chante, tu retournes à Dallas pour assister en compagnie de tes amis bien snob à toutes ces réceptions organisées par des organismes de bienfaisance, et moi, je vais à Monte-Carlo vivre la vie qui me convient. Mais bien sûr, tu pourras garder le contact avec ton enfant grâce à Skype.

Et sur ces mots, elle s'enfuit à l'étage et s'enferma dans la chambre, en larmes, pour finir au plus vite sa valise.

12

— Evangeline !

Matthew frappa à la porte une seconde fois, se retenant à grand-peine de la défoncer.

— Ouvre cette porte. On n'a pas fini !

Que venait-il de se passer ?

Visiblement, Evangeline venait de lui annoncer son intention de rompre, comme s'ils étaient un vrai couple.

Mais n'en formaient-ils pas un, tout de même ? Après tout, il venait de lui annoncer son intention de l'épouser.

Il avait dépensé une énergie folle à se représenter les prochaines étapes de leur vie commune, et elle lui renvoyait tout à la tête. Cela le tuait littéralement.

— Mais si, bien sûr, tout est fini entre nous, répliqua-t-elle de l'autre côté de la porte en claquant quelque chose, porte de placard ou tiroir. Un bon avocat nous aidera à organiser les droits de visite, et puis c'est tout. N'en parlons plus.

Les droits de visite. Un avocat. C'était un cauchemar...

— Prendre un avocat n'est pas la solution.

— Tu en vois une autre ? demanda-t-elle sur un ton sarcastique.

Il s'efforça de ne pas perdre le contrôle de lui-même.

— Je suis avocat. Certes, je ne suis pas franchement au fait des subtilités du droit international sur les droits de garde et de visite, mais, si tu me donnes un peu de temps, je devrais pouvoir me débrouiller.

Des bruits de pas.

La porte s'ouvrit sur une Evangeline au visage dévasté. Il détestait la voir pleurer, se haïssait d'être la cause de ses larmes.

— Tu es avocat ! s'exclama-t-elle, aussi choquée que s'il lui avait avoué qu'il faisait partie des Black Panthers.

Au moins, elle lui parlait. Il fallait vraiment qu'il réussisse à reprendre le contrôle de la situation avant qu'elle s'envole pour Monte-Carlo et qu'il n'entende plus jamais parler d'elle.

— Oui, j'ai réussi l'examen du barreau. Mais est-ce vraiment important, comparé à ce point de détail dont il faut qu'on discute tous les deux, à savoir le bébé ?

Elle croisa les bras sur sa poitrine.

— C'est la journée des révélations, on dirait. Pas étonnant que tu sois parfois aussi pontifiant. Bon, tu as autre chose à me dévoiler pendant qu'on y est ?

— Je ne t'ai rien caché, c'est juste que je n'ai pas eu l'occasion de te le dire. Pour moi, c'est assez accessoire.

— Eh bien, pour moi, c'est révélateur. Révélateur du fait que je ne sais pas vraiment qui tu es.

L'attaque était directe et non sans fondements. Oui, il avait conservé son masque beaucoup plus longtemps qu'elle.

Frapper des paparazzi, faire l'amour en plein air, parler toute la nuit, rien de tout cela ne lui ressemblait, et elle lui reprochait cette imposture. Il ne pouvait lui donner tort.

Il sentit une migraine monumentale le gagner.

— Je ne cherchais pas à te tromper pourtant.

Sa colère sembla se calmer brusquement.

— Je croyais… mais peu importe, en fait.

— Si, dis. C'est important…

Il posa ses doigts sur le haut de ses paupières dans l'espoir de faire refluer la migraine qui l'assaillait. Sans succès.

— Je n'ai pas envie de parler droits de visite et droits de garde avec toi par l'intermédiaire d'un avocat. Cet enfant, il doit vivre avec ses deux parents.

Et surtout, Evangeline et le bébé devaient vivre avec lui, à Dallas.

— Dans ce cas, viens à Monte-Carlo avec moi.

Ses yeux bruns le sondaient, le suppliaient.

— Montre-moi quel homme tu es, reprit-elle. Lorsque je t'ai rencontré, tu étais brisé. Je veux te restaurer. Laisse-moi te guérir.

— Mais tu y es déjà parvenue !

Il ne put se retenir davantage et la prit dans ses bras. La sentir contre lui, humer son parfum, toucher sa peau manqua lui faire perdre l'équilibre.

— C'est pour cela que je peux envisager de retourner à Dallas et de reprendre ma vie. Parce que tu m'as aidé à me sentir vivant de nouveau.

Vivant. Oui, c'était exactement cela.

Et, sans elle, comment se sentirait-il ?

— Non, répondit-elle avant d'enfouir son visage dans son cou. Non, ta guérison n'est pas terminée. Si elle l'était, tu serais capable de m'aimer.

C'était leur pomme de discorde. Ils avaient deux conceptions bien différentes de ce que signifiait « guérir ».

— Je ne t'ai pas menti. Dès le départ, je t'ai dit que je n'avais rien à t'offrir. Je suis désolé, mais c'est toujours le cas. Le bébé ne change rien à l'affaire.

Elle hocha la tête, vaincue.

— Je comprends, mais ça ne change pas non plus le fait que je ne peux pas t'épouser. Si tu m'avais aimée, là… mais peu importe, n'est-ce pas.

— Tu n'es vraiment prête à aucun compromis ? marchanda-t-il, même si, au fond de lui, il connaissait la réponse, et qu'elle le rendait malade.

— Oh, Matt…

Elle se pencha vers lui et déposa un léger baiser sur ses lèvres. Un baiser trop léger, trop rapide à son goût.

— Si, bien sûr, je suis prête à faire des compromis. Londres, Madrid, Paris, choisis une ville européenne de ton choix, je t'y suis. Monte-Carlo ne m'intéresse pas en tant que telle. Mais Dallas, c'est hors de question. Tu n'auras complètement guéri que lorsque tu auras accepté que ta vie d'avant n'est plus la tienne. Tu ne peux pas revenir en arrière. Ni toi ni moi ne le pouvons. La seule option possible, c'est d'aller de l'avant. Si c'est ce que tu veux, Monte-Carlo est la réponse.

Elle délirait. Il ne pouvait pas continuer à virevolter ainsi aux quatre coins du monde en dépensant toute sa fortune et en ne prenant aucune responsabilité.

— Ce n'est pas une réponse pour moi.

Pas plus que ce n'en était une pour elle. Jamais elle ne réussirait à construire un foyer stable pour le bébé à Monte-Carlo. Inexorablement, l'angoisse s'emparerait d'elle s'il n'était pas là. Comment croyait-elle pouvoir survivre sans lui ?

Le bébé avait besoin de lui. Elle avait besoin de lui.

Mais comment allait-il réussir à lui faire entendre raison ?

Elle s'écarta de lui, œil sec et mâchoire déterminée.

— Eh bien, dans ce cas, adieu.

Matthew prit un taxi depuis l'aéroport, même s'il savait pertinemment que son frère Lucas serait venu le chercher s'il l'avait prévenu de son arrivée. Il savait qu'il pouvait compter sur le soutien indéfectible de sa famille, malgré le traitement distant qu'il leur avait infligé au cours des dix-huit derniers mois. Mais il n'avait envie de voir personne.

Pas maintenant. Pas tant qu'il était sous le choc de ce qu'il avait abandonné à Venise.

Evangeline.

La mère de son enfant.

D'autres longues disputes, agrémentées de larmes de part et d'autre et de portes claquées, avaient suivi, mais il avait dû renoncer à lui faire partager sa vision des choses. Quelle tête de mule ! Elle refusait de voir ce qui était bon pour elle et son enfant et menaçait même de disparaître s'il n'acceptait pas sa décision.

Il avait fini par se dire que leur entente n'avait rien de magique, qu'elle reposait uniquement sur la féerie de la cité vénitienne et qu'en réalité ils n'étaient pas du tout faits l'un pour l'autre.

Le taxi arrivait en vue de la demeure de ses parents. Le conducteur s'arrêta, sortit ses valises du coffre, empocha les billets que Matthew lui tendit et partit, laissant son passager sur le trottoir de cette banlieue de Dallas qu'il connaissait comme sa poche pour y avoir grandi.

Sauf qu'il ne reconnaissait rien.

Sa mère avait planté un massif de fleurs mauves sur la pelouse latérale qu'il n'avait jamais vu auparavant et les rambardes de bois avaient également été complètement repeintes dans une nouvelle couleur.

Au lieu de retrouver un univers connu depuis l'enfance, il découvrait un monde étrange qu'il reconnaissait certes, mais qui ne lui semblait plus familier.

Il n'y avait pas de voitures à Venise, juste des bateaux qui glissaient sans bruit sur les eaux des canaux et où, par intermittence, résonnaient les appels des gondoliers qui signalaient leur présence. Sinon, les gens marchaient. Il s'était habitué à ce rythme plus lent et, désormais, le préférait.

La porte d'entrée de la maison de ses parents s'entrouvrit, et sa mère apparut sur le seuil.

— Voilà un visiteur selon mon cœur ! s'exclama-t-elle. Entre, mon fils ! Tu aurais dû me prévenir que tu arrivais…

Matthew sentit un immense sourire s'afficher sur ses lèvres.

— Si je t'avais prévenue, ce n'aurait plus été une surprise…

— Pour une surprise, c'est une surprise. Mais à l'avenir, sois plus prudent ou je vais finir à l'hôpital victime d'une crise cardiaque, déclara-t-elle en l'étreignant.

Ça, au moins, c'était une sensation familière, accueillante. Cela lui avait manqué.

Elle l'entraîna à l'intérieur.

— Assieds-toi ! Laisse-moi te regarder ! ordonna sa mère. Tu restes longtemps ?

— Oui, je rentre. Je reste pour de bon.

La phrase lui fit l'effet d'une condamnation à mort. Il s'était imaginé qu'il était prêt, mais la décision était trop associée à sa séparation d'avec Evangeline.

Sa mère scruta son visage, le regard plein d'un mélange d'espoir et d'incrédulité.

— Tu as fini par trouver ce que tu cherchais ?

Il laissa échapper un rire amer.

— Non, pas vraiment. Mais j'ai réussi à comprendre que, si je ne trouvais rien, c'est aussi parce que je ne savais pas ce que je cherchais. Sans plan ni objectifs, je ne suis bon à rien, tu sais.

— C'est vrai. Et quels sont tes projets maintenant que tu es de retour ?

— Je veux me réinvestir dans WFP. Lucas a réussi à se fourrer dans un beau pétrin, et je vais l'aider à en sortir.

Pour la première fois depuis longtemps, il avait le sentiment d'avoir un cap. Cela lui faisait du bien.

Sa mère lui jeta un coup d'œil étonné.

— Lucas s'est fourré dans le pétrin, dis-tu ? Et de qui tiens-tu ça ? De lui ?

— Non, mais j'ai appris que Richards Group s'était implanté à Dallas. C'est en grande partie la raison pour laquelle j'ai décidé de rentrer.

— Je pense que tu devrais discuter de tout cela avec Lucas. Je vais inviter toute la famille ce soir pour fêter ton retour. Appelle ton frère, et dis-lui de venir un peu plus tôt pour que vous puissiez parler.

Elle s'interrompit un instant, hésita puis ajouta :

— Loin de moi l'idée de me mêler de vos relations, Matthew, mais rappelle-toi que tu es parti. Lucas a tout repris en main, et je ne suis pas sûre qu'il prenne très bien ton désir de mettre le nez dans sa gestion, de reprendre les commandes et de le reléguer au rôle d'exécutant. Evidemment, tu fais ce que tu veux de mes conseils.

— Je ne vais pas le reléguer au rôle d'exécutant, maman. Je suis là pour lui donner un coup de main, c'est tout.

Elle hocha la tête, dubitative.

— Très bien ! Mais souviens-toi : tu es là en renfort, tu n'es pas aux manettes. Compris ?

A cet instant, la fatigue du voyage et le décalage horaire eurent raison de lui, et il laissa échapper un bâillement.

— Si ça ne te dérange pas trop, maman, je vais aller prendre une douche et peut-être dormir ou regarder la télé dans un état de semi-torpeur. Je suis épuisé. Merci en tout cas de m'accueillir chez vous quelques jours, ajouta-t-il en la prenant dans ses bras et en l'embrassant.

— De rien, mon fils ! répondit-elle, les yeux brillants de larmes. Tu es toujours le bienvenu à la maison.

Envahi par l'émotion, il eut envie de tout raconter à sa mère : les mois de solitude et de désespoir, la dépression, la désorientation totale qu'il avait traversés et puis, à cause d'une autre femme, ces affres de nouveau revécues mille fois plus fort. La différence étant que les blessures dues à Evangeline étaient trop récentes et celles d'Amber trop… anciennes et cicatrisées.

Il tressaillit à cette idée. Quand cette cicatrisation avait-elle eu lieu ? Il n'en avait pas eu conscience.

— A tout à l'heure pour le repas.

Lentement, il monta à l'étage où il prit une bonne douche chaude pour reprendre un peu ses esprits. En vain.

Après la mort d'Amber, la douleur avait été si forte que la plus radieuse des journées d'été réussissait à lui sembler sombre et lugubre. Il ne pensait qu'à Amber et à l'impossibilité qu'il éprouvait de vivre sans elle. Ce n'était plus le cas, à présent. Il y avait une profonde douceur à penser à Amber, désormais. Elle était présente en lui, son lien à elle demeurait, mais la douleur avait disparu.

La peau qu'il savonnait sous la douche était la même, mais l'homme qu'il était en dessous avait bien changé. C'est pour cela que le quartier et la maison de ses parents lui avaient semblé si étranges. Il ne pouvait pas abolir le temps, le changement, et revenir, comme si de rien n'était, occuper une place qui d'ailleurs n'existait plus. Oui, il avait changé.

Evangeline avait raison.

Mais, s'il acceptait que sa vie avait changé, qui était-il ? Où tout cela le conduisait-il ?

Il appela Lucas, puis mit en marche la télévision avant de s'assoupir en regardant le petit écran.

Quelques minutes ou heures plus tard, le bruit de la porte de sa chambre qui s'ouvrait brutalement le réveilla en sursaut. Il s'assit sur le bord du lit. Un lit vide.

Il n'était pas à Venise avec Evangeline. Il était à Dallas. Seul. Et Lucas, moqueur, le contemplait, bras croisés, adossé au chambranle de la porte.

— Tu es frais comme un poisson mort sur un étal en plein mois d'août, déclara ce dernier avec une petite moue.

— Merci pour le compliment, c'est agréable ! Juste pour information, au cas où cela t'aurait échappé, je dormais, remarqua Matthew en se frottant les yeux. Cela dit, ça fait plaisir de voir que tu étais si impatient de me voir que tu n'as pas pu t'empêcher de débouler dans ma chambre.

Lucas sourit.

— Oh ! ne te flatte pas ! Je n'arrivais juste pas à croire que tu étais de retour, c'est tout. Comme saint Thomas, j'avais besoin de le voir pour y croire. Alors, tu es de retour ?

— Ça m'en a tout l'air.

— Pour de bon ?

— Mais pourquoi diable me posez-vous tous cette question ? Je suis là, non ?

Lucas s'assit sur le bord du matelas à côté de lui.

— Tu n'étais pas trop en forme il n'y a pas si longtemps. On est toujours inquiets et on a du mal à y croire, voilà tout.

Matthew prit sa tête dans ses mains. S'il n'était pas très bien, ce n'était pas seulement du fait du décalage horaire. Evangeline — ne plus la voir, savoir qu'il lui avait fait du mal — le torturait.

— En fait, je ne sais pas si je suis vraiment de retour « pour de bon ».

— La mort d'Amber t'a mis à terre, mais ça ne la fera pas

revivre de la suivre dans la tombe. Tu as besoin de renouer avec la vie. Je suis en train d'essayer de tailler des croupières à Richards Group et un Wheeler de plus ne sera pas de trop. Rejoins-nous, vieux frère !

Matthew laissa échapper un rire amer.

— Si seulement c'était Amber le problème, ce serait facile. Mais, pour mon malheur, j'ai remplacé un dilemme insoluble par un autre.

Lucas lui jeta un coup d'œil perçant.

— Ça n'aurait pas un rapport avec la très sensuelle jeune personne que tu as rencontrée dernièrement ?

Matthew riva son regard à celui de son frère.

— Comment es-tu au courant ?

— Il faudrait vivre sur la planète Mars pour ne rien savoir. Tu es assez photogénique, soit dit en passant… Alors ? Elle a décrété qu'elle était trop bien pour toi, c'est ça ? Et tu as le cœur brisé et je vais devoir t'aider à recoller les morceaux ?

Matthew grommela un juron.

— Ta gueule ! Tu ne sais pas de quoi tu parles.

— Oh ! pauvre bébé, on est très malheureux, c'est ça…, se moqua Lucas. Elle est très vilaine, hein ?

Matthew jeta à son frère un regard furieux.

— Non, elle est enceinte, alors, s'il te plaît, ferme-la.

Il n'avait pas l'intention de révéler quoi que ce soit, mais c'était sorti tout seul, sans doute parce que la situation était trop compliquée pour être tue.

— Dans ce cas, qu'est-ce que tu fais ici ? Sans elle ? interrogea son frère dont les yeux s'étaient faits encore plus scrutateurs. A moins, bien sûr, que cet enfant ne soit pas de toi…

Matthew sentit son poing se refermer, et il lui fallut faire preuve de beaucoup de maîtrise de lui-même pour éviter de fracasser le joli minois de son frère.

— Bien sûr qu'il est de moi. Mais, bon sang, tu n'imagines pas la pagaille que ça sème !

Lucas éclata d'un rire que rien ne semblait pouvoir arrêter, pas même les regards noirs de Matthew. Au bout d'un moment, cependant, Lucas s'essuya les yeux.

— Ça fait du bien de voir les dieux se prendre les pieds dans le tapis comme le commun des mortels !

— Qu'est-ce que tu veux dire ? demanda Matthew qui commençait à se dire que le visage de son frère supporterait un coup de poing.

— Tu te souviens de ce que tu m'avais dit quand Cia m'a annoncé qu'elle était enceinte ? Eh bien, tu m'as juste doctement asséné, alors que j'étais sous le choc, que « les accidents arrivaient ».

Matthew baissa la tête au rappel de cette phrase pontifiante.

— Il n'est peut-être pas trop tard pour t'adresser des excuses ?

— Laisse tomber, c'est oublié. Mais c'est agréable de voir que mon demi-dieu de grand frère qui fait toujours tout à la perfection peut lui aussi commettre des erreurs. Mais trêve de plaisanteries, où est-elle à présent ? Vous vous êtes disputés ?

— Pire. Elle a refusé ma demande en mariage, et elle est partie chez des amis faire la fête.

— Ah les femmes… Impossible de vivre sans elles, mais vivre avec elles, quelle galère !

Matthew se mordit la lèvre. Il faisait passer Evangeline pour une fille superficielle et parfaitement irresponsable qui ne se rendait pas compte de la chance à côté de laquelle elle passait. C'était tout sauf une présentation honnête d'elle.

— Bon, en fait, je dois avouer que je lui ordonnais plus de m'épouser pour le bien de l'enfant que je ne la demandais véritablement en mariage.

Dit comme ça, son comportement lui semblait encore plus grossier qu'il ne lui apparaissait quand il y pensait. Il se sentit obligé de se justifier.

— Je voulais juste bien faire, l'épouser puisqu'elle était enceinte de moi. Mais à ça, elle m'a répondu avocats et droits de garde ou de visite.

— Tu as été vraiment maladroit à ce point ? lui demanda Lucas, époustouflé par le manque de tact de son frère. Pas étonnant qu'elle t'ait largué, mon pauvre. A l'évidence, tu n'as pas une once de romantisme. A se demander comment tu as réussi à la fourrer dans ton lit.

Matthew sentit la colère monter en lui.

— Je ne l'ai pas « fourrée dans mon lit », si tu veux tout savoir. Ce n'était pas comme ça entre nous. Il y avait quelque chose…

De spécial. D'inexplicable. D'essentiel et d'évident à la fois.

— … je ne sais pas comment dire. De différent.

— Différent de quoi ? D'Amber ?

La gorge de Matthew se serra, et il faillit utiliser cela comme excuse pour se dérober à la question de son frère. Mais Lucas et lui avaient été très proches, très complices autrefois. Si leur relation s'était détériorée, c'était sa faute. Il avait désormais envie que cela change et, pour cela, la première chose à faire, c'était d'être honnête.

— Non, différent de tout ce que j'ai jamais connu. Amber me correspondait, partageait les mêmes aspirations de vie, les mêmes valeurs. Evangeline… pas du tout.

Pour autant, l'existence avec Evangeline lui allait comme un gant. Evangeline était différente — sexy, attirante, excitante, provocante, déstabilisante.

— Et alors ? La vie, c'est s'adapter à ce qui arrive, pas suivre des plans coûte que coûte, en dépit des circonstances.

Si seulement c'était si simple…

— Puisque tu es si doué, dis-moi : si tout ce que tu croyais savoir sur toi se retrouvait tout à coup comme inutile et dépassé, qu'est-ce que tu ferais ?

Oui, Lucas, que ferais-tu si tu étais à ma place au milieu de ce chaos sans nom ?

— Eh bien… C'est exactement ce qui m'est arrivé quand j'ai rencontré Cia. Et figure-toi que, lorsque je me suis retrouvé dans cette situation, j'ai pensé à toi et je me suis dit : « J'aimerais être comme lui. »

Matthew se sentit tressaillir.

— Comme moi ? Moi qui ai tout laissé tomber, t'ai délégué du jour au lendemain toutes mes responsabilités ? Tu rigoles !

— Personne ne te tient rigueur d'être parti. Tu avais vraiment besoin de prendre le large… J'imagine que tu as oublié le reste de notre conversation l'après-midi de la mort de grand-père. Tu m'as dit qu'on allait comme échanger nos vies. Je prenais ta place et toi la mienne. J'ai pris cela très au sérieux et j'ai dû me mettre sacrément au travail pour réussir à être à la hauteur ! Tu avais mis la barre très haut !

— Moi aussi, j'ai pris la chose très au sérieux. D'ailleurs, tu sais comment j'ai réussi à attirer l'attention d'Evangeline ? En faisant comme si j'étais toi !

Lucas sourit.

— N'importe quoi. Je n'ai jamais séduit de star de la pop.

— Moi non plus. Mais, sur le moment, je ne savais pas qui elle était. Tout ce que je voulais, c'était ressentir de nouveau quelque chose, sortir de l'état de pétrification dans lequel je me trouvais. Et voilà qu'elle était là, sous mes yeux, tel un vœu exaucé. Sauf que je n'en avais pas demandé autant et que je ne savais vraiment pas que faire de ce don du ciel.

— Oui, enfin, tu as tout de même dû retrouver le mode d'emploi, puisqu'elle est enceinte.

Lucas fit mine d'esquiver un coup, mais Matthew cette fois n'avait pas prévu de lui mettre son poing dans la figure. Pas dans l'immédiat, du moins.

— Et maintenant, elle ne veut plus entendre parler de moi, et mon enfant va vivre de l'autre côté de l'Atlantique. Maman va en faire une jaunisse.

— Maman ? Ce n'est pas vraiment le problème… Mais toi ? Ça ne te rend pas à moitié fou ?

— Merci de me rappeler la difficulté de ma situation.

Bien sûr qu'il en était malade. Il rêvait de fonder une famille depuis tellement d'années. Aussitôt, l'image d'Evangeline radieuse portant leur enfant, un sourire aux lèvres, lui vint à l'esprit, et il sentit son cœur se serrer douloureusement.

— Je ne sais plus que faire.

— Tu vas finir par trouver, déclara Lucas qui posa une main compatissante sur l'épaule de son frère. Je ne t'ai jamais vu échouer.

Il leva les yeux vers son frère, plein de respect pour lui. Lucas avait endossé le rôle qui lui était jusque-là dévolu et avait réussi au-delà de toute espérance, grâce sans doute au soutien de Cia. Il ne faut jamais sous-estimer l'influence d'une femme, songea-t-il.

Puis Lucas s'excusa et laissa Matthew se préparer pour le dîner.

Lorsque celui-ci descendit au rez-de-chaussée, tout le monde était déjà installé à table et la conversation s'arrêta — sans doute parce qu'ils étaient en train de parler de lui.

— Mon fils, quel plaisir de te revoir ! s'exclama son père qui se leva pour venir l'embrasser.

Il était bronzé et semblait en grande forme.

— Tu joues au golf, on dirait.

Son père confirma d'un mouvement de tête.

— Lucas trime à WFP et moi, je profite de la vie : le partage est équitable, non ? plaisanta-t-il. Si tu veux, on peut aller faire un tour sur le green ensemble.

Matthew acquiesça, même s'il n'en avait pas franchement envie. Mais il était de retour, et il lui fallait renouer avec ses précédentes activités. Alors autant s'y remettre tout de suite.

Cia releva la tête et rejeta ses longs cheveux bruns sur une épaule.

— Tu m'excuses si je ne me lève pas, dit-elle en désignant son joli ventre de femme enceinte.

Il détourna rapidement les yeux. La grossesse était un sujet douloureux pour lui.

Il embrassa sa belle-sœur, sourit à sa mère, puis entreprit d'endurer une longue discussion sur les différents axes de la stratégie de Lucas pour contrecarrer l'offensive de Richards Group sur leur marché. Matthew était étonné de voir Lucas aussi subtil et organisé.

A plusieurs reprises, cependant, il se surprit à penser à Venise…

Un peu plus tard, il se laissa tomber dans une des chaises en rotin sur la terrasse couverte où Cia et Lucas se trouvaient déjà et s'embrassaient éperdument.

— Mais que fait la police ? Arrêtez donc de vous embrasser, c'est à la limite de l'attentat à la pudeur ! plaisanta-t-il.

— Hé, ce n'est pas parce que tu as des déboires avec ta nouvelle amoureuse que je n'ai pas le droit de profiter de la tendresse de ma femme !

— Laisse-le tranquille, déclara Cia, conciliante.

Matthew sursauta. Venant de sa belle-sœur qui ne l'avait jamais apprécié outre mesure, la remarque était étonnante.

— C'est toi qui prends ma défense, Cia ? Mais c'est le monde à l'envers !

Elle lui adressa un sourire affectueux au lieu d'un de ces regards assassins dont, jusque-là, elle l'avait toujours gratifié.

— Dis-moi plutôt à quoi ressemble ton monde maintenant, Matthew.

— Un champ de ruines, hélas, murmura-t-il. Enfin, j'imagine que Lucas t'a tout raconté.

— Non, pas Lucas. Internet ! Les photos de toi et d'Eva ont été au centre de toutes les discussions au foyer pendant au moins une semaine. J'espère au moins que tu as ramené un autographe ou deux…

— Désolé de te décevoir, mais non, je n'ai absolument rien ramené de tout cela.

— En tout cas, grâce à toi, je dois à Lucas une faveur que je suis bien en peine de lui faire vu mon état.

Ils échangèrent un regard plein de sous-entendus sensuels et de tendresse mêlés. Ils semblaient divinement heureux, plus d'un an après leur mariage.

— Vous aviez parié et tu as perdu ?

— Exactement, répondit triomphalement Lucas. A la seconde où elle a vu ces photos d'Eva et de toi, elle a juré que jamais tu ne reviendrais vivre à Dallas. Perdu !

Matthew écarquilla les yeux.

— Je ne sais pas comment tu as réussi à tirer de telles conclusions d'une malheureuse photo, Cia.

Cette dernière lui jeta un regard en coin.

— C'est que tu n'as pas vu les photos. Je me trompe ?

Sans attendre la réponse, elle tendit la main vers Lucas.

— Passe-moi mon téléphone, s'il te plaît.

Une fois en sa possession, elle tapota sur l'écran quelques secondes avant de tendre l'appareil à Matthew.

Son pouls s'était soudainement accéléré, et c'est non sans émotion qu'il jeta un coup d'œil à la photo prise quelques semaines plus tôt devant un restaurant à Venise. Le beau visage d'Evangeline était radieux, et la piètre résolution de la photo n'empêchait pas de voir à quel point cette femme était lumineuse. Elle semblait jaillir de la photo. Il en eut un coup au cœur. Il fallait l'admettre, ce paparazzi avait fait du beau travail.

— Cette photo m'a apporté pour la première fois la preuve que tu avais bien des dents. Tu as un très beau sourire, d'ailleurs. Plutôt rare à mes yeux, mais très beau, ajouta Cia.

Il détacha ses yeux de la jeune femme sur la photo pour observer son compagnon. Lui, en l'occurrence. Ou, du moins, une version de Matthew Wheeler qu'il n'avait jamais vue auparavant.

— Avant ton départ, tu faisais constamment grise mine. Un peu comme maintenant d'ailleurs…

Ce n'était pas le cas sur la photo. Il avait l'air heureux. Il rayonnait même, un bras autour d'Evangeline. Ils étaient proches, tout proches, comme s'ils ne pouvaient pas supporter de s'éloigner l'un de l'autre. Elle avait le visage tourné vers lui, dédaignant le décor féerique de la cité vénitienne pour ne s'intéresser qu'à lui. Ils avaient vraiment l'air d'un couple, d'un vrai couple. Un couple tellement amoureux que rien n'existait autour d'eux.

Et, qu'il le veuille ou non, c'était la réalité. Oui, il devait l'admettre, il était tombé amoureux d'Evangeline.

— Et ça, c'est le sourire d'un homme qui est un battant, un conquérant et un vainqueur. Si tu es malheureux sans elle, pourquoi ne vas-tu pas la rejoindre, là où elle est ? Il doit tout de même bien y avoir un moyen d'arranger les choses, tu ne crois pas ?

Son frère, cet expert en flirts d'un soir, lui donnait des leçons sur les relations de couple. On croyait rêver.

— On est trop différents, ça ne marchera jamais, rétorqua-t-il.

Pur mensonge. La vérité, c'est qu'il avait trop peur pour prendre le risque que ça marche. Il était de retour à Dallas, parce que fuir était devenu pour lui une habitude, une sorte de réponse réflexe en situation critique et aussi une manière simple de régler un problème complexe.

Il ferma les yeux, terrassé par cette soudaine prise de conscience.

Etait-ce ce qu'il était en train de devenir ? Un type qui abandonnait à la première difficulté ?

— N'importe quoi, répliqua Lucas. Tu n'essaies même pas de faire en sorte que ça marche. Tu es de ce côté-ci de l'Atlantique, elle est de l'autre. Et crois-moi : ce n'est pas ta fierté qui va te tenir chaud le soir, alors ravale-la, fais des recherches sur internet pour savoir comment faire une demande en mariage romantique à une femme si tu crains de ne pas savoir tout seul ce qu'il faut faire, et va la voir.

Finalement, son frère devait s'y connaître un peu en histoires d'amour…

Et il devait se rendre à l'évidence : de même que Lucas le play-boy, ce séducteur sans scrupules n'existait plus, de même le mari d'Amber avait bel et bien disparu, remplacé par quelqu'un d'autre : l'homme éperdument amoureux d'Evangeline, la mère de son enfant. Un océan les séparait, parce qu'il s'était entêté à s'arrimer aux fils qui le reliaient au passé. Tout n'était peut-être pas perdu encore, essaya-t-il de se convaincre.

Il avait envie d'être cet homme qui vivait avec Evangeline

La Fleur, faisait l'amour sur le toit-terrasse de son palais vénitien. Il avait envie d'être avec elle et leur enfant, et peu importait où.

Mais comment diable allait-il faire pour remettre les choses en ordre ?

13

Evangeline était étendue sur son lit et s'essuyait les yeux pour la quarantième fois peut-être. Les nausées du matin étaient une torture pire que la mort à petit feu infligée par les pires sadiques. Manger ne la soulageait pas, boire non plus, et maudire Matt encore moins vu qu'elle finissait toujours par fondre en larmes, comme elle venait justement de le faire.

Le pire, c'est qu'elle ne pouvait toutefois pas lui en vouloir. Il ne lui avait pas menti, elle s'était menti à elle-même. Elle avait pensé qu'il pouvait dépasser Amber, alors qu'en réalité il préférait souffrir que de vivre avec le sentiment de la trahir.

A ce moment-là de ses réflexions, la cousine de Vincenzo, Nicola, frappa à la porte entrouverte.

— Tu as besoin de quelque chose, *cara* ?

— Non, merci, tout va bien.

C'était faux, mais Nicola n'allait pas réussir à trouver la baguette magique qui soulage des nausées du matin, alors autant lui épargner ses plaintes.

— On va bientôt partir pour un club. Il y a un carré VIP, ce qui constitue l'assurance de ne pas rencontrer de paparazzi. Tu viens avec nous ? demanda la jeune femme. Peut-être que tu pourrais rencontrer quelqu'un…

— Excuse-moi, mais je préfère m'abstenir. Je doute fort que quiconque ait la patience de me voir courir aux toilettes toutes les cinq minutes !

L'effort que lui demandait le simple fait de se préparer était déjà assez grand pour la retenir de participer à cette soirée. Et c'était sans compter les fumigènes, sûrement toxiques pour le bébé, les lumières qui risquaient de lui déclencher une migraine, et le bruit.

Evidemment, tout cela était en grande partie un prétexte. Matt lui manquait, Venise lui manquait, et tout, en comparaison, lui semblait fade et ennuyeux.

Nicola acquiesça et la laissa.

Etre seule lui faisait du bien. Elle était venue ici dans l'espoir de composer de nouveau, et elle avait tout le temps nécessaire pour le faire.

Mais, au lieu de saisir le bloc et le crayon qui se trouvaient sur sa table de chevet et auxquels elle n'avait pas touché depuis deux jours, elle chercha sous son oreiller une page pliée en quatre sur laquelle était imprimée la chanson qu'elle avait écrite, une nuit, à Venise, juste avant de s'endormir sur le canapé.

Elle avait relu ce texte au moins une centaine de fois. Le thème de l'entente mystique était partout, à chaque ligne, à chaque rime.

Et voilà qu'elle pleurait de nouveau…

Ce n'était finalement pas si mal qu'elle ne puisse plus chanter. Elle n'aurait jamais pu aller jusqu'à la fin de la chanson sans fondre en larmes. Sara Lear serait parfaite pour interpréter ce titre, et ce tube boosterait encore ses ventes et sa carrière, déjà à des hauteurs stratosphériques.

Mais pourquoi n'arrivait-elle pas à s'imaginer Sara chanter cet air ? Vraisemblablement une forme de jalousie professionnelle, elle devait l'avouer…

Elle relut la chanson. Il fallait vraiment qu'elle trouve la force de lâcher prise pour réussir à passer à autre chose. Elle n'avait plus sa voix, c'était vrai, mais elle attendait un bébé. L'avenir était donc loin d'être sombre.

Tout à coup, elle sut pourquoi elle ne pouvait pas se représenter Sara Lear en train de chanter ce titre. Sara n'avait pas besoin qu'on lui offre un tube — une kyrielle d'auteurs-compositeurs la sollicitaient constamment pour se faire un nom grâce à elle. Evangeline n'avait pas écrit cette chanson pour Sara mais pour quelqu'un d'autre…

Et, s'il fallait lâcher prise et aller jusqu'au bout de la démarche, autant le faire tout de suite.

Avant qu'elle puisse changer d'avis, elle saisit son téléphone.

— Allô, c'est moi, Evangeline, ta sœur.

Oui, sa sœur…

Ce qui avait commencé comme un simple coup de fil s'avérait en fait un échange beaucoup plus profond. En rencontrant Matt, elle s'était ouverte à un autre mode de relation aux autres. Même s'il lui avait brisé le cœur, il lui avait appris à apprécier les relations stables, la famille.

— Salut…

L'intonation de la voix de Lisa à l'autre bout du fil trahissait une vive surprise.

— Désolée de t'appeler sans prévenir, s'excusa-t-elle.

Comment construire une relation avec quelqu'un lorsqu'il n'y a jamais rien eu pendant des années ? Valait-il mieux y aller doucement et patiemment ou au contraire s'investir à fond ?

— Je viens de traverser une période un peu difficile, et je voulais m'excuser de ne pas t'avoir donné de nouvelles au cours de ces dernières semaines. Tu as du temps pour papoter un moment, ou je te dérange ?

— Non, tu ne me déranges pas du tout… Comment vas-tu ? Ta voix sonne différemment.

— Oui, l'opération chirurgicale que j'ai dû subir a complètement altéré ma voix. Mais je voulais te demander : est-ce que tu continues à chanter ?

— Oui. Au conservatoire, en marge du lycée, je suis un cours de perfectionnement en chant. Et je me produis dans des cafés le week-end. Ce n'est pas ça qui va me faire percer, mais papa est d'accord pour que j'enregistre quelques démos après la fin des examens. Il est très « passe ton bac d'abord » !

Papa. L'appellation pinça une corde sensible en Evangeline. Elle n'avait jamais accolé ce terme au nom de l'homme qui avait abandonné sa mère dès l'annonce de sa grossesse. Mais il lui fallait vraiment dépasser tout cela maintenant. Elle s'était promis de le faire.

— J'ai une meilleure idée. Je viens d'écrire une chanson, et j'aimerais beaucoup t'écouter l'interpréter. Si tu t'en sors, je réserverai une séance d'enregistrement dans un bon studio grâce à mes relations dans le milieu.

— Noooon… Tu es sérieuse ? s'exclama Lisa dont la voix était montée dans les aigus. Tu m'offres une chanson… mais pourquoi ?

Des dizaines de réponses badines lui vinrent à l'esprit, mais, si elle avait téléphoné à sa demi-sœur pour lui offrir cette chanson, c'était pour s'engager avec elle dans une direction nouvelle, vraie, authentique. Pour être vraiment cette personne que Matt avait vue en elle.

— Je suis en train de me lancer dans une nouvelle carrière d'auteur-compositeur. Et j'ai pensé à toi. Quoi de mieux que la famille pour commencer ? Si on travaille vraiment dur toi et moi, qu'on s'engage à fond dans le projet, notre partenariat peut vraiment faire décoller chacune de nos carrières.

S'engager… Le terme sonnait bien à ses oreilles, et c'était nouveau. Longtemps, la notion même d'engagement avait été un repoussoir absolu, associée qu'elle était à l'idée de contraintes et de perte de liberté. Aujourd'hui, au contraire, la perspective de collaborer avec sa sœur, sur le long terme, était synonyme d'apaisement, de joie et de partage.

Et puis, pour ne rien gâcher, si quelqu'un lui demandait désormais : « Mais qu'allez-vous faire maintenant que vous ne pouvez plus chanter ? », elle avait une réponse.

Deux, même, puisqu'elle était désormais engagée dans deux nouvelles aventures : celles de la maternité et celle de la composition.

Oui, c'était bien de nouer des liens sur de nouvelles bases avec sa famille au moment où elle créait la sienne, avec ce bébé.

Une vague de culpabilité déferla subitement sur elle. Dans son esprit, la famille qu'elle fondait ne comptait qu'elle et le bébé et ce n'était pas juste, pas honnête vis-à-vis de Matt, de la famille de Matt et du bébé. Elle devait donner une place au père de son enfant.

Evangeline se surprit alors à ajouter :

— J'envisage de venir aux Etats-Unis prochainement. Ça te dirait si je passais à Détroit pour qu'on puisse travailler la chanson ensemble sans passer par une liaison satellitaire ?

— Ce serait absolument génial ! Quand comptes-tu arriver ?

— Je n'ai pas encore de date précise. Je t'appelle ou je t'envoie un SMS dès que j'en sais plus. Il faut que je passe à Dallas d'abord...

Matt ne l'aimait pas — elle s'en était presque fait une raison —, mais pour autant elle ne voulait pas que son bébé n'ait pas de famille. L'enfant qu'elle portait avait le droit de connaître son père, ses grands-parents, ses oncles et ses tantes ou encore ses cousins. Il était hors de question que son bébé souffre comme elle de l'absence de liens familiaux.

Il fallait briser le cycle des répétitions et, pour cela, elle devait prendre les choses en main. A rester cachée en Europe plus longtemps, elle condamnait son enfant à vivre une histoire trop semblable à la sienne.

Se rendre à Dallas et essayer de nouer des liens avec la famille paternelle de son bébé était donc indispensable. Matt et elle allaient tous les deux devenir parents. S'ils n'allaient pas vivre ensemble comme elle l'aurait désiré, elle était déterminée à ce qu'ils puissent élever leur enfant ensemble. Peu importait qu'elle y laisse des plumes psychologiquement à voir sans arrêt Matt.

Le voyage pour Dallas avait été atroce. Deux escales, un vol retardé, une vague de nausée abominable maîtrisée *in extremis* dans le second avion, tout cela avait eu raison de l'habituel tonus d'Evangeline. Elle s'affala sur la banquette arrière du taxi et tendit au conducteur l'adresse de France et d'Andrew Wheeler. Lorsque Matt lui avait donné cette adresse afin qu'elle puisse lui envoyer tous les documents nécessaires à la reconnaissance de paternité, elle n'avait pas pensé en faire un autre usage que postal.

Quand le taxi s'arrêta, elle sentit la nervosité l'envahir. La maison des parents de Matt était exactement telle qu'elle se l'était imaginée : accueillante, spacieuse, tranquille.

Une quinquagénaire pimpante lui ouvrit la porte peu après qu'elle eut sonné : c'était, sans aucun doute possible, la mère de Matt. Tous deux avaient la même blondeur et les mêmes yeux bleus.

— Bonjour, madame, commença-t-elle, un peu nerveuse. Nous ne nous sommes jamais rencontrées, mais…

— Matthew n'est pas là.

— Oh ! vous m'avez reconnue.

Cela ne ressemblait guère à l'échange de salutations qu'elle s'était imaginé tout le long du voyage.

— Bien sûr, vous êtes la mère de mon futur petit-enfant.

Tout à coup elle n'était plus ni Eva ni Evangeline mais un être au statut totalement nouveau… un membre de la famille. C'était le signe, décida-t-elle, qu'elle avait très bien fait de venir.

— C'est exact.

A l'évidence, Matt avait parlé à tout le monde du bébé.

La mère de Matt lui adressa un sourire chaleureux.

— Excusez-moi, je suis affreusement mal élevée, je ne me suis même pas présentée : je suis France, la mère de Matt. Je vous en prie, entrez. Vous devez être épuisée, après ce long voyage. Vous permettez que je vous appelle Evangeline ? Je suis ravie de faire votre connaissance.

Tout en discutant comme si elles se connaissaient depuis toujours, France la fit entrer.

La maison lui plut dès le premier regard. Des murs crème répondaient au sol en pierre naturelle et, sur le rebord de la cheminée, des photos de gens souriants lui donnaient une multitude d'exemples de ce qu'était une vie de famille heureuse.

— Votre maison est superbe, France. Je comprends d'où Matt tient ce goût si sûr.

Celle-ci lui jeta un coup d'œil étonné :

— Merci. Mais vous appelez mon fils Matt ? Il vous laisse faire ?

— Pourquoi, ce n'est pas son habitude ? demanda Evangeline en s'asseyant au bord d'un canapé.

— Il déteste ce surnom depuis l'enfance. Je l'ai toujours entendu dire que ça lui faisait penser à un amateur de skate-board, la casquette à l'envers et la planche sous le bras.

France lui tapota le bras et poursuivit :

— Je vous adore déjà ! Quiconque réussit la prouesse de rendre mon fils aîné un peu plus cool et un peu moins rigide est le bienvenu.

Matt, rigide ? Evangeline réprima une envie de rire. Si seulement France savait à quel point son fils était en fait malléable, facile à vivre…

— J'espère qu'on va s'entendre, vous et moi, répondit-elle. Et je suis très heureuse que Matt ne soit pas là. Parce qu'en réalité c'est vous que je suis venue voir.

— Vraiment ?

Elle n'avait aucune idée de ce que Matt avait dit à ses parents, mais elle avait très envie que la relation qui se nouait avec France soit durable.

— Cela a été très égoïste de ma part de partir à Monte-Carlo. Matt m'avait blessée, et j'ai utilisé cela comme une excuse pour garder le bébé rien que pour moi. Mais c'est une erreur. Je veux que vous, en tant que grand-mère du bébé, mais aussi toute la famille de Matt, puissiez connaître cet enfant et prendre part à son existence. C'est très important à mes yeux.

Le regard de France s'illumina, exactement comme celui de Matt lorsqu'il était heureux.

— Je suis d'accord avec vous. Evidemment, je préférerais que les parents de mon petit-fils ou de ma petite-fille soient mariés et surtout unis, mais je vous promets, Evangeline, que c'est la première et la dernière fois que je me mêle de quelque chose qui ne me regarde pas, comme mon fils me l'a très clairement fait comprendre.

Peut-être lui avait-il tout dit, finalement…

Pour elle, avoir un tel lien avec sa mère, c'était purement

et simplement de la science-fiction. Mais, si Matt était ce qu'il était, c'était à cette femme qu'il le devait. Elle lui avait instillé tant de qualités. Sa densité personnelle, son sens des responsabilités, sa patience et sa bonté : tout cela était le fruit de relations de famille structurantes.

Avoir des racines semblait être un atout incroyable, et elle avait envie de cela pour son enfant. Raison de plus pour travailler à créer des liens avec la famille de Matt.

— Le mariage a été un de nos nombreux sujets de désaccord, admit Evangeline. Mais, si je suis venue, c'est parce que j'ai conscience de m'être trompée sur un certain nombre de points. Par exemple, je suis prête à évoluer sur le choix de mon lieu de vie. J'envisage désormais sérieusement l'idée de venir vivre aux Etats-Unis.

— C'est un soulagement de vous savoir prête à cette concession. Et c'est vraiment dommage que Matthew ne soit pas là pour vous entendre. Je pense qu'il a très envie de savoir sur quels autres points vous êtes prête à trouver des compromis…

Il fallait effectivement qu'elle parle à Matt, seule à seul, même si cela risquait de lui briser le cœur.

— Ça ne vous dérange pas si je reste pour l'attendre un moment ?

France sourit.

— Vous risquez de l'attendre un sacré moment ! Il est parti pour Monte-Carlo ce matin même.

Matthew allait devoir poursuivre Evangeline jusqu'aux confins de la terre : elle avait quitté Monte-Carlo sans crier gare et, surtout, sans laisser d'adresse.

Vincenzo ne lui avait été d'aucune aide : il ne s'était même pas rendu compte du départ d'Evangeline. Quant à sa cousine Nicola, ce n'était guère mieux. Visiblement navrée pour lui, elle avait juste secoué la tête, avant d'ajouter :

— Je suis désolée, elle a juste dit *ciao*, et rien de plus.

Désespéré, épuisé d'errer d'aéroports en agence de location de voitures, il s'affaissa dans le siège du véhicule qu'il empruntait pour le dernier segment de son voyage : un bateau-taxi. Il avait en effet besoin de reprendre ses esprits avant de poursuivre sa quête, et il ne voyait pas de meilleur endroit pour cela que Venise et le Palazzo d'Inverno.

Arrivé au ponton devant le palazzo, il paya sa course et gravit les quelques marches qui le menaient à la seule maison, au seul lieu stable qu'il possédait.

Lorsqu'il poussa la porte, un sentiment de paix l'envahit. Tout était rigoureusement tel qu'il l'avait laissé. Le piano à queue attendait, silencieux, dans un angle de la pièce, tandis que les canapés faisaient face au Grand Canal et que les scènes figées au plafond pour l'éternité veillaient sur l'harmonie de l'ensemble.

Il se sentit exulter.

Pour être parfaitement honnête, la présence d'une femme devant la grande porte-fenêtre derrière laquelle apparaissaient les façades ouvragées de la cité des Doges n'était pas tout à fait étrangère à l'exaltation qui l'avait saisi.

Evangeline était à Venise. Au Palazzo d'Inverno qu'elle emplissait de sa lumineuse présence.

— Je commençais à me dire que tu ne viendrais jamais, remarqua Evangeline avant de lui adresser un sourire qui manqua le faire défaillir.

Comme toujours d'ailleurs.

Comment comprendre ce sourire ? L'amadouait-elle avant de mieux le terrasser en lui tendant les papiers détaillant les modalités de la garde dont elle voulait peut-être parler avec lui ?

— Qu'est-ce que tu fais ici ?

Il aurait voulu en dire beaucoup plus, mais c'était compter sans sa voix enrouée par l'émotion.

— Lorsque Vincenzo m'a appelée, j'étais à Heathrow. Je n'ai eu qu'à changer de vol. Et voilà.

Tout cela ne lui disait pas grand-chose de ses intentions. Il détestait ne pas savoir avec précision où elle en était, ce qu'elle comptait faire ou ce qu'elle ressentait. Il y a peu encore, il aurait su d'instinct tout cela, aurait réussi à décrypter son humeur aux mille nuances sur son visage sans avoir à échanger un mot.

Tout cela lui manquait, et il aurait tout donné pour pouvoir revenir en arrière ou — puisque c'était impossible — retrouver cette entente avec elle.

— Comment as-tu deviné que j'allais venir ici ?

Sa voix s'était brisée à la fin de la question.

Elle était si belle. Vibrante et rayonnante comme une de ces madones à l'enfant qui ornent tant d'églises à Venise. Il n'y avait rien à Dallas, rien au monde qui égale ce spectacle.

Quel idiot il avait été de ne pas en prendre conscience auparavant, avant de tout foutre en l'air bêtement !

Est-ce qu'elle était toujours un peu amoureuse de lui ou avait-il tout gâché, là encore ?

Il sentit son cœur se serrer à cette idée.

Il allait devoir être sacrément convaincant pour la persuader de lui pardonner sa conduite.

Heureusement, la négociation était son fort.

Elle haussa les épaules, traversa la pièce et s'arrêta à un pas de lui, sans doute parce que lui non plus ne lui avait donné aucune indication sur son état d'esprit à son égard.

— Une intuition… Mais j'aurais pu me tromper.

A moins que quelque chose de leur entente subsiste et que, de manière inexplicable, elle ait su qu'il allait venir à Venise.

— J'étais venu te chercher. A Monte-Carlo.

— Je sais. Ta mère me l'avait dit.

— Ma mère ?

— Oui, moi, pendant ce temps, je suis allée à Dallas, répondit-elle, les yeux soudain emplis de larmes.

Elle essuya furtivement ses yeux avant de poursuivre.

— Matt, je ne veux pas séparer le bébé de toi ou de ta famille. C'était égoïste et stupide de ma part. Je m'en excuse, comme je m'en suis excusée auprès de ta mère. Je souhaite que tu aies une relation forte avec notre enfant et pas simplement pendant quelques semaines de vacances par an.

— Ah…

Il sentit la déception engloutir ses espoirs.

Mais à quoi s'attendait-il au juste ? Qu'elle lui donne une seconde chance, alors qu'il lui avait dit sans ménagement qu'il n'avait absolument rien à lui offrir ?

— C'est moi qui devrais m'excuser, en fait, se reprit-il. Je suis vraiment désolé, moi aussi. Mais dis-moi, concrètement, comment vois-tu une relation forte s'instaurer entre moi et notre bébé si tu vis en Europe ?

— Je ne vais pas vivre en Europe. J'ai appelé ma sœur, et elle va enregistrer des chansons que je composerai pour elle. L'idée d'écrire pour Sara Lear ne m'a jamais plu. Ecrire pour Lisa, c'est différent. Je suis sûre que va se nouer entre nous une collaboration fructueuse à tous points de vue. Donc, j'ai décidé de revenir vivre aux Etats-Unis pour mon travail, mais aussi pour le bien du bébé.

Il était heureux pour elle : elle avait finalement trouvé de nouveaux projets, une nouvelle voie.

— C'est génial. Mais tu es venue en personne jusqu'à Dallas pour t'excuser ?

— Je comptais poursuivre mon périple de Dallas à Détroit. Cela semblait logique dans mon cerveau légèrement embrumé par les hormones de la grossesse.

Il la contempla.

— Sauf que tu n'es finalement pas allée à Détroit mais ici…

— Lorsque, arrivée à Dallas, j'ai appris que tu étais parti pour Monte-Carlo, j'ai sauté dans le premier avion pour l'Europe. Il fallait que je sache pourquoi tu voulais me voir…

— Evangeline…

Il hésitait par crainte de mal faire. Comment allait-il s'y prendre ?

Le mieux encore était de dire ce qu'il avait en tête, de lui ouvrir son cœur, sans suivre de règles, comme ils l'avaient toujours fait ici, au Palazzo d'Inverno.

— Lorsque je suis revenu à Dallas, il ne m'a pas fallu plus de quelques heures pour me rendre compte que je n'étais pas sorti de la vallée de larmes. Et, lorsque j'ai regardé le défilé et les cols qu'il me restait à franchir, j'ai compris que je n'y arriverais jamais si je n'avais pas à côté de moi un petit être ailé, un papillon très spécial.

— Tu parles de moi ? murmura-t-elle.

Il hocha la tête.

— S'il te plaît, je t'en supplie, excuse-moi d'avoir dit toutes ces choses stupides. Je ne peux pas vivre sans toi… Je t'aime.

Les yeux d'Evangeline s'embuèrent de larmes qui se mirent à couler doucement sur son visage.

— C'est vrai ? Tu m'aimes ?

— Oui, je t'aime…, déclara-t-il en franchissant le pas qui les séparait avant de la prendre dans ses bras.

Elle tremblait et en même temps s'agrippait avec force à ses épaules.

— Je me suis comporté en monstre d'égoïsme, agrippé à son passé alors qu'un avenir fabuleux s'offrait à lui, poursuivit-il.

— Mais qu'est-ce qui s'est passé ? Qu'est-ce qui a changé ? Tu disais que tu n'étais pas prêt…

— Je ne le suis toujours pas, je te rassure…

Qui pourrait jamais se sentir prêt avec une femme aussi libre, fantasque et adorable qu'Evangeline ?

— Mais, reprit-il, j'ai réalisé en rentrant à Dallas que tu avais raison lorsque tu disais que je ne pourrais pas reprendre le cours de mon ancienne vie. Et le pire, c'est que je me suis rendu compte que je ne le souhaitais pas. J'ai envie de vivre autre chose, d'explorer de nouveaux horizons, avec toi et notre enfant. Peu importe où le vent nous mène, du moment qu'on est ensemble. C'est cela que je venais te dire à Monte-Carlo.

Le visage d'Evangeline s'était illuminé.

— J'ai envie de te croire, répondit-elle, mais j'ai peur d'accorder de nouveau foi à tes paroles et que tu me brises le cœur juste après. Je ne peux pas être un substitut de ta femme. Je ne peux pas non plus vivre dans son ombre. Comment puis-je savoir que tu as vraiment dépassé sa perte ?

— Je ne veux surtout pas que tu la remplaces. Amber

était fabuleuse, mais sur une palette de peintre elle n'aurait été qu'une couleur, ce qui, à l'époque, m'allait très bien. Toi, tu es toutes les couleurs de l'arc-en-ciel. Et c'est ainsi que je me représente désormais la femme idéale ; c'est le portrait de la femme que j'aime.

Elle ferma les yeux un instant, submergée par l'émotion.

— Comment sais-tu exactement ce qu'il faut me dire, à la virgule près ?

Il avait appris que tout était affaire de contexte, de personne, de moment. Et qu'il fallait savoir tenir compte de tout cela pour réussir à toucher juste.

— Tu me flattes… Je te rappelle qu'il m'a quand même fallu faire un petit tour du monde pour réussir à y voir un peu clair…

— Mais que veux-tu exactement avec moi ? Est-ce que tu es revenu chargé d'une bague de fiançailles et d'une demande en mariage en bonne et due forme ?

Le ton était sarcastique.

— Non. Ou plutôt on fait comme tu l'entends, à ton rythme, selon ton désir. Je suis prêt à aller vivre là où tu le souhaites, qu'on soit mari et femme ou pas, et on ne parlera mariage que si tel est ton désir.

— Ta mère va être drôlement déçue.

Manifestement, Evangeline avait essuyé le grand numéro de prédication de sa mère sur les mérites et vertus du mariage. Un classique. Et, par chance, cela n'avait pas joué en sa défaveur.

— Elle va s'en remettre. L'important, c'est que cette décision soit cohérente avec nous-mêmes et qu'elle soit conforme à nos désirs et nos aspirations de vie.

— Et toi, tu n'as pas envie de m'épouser ?

— Moi ? Si, bien sûr. Rien ne me rendrait plus heureux, mais c'est toi qui décides. C'est toi qui définis les termes de notre relation.

Amber avait été sa femme, ce rôle lui était allé comme un gant, et il avait aussi correspondu admirablement à la relation qu'ils avaient partagée. Evangeline était complètement différente, et elle était la perfection incarnée pour l'homme qu'il était désormais. Plus il essayait de créer des attaches, plus elle avait envie de partir à tire-d'aile loin de lui. Et il avait envie qu'elle se sente libre de prendre son envol là où elle le voulait, du moment qu'elle l'avertissait un peu en amont et l'attendait avant de s'échapper en virevoltant dans les airs.

Une lueur dans ses yeux suscita un frisson de nervosité en lui.

— Et que dirais-tu si je décidais de m'installer à Dallas ?

— Je te demanderais ce qui te prend et ce qui est arrivé à la femme que j'aime.

Son rire un peu éraillé le fit tressaillir jusqu'aux tréfonds de son être.

— Je me présente, Evangeline La Fleur. Et vous, qui êtes-vous ?

De toutes, c'était la plus pertinente des questions. Et celle à laquelle il était le plus facile de répondre.

— Matt, je m'appelle Matt.

— Ravie de faire votre connaissance, Matt, déclara-t-elle en lui serrant la main avec solennité. J'aime ce nom. J'aime quand les gens changent la façon dont ils se font appeler. On pense qu'on est cette personne, celle à laquelle renvoie notre prénom. Et, tout à coup, on doit, pour une raison ou une autre, se redéfinir.

— Et alors, on choisit de se faire appeler par un autre nom, conclut-il.

Ils se regardèrent et se comprirent, profondément, sans un mot de plus, comme au premier jour de leur rencontre.

Le point douloureux qui le lançait à la base du crâne disparut tout à coup, comme par miracle, et il se prit à penser qu'après tout, oui, il avait finalement quitté la vallée de larmes et franchit la ligne de crête avec elle à ses côtés.

— Bien, reprit-il. Je commence à me représenter toi vivant à Dallas. Mais que voudrais-tu ajouter de plus à cela ? Est-ce que tu vivras seule ou est-ce que je vais réussir à te convaincre de vivre avec moi ?

Un immense sourire apparut sur les lèvres d'Evangeline.

— Je crois que tu as pas mal d'arguments pour me convaincre de vivre avec toi. Mais, si je vis chez toi, est-ce que c'est en tant que colocataire avec une chambre rien que pour moi ou en tant que petite amie en titre ?

— C'est le bébé qui aura sa chambre à lui. Toi, tu dors avec moi, que nous soyons unis ou non par les liens du mariage. Car, si je n'ai pas envie d'une épouse de substitution, je veux une femme à mes côtés. J'ai un début de dépendance pour les positions inventives. Et les lieux insolites aussi. J'ai par exemple très envie d'acheter une table très solide et très douce pour notre cuisine et de faire construire une terrasse couverte très bien abritée des regards… La maison devra aussi avoir une large douche : ça, c'est de l'ordre du non-négociable. Qu'est-ce que tu en penses ?

Dis oui…

Et il était prêt à la supplier si cela pouvait faire pencher la balance…

— Tu es complètement dingue… Mais ça me plaît !

Dingue, oui, il l'était. Mais uniquement depuis qu'il était tombé amoureux de cette femme qui lui avait accordé toute liberté d'être, de ressentir et de faire ce que bon lui semblait.

— S'il te plaît, dis-moi que je n'ai pas bousillé notre histoire. Je suis prêt à discuter de tout, de la manière d'éduquer notre bébé, du lieu où l'on va vivre, de tout ce qui te plaira. Je t'aime et je veux vivre le reste de ma vie avec toi, où tu le souhaites, comme tu le souhaites, mariés ou pas.

Ses yeux brillèrent.

— C'est la plus belle non-demande en mariage que j'aie jamais entendue.

— Ça veut dire oui ?

— Hmm… tu vas un peu vite en besogne. Attends encore un peu, je n'ai pas fini de présenter mes excuses. Je suis désolée d'avoir été aussi obstinée. Je voulais que tu guérisses comme je l'entendais, et je n'aurais pas dû repousser aussi vivement l'idée de vivre là où tu le souhaitais. Sous prétexte que j'avais perdu quelque chose de très important pour moi, je me suis autorisée tous les égoïsmes. Or, si je ne peux plus chanter, je n'ai pas perdu ma voix.

— Bien sûr que non, tu ne l'as pas perdue. Tu es ma voix à moi. Tu exprimes avec plus de précision et de force que moi-même ce qui se passe dans mon âme.

Elle ferma les yeux et sembla lutter contre l'émotion. Lorsqu'elle rouvrit les yeux et plongea son regard dans le sien, il sentit passer entre eux un courant intense.

— J'étais déjà prête à dire oui, mais, si tu as d'autres choses incroyablement romantiques à me dire, surtout n'hésite pas ! Je suis tout ouïe.

Il sentit la joie l'envahir.

— C'est vrai ! Tu veux bien m'épouser ? Et qu'est-ce qui t'a finalement convaincue ? La perspective d'une table solide dans la cuisine ou le fait que j'aie finalement réussi à te dire que je t'aimais ?

— Le fait que tu aies pris l'avion pour venir me retrouver à Monte-Carlo. Le reste était très agréable à entendre, ne te méprends pas. Mais ce qui compte, ce sont les actes. Et, soit dit en passant, j'étais moi aussi venue à Venise pour te dire que je n'allais pas abandonner à la première difficulté venue et renoncer à notre histoire pour si peu.

Il ne put s'empêcher de rire.

Ils s'étaient poursuivis autour du monde.

— Je te le dis, déclara-t-il, faussement solennel, je suis prêt à te suivre n'importe où.

— Alors, c'est parti, suis-moi !

Elle gravit les marches quatre à quatre.

— Rendez-vous dans le lit, lui lança-t-elle par-dessus son épaule. J'ai hâte de savoir ce que tu vas faire en premier…

Il n'était ni le moins curieux ni le moins empressé des deux. Il la suivit prestement, impatient de voir ce que deux ex-âmes en peine pouvaient devenir l'une pour l'autre, maintenant qu'elles avaient réussi à dépasser leur malheur.

Epilogue

Evangeline posa la coupe en cristal de Murano au centre de la niche destinée à l'exposition d'œuvres d'art qui se trouvait juste en face de la chambre du bébé. L'effet était superbe.

Décorer la maison que Matt et elle avaient achetée ensemble à quelques encablures de celle de ses parents la ravissait. Elle ne s'était pas attendue à s'intéresser autant à cette tâche créative et pragmatique à la fois…

France sortit à cet instant de la chambre du bébé.

— Carlos a monté le garde-fou. Veux-tu aller vérifier si l'emplacement te convient avant que je lui donne le feu vert pour qu'il le fixe ?

La mère de Matt avait pris en main la supervision du chantier et dirigeait les ouvriers d'une main de fer. Les deux femmes étaient devenues très proches, et leur relation était excellente tant que le mot « mariage » n'était pas prononcé. France avait en effet poliment mais fermement fait comprendre à Evangeline qu'elle n'approuvait pas le statut de la relation qu'elle avait nouée avec son fils.

Quelques minutes plus tard, Matt fit irruption dans la pièce, tout sourires pour Evangeline qui semblait pour lui la seule personne ici présente.

— Je m'éclipse, déclara France à qui rien n'échappait.

Une fois celle-ci disparue, Evangeline se lova dans les bras de Matt.

— Salut, beau gosse.

— Bonsoir, mon amour. Tu m'as manqué.

— A moi aussi. Mais, dis-moi, comment s'est passée ta journée ?

— Formidablement bien. Lucas a réussi à signer un compromis pour la vente de la propriété Watson. C'est d'autant plus important que j'ai réussi à soustraire cette vente à Richards Group sans que nos concurrents s'en aperçoivent.

Elle était heureuse de le sentir si satisfait. Matt se régalait de travailler avec son frère. Chaque jour, elle se félicitait d'avoir accepté de venir vivre à Dallas. Le Palazzo d'Inverno ne perdait rien pour attendre : ils comptaient bien y retourner passer de longues semaines après la naissance du bébé.

— De mon côté, j'ai confirmé avec Lisa, annonça Evangeline. Elle arrivera en fin de semaine prochaine pour travailler avec moi la chanson que je viens de terminer.

— Super. Ça me fait plaisir de la savoir bientôt parmi nous.

Evangeline s'était rendue à Détroit à deux reprises déjà en compagnie de Matt. Elle y avait revu son père et beaucoup travaillé à pacifier ses relations avec lui. Les choses n'étaient pas simples, mais elle faisait tout son possible et, d'après Matt, c'était cette intention qui comptait, plus encore que le résultat.

— Tu sais quel jour on est aujourd'hui ? demanda-t-elle.

Une expression inquiète s'afficha sur son visage.

— Ça sent la question piège… Est-ce que j'ai oublié quelque chose ?

Elle rit.

— Visiblement, non, tu n'en as aucune idée… Eh bien, je vais vous rafraîchir la mémoire, jeune homme. Il y a quatre mois jour pour jour, je suis entrée dans le palazzo de Vincenzo affublée d'un masque et terrorisée à l'idée qu'on me reconnaisse. Et c'est là que je suis tombée sur un type étrange dans le hall. Si j'étais arrivée ne serait-ce qu'une minute plus tard, je ne l'aurais sans doute jamais rencontré…

L'étreinte de Matt se fit plus intense.

— Ça ressemble à la main du destin, ou je ne m'y connais pas.

— Effectivement, ça y ressemble fort. Comment, autrement, aurais-je trouvé la seule personne capable de lire en moi comme dans un livre, costumée et parée d'un loup de surcroît ?

Elle pencha sa tête pour l'embrasser délicatement et perdit tout à fait le fil de ses idées lorsqu'il posa sa main sur sa joue et intensifia leur baiser.

Au bout d'un moment qui lui parut infini, elle s'écarta de lui. A grand-peine.

— On reprendra tout cela dans une seconde, mais, pour fêter l'anniversaire de notre rencontre, je voudrais t'offrir quelque chose.

Son visage s'illumina.

— Vraiment ! J'adore tes cadeaux, mais je pense que tu vas tout de même avoir du mal à surpasser le précédent.

Il posa sa main sur son ventre, où grandissait leur enfant.

— On va voir… Un instant, j'ai laissé mon cadeau dans la cuisine.

Elle prit sa main, et ensemble ils se dirigèrent vers cet espace qu'ils avaient dessiné ensemble, même si Evangeline restait déterminée à ne pas investir ce lieu afin que les talents culinaires de Matt puissent avoir libre cours.

Un petit sac était posé sur le plan de travail de l'îlot central. Elle le saisit et le lui tendit.

— C'est un tatou.

— Que dis-tu ? demanda-t-il, les yeux en alerte. Il y a un tatou dans ce sac ?

— Pas un vrai, idiot. Un tatou au sens qu'on donnait à ce terme à Venise. Il y a un truc qui va me permettre d'être sauvée.

Interloqué, les yeux rivés à elle, il ouvrit le sac et en retira une petite boîte. Il la scruta avant de faire jouer son mécanisme. A l'intérieur, il découvrit une alliance en platine.

— S'il te plaît, sauve-moi du célibat. Veux-tu m'épouser ? demanda-t-elle alors qu'il tournait vers elle un visage interloqué.

Les yeux de Matt se mirent à briller de manière si intense qu'elle sentit son cœur se mettre à battre la chamade.

— Rien ne pourrait me rendre plus heureux. Mais dis-moi, qu'est-ce qui t'a décidée ?

— J'ai réalisé que j'avais encore envie de changer de nom. Mais cette fois, j'aimerais que ce soit mon nom pour toujours. Je ne veux pas prendre le risque de laisser ce type que j'ai rencontré dans le hall prendre le large.

— Tu es sûre que c'est ce que tu désires vraiment ? demanda-t-il, ses yeux bleus pleins d'espoir et d'amour.

Elle acquiesça.

— Je croyais que j'étais en quête d'aventures et d'expériences nouvelles, mais en réalité je ne faisais que te chercher. Je t'aime, toi, Matt Wheeler. Sois mon tatou.

Il lui sourit et l'attira dans ses bras solides.

— Non, c'est toi le tatou ! C'est toi qui commences à avoir une drôle de démarche !

— Je te rappelle que tout cela est ta faute. C'est toi le responsable de mon état et de ma drôle de démarche. J'étais occupée à m'imprégner de la vue de Venise mais toi, tu n'avais qu'une idée en tête : me croquer.

— J'avoue, j'aime te croquer. Et j'aime aussi qu'on ne fasse rien dans l'ordre. Mais promis, je t'achète une bague de fiançailles demain, madame Wheeler.

Et il l'embrassa passionnément.

VICTORIA PADE

Un regard si troublant

HARLEQUIN

Titre original : TO CATCH A CAMDEN

Traduction française de NATALIA DELYS

- 1 -

— Ce que vous faites est vraiment remarquable, Gia !

La jeune femme s'esclaffa, un peu gênée par les compliments enthousiastes du pasteur.

— Les Bronson sont des gens remarquables, argua-t-elle. Avant de rencontrer Larry et Marion, jamais je ne me serais imaginé que la vie puisse être aussi difficile pour les personnes qui vieillissent. Merci encore de nous permettre d'utiliser la salle paroissiale pour nous réunir et discuter de la façon dont nous pouvons les aider.

— Je vous en prie. Les Bronson étaient déjà des paroissiens du temps où mon père officiait ici. Nous avons à cœur de faire tout ce qu'il est possible pour eux.

— Remerciez aussi votre mère pour les brownies et les cupcakes, ajouta Gia. J'ai été surprise que les Bronson acceptent de venir ce soir. Ils sortent très peu, vous savez, mais ils ont l'air d'apprécier ce moment.

Elle fit un mouvement de la tête en direction du fond de la salle où le couple âgé dont elle était la voisine bavardait avec d'autres membres de la paroisse.

Gia avait mis toute son énergie pour susciter un élan de solidarité destiné à secourir Larry et Marion Bronson. Ceux-ci étaient à deux doigts de perdre leur maison, leurs revenus ne leur permettant plus de rembourser leur hypothèque ni de couvrir leurs dépenses de santé. Après avoir fait quelques démarches et recherches sur internet, Gia avait compris qu'il n'y avait pas beaucoup d'options pour les personnes âgées dans cette situation. Pourtant, elle n'avait pu se résigner au rôle de témoin impuissant. Elle avait donc décidé d'appeler tout le voisinage à la rescousse !

Les petits commerçants avaient ainsi déposé près de leur caisse des boîtes destinées à recueillir des dons en argent. La paroisse avait quant à elle attiré l'attention sur la situation du couple dans sa lettre d'information. Gia avait également persuadé une radio locale de faire un appel aux dons, mais aussi aux bonnes volontés disposées à effectuer bénévolement des travaux d'entretien de la maison.

Gia espérait ainsi rassembler suffisamment d'argent pour que la maison des Bronson ne fasse pas l'objet d'une saisie. Si cela s'avérait impossible, elle souhaitait au moins que la maison soit dans un état lui permettant d'être vendue avant que le pire arrive.

Ce soir, amis, voisins et paroissiens s'étaient réunis pour mettre sur pied un plan d'action afin de rafraîchir la maison. La réunion se terminait maintenant par un moment convivial autour d'un verre.

Gia était heureuse de constater que Larry, âgé de quatre-vingt-neuf ans, et Marion, quatre-vingt-sept ans, prenaient du bon temps.

— Je me demandais si vous voudriez que nous dînions ensemble un soir…, dit le pasteur Brian, la tirant de ses pensées.

Gia ne fut pas surprise par cette proposition. Bien qu'elle ne fasse pas partie de la paroisse à laquelle appartenaient les Bronson, le pasteur Brian avait insisté pour participer à son action en faveur du couple, ce qui leur avait donné plusieurs occasions de se croiser. Au fil des semaines, le pasteur s'était montré de plus en plus chaleureux à son égard.

Au début, Gia avait pensé qu'il cherchait seulement à faire une nouvelle recrue, mais elle avait bientôt détecté une certaine note d'intimité dans sa voix quand il s'adressait à elle. Elle s'était donc demandé si le jeune homme s'intéressait à elle…

Tout en se persuadant que ce n'était pas le cas, Gia avait réfléchi à la conduite à adopter s'il lui proposait un rendez-vous…

A trente-quatre ans, le pasteur Brian n'avait que trois ans de plus qu'elle. C'était un homme plutôt séduisant avec des cheveux blond doré et des yeux noisette, et il était, à n'en pas douter, paré des qualités que Gia était déterminée à rechercher dorénavant chez un homme : l'honnêteté et la droiture. N'était-il pas pasteur ?

Cependant, le fait qu'il le soit posait problème. Car non seulement Gia n'était pas une adepte de sa religion, mais la fonction du pasteur Brian lui conférait des obligations qui rappelaient désagréablement à la jeune femme celles que son ex-mari avait envers sa famille, lesquelles l'avaient reléguée à un second plan de la vie de celui-ci.

En outre, même si cela faisait déjà un an que son divorce avait été prononcé, Gia avait tout juste l'impression de reprendre son souffle et ne se sentait pas prête à sortir avec un homme pour le moment.

Et puis il y avait un autre hic : elle était divorcée…

— Merci, Brian, mais je dois vous répondre par la négative, déclara-t-elle. Je vous apprécie, vraiment, mais pour l'heure je ne suis pas dans cette dynamique… Et, même si je l'étais, je suis divorcée, et votre congrégation est très vieux jeu. J'ai entendu une de vos paroissiennes annoncer qu'elle allait vous trouver une épouse…

— Je suis surpris que ces dames n'aient pas déjà créé un comité spécial, dit le pasteur avec un petit rire. Je crois avoir été présenté à toutes les jeunes femmes célibataires de leur entourage !

— Vous n'avez pas été présenté à celles qui sont seules parce que divorcées, je peux vous le garantir ! précisa Gia. Car croyez-moi, à leurs yeux, les femmes divorcées sont bel et bien compromises, et ces dames ne veulent certainement pas vous unir à l'une d'entre elles !

Le pasteur esquissa un sourire contrit.

— Je sais… j'ai dit à mes parents que j'allais vous inviter à dîner, et ils ont eu la réaction que vous décrivez, admit-il.

Mais il ne s'agit que d'un dîner, et je suis prêt à risquer un petit scandale…

— Je ne suis vraiment pas prête, répéta Gia. Je m'adapte tout juste à ma vie de célibataire.

Le pasteur haussa les épaules.

— Comme vous voudrez. J'ai voulu tenter ma chance, ce n'est pas grave… Je suis toujours à vos côtés à cent pour cent pour venir en aide à Larry et à Marion.

— Merci, j'apprécie beaucoup ce que vous faites.

Elle pointa du doigt la porte des toilettes.

— Je vais aller me laver les mains.

— Allez-y… Je vais boire une tasse de café, dit le pasteur avant de s'éloigner.

Une fois réfugiée dans les toilettes, elle poussa un soupir de soulagement et se dirigea vers les lavabos.

Tu t'en es plutôt bien tirée, songea-t-elle. Le pasteur avait pris son refus avec philosophie, et elle espérait qu'il ne lui en tiendrait pas rigueur. En tout cas, elle savait maintenant qu'elle n'avait pas fait preuve de présomption en pensant qu'il s'intéressait à elle…

Elle se lava les mains et étudia son reflet dans le miroir.

Des yeux sombres. Une peau lisse. Un nez ni trop proéminent ni mal formé. Une bouche qu'elle trouvait trop large, surtout quand elle souriait. Une chevelure noire et bouclée… tellement bouclée qu'elle avait souvent bien du mal à la discipliner.

Un mari négligent dont les yeux avaient commencé à vagabonder, puis un divorce, avaient amené Gia à s'interroger sur son physique avec plus d'acuité que lorsqu'elle était adolescente… Et évidemment, elle s'était trouvé bien des défauts ! Raison pour laquelle elle avait douté que le pasteur — qu'un homme tout simplement — lui témoigne de l'attention.

Bien sûr, il ne fallait pas non plus oublier qu'elle ne mesurait qu'un mètre cinquante-cinq… ce qui faisait d'elle une des rares personnes que le pasteur Brian, lui aussi de petite taille, dépassait de cinq bons centimètres !

C'était probablement la seule raison qui expliquait l'intérêt du pasteur à son égard, conclut-elle, assaillie de nouveau par des doutes.

Démoralisée, elle poussa un soupir.

Enfin, elle pouvait au moins dire qu'on lui avait fait une proposition…

Elle s'essuya les mains, et lissa le pantalon noir et le chemisier blanc qu'elle avait portés aujourd'hui pour aller travailler.

En sortant des toilettes, elle aperçut un homme qui descendait les marches de l'escalier permettant d'accéder à la salle paroissiale.

Un retardataire, pensa-t-elle.

En l'observant plus attentivement, elle reconnut l'homme en question.

Derek Camden !

Elle ne l'avait jamais rencontré personnellement, mais les Bronson nourrissaient une véritable rancœur pour toute la famille Camden. En outre, elle avait lu à plusieurs reprises des articles sur lui dans le journal local. En effet, Derek Camden était sorti pendant une courte période avec la cousine de Tyson, le meilleur ami de Gia. Une femme que Tyson lui-même traitait de « cinglée »… Gia avait eu l'occasion de voir un ou deux clichés du couple.

Elle se hâta de faire barrage au nouvel arrivant avant qu'il sorte de la cage d'escalier et soit visible par tous.

— Puis-je vous aider ? lui demanda-t-elle vivement.

— Heu… je ne sais pas. J'ai entendu dire qu'il y avait ce soir une réunion pour venir en aide à Larry et à Marion Bronson. Je souhaiterais y participer.

— Mais vous êtes Derek Camden, n'est-ce pas ?

— En effet. Et vous… ?

— Moi ? Je ne vais pas vous laisser entrer.

Un lent sourire se dessina sur le visage du jeune homme.

Un visage qui s'avérait bien plus frappant dans la réalité que sur une photo, songea Gia. Et pourtant, Derek Camden était déjà éminemment séduisant en photo !

Il avait des cheveux encore plus sombres que ceux de Gia,

avec une mèche qui lui tombait sur le front. Son nez était parfait, aussi bien par sa taille que par sa forme. Des lèvres sensuelles, une fossette ravageuse au menton… Quant à ses yeux… Rien de ce que Gia avait pu entendre au sujet des yeux bleus des Camden ne rendait justice à ce qu'elle découvrait en cet instant. Derek avait des yeux d'un bleu semblable à celui des pieds-d'alouette qu'elle admirait tous les matins par la fenêtre de sa cuisine…

Il se dégageait de Derek Camden une grande virilité. Son corps musclé était mis en valeur par son pantalon brun ajusté et une chemise couleur crème.

— Vous ne voulez pas me laisser entrer ? répéta-t-il comme si cette idée l'amusait infiniment.

— En effet, affirma Gia. Cela gâcherait la soirée des Bronson.

Elle réalisa seulement en prononçant ces mots que cet homme, qui paraissait à peu près du même âge qu'elle, ignorait peut-être tout des actes commis par sa famille plusieurs générations auparavant. Peut-être était-il venu avec les meilleures intentions du monde, sans savoir que sa famille était à l'origine des malheurs des Bronson !

— Excusez-moi… mais savez-vous qu'il existe une forte animosité entre les Bronson et votre famille ? s'enquit-elle.

L'indignation qui perçait dans sa voix eut pour effet de le faire rire.

— Beaucoup de gens n'aiment pas les Camden, se contenta-t-il de répondre.

— Là n'est pas la question…

— Ce n'est pas grave, l'interrompit-il, je suis venu pour aider.

Il ne paraissait pas du tout considérer une éventuelle hostilité envers sa famille comme un obstacle à ce qu'il était venu faire.

— Euh… disons que… cela ne va pas plaire à Larry et à Marion. Je suis pratiquement certaine qu'ils refuseront de recevoir de l'aide d'un Camden, quel qu'il soit.

Elle avait choisi de se montrer directe, car elle se rendait compte que son interlocuteur ne comprenait pas la situation.

— Et puis, il s'agit pour eux d'une soirée agréable, reprit-elle. D'une occasion de discuter avec des gens qu'ils n'ont pas vus depuis longtemps, alors je ne veux pas que cet instant soit gâché…

— Mais je tiens à apporter mon aide, insista Derek Camden.

Il était tenace ! Très séduisant, affable, mais difficile à persuader.

— Les Bronson ont perdu leur hôtel il y a des années au profit de H.J. Camden, déclara Gia. Alors peut-être que si vous leur faites don du magasin Camden qui a été construit à l'emplacement de l'hôtel…

Gia avait décidé de jouer cartes sur table, de façon à tester Derek Camden et à découvrir s'il connaissait ou non cette vieille histoire.

Ce dernier tiqua légèrement, et elle eut l'impression qu'il savait parfaitement de quoi elle parlait.

— Je ne pense pas pouvoir faire ça, répondit-il. En revanche, cela ne signifie pas que je ne veux pas faire quelque chose. Mais à propos… qui êtes-vous ?

Il avait posé cette question sans la moindre brusquerie.

— Gia Grant. Je suis la voisine des Bronson.

— Et vous les avez pris sous votre aile, devina-t-il. Le coiffeur sur University Street avait une boîte pour recueillir les dons. Il m'a raconté qu'il y avait une petite dame derrière tout ça…

— Nous sommes voisins et amis, précisa Gia. Les Bronson sont des gens charmants. Je ne peux pas rester assise à regarder sans broncher ce qui leur arrive…

— Et que leur arrive-t-il exactement ?

Gia jeta un coup d'œil par-dessus son épaule en direction du groupe qui discutait près de la grande table. Pour le moment, personne n'avait remarqué son absence.

— Plus je reste ici, plus le risque est grand que quelqu'un découvre votre présence… Or je ne veux pas que vous gâchiez la soirée de Larry et de Marion.

— Mais je tiens à aider, s'obstina Derek.

— Dans ce cas, faites un don.

Le jeune homme hocha pensivement la tête.

— Nous ne souhaitons pas seulement faire un don en espèces. Ma grand-mère n'est plus très jeune, elle non plus, alors disons que le sort des Bronson l'interpelle. Elle m'a envoyé pour représenter la famille et m'assurer que les besoins des Bronson sont pourvus.

— Alors, donnez beaucoup d'argent ! renchérit Gia. Faites-le anonymement, sinon ils ne l'accepteront pas.

Il pencha la tête, comme s'il jugeait que c'était une bonne idée, mais qu'il ne pouvait s'y résoudre.

— Nous ne voulons pas nous contenter de déposer de l'argent dans une boîte, expliqua-t-il. Nous voulons savoir quels sont leurs problèmes et les aider, afin qu'ils finissent leur vie à l'abri des ennuis.

— Vous admettez que votre famille est responsable des problèmes des Bronson, et vous voulez vous racheter, en déduisit Gia.

— Nous voulons les aider, rectifia-t-il, s'en tenant à cette ligne sans en reconnaître davantage.

Elle secoua la tête.

— Les Bronson ont des difficultés, mais ils sont très fiers. Je les ai convaincus d'accepter de l'aide de la part de leurs amis, de leur église, en arguant qu'eux-mêmes avaient beaucoup donné à ces personnes au fil des ans. Je leur ai promis qu'il ne s'agissait pas de simple charité, car les gens qui les aideraient seraient des proches qui les aiment. Mais vous... ils vous détestent ! Désolée d'être aussi directe, mais la vérité est là. Je les connais... Ils penseront que, si vous voulez aider, c'est parce que vous avez une idée derrière la tête. Jamais ils n'accepteront quoi que ce soit venant des Camden.

— Peut-être pourriez-vous essayer de les convaincre...

— Je ne saurais pas comment m'y prendre !

— Je suis sûre que vous pouvez y arriver, affirma-t-il avec force.

— Il est vrai que vous leur devez bien ça, dit-elle pensivement.

Elle avait beau savoir que les Bronson seraient scandalisés à l'idée de recevoir quelque chose des Camden, elle savait aussi qu'ils avaient besoin de plus d'aide qu'elle était elle-même en mesure de leur apporter.

— Et si vous me présentiez comme un de vos amis et passiez sous silence le fait que je suis un Camden…

— Cela ne marchera pas. Ils vous reconnaîtront. Ils ne sauront peut-être pas quel Camden vous êtes, mais ils suivent les faits et gestes de votre famille comme des fans suivent des célébrités, tout en vous maudissant. Ils sont certes âgés, mais ils ont toute leur tête.

Après avoir jeté un nouveau coup d'œil derrière elle, elle ajouta :

— Vraiment, j'aimerais que vous partiez avant qu'ils vous aperçoivent.

— Je n'abandonne pas, décréta Derek en montant une marche de l'escalier, la dominant totalement. Je vous laisse le champ libre pour les convaincre d'accepter mon aide.

Il fouilla dans la poche de sa chemise et en sortit une carte de visite.

— Voici mes coordonnées.

Elle prit la carte en hochant la tête.

— Si vous ne reprenez pas contact avec moi, c'est moi qui viendrai frapper à votre porte. N'oubliez pas que vous m'avez confié que vous habitiez à côté de chez les Bronson !

— Je ne vous promets rien, fit Gia, tout en sachant pertinemment qu'elle essaierait de toutes ses forces, car les Camden, aussi méprisables soient-ils, avaient les ressources financières qui manquaient cruellement aux Bronson.

— Je compte sur vous, lui dit Derek, l'investissant de cette responsabilité malgré sa réticence.

— Je ferai de mon mieux si vous partez maintenant !

Il lui sourit de nouveau et gravit une autre marche.

— Je vais vous dire quelque chose… Vous êtes la plus jolie videuse qui m'ait jamais mis à la porte !

— Comme si un Camden avait déjà été chassé de quelque part, riposta-t-elle.

— Vous seriez surprise…

— Partez ! lui intima-t-elle en essayant de ne pas s'imaginer qu'il s'attardait simplement pour la regarder, ce qui semblait être le cas, puisque ses beaux yeux bleus la dévisageaient avec une expression approbatrice.

— Revenez vers moi rapidement, ou c'est moi qui le ferai, insista-t-il.

— Je ne vous promets rien, répéta-t-elle avec fermeté pour lui faire comprendre qu'elle ne céderait pas à la pression.

Et pourtant… il l'avait bel et bien convaincue.

Elle se détourna de lui et s'éloigna, un sourire aux lèvres.

Sans qu'elle sache pourquoi, la façon dont Derek Camden la regardait suscitait en elle une excitation que l'invitation à dîner du pasteur n'avait su provoquer.

2

— Georgie, où te caches-tu ? appela Derek en entrant dans le vestibule de la maison de sa grand-mère.

— Madame est dans la serre…

— Oh ! bonjour, Jonah ! Bonjour, Louie. Je ne vous avais pas vus.

Jonah Morrison — l'ancien petit ami de la grand-mère de Derek à l'université, et son tout nouveau mari depuis leurs noces en juin — réparait quelque chose dans l'escalier. Louie Haliburton, le membre masculin du couple qui travaillait pour la famille depuis des décennies lui prêtait main-forte.

— Que faites-vous ? s'enquit Derek.

— Nous réparons la rampe, répondit Louie.

— Ou tout du moins nous essayons, nuança Jonah.

— Vous avez besoin d'aide ? proposa Derek, même s'il était au beau milieu de sa journée de travail.

— Non, non, on se débrouille, assura Louie.

— Je fais un saut jusqu'à la serre, alors. Criez si vous changez d'avis…

Derek remonta le couloir qui menait dans la cuisine où il trouva Margaret, l'épouse de Louie.

— Bonjour, Maggie-May, dit-il à la femme corpulente qui avait l'âge de prendre sa retraite, mais s'y refusait catégoriquement.

— Derek ! Tu avais prévu de venir aujourd'hui ?

Le jeune homme se pencha pour l'embrasser sur la joue.

— Pas du tout. Je me suis arrêté pour dire deux mots à Georgie.

— Elle est dans la serre.

— C'est ce qu'on m'a dit. J'y vais de ce pas.

— Tu restes déjeuner ?

— Je ne peux pas, il faut que je retourne au bureau sans trop tarder.

Il sortit alors dans le jardin pour rejoindre la serre où sa grand-mère était en train d'arroser ses précieuses orchidées.

— Georgie, c'est moi, n'aie pas peur, dit-il d'une voix douce, craignant d'effrayer sa grand-mère qui lui tournait le dos.

Georgianna Camden, soixante-quinze ans, était la matriarche de la famille Camden. La femme qui avait élevé ses dix petits-enfants à la suite du crash aérien dans lequel les parents des enfants et son propre mari avaient trouvé la mort. Toute la famille l'appelait Gigi. Derek, lui, l'avait toujours affectueusement surnommée Georgie.

— Comme si je ne t'avais pas entendu crier depuis que tu as passé le seuil de cette maison, ironisa sa grand-mère en fermant le tuyau d'eau.

Derek s'approcha d'elle pour l'embrasser et passer un bras autour de ses épaules.

— Je suis sur le chemin du bureau, mais je voulais faire un crochet pour te dire que je me suis rendu à la paroisse de tes amis hier soir…

— Jean ne t'a pas vu. Je lui ai parlé ce matin.

— Tu m'espionnes ? s'esclaffa-t-il. J'y suis allé, mais je ne suis pas vraiment rentré. Une petite femme pleine de caractère du nom de Gia Grant m'a intercepté au pied de l'escalier et m'a empêché d'aller plus loin.

— Je connais ce nom. Jean dit beaucoup de bien de cette jeune femme. Elle ne fait pas partie de la paroisse, mais c'est la voisine des Bronson et…

— Et c'est elle qui est à l'origine de cet élan populaire pour aider les Bronson. Je le sais par mon coiffeur ! En tout cas, hier soir, elle était aussi la gardienne des lieux. Ce que Jean ne t'a pas dit, c'est que les Bronson étaient présents à cette réunion. Quand elle m'a reconnu — ce qui m'a d'ailleurs surpris —, Gia Grant n'a pas voulu me laisser entrer, de peur que je gâche la soirée des Bronson. Ce sont ses propres mots.

— Mon Dieu…

— Eh oui ! Nous ne savions peut-être pas ce qui s'était passé entre les Bronson et H.J. avant de lire son journal, mais c'est quelque chose que ces gens, eux, n'ont pas oublié !

H.J. Camden, l'arrière-grand-père de Derek et le fondateur de l'empire Camden, avait tenu un journal pendant toute sa vie d'adulte. Récemment découvert, ce journal avait confirmé ce dont H.J., son fils Hank et ses petits-fils Mitchum et Howard avaient été accusés depuis longtemps : des pratiques commerciales douteuses et impitoyables envers d'autres commerçants de la ville.

Après avoir pris connaissance du journal de H.J., Georgianna Camden et ses petits-enfants avaient décidé d'essayer de compenser le mal qui avait été fait, notamment aux Bronson.

— Gia Grant affirme qu'en dépit de leur situation critique les Bronson sont trop fiers pour accepter quoi que ce soit venant de nous, expliqua Derek à sa grand-mère. Elle nous conseille de faire un don anonyme, ce qui serait une bonne option pour nous : cela nous éviterait ainsi d'avoir à reconnaître une quelconque culpabilité…

Gigi parut réfléchir.

— Je sais que nous devons éviter toute reconnaissance publique, afin de ne pas nous retrouver assaillis par une foule de gens qui prétendraient être des victimes des Camden…

— Oui, nous serions une cible trop facile, confirma Derek. Et tu sais très bien qu'on nous rend responsables de méfaits totalement imaginaires ! Si nous admettons que certaines accusations sont fondées, nous risquons d'élire domicile au tribunal jusqu'à la fin de nos jours !

— Nous ne pouvons pas non plus admettre que H.J., ton grand-père, ton père et ton oncle ont réellement été impliqués dans des affaires louches, car nous devons rester loyaux envers notre famille.

Gigi avait chuchoté ces derniers mots, car elle ne parlait

jamais de ce sujet si Jonah, Margaret ou Louie étaient dans les parages.

— Il serait plus facile pour nous de faire un don d'argent, mais cela ne nous protégera aucunement, reconnut Derek.

— Et donner de l'argent ne nous permettra pas réellement de racheter les erreurs du passé, ajouta Gigi. Et, dans ce cas précis, donner de l'argent n'est peut-être pas la meilleure solution pour les Bronson. Jean dit qu'ils n'ont aucune famille. Personne en dehors de cette Gia — qui n'est qu'une voisine — ne s'occupe d'eux. Ils ont plus de quatre-vingts ans, des problèmes de santé, et Jean considère qu'ils ne devraient plus vivre chez eux. Que se passera-t-il si l'un des deux décède ?

— Tu veux les accueillir chez toi ? plaisanta Derek.

— Tu connais mon point de vue sur le sujet, Derek. Nous allons tous devoir nous impliquer pour faciliter l'existence des Bronson, le temps qu'il leur reste à vivre. Or tu sais que, lorsque l'on donne de l'argent, on n'est jamais certain qu'il ne tombe pas dans de mauvaises mains ou qu'il n'est pas utilisé à mauvais escient... Nous devons nous assurer que ces gens ont tout ce qu'il leur faut pour finir leur vie de façon décente. Il faut donc que tu les apprivoises et développes une relation de confiance avec eux, de façon que nous puissions intervenir en cas de besoin.

— C'est ce que j'ai dit à Gia, mais elle n'a rien voulu entendre...

— Eh bien, tu vas réessayer et faire ce qu'il faut pour réussir, mon chéri ! Dans un premier temps, peut-être devras-tu gagner la confiance de la gardienne des lieux !

Ces mots firent surgir dans l'esprit de Derek l'image de Gia Grant... comme à plusieurs reprises déjà depuis qu'il l'avait rencontrée la veille au soir.

Peut-être était-ce à cause de ses cheveux...

Elle avait des cheveux magnifiques !

Chaque fois qu'il y pensait, un sourire naissait sur ses lèvres.

Des cheveux épais, brillants, des boucles folles...

C'était sans doute la raison pour laquelle il était attiré. Il aimait les choses un peu sauvages…

Ce n'était pas tout. Gia avait de beaux yeux sombres… de la couleur d'un expresso parsemé de poussières d'or. Et une peau crémeuse sans le moindre défaut. Un nez droit très légèrement retroussé qui lui donnait un air effronté. Une bouche comme il adorait en embrasser, parce que ses lèvres étaient pleines et sensuelles. Et, par-dessus tout, un corps de petite taille, mais tout en courbes…

Oh oui, il avait vraiment beaucoup pensé à Gia Grant depuis hier soir !

— Je lui ai demandé d'intercéder pour moi, mais elle ne s'est pas montrée très optimiste sur ses chances de parvenir à convaincre les Bronson d'accepter quelque chose de notre part.

— Comme je te l'ai dit, essaie de l'amadouer, elle, en premier, lui conseilla Gigi. Plus elle t'appréciera, plus elle sera en mesure de te « vendre » auprès des Bronson. Et, d'après ce que m'a dit Jean, cela ne devrait pas être trop pénible pour toi… Jean prétend qu'elle n'a jamais rencontré une jeune femme aussi sympathique et serviable que cette Gia. Et que, pour couronner le tout, elle est incroyablement belle, ce qu'elle semble ignorer ! Je crois que Jean a des vues sur elle pour Lucas, lorsque le divorce de celui-ci aura été prononcé. Cependant, elle s'inquiète, tout comme les autres dames de la paroisse, de ce que leur pasteur soit très épris de cette Gia Grant.

— Mais justement… Ne serait-elle pas parfaite pour leur pasteur, si c'est un tel parangon de vertu ?

— Tu n'as pas honte de dire ça comme s'il s'agissait d'un défaut ! Si tu en étais un toi-même, tu n'aurais pas autant de problèmes !

Derek ne protesta pas : la remarque de sa grand-mère était fondée. Il n'osa pas répliquer, surtout après sa toute dernière bourde… Celle qui lui avait vraiment fait franchir la ligne jaune. Une bourde pour laquelle il avait envie de se frapper.

Une bourde qui lui avait coûté un paquet d'argent et une partie de sa dignité !

— Si elle est telle que ton amie la décrit, alors pourquoi les paroissiennes ne voudraient-elles pas d'elle pour leur pasteur ? s'enquit-il d'un ton plus respectueux.

— Parce qu'elle est divorcée.

— Et alors ?

— Elles veulent une jeune femme pure pour leur pasteur. Et puis, comme je te l'ai dit, Jean lorgne sur elle pour Lucas…

— Lucas Paulie est un abruti, décréta Derek qui se demandait pourquoi il se sentait contrarié en imaginant la femme avec laquelle il avait discuté à peine cinq minutes avec soit le pasteur — qu'il ne connaissait pas —, soit ce Lucas Paulie — qu'il ne connaissait que trop bien.

— J'ignorais que tu détestais autant Lucas Paulie, dit Gigi.

— Je ne souhaite pas à une bonne âme naïve de tomber entre ses mains, c'est tout.

— Tu recommences, Derek James Camden ! s'offusqua sa grand-mère. Etre une bonne âme n'est pas une mauvaise chose, bien au contraire. D'ailleurs, tu aurais bien besoin d'une gentille fille. Tu ferais bien d'en chercher une et de rester éloigné de celles que tu ramènes ici depuis que tu es ado. Tu n'as toujours pas tiré les leçons de tes erreurs, n'est-ce pas ?

— Mais Georgie, soupira-t-il, je n'y peux rien si les femmes réservées et insipides ne me font aucun effet. J'aime un peu de piment…

— Les filles que tu as ramenées ici… c'est plus qu'un peu de piment ! Quant à la dernière en date…

— Je sais… Inutile d'en rajouter et de me répéter à quel point j'ai été stupide.

— Et pourtant, te voilà encore en train de plisser le nez et de considérer avec mépris une personne qui fait du bien autour d'elle.

— Je ne considère pas Gia Grant avec mépris, la contredit-il.

C'était tout le contraire ! Depuis la veille au soir, il n'avait conçu aucune pensée négative à son égard !

Oui, mais voilà… Il savait pertinemment comment les choses se passaient entre lui et les femmes comme Gia. Aussi belles soient-elles et quels que soient le respect et l'admiration qu'elles lui inspiraient, ces femmes n'arrivaient pas à l'intéresser de façon durable. Très vite, elles lui paraissaient ordinaires et prévisibles. Très vite, elles l'ennuyaient à mourir.

Cela dit, il n'était plus un gamin, et il ne devait pas continuer à se laisser entraîner dans des situations impossibles par des filles un peu cinglées !

Aujourd'hui, il n'avait plus d'excuses, surtout s'il plongeait aussi sa famille dans l'embarras. Comme la dernière fois…

C'est pourquoi il avait décidé de faire profil bas et s'était imposé une période de pénitence volontaire pendant laquelle il comptait bien rester éloigné de la gent féminine. Toute son énergie, il la consacrerait à son travail et à la Camden Foundation, mais aussi à améliorer la situation des Bronson, comme sa grand-mère le lui avait demandé.

— J'ai donné ma carte à Gia Grant en lui disant que, si elle ne me recontactait pas, c'est moi qui reviendrais vers elle, dit-il en tentant de ne pas s'appesantir sur le fait qu'il était très impatient de la revoir. Elle habite juste à côté de chez les Bronson, alors je la trouverai sans difficultés. Peut-être que, par son intermédiaire, je parviendrai à être utile aux Bronson.

— Tu trouveras un moyen, l'encouragea Georgia.

— Tu peux compter sur moi, Georgie. Tu sais que je ne te laisserai pas tomber.

— Je l'espère bien. Peut-être devrais-tu laisser cette fille Grant étendre sa bonne influence sur toi, pour une fois…

— On ne sait jamais, déclara-t-il, au lieu de se défendre comme il l'aurait sans doute fait avant le dernier fiasco. Pour l'heure, je vais retourner au bureau.

Gigi hocha la tête. Comme elle se tournait pour ouvrir le robinet d'eau, elle ajouta :

— Tu es un bon garçon, Derek. Je ne sais pas pourquoi tu t'entiches toujours de filles impossibles ! Peut-être le moment est-il venu de tourner la page…

— J'essaie, Georgie, j'essaie…

Le visage si charmant de Gia Grant avait beau persister dans son esprit, il se demandait s'il était capable de prendre ce nouveau départ.

— Un poulet, des steaks… un rôti ! s'exclama Marion. Mais vous pourriez congeler tout ça, Gia !

— Mon congélateur est plein, lui assura celle-ci. C'est plus économique d'acheter en quantité, mais je finis toujours par en avoir trop. Vous m'aideriez en acceptant cette nourriture.

Chaque fois qu'elle apportait de la nourriture à Marion et à Larry, Gia usait de ce prétexte. Le budget du couple était si serré que la viande était devenue un luxe. Par fierté cependant, le couple n'aurait pas accepté ces dons si Gia ne leur avait pas donné l'impression qu'ils lui faisaient une faveur en les acceptant.

— Merci, vous êtes tellement gentille avec nous, déclara Marion en rangeant les provisions.

— Ouvrons une de ces bières, proposa Larry.

Marion acquiesça et sortit des verres du placard.

— Vous en prendrez bien une avec nous, Gia…

— Non, non, allez-y.

— Je savais bien que vous n'aviez pas acheté ces bières pour vous ! déclara Marion en versant la bière dans deux verres.

Gia s'esclaffa.

— Et moi, je sais à quel point Larry et vous appréciez une petite bière avant le dîner, répliqua-t-elle.

Elle avait quitté le travail à 15 heures et fait quelques courses qu'elle livrait maintenant aux Bronson, ce qui lui fournissait une bonne entrée en matière pour la petite discussion qu'elle souhaitait avoir avec eux.

Lorsqu'ils avaient quitté l'église la veille, ses voisins étaient dans un état d'esprit tellement positif que Gia n'avait pas voulu gâcher la soirée en abordant le sujet de Derek Camden… Ce dernier s'était débrouillé pour obtenir son numéro de portable et lui avait laissé un message dans l'après-midi pour l'inciter de nouveau à persuader Larry et Marion de le laisser les aider. Gia n'avait pas encore rappelé Derek, mais comptait bien aller boire un café avec lui à 19 heures, comme il le lui avait proposé. Ce qui conférait une tout autre perspective à la soirée qu'elle s'était apprêtée à passer seule...

Une fois qu'ils furent assis autour de la table de cuisine branlante des Bronson, la jeune femme prit son courage à deux mains.

— Je souhaiterais vous parler de quelque chose... Vous ne le savez pas, mais un Camden s'est présenté hier soir à l'église. Derek Camden...

Une expression de panique apparut sur le visage de Marion. Larry, lui, semblait furieux.

— Qu'est-il venu faire ? éructa-t-il. Mettre la main sur l'argent que vous avez réuni pour nous ?

— N'ont-ils pas déjà assez avec tout ce qu'ils nous ont pris ? renchérit Marion d'une voix cassante. N'ont-ils jamais assez d'argent ?

Gia s'était attendue à une telle réaction. C'était la raison pour laquelle elle n'avait pas voulu que Derek Camden se montre la veille.

— Personne ne mettra la main sur l'argent qui a déjà été réuni, leur garantit-elle. Il se trouve sur un compte en banque à mon nom et au vôtre. Derek Camden assure qu'il est venu pour proposer son aide...

— Il cherche plutôt un moyen de s'en mettre plein les poches ! la coupa Larry.

— Ils veulent sans doute mettre la main sur notre maison, gémit Marion d'une voix où perçait une véritable angoisse. C'est comme avec l'hôtel... Au moment où nous nous battions pour le conserver, ils s'en sont mêlés et ont fait en sorte que nous échouions.

— Mais non, mais non, protesta Gia en essayant d'apaiser la vieille dame. Je suis certaine que les Camden ne veulent pas votre maison.

— Ils lorgnent sans doute sur tout le lotissement ! intervint Larry en continuant de s'énerver. Encore pour implanter un de leurs fichus magasins. Vous devriez vous méfier, Gia, ils pourraient aussi en avoir après votre maison !

— Ils ont déjà deux magasins dans le quartier, argua-t-elle. Celui qui a été construit à la place de votre hôtel, et celui de Colorado Boulevard. Et puis, les bâtiments commerciaux sont interdits dans la zone où nous habitons.

— Ils sont capables de payer qui il faut pour faire modifier le plan de zonage, affirma Larry.

Gia soupira. Elle s'était attendue à ce que les choses ne soient pas simples.

— Ecoutez, je sais parfaitement ce que vous ressentez à l'égard des Camden, et pour de bonnes raisons…

— Evidemment pour de bonnes raisons ! fulmina Larry. Ils nous ont volés !

— Je le sais…

— Ce sont de sales escrocs ! cracha Marion.

— Ce qui vous est arrivé autrefois, reprit patiemment Gia, est le fait de H.J. Camden. Rien n'excuse ses agissements, mais H.J. Camden est mort depuis longtemps, et peut-être que les Camden d'aujourd'hui ont à cœur de réparer le mal qu'a fait leur aïeul…

— C'est ce qu'ils ont dit ? demanda Larry. Ont-ils reconnu ce qu'avait fait H.J. Camden ? Car nous n'avons pu prouver quoi que ce soit jadis, alors s'ils l'admettent, peut-être pourrions-nous les attaquer en justice !

Larry paraissait assez excité par cette perspective.

— Derek Camden n'a rien admis, tempéra Gia. Il a seulement exprimé son envie de vous aider.

— Comment veux-tu que nous les poursuivions en justice, quand bien même ils avoueraient ? fit Marion à l'adresse de son mari. Nous aurions encore à faire face à toute leur bande d'avocats, et avec quels moyens ? Comment pourrions-nous financer nous-mêmes un avocat ? Ils nous écraseraient de nouveau comme de vulgaires insectes…

— Mais vous et moi savons qu'ils vous doivent réparation, intervint Gia en essayant de se raccrocher au raisonnement de Marion. Derek Camden dit que sa famille souhaite vous aider financièrement, mais qu'elle tient aussi à s'assurer que vos besoins soient satisfaits dans tous les domaines. Or une telle aide serait providentielle !

— Nous ne pouvons accepter l'aide des Camden, décréta Larry d'un ton sans réplique.

— Mais si, insista gentiment Gia. Nous avons réuni quelques milliers de dollars, et des amis vont venir faire des travaux chez vous, mais ce n'est pas suffisant pour empêcher la banque de saisir votre maison. Cela suffira tout juste à payer les échéances en retard et à attendre que la maison soit remise en état pour pouvoir la vendre.

Gia détestait véritablement devoir rappeler les faits au vieux couple qui parut soudain découragé et aussi âgé qu'il l'était. Larry et Marion avaient tous deux les cheveux blancs — une couronne seulement pour Larry qui était presque chauve, et des cheveux courts qu'elle coupait elle-même, pour Marion. Larry était grand et maigre, et Marion était aussi très fine. Tous deux avaient des yeux bleus qui pétillaient encore de malice, et d'ordinaire ils se tenaient droit et étaient encore alertes dans leurs mouvements.

Néanmoins, chaque fois que la précarité de leur situation était abordée, comme en cet instant, la vie semblait se retirer de leurs corps devant les yeux désolés de Gia.

— Vous savez que, quoi qu'il arrive, je serai là, tenta-t-elle de les rassurer. Le sous-sol de ma maison est libre, et je serais ravie de vous avoir avec moi, mais je sais pertinemment que ce n'est pas ce que vous souhaitez. Avec l'argent que pourraient offrir les Camden…

Elle s'interrompit et haussa les épaules.

— Certes, Derek Camden n'a fait aucune promesse précise, reprit-elle, mais, s'il était possible de récupérer assez d'argent pour vous permettre de rester ici…

— Je continue à être persuadé qu'ils mijotent quelque chose, marmonna Larry.

— On ne peut pas leur faire confiance, renchérit Marion.

Tous deux avaient l'air si abattus que Gia sentit son cœur se serrer. Malgré tout, elle avait beau souhaiter leur rester loyale, elle ne pouvait tout simplement pas les encourager à envoyer balader Derek Camden. Non, elle devait considérer ce qui était le mieux pour eux. Si les Camden respectaient leur engagement, leur intervention permettrait à n'en pas douter bien plus que ce qu'elle-même était en mesure d'accomplir.

— Je ferai comme vous le souhaitez, dit-elle, cherchant à leur donner l'impression qu'ils avaient le choix. Mais réfléchissez bien. Si vous acceptez l'aide des Camden, je m'assurerai qu'il n'y a pas d'entourloupe. Que vous n'aurez en aucun cas à pâtir de cette décision.

— Nous, ou vous…, glissa Marion.

— Ou moi. Et si vous ne voulez pas avoir affaire à Derek Camden ou à un autre Camden…

— Ramenez-le ici pour arracher les mauvaises herbes, et j'ouvrirai le tuyau d'arrosage sur lui, grommela Larry.

— Tu ne peux pas arroser un type comme lui, fit remarquer Marion. Il nous ferait un procès !

— J'arrose qui j'ai envie d'arroser, répliqua Larry d'un ton irascible.

— Nous pourrions lui apporter de la limonade avec du laxatif pendant qu'il travaille, suggéra Marion, ce qui fit rire Gia.

— Alors vous voulez que je le fasse venir ici pour que vous puissiez vous venger, c'est ça ? demanda-t-elle, certaine qu'ils n'en feraient rien.

— Un Camden travaillant pour nous…, fit Marion d'un air songeur.

— Ce serait bien fait pour eux ! ajouta Larry.

Gia remarqua qu'à fomenter leur petite vengeance ils reprenaient du poil de la bête.

— Vous êtes donc d'accord pour me laisser discuter avec

Derek Camden et étudier ce qu'il propose ? Et vous n'êtes pas opposés non plus à ce qu'il vienne ici donner un petit coup de main pour les travaux…

Elle avait ajouté ces derniers mots pour battre le fer pendant qu'il était chaud.

— Nous ne voulons pas nous retrouver face à l'un d'entre eux, répéta Larry.

— Nous ne le voulons pas, mais vous pouvez étudier ce qu'ils ont à offrir, Gia, confirma Marion, comme si accepter quelque chose des Camden par le biais de la jeune femme changeait la donne. Tant que vous les surveillez de près… De toute façon, ils nous sont redevables, alors nous accepterons ce qui vous aidera à nous aider.

— Mais ne dites rien qui puisse leur faire croire que nous leur avons pardonné !

Gia s'émerveilla devant un phénomène qu'elle avait déjà observé chez les Bronson… Parfois, c'était comme s'ils communiquaient l'un avec l'autre et arrivaient à une décision sans avoir à le formuler de vive voix. De toute évidence, soixante-dix ans de mariage les avaient mis sur la même longueur d'onde. A moins qu'ils ne l'aient toujours été et que ce soit pour cette raison que leur mariage durait depuis si longtemps !

— Dites à Derek Camden que nous acceptons son aide.

L'air renfrogné de Larry et le visage sombre de Marion indiquaient à quel point ils acceptaient cette offre à contrecœur.

Gia se leva aussitôt. Mieux valait en rester là avant qu'ils changent d'avis. Elle voulait aussi leur laisser le loisir de digérer la nouvelle en tête à tête, pendant qu'elle irait retrouver Derek Camden…

Curieusement, elle se sentait aussi excitée à cette idée qu'une adolescente qui vient d'obtenir de ses parents la permission de sortir…

Elle ne se l'expliquait pas. Elle n'était plus une adolescente depuis longtemps. Larry et Marion n'étaient pas ses parents.

Et Derek Camden était infréquentable parce qu'elle-même s'interdisait de le considérer autrement !

La raison en était simple : en admettant qu'elle se sente prête à sortir avec un homme, jamais elle ne choisirait un individu tel que Derek Camden. Certes, à la différence de Larry et de Marion, elle n'avait rien contre lui, mais son expérience l'incitait à éviter les hommes comme lui.

Son ancien mari était lui aussi un homme ayant un profond attachement et une très grande loyauté envers sa famille… un clan tentaculaire et immoral, aux pratiques peu scrupuleuses.

Elle avait donné. Voilà pourquoi elle ne pouvait envisager un seul instant d'entamer une relation avec Derek Camden.

En tout cas, pas une relation personnelle.

Pour le bien de Larry et de Marion, elle entretiendrait des contacts avec lui et le surveillerait de très près, comme Marion le lui avait demandé.

Les choses s'arrêteraient là.

Son excitation à l'idée de le voir était donc une réaction qu'elle devait étouffer au plus vite. Ce qu'elle s'efforça de faire tout en prenant congé des Bronson.

Et pourtant, en rentrant chez elle, elle ne put s'empêcher de ressentir une bouffée d'excitation en réfléchissant à la tenue qu'elle porterait pour leur rendez-vous…

Gia décida finalement de ne pas se changer dans la perspective de son rendez-vous avec Derek au Cherry Creek Bakery. Elle aurait pourtant aimé troquer son pantalon brun et le chemisier qu'elle avait portés au travail pour une tenue plus féminine, mais elle résista à cette envie. Il ne s'agissait pas d'un rendez-vous galant, elle ne devait pas l'oublier !

Ce fut donc uniquement pour elle qu'elle défit sa queue-de-cheval et se brossa les cheveux, qu'elle laissa détachés. Et, lorsqu'elle ajouta un peu de blush sur ses joues et appliqua un peu d'eye-liner et de mascara, elle se persuada que c'était juste pour paraître au mieux de sa forme, afin de transmettre à Derek le message qu'il valait mieux pour lui ne pas essayer de lui jouer un mauvais tour.

Tandis qu'elle garait sa berline blanche devant la boulangerie, elle aperçut Derek Camden à travers la vitrine.

Lui aussi semblait avoir gardé ses vêtements de travail, mais il avait retiré la veste de son costume et sa cravate. Il portait un pantalon gris-bleu et une chemise bleu pâle.

Comment quelqu'un pouvait-il paraître aussi apprêté après une journée de travail ? songea-t-elle, étonnée.

On distinguait tout de même une ombre de barbe sur sa mâchoire carrée, et ses cheveux étaient un peu ébouriffés, ce qui créait un contraste très sexy avec la chemise et le pantalon très chic.

Elle se réprimanda intérieurement… Le fait que Derek Camden soit beau et sexy ne disait rien de l'homme qu'il était intrinsèquement. Ce pouvait être un camouflage parfait !

Dans le passé, elle l'avait appris à ses dépens, et elle ne devait surtout pas l'oublier.

Lorsqu'elle pénétra dans la boulangerie et que Derek l'aperçut, il lui sourit et la regarda, une lueur admirative dans les yeux.

Instantanément, elle sentit les battements de son cœur s'accélérer.

— Bonjour, merci d'être venue, lui dit-il en l'accueillant.

— Bonjour, répondit-elle simplement.

— Excusez-moi juste un instant.

Il se tourna vers la jeune femme qui se trouvait derrière le comptoir.

— Vous dites que le gâteau sera prêt demain à 13 heures ? C'est parfait ! Je vous réglerai en même temps que ce que nous allons consommer maintenant…

Il ajouta à l'intention de Gia :

— Je ne sais pas si vous êtes déjà venue ici… Tout y est délicieux !

— Un moelleux au chocolat, s'il vous plaît, Bea, commanda Gia.

— Avec un supplément de coulis de chocolat, c'est bien ça ? demanda Bea.

Derek s'esclaffa.

— Ah, je constate que je ne vous fais rien découvrir !

— Gia est notre plus fidèle amatrice de chocolat, l'informa la propriétaire de la boutique.

Derek commanda à son tour une tarte au citron meringuée et du thé glacé pour deux. Puis ils s'installèrent autour d'une des petites tables.

— Quand nous voulons célébrer quelque chose au bureau, nous commandons toujours des gâteaux ici, expliqua Derek à Gia. Demain, je fais une surprise à mon assistante en organisant une petite fête à l'occasion de ses fiançailles.

Gia haussa un sourcil. Le big boss Camden commandait lui-même un gâteau pour son assistante ? C'était surprenant…

— Et vous, comment connaissez-vous cet endroit ? demanda-t-il.

— Je travaille juste à côté, et je viens ici au moins une fois par jour.

Derek ouvrit des yeux incrédules.

— Tous les jours ? s'exclama-t-il en jetant un regard rapide à son corps comme s'il se demandait où les calories se logeaient.

— Parfois, je ne mange rien d'autre de la journée, confessa-t-elle.

— Du chocolat chaque fois ?

Elle confirma d'un petit haussement d'épaules.

Il éclata de rire.

— Vous êtes une véritable accro au chocolat !

Elle ne le contredit pas.

— Et quel est donc ce travail que vous faites juste à côté ?

— Je suis botaniste. Je travaille pour une société qui fabrique des traitements à base de plantes.

Il parut impressionné.

— Vraiment ?

— Mon ex disait que j'étais juste un jardinier amélioré.

— Eh bien, moi, je suis juste un comptable. Votre métier me paraît bien plus intéressant que le mien.

Il faisait preuve d'humilité, car Gia n'ignorait pas qu'il était le directeur financier de Camden Incorporated.

Elle préférait l'humilité à l'arrogance. Elliot, lui, avait toujours été pétri d'arrogance.

Mais cela ne voulait nullement dire qu'elle préférait Derek Camden ! s'empressa-t-elle de nuancer en pensée. La seule façon dont elle voulait le comparer avec son ex était en termes de similarités. Ainsi, tous deux étaient issus de riches familles qui n'hésitaient pas à jouer de leur pouvoir, parfois de façon malhonnête.

— Comment avez-vous eu mon numéro de portable ? lui demanda-t-elle.

— Ma grand-mère est une amie de Jean Paulie, qui est un des membres de la paroisse où se tenait votre réunion hier soir...

— En effet.

— Jean est la personne qui a porté la situation des Bronson à notre attention. J'ai demandé à ma grand-mère si Jean avait votre numéro de téléphone... et voilà !

Elle hocha la tête.

— A mon tour de vous poser une question, reprit Derek. Comment avez-vous su qui j'étais hier soir ?

— Mon meilleur ami est Tyson Biggs. Vous êtes sorti avec sa cousine, et j'ai eu l'occasion de voir une photo de vous avec elle.

Elle ne mentionna pas à quel point elle l'avait trouvé séduisant sur cette photo. Pas plus qu'elle ne confessa que, depuis qu'elle l'avait vu en personne, elle ne parvenait pas à chasser son image de son esprit...

Il sourit.

— Sharon... Des ongles parfaitement manucurés, toujours des talons aiguilles, un sac à main aussi grand qu'un aquarium... avec tous ses poissons rouges dedans ! Sharon, qui se prétend médium.

— C'est bien elle, confirma Gia.

Il lui adressa un sourire de conspirateur.

— Avez-vous déjà eu droit à une séance ?

— Pas vraiment à une séance, mais, les deux fois où je l'ai vue, elle a fait des prédictions à mon sujet sans que je le lui demande.

— Elle aime faire ça pour montrer ses pouvoirs, déclara-t-il d'un ton amusé.

— La première fois, elle m'a dit que j'étais enceinte, ce qui n'était pas le cas. La seconde fois, elle a prétendu que j'allais perdre mon travail ! Fort heureusement, cette seconde prédiction ne s'est pas davantage réalisée que la première.

— Cela ne m'étonne pas. Je crois qu'elle n'a jamais rien prédit qui se soit réalisé.

Il conclut ces derniers mots par un rire qui n'avait rien de méchant pour autant.

— Je ne l'ai pas vue depuis… Je ne sais même plus depuis quand !

— Depuis si longtemps que vous avez eu le temps de vous assagir et de vous marier ? demanda-t-elle avec une curiosité non déguisée.

Elle avait entendu parler de Sharon et des jeunes femmes qui lui avaient succédé — des filles un peu « fêlées », aux dires de Tyson —, mais elle n'en savait pas plus sur lui. Elle se disait que, s'il était rangé et marié, il serait davantage digne de confiance aux yeux des Bronson.

Sa question sembla le déstabiliser.

— Heu…, fit-il en se frottant la nuque, soudain troublé. J'allais vous dire que non, je ne me suis jamais marié, mais je viens de me souvenir que ce n'est pas tout à fait vrai. Lorsqu'un mariage a été annulé, peut-on dire qu'on a été marié ?

— Heu… je n'en sais rien.

Bea leur apporta leur commande, et Derek ne donna pas d'autres explications, au grand dam de Gia, dont la curiosité avait été piquée, mais qui ne sentait pas en position de l'interroger plus précisément.

Il changea d'ailleurs de sujet, coupant définitivement court à cette possibilité.

— Alors, avez-vous convaincu les Bronson d'accepter de l'aide de notre part ? lui demanda-t-il.

— Je l'ai fait, oui.

Il sourit en entendant le ton de sa voix.

— Cela ne s'est pas bien passé ?

— Cela s'est passé comme je m'y attendais… et puis ils se sont laissé convaincre. Ils ont accepté de vous laisser « m'aider à les aider » !

Il hocha lentement la tête en dégustant un morceau de sa tarte.

— Bien. C'est un peu tordu, mais c'est déjà ça. Alors, expliquez-moi quel est votre plan…

Tout en l'écoutant, elle avait pris une cuillerée de son dessert. Lorsqu'il s'agissait de chocolat, elle aimait prendre son temps. Elle leva alors un doigt devant sa bouche pour lui signifier d'attendre pendant qu'elle savourait la riche saveur du chocolat noir.

— Prenez votre temps, acquiesça Derek, un sourire aux lèvres. Profitez…

— La tarte au citron meringuée est bonne, mais essayez plutôt ça la prochaine fois, lui conseilla-t-elle la bouche pleine. Ce moelleux est fondant juste ce qu'il faut, c'est divin !

Le sourire de Derek s'accentua.

— Je ne suis pas un grand fana de chocolat, alors je vous fais confiance.

Pas un grand fana de chocolat ! s'étonna Gia. Cela aurait dû la refroidir complètement. Pourtant, cela ne le rendit en rien moins séduisant à ses yeux. Elle se contenta de répondre à sa question concernant les Bronson.

— Nous avons prévu une journée d'entretien du jardin et une journée de menus travaux à l'intérieur de la maison, l'informa-t-elle. J'ai aussi entrepris de rassembler et de nettoyer des meubles et des objets pour organiser un vide-greniers afin de récolter de l'argent. Nous ferons tout cela sur les trois samedis qui viennent.

— Les Bronson n'ont donc pas réussi à entretenir leur maison correctement, en déduisit Derek.

— Ils n'ont pas eu les moyens financiers de le faire, et ils sont maintenant trop âgés pour le faire eux-mêmes.

— Ne feraient-ils pas mieux d'envisager d'aller en maison de retraite ?

C'était une suggestion tout à fait raisonnable, dont Tyson et elle d'ailleurs avaient parlé, et qu'elle avait abordé avec les Bronson.

Et pourtant, l'entendre de la bouche de Derek Camden lui rappela l'inquiétude de Larry et de Marion à l'idée que les Camden puissent en avoir après leur maison.

Ce qui semblait bien improbable aux yeux de Gia.

Malgré tout, bien qu'il n'y ait rien de rédhibitoire chez Derek Camden — celui-ci semblait vraiment ouvert et avoir les pieds sur terre —, elle avait tellement entendu les Bronson parler de « ces diables de Camden » qu'elle ne pouvait s'empêcher de concevoir elle-même quelque inquiétude.

— Les maisons de retraite sont très chères, et les Bronson ne sont vraiment pas chauds à l'idée d'habiter dans un endroit où il y a des personnes âgées.

Il laissa échapper un rire sonore.

— Rappelez-moi leur âge ?

— Quatre-vingt-neuf et quatre-vingt-sept ans, répondit-elle sur un ton amusé. Mais ils tiennent vraiment à rester dans leur maison.

— Je vois. Alors, en dehors de la maintenance intérieure et extérieure à effectuer chez eux, que pouvez-vous me dire d'autre sur leur situation ?

Il avait expliqué la veille vouloir une vue d'ensemble de la situation. Pas seulement donner de l'argent, mais veiller à ce que les Bronson aient tout ce qu'il leur fallait. Et la question qu'il venait de poser allait dans ce sens.

Néanmoins, elle répugnait à lui fournir des informations

qui lui permettraient de savoir exactement à quel point le vieux couple était vulnérable.

— Il y aurait beaucoup à dire, déclara-t-elle de façon assez vague. Les Bronson vivent avec un budget très limité, alors que le coût de la vie ne cesse d'augmenter. Ils ne sont pas en trop mauvaise santé pour leur âge, mais ils ont quelques soucis tout de même. Ils ont tous les deux de l'hypertension artérielle et de l'arthrose. Marion souffre aussi d'ostéoporose. Chaque fois qu'ils se rendent chez le médecin, celui-ci leur prescrit de nouveaux médicaments...

— Pas ceux que vous fabriquez ?

— Je ne peux pas leur en recommander, car ils prennent tellement de médicaments sur ordonnance que j'aurais peur d'une mauvaise interaction... En revanche, je les aide à payer leurs factures et à faire leurs comptes, car ils ont tous deux des difficultés pour tenir leur stylo et déchiffrer les caractères trop petits. Il y a des mois où le coût des médicaments me semble insensé !

— Ne devraient-ils pas souscrire une meilleure assurance ?

— Je me suis penchée sur ce point, mais le problème est que certains médicaments ne sont pas couverts, alors on ne peut rien faire.

Elle haussa vaguement les épaules, espérant ne pas en avoir trop dit.

— Alors, par où dois-je commencer pour « vous aider à les aider » ? demanda-t-il en finissant sa tarte.

Elle ne pouvait prendre le risque de trop parler sans s'assurer d'abord de ses réelles motivations. Pour cela, elle ne voyait qu'une solution : elle devait apprendre à le connaître pour déterminer s'il était digne de confiance. Que faire d'autre, sinon le mettre à contribution pour les travaux prévus chez les Bronson ? Ainsi, elle pourrait passer du temps avec lui... lui parler... le surveiller.

Oui, c'est ce qu'elle allait faire, même s'il y avait bel et bien un risque que Larry l'arrose avec le tuyau d'eau ou que Marion mette du laxatif dans sa limonade !

— Nous commençons samedi par des travaux de jardinage, et nous saurions employer à bon escient un peu de main-d'œuvre supplémentaire...

— D'accord, fit Derek sans montrer la moindre réticence. Les Bronson vont-ils me jeter des pierres lorsque je vais arriver chez eux ?

Peut-être était-ce lui, le véritable médium ! pensa Gia.

— J'espère que non, put-elle seulement promettre. Vous savez, ils aboient plus qu'ils ne mordent...

— A quatre-vingt-sept et quatre-vingt-neuf ans, leurs dents ne sont probablement plus d'origine...

— Vous vous trompez ! s'esclaffa Gia. Toutes les dents de Marion sont les siennes, et elle n'en est pas peu fière. Je vais insister sur le fait que vous m'aidez à les aider, et je crois que ça ira pour vous.

Elle n'ajouta pas que les Bronson aimaient l'idée qu'un Camden travaille pour eux.

— Dites-moi où et quand me présenter, et je serai là, promit-il.

Elle lui donna les précisions tout en terminant son gâteau. Elle proposa ensuite de payer son dessert, indiquant ainsi que leur discussion touchait à sa fin.

— C'est inclus dans mon addition, lui rappela Derek, refusant également qu'elle laisse un pourboire.

Lorsqu'il se leva, elle s'efforça de ne pas se laisser impressionner par la puissance qui émanait de lui.

Elle passa la bandoulière de son sac sur son épaule. Elle se fit la réflexion que discuter avec lui n'avait pas été une corvée, et que le regarder travailler samedi prochain n'en serait certainement pas une non plus...

— Merci de bien vouloir jouer les intermédiaires, lui dit-il.

— Je ne fais que m'occuper de Larry et de Marion, répliqua-t-elle.

— Ils ont de la chance de vous avoir.

— C'est moi qui ai de la chance. Je n'ai pas de famille, alors ils sont devenus ma famille.

Il hocha la tête comme s'il la comprenait.

— A samedi, alors…

— Je vous fournirai des gants, ajouta-t-elle en lui faisant un geste d'au revoir tandis qu'il se dirigeait vers la caisse.

En retournant vers sa voiture, elle se surprit à calculer combien il y avait de jours avant samedi…

La fin de la semaine allait lui paraître interminable !

Ça suffit ! se morigéna-t-elle.

Pour se punir, elle passa tout le trajet du retour à se remémorer l'épreuve que cela avait été que d'être mariée à un homme de la même engeance que Derek Camden.

3

— Alors, comme ça, tu penses qu'il ne viendra pas ? demanda Gia à Tyson Biggs le samedi suivant, pendant qu'ils partageaient une tasse de café avant de se rendre chez les Bronson.

L'ami de Gia répéta sa prédiction :

— Derek Camden ? Aucune chance.

Gia et Tyson étaient les meilleurs amis du monde depuis l'enfance. A l'époque, la famille de Tyson vivait derrière la maison des grands-parents de Gia, qui l'avaient élevée.

Après le jugement de divorce, Gia avait récupéré la maison à deux étages dans laquelle elle vivait actuellement. C'était une ancienne propriété de son mari, initialement dédiée à la location. Elle s'était installée au rez-de-chaussée. L'appartement du premier étage hébergeait Tyson le temps qu'il fasse construire sa maison. Au sous-sol se trouvait un appartement vide dans lequel elle envisageait d'accueillir Larry et Marion si besoin.

— Tu ne t'imagines tout de même pas que Derek Camden va venir mettre la main à la pâte ! railla Tyson.

Elle garda le silence. Bien sûr que si, elle avait cru qu'il viendrait ! En fait, elle n'avait pas pensé à grand-chose d'autre qu'à Derek Camden depuis mardi soir, avec la perspective de sa venue aujourd'hui comme une lumière au bout du tunnel.

— Rappelle-toi ce que disait toujours ton ex, ajouta Tyson. Selon lui, il pouvait bien dire n'importe quoi, cela ne l'engageait jamais en rien !

Elle hocha la tête.

— Oui, il aimait dire ça, acquiesça-t-elle. Avec ce sourire

suffisant qu'il arborait quand il pensait être plus rusé que les autres… Mais Derek Camden, lui, prétend qu'il veut vraiment aider.

— Les gens comme les Camden paient d'autres gens pour faire leur jardinage, G., ils ne font pas celui des autres !

Tyson n'avait pas tort, dut-elle admettre.

— Tu l'as déjà rencontré, n'est-ce pas ?

Elle se demandait si elle s'était complètement fourvoyée en croyant que Derek était vraiment déterminé à aider les Bronson. Après tout, elle s'était trompée sur toute la ligne sur son ex-mari, ce qui prouvait que son jugement était loin d'être infaillible.

— Je l'ai seulement croisé une fois, à l'époque où il sortait avec Sharon. C'était dans un club bondé… On a juste bu un verre ensemble.

— Mais tu as bien dit qu'il s'était montré sympa avec toi et que tu te demandais ce qu'un type comme lui pouvait bien faire avec Sharon.

— Oui, je m'en souviens. Et c'est vrai, ce n'était pas le genre de Sharon. Il semblait… normal. Mais il était avec elle, alors comment aurait-il pu être normal ? Elliott était toujours sympa lui aussi, comme quoi, ça ne veut rien dire… Ces types-là apprennent les bonnes manières très tôt pour mieux dissimuler leur côté sombre. C'est pour faire diversion, et on ne voit pas arriver le couteau qu'ils finissent par nous planter dans le dos.

Cela avait été le cas avec Elliot…

— Bon, si Derek Camden donne ne serait-ce qu'un chèque, ce sera déjà ça, déclara-t-elle. De toute façon, le travail se fera avec ou sans lui.

— Mais pourquoi as-tu l'air aussi déçue ? s'étonna Tyson. Tu comptais vraiment sur lui aujourd'hui ?

— Moi ? Mais non… Il y aura toi, des collègues de travail, des membres de la paroisse, le pasteur… Nous serons bien assez nombreux.

— Bien sûr ! J'ai d'ailleurs du mal à croire qu'un Camden

habitué à se vautrer dans le luxe puisse nous être d'une quelconque aide.

Soudain, Tyson plissa les yeux et observa son amie d'un air soupçonneux.

— Ne me dis pas que tu apprécies ce type !

— Je n'ai rien trouvé de désagréable chez lui, répliqua-t-elle avec un vague hochement d'épaules. Et tout cas, pas chez lui personnellement, si on fait abstraction de ce que sa famille a fait à Larry et à Marion. Mais rassure-toi, je ne l'apprécie pas particulièrement. Je ne le connais même pas !

Tout ce qu'elle connaissait réellement de lui, c'était son physique avantageux. Son ex-époux était séduisant lui aussi — pas aussi séduisant que Derek Camden, mais tout de même. Au fil du temps, à mesure qu'elle avait découvert qui était réellement son mari, sa beauté était devenue de moins en moins importante à ses yeux.

— Il faut garder à l'esprit d'où vient Derek Camden, décréta Tyson, comme s'il cherchait à lui ouvrir les yeux. Les Camden sont à la tête d'une immense fortune, et leur réputation est encore plus déplorable que celle des Grant. T'amouracher d'un Camden juste après t'être arrachée des griffes d'un Grant équivaudrait à tomber de Charybde en Scylla.

— Oh ! je le sais bien, s'exclama-t-elle, les yeux dans le vague.

— Si je me souviens bien, ce que Sharon n'appréciait pas, c'était tout le clan familial de Derek. Ils sont très nombreux et agissent comme des frères et sœurs siamois ! Ils travaillent ensemble, sortent ensemble. Ils ne rateraient pour rien au monde le dîner de famille chez la grand-mère tous les dimanches soir…

— Crois-moi, personne ne sait mieux que moi que, dans ce genre de famille, il n'y a pas de place pour d'autres personnes. Même les conjoints sont toujours des étrangers…

Elle le savait d'expérience. C'était d'ailleurs un sujet dont elle avait maintes fois discuté avec Tyson.

— Mais tout cela importe peu, décréta-t-elle. Je ne suis

pas prête à sortir avec qui que ce soit pour le moment. Je t'ai dit que j'avais refusé de dîner avec le pasteur, qui est sans doute la personne la plus intègre qui soit. Et, même si j'étais de nouveau sur le marché, tu peux être sûr que je fuirais les Camden comme la peste.

— Et n'oublie pas que Derek Camden est sorti avec ma folle de cousine, ajouta Tyson pour enfoncer le clou. Sharon a l'air d'être son type de fille car, après leur rupture, il est sorti avec deux de ses amies, des filles un peu dingues, comme elle... Je doute que tu sois assez décalée pour ce type, à moins que tu ne veuilles te couper les cheveux style Mohawk et les teindre en bleu...

— Mes cheveux... style Mohawk ? s'esclaffa-t-elle en tirant sur une boucle de sa queue-de-cheval.

— Et puis, j'ai beau être sympa, je ne crois pas pouvoir gérer un autre divorce comme celui que nous avons vécu, conclut Tyson, comme pour sceller le pacte « anti-Derek Camden ».

Réputé pour être l'un des meilleurs avocats spécialisés dans le divorce de Denver, Tyson avait représenté Gia quand elle s'était séparée d'Elliott Grant. Les méthodes discutables des Grant, qui n'avaient pas hésité à lancer de fausses accusations à l'encontre de Tyson lui-même, avaient déclenché une enquête du barreau. Tyson et son cabinet en avaient pâti. Dès lors, Gia n'avait pas la moindre intention de lui faire subir la même épreuve.

— Ne t'inquiète pas, Ty, cela ne se reproduira pas, lui assura-t-elle. Quand je serai prête à me mettre en quête d'un homme, je ne m'intéresserai qu'à de gentils garçons issus de familles tout à fait normales !

Elle versa le reste de son café dans l'évier et rinça sa tasse, puis entreprit de rincer celle de Tyson. Ils s'apprêtèrent ensuite à sortir pour retrouver les autres bénévoles chez les Bronson.

Là où Derek Camden ne se présenterait probablement pas, car Tyson avait sans doute vu juste... Là où Gia se jetterait à corps perdu dans le travail, histoire d'oublier qu'elle avait gâché une semaine presque entière à fantasmer sur Derek

Camden en train de contracter ses muscles pour soulever des sacs d'engrais.

Tyson s'était trompé sur toute la ligne.

Derek Camden arriva chez les Bronson en même temps que tous ceux qui avaient promis leur présence en ce samedi. Il n'eut même pas une seule minute de retard !

Sa tenue pour l'occasion — chaussures de tennis, jean délavé et T-shirt vert col ras-du-cou — confirma à Gia qu'elle n'avait pas imaginé la présence de ces muscles fabuleux jusqu'alors dissimulés sous ses chemises.

Lorsque Gia le présenta aux autres bénévoles, le jeune homme la coupa avant qu'elle puisse préciser son nom de famille. Pour tous, il tenait à être simplement Derek.

Ce dernier évoqua la fois où Tyson et lui s'étaient rencontrés. Il se souvenait parfaitement que Ty était avocat, ainsi qu'un fervent supporter de l'équipe de foot des Miami Hurricanes. Il prit tout naturellement des nouvelles de Sharon, exprimant son plaisir de la savoir en forme et sans exprimer la moindre amertume quant à leur relation passée.

Puis il se mit au travail. Non seulement il y mit une bonne volonté évidente, mais il fit aussi montre de compétences et d'expérience, notamment quand il proposa de tondre la pelouse… et dut auparavant réparer la tondeuse !

Néanmoins, Gia gardait en tête la conversation qu'elle avait eue un peu plus tôt avec Tyson, et elle s'efforça de ne pas se laisser impressionner par le savoir-faire de Derek.

Soit. Derek Camden savait réparer une tondeuse et la passer…

Soit. Il pouvait porter de lourds sacs d'engrais et des dalles, les muscles bandés, ce qui la laissait admirative comme rarement elle l'avait été devant ce genre de spectacle.

Soit. Il n'aurait pas pu se montrer plus agréable, sympathisant avec tout le monde, y compris avec Tyson qui s'amadoua au fil de la matinée.

Mais elle ne s'y laisserait pas prendre !

Elle ne cessait de se répéter que les apparences pouvaient être trompeuses et qu'elle ne devait pas se leurrer.

Malgré toute sa détermination, elle eut du mal à tenir cette ligne de conduite à mesure que la journée passait et que ses yeux s'emplissaient du spectacle fascinant des épaules larges de Derek, de ses cuisses puissantes et de ses fesses musclées qu'elle ne pouvait s'empêcher de lorgner dès que l'occasion se présentait.

Quand les bénévoles cessèrent de s'activer, aux alentours de 18 heures, le jardin des Bronson avait retrouvé fière allure. Les mauvaises herbes avaient été arrachées, les arbres et buissons taillés et la pelouse tondue. Un chemin en pavés avait été tracé entre le devant et l'arrière de la maison, ainsi qu'entre la véranda et la cabane de jardin. Deux des horticulteurs qui avaient participé aux travaux avaient créé des massifs pour y planter des fleurs au printemps, tandis que Gia et un de ses collègues s'étaient affairés à créer des parterres de vivaces sur le devant de la maison, de chaque côté de l'allée.

Le résultat final était plus que satisfaisant. Il donnait à l'ensemble une valeur ajoutée indéniable, sans pour autant nécessiter beaucoup d'entretien.

Tout au long de la journée, Larry avait été omniprésent. Bien que n'étant pas en capacité de participer, il avait discuté avec toutes les personnes présentes pendant que Marion allait et venait, proposant gâteaux et rafraîchissements.

Gia, qui les avait surveillés du coin de l'œil, ne les avait pas sentis animés de mauvaises intentions envers Derek, ce dont elle fut soulagée. Cela dit, une fois qu'ils eurent la confirmation que Derek était bien celui qu'ils soupçonnaient être, aucun des deux ne s'aventura plus auprès de lui ou ne fit l'effort de lui adresser la parole.

Derek, de son côté, leur laissa l'espace qu'ils désiraient et, lorsque le contact fut inévitable, se montra poli et respectueux envers eux sans chercher à gagner à tout prix leurs faveurs.

Gia se demanda, non sans une certaine inquiétude, ce qui allait se passer lorsque, une fois le travail fini, les bénévoles

— y compris Tyson — allaient prendre congé et qu'elle se retrouverait seule avec Derek pour ranger les outils de jardinage.

Comme Larry et Marion se promenaient dans le jardin, s'émerveillant du résultat, ils ne purent faire autrement que de parler à Derek avec courtoisie, mais leur gratitude allait à Gia.

Cette fois encore, Derek géra la situation avec calme, abondant dans leur sens, complimentant Gia pour le travail remarquable qu'elle avait accompli. Il ne sembla pas le moins du monde offensé par l'absence de reconnaissance des Bronson envers le travail acharné qu'il avait fourni toute la journée.

— Merci pour tout ce que vous avez fait, lui dit Gia une fois le couple rentré.

— C'était un plaisir, répondit-il en souriant, comme si cette seule reconnaissance était suffisante.

— Je suis surprise que vous sachiez si bien vous débrouiller en jardinage, fit-elle remarquer.

— Ma grand-mère nous a élevés, mes cousins, mes frères et sœurs et moi... Elle était issue d'une famille de cultivateurs, alors elle était habituée aux corvées en tous genres. Gamin, j'ai fait beaucoup de jardinage, entre autres choses. Tous les garçons de la famille en faisaient... Oui, c'est sexiste, je sais, mais tous, garçons et filles, mettions la main à la pâte.

— Les Bronson m'ont raconté que le fils de H.J. Camden, ainsi que ses petits-enfants, sont morts dans un accident d'avion, et que vous êtes l'un des dix arrière-petits-enfants laissés orphelins par cette tragédie.

— En effet. Nous avons tous été élevés par Gigi — c'est ainsi que nous appelons notre grand-mère — et par Margaret et Louie Haliburton, qui travaillent pour Gigi, mais que nous considérons comme de la famille.

Ce n'était pas ainsi que Gia et les Bronson s'étaient représenté les choses. Ils s'étaient plutôt imaginé que les rejetons Camden avaient été élevés comme des membres d'une famille royale... Pas qu'ils aient eu à se partager des tâches ménagères, comme dans toutes les familles !

— Mais avec autant d'enfants… les Camden n'avaient-ils donc pas une troupe de jardiniers à leur service ?

Derek s'esclaffa.

— Bien sûr que si… une troupe de sept petits-fils en bonne santé ! Et nous continuons à le faire aujourd'hui encore. Vous avez eu de la chance que cela n'ait pas été ma semaine, car, sinon, j'aurais été en retard ce matin.

— Je suis contente que vous ne l'ayez pas été, car personne d'autre que vous ne savait réparer une tondeuse à gazon.

— Le pasteur a bien essayé, lui rappela-t-il.

Il fit une pause avant de reprendre :

— Il voulait vous emmener dîner ce soir, n'est-ce pas ?

Le pasteur avait effectivement fait une seconde tentative auprès de Gia.

— Je ne savais pas que vous aviez entendu, dit-elle.

— Essaie-t-il de vous convertir, ou est-il intéressé par autre chose ? s'enquit Derek sur un ton taquin.

Elle éclata de rire.

— Je me suis demandé la même chose, et je n'en suis pas certaine. Dans la mesure où il sait que sa congrégation n'approuverait pas qu'il sorte avec une femme divorcée, je pense qu'il songe plutôt à une conversion.

— Alors, vous avez dit non…

— Je ne suis pas prête à sortir avec un homme pour le moment.

Il hocha lentement la tête.

— Que diriez-vous si nous partions chacun de notre côté pour faire un brin de toilette avant de nous retrouver pour manger un morceau… en toute amitié. Car vous et moi paraissons être les seuls à ne pas avoir de projets pour ce soir.

Il se pencha et ajouta sur le ton de la confidence :

— Vous pourrez ainsi me dire comment je m'en suis tiré avec les Bronson aujourd'hui et, peut-être, me donner quelques conseils.

Non ! pensa Gia. C'était une réponse simple, et la seule qu'elle devait lui donner.

Mais son esprit se mit à bouillonner.

C'était samedi soir… La journée avait été rude… Tout le monde, y compris Tyson, était sorti dîner avec son conjoint ou avait rendez-vous… Larry et Marion étaient en train de préparer leur dîner, après lequel ils s'installeraient confortablement dans leur canapé pour regarder un vieux film. Cette tradition du samedi soir subsistait, bien qu'ils n'aient plus les moyens de s'offrir une séance de cinéma.

Gia, elle, n'avait pour seul projet que de prendre une douche et de s'asseoir seule devant sa télévision en mangeant des restes piochés dans son frigidaire.

Ou alors elle pouvait retrouver Derek Camden pour manger un morceau !

Un rendez-vous strictement amical. Contrairement à la proposition du pasteur, qu'elle n'avait pas été du tout tentée d'accepter.

Il en était bien autrement de celle de Derek Camden !

Elle était tout simplement incapable de dire non.

— Ce ne sera pas un rendez-vous, tint-elle à clarifier.

Elle était consciente de s'engager sur un terrain glissant, mais soudain l'idée d'une soirée seule devant sa télé la rebutait au plus haut point.

— Non, pas un rendez-vous, confirma Derek. Tenue décontractée. Je ne viendrai pas vous chercher et je n'ouvrirai pas la portière de votre voiture. Nous nous retrouverons au restaurant, et je vous offrirai à dîner en échange de conseils sur la façon d'amadouer les Bronson. Puis nous repartirons chacun de notre côté.

Elle avait réellement envie d'encourager une trêve entre les Bronson et lui, de façon que le couple puisse enfin bénéficier de l'aide des Camden.

C'est ce qui emporta sa décision. Elle faisait ça pour les Bronson !

— D'accord, accepta-t-elle.

— Qu'aimeriez-vous manger ? Italien ? Marocain ? Chinois ?

Elle ferma les yeux pour réfléchir. Quand elle les rouvrit, il lui souriait.

— Est-ce que ça vous a aidée à vous décider ? s'enquit-il, amusé.

— Je donnais juste à mon estomac la possibilité de me faire savoir ce dont il avait envie, répondit-elle.

— Et que vous a-t-il dit ?

— Il a envie du poulet au citron du Red Lantern, sur Broadway.

— Votre estomac a des goûts très précis, railla-t-il. Pas de dessert ?

— Toujours un dessert. Le Red Lantern propose un pudding au chocolat très très noir… Le poulet au citron, c'est juste ce que je dois manger avant de pouvoir déguster le dessert…

De nouveau, il rit, avec un plaisir réel, et elle n'avait pas l'impression qu'il se moquait d'elle.

— Bien sûr… Du chocolat très très noir… On se retrouve dans une heure ?

— Dans une heure, acquiesça-t-elle.

Cela ne lui laissait pas beaucoup de temps. Ce qui n'était pas plus mal, puisqu'elle n'aurait ainsi pas le loisir de se faire des idées sur la nature de ce rendez-vous.

Gia jeta son dévolu sur un pantalon corsaire kaki et un simple débardeur à rayures rouges et blanches. Elle avait tout de même trouvé le temps de se laver les cheveux à la hâte. Elle les avait ensuite laissés libres sur ses épaules, préférant utiliser le peu de temps qu'elle avait pour souligner ses yeux d'un trait d'eye-liner et appliquer du gloss sur ses lèvres.

Lorsqu'elle arriva au Red Lantern et aperçut Derek qui l'attendait sur le parking, appuyé contre sa voiture, elle remarqua que, pas plus qu'elle, il n'avait opté pour un short ! Il avait enfilé un jean qui avait bien plus fière allure que celui qu'il avait porté pour jardiner et avait aussi choisi un simple

T-shirt blanc à l'encolure en V avec des manches longues qu'il avait relevées aux coudes.

Il était rasé de près, et ses cheveux savamment négligés lui donnaient des airs de top model. Peu importait qu'il ait ou non prêté attention à son apparence… il était magnifique !

L'ayant vue arriver, il se redressa et suivit la voiture de Gia jusqu'à la seule place libre, au bout du parking. Comme il l'avait promis, il ne lui ouvrit pas la portière, mais se tint tout à côté tandis qu'elle descendait de sa petite berline hybride.

Elle surprit son regard sur elle. Il esquissa un demi-sourire, comme s'il appréciait ce qu'il voyait. Il se contenta de l'accueillir en l'informant qu'ils étaient sur une liste d'attente, mais qu'une table ne tarderait pas à se libérer. Elle se demanda s'il avait donné un pourboire substantiel pour obtenir une table, car l'endroit était bondé. Pourtant, dès qu'ils se présentèrent à l'accueil, on les conduisit à une table.

Ils ne perdirent pas de temps à commander et sirotèrent le thé glacé qu'on leur avait apporté.

— Alors, comment m'en suis-je sorti aujourd'hui ? s'enquit-il au bout d'un moment.

— Vous avez été d'une aide précieuse, lui assura-t-elle.

Il eut un petit rire.

— Je ne vous demande pas comment je m'en suis sorti d'un point de vue pratique, mais dans ma relation avec les Bronson.

— Eh bien, le jet d'eau n'a pas été dirigé sur vous et aucune pierre n'a été jetée dans votre direction… Je dirais donc que c'est un succès !

— On dirait que vous vous attendiez à ce que cela se produise, fit-il remarquer en souriant.

Elle haussa les épaules.

— Je dirais que le tuyau d'arrosage a été mentionné…

— Ils ont vraiment menacé de m'arroser ! s'exclama-t-il, incrédule.

— Vous savez… ce que votre famille a fait aux Bronson, ce n'est pas rien… C'est même terrible.

Il redevint grave.

— En réalité, je ne suis pas certain de savoir exactement de quoi il s'agit. Cela remonte à 1968. Mon père et mon oncle n'étaient que des adolescents. C'était mon arrière-grand-père et mon grand-père qui tenaient les rênes. Par la suite, quand mon père et mon oncle sont devenus adultes, ils ont toujours bien fait la distinction entre les affaires et la famille. Jamais ils ne parlaient affaires à la maison.

— Mais les Camden ont une certaine réputation, vous ne pouvez l'ignorer…

— Je le sais. Au fil des années, j'ai entendu parler de ce qu'on nous reprochait, mais H.J. nous a toujours conseillé de ne pas y prêter attention. Il affirmait n'avoir jamais rien fait de répréhensible. Et pour nous… eh bien, H.J. était notre arrière-grand-père, vous savez. Il prenait soin de nous. Il nous gâtait. C'est tout ce que nous voyions de lui. Quand l'un d'entre nous rapportait ce qu'il avait entendu dire sur la famille, H.J. prétendait qu'en affaires, en politique ou dans le sport il y avait des gagnants et des perdants. Et que, souvent, les perdants se vengeaient en dénigrant les gagnants. Nous ne devions donc pas y prêter attention.

— Alors, c'est ce que vous faisiez, commenta-t-elle au moment où on leur apportait le plat principal.

— Plus ou moins. Gigi, elle, disait que le succès avait toujours un coût, et que ces mensonges étaient le prix à payer pour notre réussite.

— Mais il ne s'agit pas de mensonges, le contredit-elle. Je ne connais pas ce qu'on raconte d'autre sur votre famille, mais, en ce qui concerne les Bronson, tout est vrai !

— J'ignore les détails de l'histoire avec les Bronson, pour être parfaitement honnête avec vous. Je sais qu'ils étaient propriétaires d'un hôtel…

— Le Larkspur, précisa-t-elle.

— Un hôtel construit à la fin du XIXe siècle.

— Par l'arrière-arrière-grand-père de Larry, poursuivit-elle.

— Il se trouvait sur un terrain très bien situé en plein centre de Denver.

De nouveau, elle précisa :

— Un terrain sur lequel H.J. Camden voulait construire un magasin…

— Oui, acquiesça-t-il. Mais, si le terrain avait de la valeur, le bâtiment qui était dessus tombait en ruines.

Il avait ajouté ces derniers mots avec diplomatie.

— Le Larkspur avait grand besoin de travaux, concéda-t-elle. Larry et Marion admettent qu'ils n'avaient ni l'argent ni le temps nécessaire pour les entreprendre, à cause de Roddy…

— Roddy ? Qui est Roddy ?

— Leur fils. Vous ne saviez pas qu'ils avaient un fils ?

— Non, je l'ignorais.

— Alors, vous n'avez pas tous les éléments en main pour juger, murmura-t-elle, davantage pour elle que pour lui.

— Je ne connais probablement que la partie immergée de l'iceberg… qui a été portée à ma connaissance depuis très peu de temps d'ailleurs.

— Roddy est né avec plusieurs problèmes congénitaux. Les médecins ont même été surpris qu'il vive. Roddy était sérieusement handicapé mentalement et physiquement. Il est mort il y a trente ans, bien avant que je rencontre Larry et Marion.

— Depuis combien de temps les connaissez-vous ?

— Trois ans. Depuis que j'ai emménagé dans ma maison… Nous sommes devenus proches très vite. Ils se sont montrés très gentils avec moi à une période où j'en avais besoin. Ils m'ont soutenue et traitée comme leur fille.

Peu encline à en dévoiler davantage, elle poursuivit sur les Bronson.

— Ils parlaient beaucoup de Roddy, que j'ai vu sur des vieilles photographies. Ce dernier a passé sa courte vie dans un fauteuil roulant. Des problèmes à la colonne vertébrale l'empêchaient de marcher. Il ne pouvait pas davantage parler ou faire quoi que ce soit par lui-même. Mais c'était leur fils, et ils l'ont aimé et se sont dévoués pour prendre soin de lui, ce qui n'était pas rien.

— Je peux l'imaginer, dit-il d'un ton compatissant. C'est à ça qu'ils ont consacré leur temps et leur argent.

— C'était une lutte quotidienne pour eux. Les dépenses médicales pour Roddy étaient faramineuses, et l'un d'eux devait toujours être auprès de lui. Or faire tourner un hôtel nécessite d'être disponible vingt-quatre heures sur vingt-quatre. C'était très dur, bien que je ne les aie jamais entendus s'en plaindre véritablement. Ils n'avaient jamais fait autre chose que diriger un hôtel, et le Larkspur était tout ce qu'ils avaient. Mais il y avait aussi Roddy. Alors ils ont fait du mieux qu'ils pouvaient.

— J'imagine que l'hôtel s'est peu à peu dégradé.

Le ton de Derek suggérait que ce qu'il apprenait ne le mettait pas très à l'aise.

— Le Larkspur était dans la famille de Larry depuis toujours. Il avait même rivalisé avec le Brown Palace et l'Oxford. Chaque génération qui l'avait géré avait fait en sorte de le rénover pour qu'il reste compétitif. Au départ, c'est aussi ce qu'ont fait Larry et Marion…

— Jusqu'à ce qu'ils aient Roddy, devina Derek.

— En effet. Au bout d'un moment, ils n'ont pu maintenir la qualité des prestations. L'hôtel a peu à peu décliné. C'est alors que H.J. Camden est intervenu.

— Il a offert de racheter l'hôtel…

— Avec pour projet de le démolir et de bâtir un magasin Camden. Bien entendu, les Bronson ont refusé.

— Alors il a revu son offre à la hausse, reprit-il, énonçant ce qu'il savait sans entrer dans une quelconque confrontation.

— L'offre restait de toute façon ridiculement basse, mais le problème n'était pas là. Le Larkspur était tout pour les Bronson. Bien plus que leur gagne-pain. A l'époque, ils s'efforçaient de le faire répertorier au patrimoine historique, ce qui non seulement aurait protégé le bâtiment, mais leur aurait permis d'obtenir des fonds pour sa rénovation. Ils sont sûrs que, sans l'intervention de H.J. Camden, ils auraient obtenu cette reconnaissance.

Le serveur vint enlever leurs assiettes vides. Derek commanda le fameux pudding au chocolat pour Gia et du sorbet pour lui. Après le départ du serveur, il ne commenta pas la dernière phrase de Gia. Il ne semblait pas savoir quoi dire. Ayant la sensation qu'elle donnait enfin l'occasion aux Bronson d'être entendus, elle poursuivit.

— H.J. Camden avait l'influence politique et l'argent pour acheter les gens. La reconnaissance du Larkspur en tant que patrimoine historique était en bonne voie, jusqu'au jour où H.J Camden a jeté son dévolu sur le terrain. Soudain, le processus s'est bloqué. Et, à la même période, les inspecteurs de l'Etat se sont tout à coup beaucoup intéressés au Larkspur, y découvrant suffisamment d'insuffisances aux codes de la construction et de l'hygiène pour le condamner.

— Le condamner, dites-vous ?

— Le condamner. Les inspecteurs ont décrété qu'il tombait en ruines et qu'il ne pouvait non seulement plus être ouvert au public, mais que les Bronson ne pouvaient pas non plus y habiter. Ce qui était totalement faux. Les Bronson ont demandé à un entrepreneur indépendant d'examiner le bâtiment, et ce professionnel a confirmé que son état était loin d'être aussi catastrophique.

— Le rapport de cet entrepreneur n'a-t-il donc eu aucun poids ?

— Pas quand celui-ci a, comme par hasard, été embauché par Hank Camden pour participer à la construction des magasins Camden ! Le rapport a subitement disparu.

Derek poussa un long soupir.

— Ce dont l'hôtel avait réellement besoin, reprit-elle, c'était de travaux de peinture et de rénovation de la plomberie et du système électrique. Mais il n'y avait pas le moindre risque qu'il s'écroule sur la tête de qui que ce soit !

Derek fronçait les sourcils. Il paraissait troublé par ce que lui racontait Gia, mais il s'abstint de tout commentaire.

Celle-ci poursuivit sur sa lancée :

— Larry a contesté la décision des autorités, mais sans pouvoir s'appuyer sur le rapport de l'entrepreneur expert. En outre, comme ils n'avaient pas les moyens d'en embaucher un autre ou de faire appel à un avocat, les Bronson n'ont pas fait le poids. Ils n'avaient pas les sommes nécessaires pour se mettre en conformité avec les recommandations de l'expertise « officielle » et n'ont eu d'autre choix que de fermer boutique et d'accepter l'offre des Camden. Une offre bien inférieure à l'offre initiale, évidemment.

Derek secoua la tête d'un air contrarié.

Elle poursuivit :

— Les Bronson se sont retrouvés sans bien immobilier et avec très peu d'argent, alors que les dépenses médicales pour Roddy ne cessaient d'augmenter. Ils se sont vus obligés d'utiliser la plus grosse part de l'argent issu de la vente de l'hôtel pour acquérir la maison dans laquelle ils vivent toujours actuellement.

— Cela s'est passé il y a plus de quarante ans, fit remarquer Derek. Ne devraient-ils pas avoir terminé de rembourser cette maison depuis longtemps ?

— Vous parlez comme un financier. En fait, les Bronson ont utilisé l'argent de l'hôtel pour acheter la maison comptant, de façon à se sentir en sécurité. Mais, sans l'hôtel, ils n'avaient plus de travail, et ils ont donc dû travailler pour d'autres. Comme la santé de Roddy continuait à se dégrader, ils n'ont pu honorer leurs engagements professionnels, et ils ont dû y renoncer. Au fil des ans, la maison a dû être hypothéquée.

— Alors, elle n'est pas remboursée.

Gia répugnait à révéler à quel point les Bronson étaient vulnérables. Elle se contenta de hausser les épaules et de conclure son propos.

— Quoi qu'il en soit, en raison des agissements de H.J. Camden, les Bronson ont vu leur héritage familial, un patrimoine majeur de Denver, être détruit au bulldozer. Tous deux ont connu une vie d'épreuves que l'âge n'a fait qu'aggraver.

Elle regarda Derek qui se frottait le menton d'un geste embarrassé.

— Eh bien… Vous m'apprenez certaines choses.

Son ton était grave.

Certaines choses, mais pas toutes, songea-t-elle. Elle nota bien qu'il ne révélait pas quelles parties de l'histoire il connaissait déjà.

Ne jamais rien admettre. C'était la ligne de conduite qu'adoptaient toujours les Grant, se souvint Gia. Ça, ainsi que donner de l'argent à une bonne cause pour faire bonne figure quand de méchantes rumeurs et accusations faisaient surface.

— Si je comprends bien, vous estimez que les Bronson ont fait preuve de mansuétude en ne me jetant pas de pierres ou en ne dirigeant pas sur moi le tuyau d'arrosage, conclut-il, ironique, pour détendre l'atmosphère.

— C'est un peu ça…

Il hocha la tête, comme s'il estimait qu'elle n'avait pas tort.

— Je suis désolée de m'être un peu laissé emporter, s'excusa-t-elle en prenant une profonde inspiration.

— Ce n'est rien. Je voulais entendre cette histoire du point de vue des Bronson.

— Je peux vous dire qu'ils s'enflamment bien plus que moi quand ils la racontent eux-mêmes !

Il eut un rire sans humour.

— Mieux valait que je l'entende de votre bouche, alors.

Le serveur apporta l'addition.

— Aujourd'hui, nous avons fait un pas en avant en arrangeant le jardin des Bronson, reprit Derek. Samedi prochain, nous nous attellerons à l'intérieur de la maison. Et ensuite, nous ferons tout ce qui aura besoin d'être fait.

Tout ce qui aura besoin d'être fait, se répéta Gia intérieurement. Déclaration trop vague pour engager Derek de quelque manière que ce soit. Elle avait toutefois le sentiment que ce qu'avait fait Derek aujourd'hui n'était que le début de son engagement et qu'il avait sincèrement l'intention de faire plus.

Nous verrons bien, se dit-elle, circonspecte.

Derek paya l'addition et refusa que Gia laisse un pourboire. Lorsqu'ils sortirent du restaurant, la nuit était tombée et, sur le parking, Derek raccompagna Gia jusqu'à sa voiture, geste galant qu'elle apprécia, même s'il n'était motivé que par des raisons de sécurité.

Tout du moins, ce fut ce dont elle tenta de se convaincre.

— Puis-je vous demander une faveur ? lui demanda Derek, tandis qu'elle déverrouillait les portières de son véhicule.

— Allez-y…

— Je suis vraiment navré de ce qui est arrivé aux Bronson. Et je sais parfaitement que, quoi que je fasse, je serai toujours à leurs yeux un Camden, et qu'un magasin Camden se trouve aujourd'hui en lieu et place de l'hôtel qui, si les choses avaient tourné différemment, aurait pu leur offrir une vie décente. Cet hôtel qui était leur héritage de famille…

Il fit une pause avant de reprendre :

— Cela étant dit, pourriez-vous essayer de garder à l'esprit que je n'étais pas né au moment des faits ? Que je n'ai absolument aucune responsabilité dans ces événements fâcheux et que j'essaie juste d'aider ces gens, comme vous le faites…

Gia ne répondit pas immédiatement.

Le parking était faiblement éclairé, mais ils étaient suffisamment proches l'un de l'autre pour qu'elle voie son visage et ses yeux d'un bleu saisissant. Elle le fixa, songeant à son ex-mari et à sa famille, grands manipulateurs devant l'Eternel.

Pourtant…

Derek avait raison. Il n'avait joué aucun rôle dans la tragédie des Bronson. Ce qui ne voulait pas dire qu'il n'était pas responsable d'agissements similaires qui se produisaient peut-être en ce moment même…

Malgré tout, elle ne pouvait pas lui tenir rigueur de ce qui s'était produit dans le passé.

— J'essaierai de garder à la mémoire que vous n'êtes pour rien dans la sombre machination dont les Bronson ont été victimes, concéda-t-elle.

Pour autant, elle ne lui ferait pas totalement confiance. C'était impossible. Pour le bien des Bronson et pour le sien.

— Merci, lui dit-il, car, en plus de n'être en rien responsable, je suis aussi désolé que vous pour ces gens.

Il paraissait sincère. Il semblait éprouver une compassion véritable et de l'empathie, deux sentiments qu'elle n'avait jamais décelés chez son ex-mari ou la famille de ce dernier.

Ce qui jouait légèrement en faveur de Derek. Mais légèrement seulement… Car Derek n'admettait pas ouvertement que sa famille s'était mal comportée et ne reniait pas la personne qui avait commis ces agissements.

— Le mieux que nous puissions faire est d'essayer de les sortir de ce mauvais pas, conclut-elle.

Il acquiesça et lui adressa un sourire engageant.

— En tout cas, ils ne tarissent pas d'éloges sur vous. Chaque fois que je les ai entendus parler de vous aujourd'hui, ils disaient tout le bien qu'ils pensent à votre sujet ! Vous êtes « la fille qu'ils n'ont jamais eue ». « Un cadeau du ciel ». Ils ne « savent pas ce qu'ils feraient sans vous »… Vraiment, on peut affirmer qu'ils vous aiment !

— Eux aussi sont un cadeau du ciel pour moi. Ils ont été là au bon moment.

Il hocha la tête sans lui demander plus de précisions, se contentant de l'observer comme elle l'avait fait quelques instants plus tôt. Il parut apprécier le spectacle, car son visage se fendit d'un sourire.

Un petit sourire qui attira l'attention de Gia sur ses lèvres. Des lèvres qui paraissaient si douces…

Elle eut soudain l'intuition qu'il embrassait bien.

Pourquoi cette pensée lui traversa-t-elle l'esprit ? Mystère… Pourquoi aussi se surprit-elle à souhaiter qu'il ne fasse pas preuve d'autant de courtoisie et qu'il l'embrasse pour lui souhaiter bonne nuit, de façon qu'elle mette sa théorie à l'épreuve ?

Il n'en fit rien cependant et resta fidèle à sa parole. Il ne lui ouvrit pas la portière, ce que Gia finit par faire elle-même.

Il était grand temps qu'elle rentre chez elle et chasse ces pensées saugrenues !

— A samedi prochain, dit-elle en montant dans son véhicule, espérant ainsi neutraliser l'effet qu'il produisait sur elle.

Il se pencha pour refermer sa portière.

— Je serai là, assura-t-il, tandis qu'elle baissait sa vitre. Envoyez-moi un texto pour me préciser l'heure.

— Vous pouvez compter sur moi.

— A bientôt alors, dit-il en s'écartant de la voiture. Bonne semaine d'ici là…

— A vous aussi. Et merci pour le dîner… et pour votre aide aujourd'hui.

Il hocha la tête et lui fit un signe de la main tandis qu'elle sortait de sa place de parking et s'éloignait.

Un signe auquel elle répondit avec enthousiasme, bien qu'elle fût très agacée par son propre comportement.

Une chose était sûre : la semaine à venir allait lui paraître interminable…

4

— Salut, Tommy ! Alors, comment va ton pied ? Jeanine,
j'aime ta nouvelle coiffure. Mitch, j'ai perdu mon pari…
vous aviez raison pour Dallas dimanche dernier. Tammy,
comment vas-tu ?

Gia travaillait au fond d'une des serres de Health Now
lorsqu'elle entendit une voix masculine héler ses collègues. Il
ne lui fallut pas plus d'une fraction de seconde pour reconnaître
la voix de Derek Camden et se souvenir qu'il avait rencontré
ses collègues pendant l'après-midi jardinage chez les Bronson.

Elle n'avait pas réalisé jusqu'alors à quel point il avait sympa-
thisé avec eux. Elle ne put s'empêcher d'être impressionnée
qu'il se souvienne avec précision de tous ses interlocuteurs et
qu'il se montre aussi chaleureux. Ses collègues le saluèrent
en retour avec au moins autant d'enthousiasme avant de lui
indiquer où elle se trouvait, précisant qu'elle était en train de
planter un ginkgo.

— Bonjour, vous, fit-il quand il se retrouva près d'elle.
— Bonjour, vous, renchérit-elle sans dissimuler sa surprise.

Elle s'essuya les mains avec un chiffon et délaissa ses pots,
graines et sacs de terre.

Elle avait passé la semaine à s'efforcer de chasser des
pensées persistantes qui inlassablement la ramenaient à Derek
Camden. Et ce matin, elle s'était maudite quand sa première
pensée avait été qu'il ne lui restait plus que vingt-quatre heures
à attendre avant de le revoir…

Elle ne s'attendait pas à ce qu'il se présente ainsi, sur son
lieu de travail !

Immédiatement, elle songea, déçue, qu'il n'était venu que pour l'informer qu'il n'irait pas chez les Bronson le lendemain...

— Que faites-vous ici ? lui demanda-t-elle. Faites attention ! Ne vous appuyez pas là, vous allez salir votre costume.

Il jeta un coup d'œil à sa veste et frotta les traces de poussière sur sa manche.

Gia en profita pour admirer sa large carrure mise en valeur par son costume sur mesure et sa chemise blanc cassé égayée par une cravate mauve. Elle se fit la réflexion qu'il était incroyablement séduisant... avant de repousser bien vite cette pensée déstabilisante.

Soudain, elle prit conscience, effarée, de sa tenue.

Le vendredi était la journée dédiée aux plantations. Une journée passée dans la moiteur des serres, raison pour laquelle elle avait décidé de porter un short en jean, un débardeur et des sandales usées. Ses cheveux étaient rassemblés en un geyser de boucles sur le sommet de son crâne, et elle ne portait pas le moindre maquillage, de peur qu'il ne coule dans la chaleur de la serre.

Ce n'était pas l'image qu'elle avait envie de renvoyer à Derek, et elle en fut terriblement contrariée.

— Je suis venu vous proposer de déjeuner avec moi quelque part, déclara Derek.

— Je ne peux aller nulle part avec vous dans cette tenue ! s'exclama-t-elle.

Il la regarda de la tête aux pieds avec un sourire amusé.

— Vous êtes adorable comme ça. Vous portez une tenue estivale, où est le mal ? Nous irons dans un endroit décontracté où nous pourrons manger en terrasse.

— Vas-y, Gia, fit la voix de Jeanine, invisible derrière l'échinacée.

Gia se rappela qu'elle avait apporté un chemisier à enfiler par-dessus son débardeur quand elle rentrerait chez elle...

C'était peu pour améliorer son allure générale, mais bon...

— Venez, insista Derek. Fuyons cette chaleur étouffante ! Je voudrais vous parler des Bronson.

Ainsi, il n'était pas venu pour elle…

Bien que consciente de la puérilité de sa réaction, elle ne put s'empêcher d'éprouver une pointe de déception.

— Si vous ne pouvez pas venir demain, dites-le…

— Ce n'est pas ce dont je souhaite vous entretenir. Et je serai bien là demain.

— De toute façon, c'est l'heure de déjeuner, commenta Jeanine, alors tu ferais aussi bien d'y aller…

Gia se rendait compte que Derek était de plus en plus mal à l'aise dans la moiteur de la serre. Et puisqu'il voulait parler des Bronson…

Au diable sa tenue !

— D'accord, céda-t-elle, mais pas dans un endroit chic. Il y a un café qui vend des sandwichs au bout de la rue. Avec une terrasse.

— C'est parfait. Je mangerais volontiers un sandwich.

— Je vais aller chercher un chemisier, lui dit-elle en l'entraînant vers le fond de la serre où une porte donnait sur les jardins en extérieur.

— Il y a d'autres serres ? s'étonna-t-il.

— Oui, deux autres.

— Des serres pour cultiver tout au long de l'année, et le jardin pour les mois d'été.

— C'est ça. Nous surveillons les prévisions des premières gelées, récoltons avant qu'elles surviennent, puis nous fermons les jardins pendant la période hivernale.

Elle se pencha et effleura des fleurs aux pétales rouge pâle.

— Vous êtes si belles…, murmura-t-elle.

— Vous parlez aux plantes ?

— Ce sont des êtres vivants, vous savez.

— Ce parfum me dit quelque chose.

— C'est du thym. Nous l'utilisons pour confectionner des crèmes antiseptiques et antifongiques. C'est bon pour les infections des bronches. On peut aussi faire du thé avec les feuilles.

— C'est également excellent dans la nourriture, précisa Derek.

— Vous n'avez pas tort !

— Vous faites donc pousser tout ça ? dit-il tandis qu'ils remontaient l'allée cernée de plantes jusqu'au bâtiment principal.

— Oui. Ce sont nos bébés. Nous les plantons et les soignons, puis les récoltons. Ensuite, elles partent en production où certaines d'entre elles sont hachées et mises en capsules, tandis que d'autres sont pressées pour en extraire de l'huile.

— Et ces trucs sont utilisés comme des médicaments ? demanda-t-il avec un brin de scepticisme.

— Ces trucs, comme vous dites, étaient là bien avant la médecine moderne. Les gens utilisaient les plantes pour se soigner. Parfois, les effets sont moins forts, ou bien il faut davantage de temps pour qu'ils produisent de l'effet. En cas de brûlures d'estomac, par exemple, il est recommandé de mâcher une feuille de menthe ou de manger une orange, ou bien de prendre une pilule qui ne contient que de l'huile d'orange.

— Et ça marche ?

— Vous ne le saurez pas tant que vous n'aurez pas essayé, le défia-t-elle au moment où ils rejoignaient son petit bureau. Parfois, il suffit aussi de prendre une cuillerée de vinaigre.

— Si je comprends bien, vous êtes contre la médecine moderne.

— Non, mais j'essaierai toujours quelque chose de naturel avant toute autre substance, répondit-elle en enfilant le chemisier blanc qui se trouvait sur le dos du fauteuil. On peut aussi utiliser les plantes à titre préventif. Les feuilles de ginkgo, comme celui que vous avez vu dans la serre par exemple, sont excellentes pour la mémoire, alors j'en prends tous les jours.

Il eut un sourire malicieux.

— C'est donc ça qui rend vos cheveux aussi frisés !

— Non, ça c'est génétique, le contredit-elle avec une grimace.

— Vous n'aimez pas vos cheveux ?

— Eh bien, disons qu'ils semblent animés d'une volonté propre !

Le sourire de Derek s'accentua. Il tendit la main et posa doucement sa main à plat sur le geyser de cheveux.

— Une volonté de rébellion… Moi, je les trouve superbes.

Elle lui lança un regard soupçonneux, comme si elle n'était pas certaine de pouvoir le croire.

Ils sortirent et se dirigèrent vers le café. Chemisier ou pas, elle ne pouvait s'empêcher de se sentir mal à l'aise à marcher à côté de lui qui était si bien habillé.

Le café à la terrasse duquel ils s'installèrent était fréquenté par tous les employés de Health Now. Gia connaissait bien le propriétaire à qui elle avait laissé une boîte pour recueillir des dons pour les Bronson.

— Je vais l'emporter aujourd'hui, Nick, lui annonça-t-elle après avoir commandé. J'irai déposer l'argent à la banque tout à l'heure. Merci de m'avoir laissée en mettre une ici.

— Aucun problème, répondit Nick. J'espère que mes enfants prendront autant soin de moi quand je serai vieux. Si ce n'est pas le cas, je vous appellerai à l'aide !

— Vous savez où me trouver, dit-elle avec un sourire.

Derek porta le plateau contenant sodas et sandwichs pour que Gia puisse prendre la boîte qui paraissait aux trois quarts pleine. Certes, il s'agissait surtout de pièces, mais il y avait aussi quelques billets.

Ils s'installèrent à l'une des petites tables en terrasse devant le café.

— Vous faites-vous des amis dans toutes les boutiques que vous fréquentez ? s'enquit Derek.

Elle haussa les épaules.

— J'ai mes habitudes. Je vais souvent aux mêmes endroits et je sympathise avec les gens. On discute et on apprend à se connaître.

— Les gens semblent bien vous apprécier.

— Peut-être, fit-elle en haussant de nouveau les épaules.

Mais il faut du temps… Alors que, vous, il vous suffit d'une journée pour amadouer tout le monde !

Il s'esclaffa.

— Pourquoi dites-vous ça comme si j'avais fait quelque chose de mal ?

— Oh non, ce n'est pas ce que je voulais dire !

Elle s'était juste remémoré le charme de façade de son ex-mari. Un charme qui dissimulait bien d'autres choses beaucoup moins aimables. Du coup, elle se demandait s'il en était de même pour Derek…

— Je fais simplement remarquer que vous n'avez pas mis longtemps à sympathiser avec mes collègues.

— C'est facile avec tout le monde, sauf avec les Bronson.

Les Bronson, qui avaient des raisons de se méfier, car eux savaient ce que pouvaient cacher les Camden…

— De quoi vouliez-vous me parler ? s'enquit-elle, changeant de sujet alors qu'ils commençaient à déjeuner.

— Je voulais vous informer que j'ai embauché une équipe de plombiers et d'électriciens professionnels pour qu'ils viennent chez les Bronson, vérifient la totalité de l'installation et procèdent aux réparations nécessaires.

— Nous n'avons pas les moyens de payer ces interventions, argua-t-elle.

— Elles seront à mes frais, décréta Derek. En raison de son âge, cette maison doit être inspectée de fond en comble, surtout le système électrique, car il pourrait y avoir un risque d'incendie. Comme je sais que le temps presse, plusieurs professionnels viendront en même temps, de manière à n'intervenir que sur une seule journée.

Elle se fit la réflexion que cela allait lui coûter une petite fortune. Elle avait beau vouloir croire qu'il ne s'agissait que d'un acte de pure générosité, elle ne pouvait s'empêcher de repenser aux inquiétudes des Bronson concernant l'intérêt que Derek pouvait concevoir envers leur maison.

Des soupçons l'assaillirent.

— Vous ne voulez pas mettre la main sur leur maison, n'est-ce pas ? dit-elle en mordant dans son sandwich.

Fronçant les sourcils, il laissa échapper un petit rire.

— Pourquoi voudrais-je mettre la main sur leur maison ?

— Votre famille a pris leur hôtel, alors Larry et Marion ont peur que maintenant...

— ... nous voulions mettre la main sur leur maison ? termina Derek d'un ton incrédule. Croient-ils vraiment que nous cherchons à les persécuter ? Mais pour quelle raison ?

— Ce n'est pas ce que vous faites, n'est-ce pas ?

— Bien sûr que non ! s'exclama-t-il. Pas le moins du monde. En fait, vous m'avez expliqué que leur maison était hypothéquée, mais j'aurais besoin de connaître un peu mieux la réalité de leur situation financière. Sont-ils très endettés ? Sont-ils en retard dans le remboursement de leurs échéances ? A combien l'hypothèque s'élève-t-elle au total ?

Elle mordit dans son sandwich pour se donner le temps de réfléchir avant de répondre.

Elle était délibérément restée évasive sur le sujet avec lui, craignant, comme le disaient les Bronson, qu'il y ait un intérêt personnel derrière la volonté des Camden d'aider les Bronson. Mais, à bien y réfléchir, il semblait peu probable qu'ils veuillent s'accaparer la maison de Larry et de Marion...

Alors, comme ses vieux amis avaient besoin de beaucoup plus d'aide que ce que la boîte remplie de monnaie à ses pieds pouvait leur apporter, elle décida de faire confiance à Derek et de lui fournir un minimum d'informations.

— La seule dette des Bronson concerne leur maison, mais ils ne peuvent plus en acquitter les remboursements. La banque les a prévenus que, s'ils n'étaient pas en mesure de payer les arriérés, une procédure de saisie serait engagée.

— Alors, vous avez décidé de tondre leur pelouse et de repeindre les murs de leur maison, murmura-t-il, ne voyant manifestement pas le rapport.

— J'ai décidé d'essayer de lever des fonds pour les Bronson, expliqua-t-elle. Naïvement, je pensais pouvoir récolter suffisamment d'argent pour couvrir les arriérés, de façon que l'emprunt puisse être renégocié et les mensualités revues à la baisse... Malheureusement, la somme que j'ai récoltée ne permettrait de combler qu'une petite partie des arriérés. A moins que le vide-greniers ne nous rapporte une somme colossale, ce qui est peu probable. J'ai donc décidé de passer au plan B.

— Qui consiste à repeindre les murs et à tondre la pelouse ? répéta Derek, toujours aussi perplexe.

— Si les arriérés ne peuvent être remboursés intégralement, l'idée est alors d'en payer une partie de façon à suspendre la procédure de saisie, le temps de mettre la maison en vente.

— Ah, je vois... Vous consacrez donc une autre partie de l'argent récolté à la rénovation de la maison dans l'objectif de la vendre.

— C'est ça. Et plus elle sera en bon état, plus nous la vendrons un bon prix. Ce qui, je l'espère, permettra aux Bronson de récupérer un peu de liquidités.

— Oui mais... où iront-ils s'ils ne peuvent rester dans leur maison ?

Elle lui expliqua alors son intention d'installer le vieux couple chez elle.

— Vraiment ? s'étonna Derek. Vous feriez ça ?

— Un couple que les Bronson connaissent bien s'est trouvé dans la même situation qu'eux il y a quelques années. Les services sociaux ont dû les prendre en charge, car ces gens étaient très âgés et n'avaient plus de famille. Hélas, les services sociaux ont mis la femme dans un établissement et son mari dans un autre ! Après cinquante ans de mariage, ces deux personnes sont mortes sans se revoir. Jamais je ne laisserai une telle chose arriver à Larry et à Marion.

— En les installant dans l'appartement au sous-sol de chez vous, vous seriez aussi responsable d'eux, vous en avez conscience ?

— Je prends déjà soin d'eux, alors qu'ils vivent dans mon sous-sol ne changera rien. Mais nous n'en sommes pas là. Ils ne veulent pas perdre leur maison, et je les comprends, alors je fais tout mon possible pour empêcher que cela arrive… Qui sait ? Peut-être le vide-greniers nous permettra-t-il de récupérer une grosse somme d'argent. Pour autant, je suis réaliste, et je m'efforce de remettre la maison en état en vue de sa vente. Je ne dépense pas beaucoup, car la main-d'œuvre et le matériel sont gratuits, mais il faut le faire…

Derek hocha la tête pensivement tout en mâchant son sandwich.

— M'avez-vous tout dit ? demanda-t-il enfin. Car la situation me paraît plus sombre chaque fois que je vous persuade de m'en parler. J'essaie vraiment d'avoir une vue exacte de la situation de manière à pouvoir adapter mon aide.

— Je vous ai tout dit, répondit-elle en repliant le papier dans lequel son sandwich avait été enveloppé.

Elle espérait ne pas avoir mis les Bronson dans une situation encore plus délicate en la révélant à Derek dans toute sa gravité.

— Les Bronson vivent une existence simple et extrêmement frugale, résuma-t-elle.

— Vous êtes certaine qu'ils n'ont pas d'autres dettes ?

Elle secoua la tête.

— Certaine. Leur voiture a vingt ans et reste la plupart du temps dans le garage. Larry conduit un petit peu si nécessaire, mais c'est très rare. Ils ont une carte de crédit pour les urgences seulement. Je les ai inclus dans mon forfait téléphonique de façon qu'ils puissent résilier leur ligne fixe. Leurs principales dépenses concernent la maison, la nourriture et les frais médicaux. C'est une situation très précaire.

— Et apparemment, ils ont des amis qui vivent le même genre d'existence, fit remarquer Derek dont le front était barré d'un pli soucieux.

— Les gens qui vivent avec un revenu fixe très bas ont du mal à joindre les deux bouts… c'est un fait.

— Un fait dérangeant, hélas.

Elle ne commenta pas davantage, se demandant seulement si la situation était suffisamment dérangeante pour le faire fuir…

Soudain, Derek planta ses yeux incroyablement bleus dans les siens.

— Nous allons nous occuper de ça, déclara-t-il.

— Vous n'avez rien à gagner dans tout ça, vous me le promettez ? le supplia-t-elle. Les Bronson seraient furieux que vous les utilisiez dans l'objectif de faire passer les Camden pour des saints qui tendent la main à un couple âgé sans le sou. Si c'est ce que vous avez en tête, je vous jure que je vous jetterai moi-même des pierres !

Il leva les deux mains en un geste de défense.

— Je ne mijote rien, je vous le promets. Comment pourrions-nous nous vanter d'aider un couple qui ne serait pas dans une telle détresse si un magasin Camden n'avait pas été édifié à la place de leur hôtel !

— Je me chargerai de répandre cette histoire s'il le faut, le mit-elle en garde.

— Vous n'aurez pas à le faire, lui assura-t-il.

Elle décida de lui accorder une chance et de lui faire confiance. Même si son expérience passée lui donnait des raisons de se montrer circonspecte, pour le moment rien n'indiquait que Derek ait des intentions douteuses envers les Bronson.

— D'accord, soupira-t-elle. Je dois retourner travailler.

— Comment ? Pas de dessert au chocolat ?

Il la taquinait, lui montrant ainsi qu'il n'était pas vexé par ses soupçons à son égard.

Elle se pencha en avant pour chuchoter :

— Nick ne vend que des cookies italiens qui ne sont pas très bons...

— Je les ai vus dans la vitrine. Est-ce parce qu'ils ne sont pas au chocolat que vous ne les aimez pas ?

— C'est possible, admit-elle.

— Nous pourrions aller ailleurs, lui proposa Derek. Et nous arrêter au Cherry Creek Bakery. Pensez à leur succulent moelleux au chocolat...

Elle l'observa, l'air amusé. Il essayait de l'amadouer avec

du chocolat ! Or elle devait bien admettre que, si le chocolat était toujours une tentation irrésistible pour elle, le fait de prolonger son tête-à-tête avec Derek l'était tout autant. Et ce, en dépit des inquiétudes qu'il éveillait en elle en raison du milieu dont il était issu.

Il y avait entre eux une alchimie qu'elle aurait aimé pouvoir neutraliser. Tout du moins pouvait-elle essayer de ne pas y céder complètement !

— Je ne peux vraiment pas.

— Bien, alors nous nous verrons demain, n'est-ce pas ?

Il prit le plateau et jeta les restes de leur déjeuner dans la poubelle la plus proche. Puis il se pencha pour prendre la boîte.

— Laissez-moi porter ça, c'est très lourd.

Elle le laissa faire, car effectivement la boîte était très lourde !

Il la cala sur sa hanche et la porta, sans difficulté apparente.

— Alors, comme ça, vous faites pousser dans ces jardins toutes les plantes dont votre entreprise a besoin ? lui demanda-t-il alors qu'ils se dirigeaient vers Health Now. Au beau milieu de la ville ?

Il semblait désireux de ramener leur conversation sur un terrain plus neutre.

— Non. Les locaux en ville sont ceux des débuts de la société, mais il y a quatre ans, nous nous sommes agrandis dans une zone près de Broomfield. Nous y produisons les trois quarts de nos besoins.

— Vous travaillez donc à Broomfield également ?

— En effet. Tous les bureaux sont à Denver. A Broomfield, il y a seulement des serres et un grand jardin, de la taille d'un terrain de football. Les botanistes et les horticulteurs vont et viennent pour s'occuper de plantes. Peggy et Marshall sont à Broomfield aujourd'hui. Vous les avez rencontrés samedi dernier...

— Je me les rappelle parfaitement. Peggy est cette femme très maigre, et Marshall est...

— Ce type pas du tout maigre ! termina-t-elle à sa place.

— Disons que c'est un homme imposant, nuança-t-il en riant. Il est féru de musique et d'informatique.

— C'est vrai, ce sont ses deux passions, acquiesça-t-elle, de nouveau surprise qu'il ait prêté autant attention aux gens qu'il avait rencontrés.

Peut-être était-ce ce qui l'attirait chez lui… Cette sympathie naturelle dont il gratifiait tout le monde. Elle avait vécu en ermite depuis si longtemps qu'elle y voyait peut-être bien plus qu'il n'y avait à y voir.

Cette idée la fit se sentir encore plus ridicule d'avoir autant pensé à lui au cours de la semaine passée. D'avoir inventé dans sa tête ces conversations qui dérapaient vers le flirt. Des conversations tellement plus spirituelles que les remarques qu'elle avait réussi à formuler aujourd'hui !

Il insista pour la raccompagner et porter la boîte jusqu'à son bureau. Une fois dans les locaux de Health Now, elle attendit qu'il prenne congé pour retirer de nouveau son chemisier.

Mais il ne semblait pas pressé de s'en aller.

— Merci d'avoir partagé votre déjeuner avec moi, déclara-t-il.

— Même si je n'ai pas été tendre avec vous ?

Il sourit.

— Il est vrai que, quand nous sommes ensemble, vous me regardez parfois comme si j'étais un ennemi. Vous n'êtes toujours pas persuadée de ma bonne foi, n'est-ce pas ?

Elle haussa les épaules, ce qui le fit sourire de nouveau.

— Vous ne l'êtes pas, répéta-t-il, comme si cela l'amusait.

Mais aussi avec une touche… de tendresse, pensa-t-elle.

A moins que cela ne soit le fruit de son imagination. Oui, sans doute imaginait-elle ces choses… Tout comme elle inventait ces petites étincelles qui jaillissaient entre eux lorsqu'il l'observait.

— J'ai beaucoup pensé à vous cette semaine, avoua-t-il alors que ses lèvres esquissaient un sourire pensif. Ça doit être vos cheveux qui me fascinent… J'ai eu envie de reprendre contact avec vous pour que nous nous voyions seule à seul, avant de nous retrouver parmi tous ces gens.

C'était donc ce qui avait motivé ce déjeuner…

Elle se contenta de hocher la tête, car, soudain, elle n'était plus en mesure de dire quoi que ce soit de sensé. Ses pensées s'étaient mises à dériver dangereusement.

Voilà qu'elle s'imaginait maintenant qu'il l'embrassait !

C'était une image qui l'avait hantée maintes fois depuis le samedi précédent. Une image qui n'avait certainement pas sa place ici et maintenant, sur son lieu de travail !

Oui mais voilà, il l'observait si intensément qu'elle en vint à croire qu'il pensait à la même chose qu'elle…

Non ! Impossible.

Pourtant, il gardait le silence, tout près d'elle, absolument superbe dans son costume qui coûtait probablement aussi cher que la voiture de Gia…

Et il ne la lâchait pas du regard.

Un regard qui descendit vers sa bouche…

Elle réfléchit à toute allure. Les bureaux étaient déserts, ses collègues étant partis déjeuner et son bureau était relativement isolé. Si quelqu'un approchait, ils l'entendraient inévitablement.

Elle releva imperceptiblement le menton tout en se perdant dans les yeux étonnamment bleus de Derek.

Soudain, à son grand étonnement, elle se sentit prête.

Prête à être embrassée par quelqu'un d'autre qu'Elliot.

Prête à être embrassée par cet homme qui ne quittait plus ses pensées depuis maintenant deux semaines.

Quand elle le vit se pencher vers l'avant, elle crut qu'il allait réellement le faire.

C'est fou ! pensa-t-elle, sans reculer pour autant.

Or Derek, lui, recula.

Sans que personne soit venu les interrompre, réalisa-t-elle avec amertume.

Et sans qu'elle ait esquissé le moindre geste pour le repousser.

Et pourtant, il avait bel et bien reculé.

Il la regarda, un peu décontenancé, et esquissa un sourire tendu.

— A demain, alors…

— Chez les Bronson, à la première heure, compléta-t-elle, le cœur battant. Des amis les emmènent pour la journée afin que nous puissions nous concentrer sur le travail à réaliser. Tous ensemble.

Curieusement, elle avait mis dans le « nous » une inflexion intime qu'elle s'était sentie obligée de rectifier.

Il sourit plus franchement, et elle sut qu'il allait faire une plaisanterie avant même qu'il parle.

— Qu'est-ce que je risque cette semaine ? s'enquit-il. Qu'on retire une échelle de sous mes pieds ? Ou bien qu'on me pousse dans un escalier ?

— Pas de menaces cette fois, le rassura-t-elle. Tranquillisez-vous.

Il ne parut pas véritablement convaincu.

Il fit un pas vers la porte de son bureau.

— Bien… je vous laisse retrouver vos plantes et sauver des vies avec des plantes…

— « Sauver des vies avec des plantes », répéta-t-elle. Hum… cela pourrait être un bon slogan.

— Je ne vous demanderai pas de droits d'auteur, rassurez-vous !

Cela la fit sourire. Et l'aimer encore davantage, malgré toutes les réserves qu'elle concevait à son égard.

— A demain, dit-il avant de sortir.

— A demain.

Une fois seule, elle réalisa qu'elle avait besoin de quelques minutes pour se ressaisir avant de se mettre au travail.

Quelques minutes pendant lesquelles elle s'interrogea sur ce qui venait de se passer entre eux deux.

Le fait de ne pas avoir été embrassée depuis longtemps lui avait-il ôté toute capacité à interpréter correctement des signaux ?

5

— Oh ! bonjour !

Gia s'arrêta net sur le seuil de la chambre des Bronson.

Quand elle avait travaillé à constituer des équipes pour réaliser les travaux ce samedi chez ses voisins, il lui avait fallu faire preuve d'une volonté de fer pour ne pas s'associer à Derek. Elle avait donc décidé que ce dernier, aidé de Jeanine, s'attellerait à la peinture de la chambre d'amis.

Quelle ne fut donc pas sa surprise de le trouver dans la chambre qu'elle-même était censée repeindre en compagnie de Tyson !

Jeanine était célibataire et ne faisait pas mystère du fait qu'elle cherchait un compagnon. Bien qu'au fond cela ne lui plût pas, Gia avait donc sciemment réuni Jeanine et Derek. Ainsi, se disait-elle, si un attachement romantique naissait entre eux, cela l'aiderait à se débarrasser définitivement de l'obsession qu'elle nourrissait à l'égard de Derek.

En tout cas, il réussissait à paraître séduisant même vêtu d'un jean élimé et d'un T-shirt blanc !

Il s'affairait à sortir des bâches de leur emballage.

— Salut, répondit-il.

— Vous savez que la chambre d'amis se trouve au fond du couloir ? lui dit Gia.

— Oui, je le sais, mais j'ai procédé à quelques changements, si cela ne vous dérange pas. Saviez-vous que Tyson sort avec la superbe blonde qui travaille dans votre service marketing ?

— C'est moi qui les ai présentés l'un à l'autre, alors oui, je connais Minna !

Minna, qui portait un short minuscule et un débardeur bandeau contenant difficilement sa poitrine opulente, alors que Gia avait passé un vieux jean déchiré au genou et un T-shirt tout aussi miteux mais ne craignant pas la peinture.

Minna dont les longs cheveux blonds tombaient librement sur ses épaules, tandis que ceux de Gia étaient rassemblés en un chignon qui peinait à discipliner son geyser de boucles.

Minna, qui était une bombe sexuelle, alors que Gia avait l'impression, en comparaison, de se fondre dans le décor.

— En outre, reprit-elle, Tyson n'est pas seulement mon meilleur ami, il vit aussi temporairement dans l'appartement au premier étage de ma maison. Il n'y a donc pas grand-chose que j'ignore à son sujet...

— Il semble que Tyson et Minna aient exprimé le souhait de travailler ensemble. Et, comme la semaine dernière, j'avais remarqué que Jeanine et Adam Smythe des Jardins botaniques paraissaient bien s'entendre, je me suis dit que Jeanine préférerait sans doute peindre avec lui plutôt qu'avec moi. Nous avons donc permuté. Cela ne vous dérange pas, j'espère... Teniez-vous vraiment à faire équipe avec Tyson ? Lui a décrété que peu importait qui faisait équipe avec qui, du moment que le travail était fait !

Tyson avait passé une grande partie de la semaine chez Minna, laissant peu d'occasions à Gia de le voir. C'est pourquoi la jeune femme s'était dit que passer la journée ensemble leur permettrait de prendre des nouvelles l'un de l'autre. Plus important encore, elle avait compté sur Tyson pour lui servir de bouclier protecteur contre Derek. Elle n'avait, hélas, pas eu l'opportunité de lui parler et de lui faire savoir qu'il pouvait être dangereux pour elle de se retrouver à proximité de Derek toute la journée...

Tyson ignorait donc tout de ses intentions.

— Ce n'est pas grave, dit-elle, espérant qu'elle avait l'air aussi indifférente qu'elle s'efforçait de l'être.

Elle ne pouvait s'empêcher de se demander si Derek avait mélangé les équipes de façon à se retrouver avec elle.

C'est peu probable, se raisonna-t-elle.

Pourtant, elle avait du mal à canaliser la légère excitation qu'elle ressentait à l'idée que ce pouvait être le cas.

— Qu'est-il arrivé à ce lit ? demanda Derek en tendant le menton vers le lit tout en recouvrant le sol de bâches. Il est complètement de guingois !

— Oh ! c'est moi qui l'ai rafistolé, expliqua-t-elle en se décidant finalement à pénétrer dans la chambre. Larry a des remontées acides quand il est allongé trop à plat, alors j'ai récupéré un morceau de mousse pour rehausser un peu le matelas. Quant à Marion, elle souffre de l'épaule droite, sauf si son bras repose en hauteur. Et sa hanche percluse d'arthrite la fait moins souffrir si ses genoux sont légèrement repliés. J'ai donc placé des morceaux de mousse sous le matelas, aux endroits stratégiques. Je sais que ça paraît bizarre… Ils l'appellent « le lit de Frankenstein », mais ça marche !

— Est-ce vous aussi qui avez trafiqué l'interrupteur ? J'ai remarqué ça en écartant la commode du mur…

— Si la commode est contre le mur, cela donne plus d'espace, mais l'interrupteur est caché. Alors je me suis débrouillée pour que l'interrupteur soit utilisable même avec la commode devant.

— C'est également votre idée ?

— Oui, répondit-elle en déballant les rouleaux d'adhésif qu'elle allait utiliser pour peindre les plinthes.

— C'est très inventif !

— Ce ne sont que quelques morceaux de mousse, ainsi qu'un bâton avec un trou d'un côté et un bouton de l'autre…

Au moment où Derek s'apprêtait à recouvrir le lit d'une bâche, elle l'en dissuada d'un geste.

— Enlevons d'abord les cadres des murs et déposons-les sur le lit avant de tout recouvrir, suggéra-t-elle.

— Très bonne idée.

Il y avait toute une série de photographies encadrées sur l'un des murs. Avant de les retirer, Derek les étudia un bon moment.

— Ces gens doivent être des parents, dit-il devant les clichés en noir et blanc de personnes habillées et coiffées comme au temps des années folles.

Elle lui montra quelles personnes étaient de la famille de Larry et celles de la famille de Marion.

— Voici Marion à l'âge de cinq ou six ans avec ses parents.

Elle pointa ensuite un autre groupe de photos.

— Et voici Roddy.

— Oh! il avait vraiment l'air mal en point, constata Derek, compatissant.

— Ce n'était certes pas un enfant parfait, mais ils l'ont aimé comme il était.

Elle retira les photos et les déposa avec le plus grand soin sur le lit.

— Et voici la photo de mariage de Larry et de Marion, commenta Derek en apportant un autre cadre qu'il posa à côté de ceux de Roddy.

Elle y jeta un coup d'œil.

— Je suis toujours surprise par la jeunesse de Marion sur cette photo. Quand je le lui en fais part, elle plaisante en disant qu'elle était l'épouse-enfant de Larry! Cela dit, Larry lui-même n'était âgé que de dix-neuf ans.

— Comment se sont-ils rencontrés? s'enquit Derek en plaçant une bâche sur le lit et les photos.

— Ils se sont rencontrés aux Trocadero Ballrooms, raconta-t-elle, faisant référence à l'une des plus célèbres salles de bal de Denver. Il y avait un grand orchestre... Je ne l'ai jamais entendu, mais Larry et Marion ont un vieux disque — et le tourne-disque qui permet de l'écouter —, et parfois ils écoutent cet orchestre et se mettent à danser. Ce jour-là, ils étaient venus séparément avec des amis et ne se connaissaient pas. Tous les amis de Larry avaient invité Marion à danser et avaient été éconduits. Larry a alors marché jusqu'au centre de la piste, sous le regard de Marion, car c'était lui qu'elle attendait.

— Elle ne craignait pas que Larry soit découragé par les refus essuyés par ses amis et renonce à l'inviter?

— Larry prétend qu'elle lui faisait les yeux doux depuis l'autre bout de la salle, alors il s'est dit qu'il avait peut-être une chance. Marion le nie, mais dans ces moments-là Larry secoue la tête en roulant des yeux pour vous faire savoir qu'elle ment… Alors Marion éclate de rire !

— Depuis combien de temps sont-ils mariés ? demanda Derek d'une voix amusée.

— Cela fera soixante-dix ans cette année.

— Ouah ! fit Derek tandis qu'ils disposaient une bâche sur la commode.

— Je sais, c'est difficile à imaginer, n'est-ce pas ? Ils s'entendent encore tellement bien. Même après toutes les épreuves traversées, leurs yeux s'illuminent quand l'autre entre dans la pièce. Ils flirtent encore tous les deux et…

— … dorment dans le même lit bancal !

Elle rit et espéra ne pas parler comme une romantique invétérée quand elle répéta :

— Oui, ils dorment dans le même lit bancal. Et je les surprends parfois en train de se tenir la main quand ils regardent la télé sur le canapé. Larry n'a jamais oublié un anniversaire de Marion, et je ne sais pas ce que Marion fait à l'occasion de la Saint-Valentin mais, quand Larry en parle, il remue exagérément les sourcils au point de faire rougir son épouse !

Derek s'esclaffa.

— Vraiment ? Même à plus de quatre-vingts ans ? Après soixante-dix ans de mariage ?

— Vraiment. C'est pourquoi j'essaie toujours de m'absenter quand vient la Saint-Valentin !

Il rit de plus belle.

— Cela me paraît sage, en effet.

— Et ils s'embrassent toujours…, s'émerveilla-t-elle en disposant du ruban adhésif autour de la fenêtre.

— En quoi cela vous étonne-t-il ?

— Je ne sais pas, fit-elle pensivement. Parfois, des gens qui ne sont pas mariés depuis très longtemps doivent forcer leur conjoint à les embrasser pour se dire bonjour ou au revoir…

vous savez… dans ces occasions qui ne sont pas censées mener au sexe… Au bout d'un moment, ils renoncent.

— Parlez-vous en connaissance de cause ? demanda-t-il gentiment.

C'était le cas. Mais, si elle s'était laissée aller à penser tout haut en comparant son mariage à celui de Larry et de Marion, elle n'était pas encline à en révéler davantage à Derek.

— Je veux seulement dire qu'il est toujours évident que Larry et Marion s'aiment énormément et apprécient la compagnie l'un de l'autre. Alors que de nombreux couples qui sont ensemble depuis longtemps sont juste devenus des colocataires. Larry et Marion ne sont pas ensemble par habitude, ils s'aiment véritablement.

— Je crois que je vois ce que vous voulez dire. J'ai rencontré des couples qui ressemblent à ceux auxquels vous faites allusion. L'étincelle a disparu, et ils s'ennuient. Parfois, ils semblent même se détester, et on se demande alors pourquoi ils restent ensemble…

— Larry et Marion discutent encore beaucoup tous les deux et ils rient aussi. Ils prennent soin l'un de l'autre. Je crois qu'ils sont simplement heureux d'être toujours ensemble. Même après tout ce temps.

— Je les envie, admit Derek. C'est ainsi que j'aimerais finir ma vie.

Elle laissa échapper un petit rire.

— Est-ce ce que vous recherchiez quand vous êtes sorti avec la cousine un peu dingue de Tyson ? Sharon… Vous croyiez pouvoir vivre ça avec elle ?

Elle lui lança un regard moqueur, tandis qu'il ouvrait un bocal de peinture.

Il ne sembla pas offensé par ses railleries.

— Hé, on ne peut jamais savoir, argua-t-il en souriant. Sharon n'était peut-être pas ma Marion, mais c'était tout de même mieux que certaines femmes avec lesquelles j'étais sorti… Quand elles me parlaient, j'avais l'impression de regarder de la peinture sécher.

Il pense sûrement ça de moi, songea-t-elle.

— Alors seuls les médiums et les sorcières vous conviennent !

— Les sorcières ? Je ne crois pas être quelquefois sorti avec l'une d'entre elles !

— Mais je suis sûre que vous aimez les sortilèges, non ?

Il éclata de rire.

— Vous parlez comme ma grand-mère !

Ah ! Ça n'était vraiment pas bon !

Préférant changer de sujet, elle lui tendit un rouleau et le manche télescopique qui allait avec.

— Que diriez-vous de vous attaquer au plafond pendant que je m'occupe des murs ?

Il hocha la tête, et ils se mirent au travail.

— Quel était donc cet orchestre qui a permis à Larry et à Marion de se rencontrer ?

Elle répondit à sa question. Ils discutèrent ensuite de la musique qu'ils aimaient, puis des émissions télé qu'ils affectionnaient, des voyages qu'ils avaient faits. De leurs préférences culinaires aussi. Et ainsi de suite…

Des sujets qui, elle l'espérait, ne donnaient pas à Derek l'impression d'entendre sa grand-mère !

La journée fila sans que Gia s'en rende compte.

Elle laissa Derek procéder aux finitions et au nettoyage de la chambre de manière à retourner chez elle pour préparer le barbecue auquel elle avait convié tous les travailleurs bénévoles.

Saisissant l'opportunité qui lui était donnée, elle troqua ses vêtements tachés de peinture contre un pantalon corsaire noir et un haut à fleurs noir et blanc. Elle détacha ensuite ses cheveux qu'elle brossa avant de les laisser tomber en boucles naturelles sur ses épaules. Enfin, elle retoucha son maquillage.

Des pichets de sangria accueillirent les travailleurs qui, par petits groupes, arrivèrent du jardin adjacent. Quand elle les avait invités, Gia leur avait fait savoir qu'ils pourraient se changer chez elle s'ils le jugeaient nécessaire. Ceux qui le souhaitaient furent dirigés soit vers la salle de bains de Tyson au premier étage, soit vers la sienne au rez-de-chaussée.

Elle essaya de ne pas montrer le plaisir qu'elle éprouvait à voir Derek participer à son barbecue. Elle avait craint qu'il se dérobe… Elle tenta également de ne pas se focaliser sur son apparence, ni sur son parfum, lorsqu'il réapparut après s'être douché. Les cheveux humides, il portait un jean qui le moulait à la perfection, ainsi qu'un T-shirt jaune vif qui mettait en valeur ses épaules et ses impressionnants biceps.

— Que puis-je faire pour vous aider ? demanda-t-il à Gia qui se força à arracher son regard de lui pour se concentrer sur le plateau d'amuse-bouches qu'elle était en train de préparer. Je suis un spécialiste du barbecue !

— Vraiment ? fit-elle avec un certain scepticisme.

— Absolument ! Grâce à un fast-food sur Colorado Boulevard où j'ai travaillé quand j'avais dix-sept ans. Vous pouvez appeler pour demander des références, si vous voulez…

Un Camden avait fait cuire des hamburgers quand il était ado ? C'était difficile à croire. Elle décida alors de le prendre au mot.

— Le barbecue est allumé. Vous trouverez les burgers et les hot dogs sur un plat dans le réfrigérateur.

— Je vais avoir besoin de ça… et de ça, dit Derek en prenant des pinces et une spatule sur le comptoir.

Il a vraiment l'air de savoir ce qu'il fait, songea-t-elle.

Il se dirigea ensuite vers le réfrigérateur.

— Il y a aussi des burgers végétariens pour ceux qui ne mangent pas de viande, précisa-t-elle. Ils sont dans un autre plat dont je vais m'occuper. Vous ne pouvez pas tout porter.

— Je pense pouvoir y arriver, ne vous inquiétez pas, lui dit-il en prenant le premier plat de la main gauche et le second dans celle qui tenait déjà la spatule et les pinces.

— Vous êtes sûr ?

— Tout à fait sûr, affirma-t-il en poussant avec son dos la porte vitrée qui donnait vers l'extérieur.

Elle l'observa par la fenêtre au-dessus de l'évier, rassurée qu'il ait l'air de contrôler la situation.

Elle se rendit vite compte que gérer un barbecue n'était pas la seule qualité de Derek. Il semblait avoir le chic pour attirer les gens tel un aimant, car plusieurs amis et collègues de Gia se rassemblèrent autour de lui pour discuter pendant qu'il s'affairait.

Ce n'est donc pas seulement moi, pensa-t-elle en constatant que d'autres personnes étaient également séduites par son charme et sa sympathie.

Elle ne put se retenir de concevoir une pointe de jalousie envers ces gens qui étaient en train de profiter de sa compagnie alors qu'elle était coincée en cuisine !

Derek ne se contenta pas de s'occuper toute la soirée du barbecue, il resta aussi après le départ des autres invités pour aider Gia à tout remettre en ordre.

— Ne vous sentez pas obligé de rester, Derek, vous en avez assez fait ce soir, lui dit Gia, même si, au fond, elle était ravie de sa compagnie et de son aide.

— Allez, je rince la vaisselle et vous remplissez le lave-vaisselle, proposa-t-il.

— Jardiner, réparer une tondeuse, faire de la peinture, gérer le barbecue, ranger… vous m'étonnez pour quelqu'un qui est né avez une cuillère en argent dans la bouche !

Il se dirigea vers l'évier et commença à rincer la vaisselle avant de la lui tendre.

— Je vous ai dit que ma grand-mère venait de la campagne et qu'elle assignait des tâches à chacun. Chaque soir de la semaine, les dix enfants que nous étions devaient participer avec Gigi à l'élaboration du dîner. Ensuite, nous mangions ensemble et rangions tout après le repas. Nous changions également nos draps chaque semaine et faisions nos lits tous les matins avant de partir à l'école. Dès que nous avons atteint l'âge de travailler et que certains d'entre nous ont voulu de l'argent de poche, nous avons décroché des petits boulots l'été ou le week-end pendant l'année scolaire. C'est comme ça que je suis devenu un spécialiste du barbecue !

— Alors, on ne vous a pas offert une Ferrari pour votre seizième anniversaire ? demanda-t-elle.

Elle se faisait la réflexion que Derek avait été élevé très différemment d'Elliott qui, lorsqu'il avait fêté ses seize ans, avait reçu une voiture de sport en cadeau !

— Une Ferrari pour mes seize ans ? Ça aurait été drôlement cool ! Sauf qu'avec une telle voiture je me serais probablement retrouvé en prison ou me serais tué sur la route avant d'avoir seize ans et trois jours !

— Vous n'étiez pas un jeune homme sage ? demanda-t-elle en prenant l'assiette qu'il lui tendait.

— Nous avons tous fait des bêtises, répondit-il avec une certaine ambiguïté. Disons que je traînais avec une bande qui m'a souvent causé des ennuis. Surtout les filles, à vrai dire…

— Ah oui ?

— Je ne parle pas de grossesse non désirée, rassurez-vous mais de… de trucs d'adolescents.

Il ne parut pas disposé à entrer dans les détails. Pourtant, il avait piqué sa curiosité… Elle se rabroua. La situation devenait ridicule ! Elle devait museler l'attirance qu'il lui inspirait. Or découvrir qu'il avait grandi comme Elliott pourrait l'y aider…

— Vous avez peint des graffitis sur la maison de quelqu'un et avez accusé un autre camarade de l'avoir fait. Vous vous en êtes félicité, car celui-ci a été envoyé en maison de correction… Vous avez harcelé un pauvre gosse à l'école jusqu'à ce que celui-ci tombe en dépression et vous avez trouvé marrant…

Toutes ces choses qu'Elliott avait faites quand il était adolescent et qu'elle n'avait apprises qu'une fois mariée…

Il arrêta de rincer la vaisselle et la fixa avec une expression choquée.

— Mon Dieu, non ! Je parle juste de bêtises comme d'avoir fracassé des citrouilles dans la rue pendant Halloween, ou conduire trop vite… Des choses comme ça, dont je ne suis pas fier, mais rien de ce à quoi vous faites allusion ! Qui a fait ça ? Vous ?

Il parut légèrement intrigué par cette possibilité.

— Moi ? Non. Je n'ai jamais fait de bêtises.

Il la regarda, semblant penser : « C'est bien ce que je me disais. » Puis il se remit à la vaisselle.

— Si j'avais fait ce genre de choses, ma grand-mère m'aurait traité de voyou et m'aurait puni. Nous n'avions pas les avantages que vous vous imaginez parce que nous étions des Camden. En revanche, et justement parce que nous étions des Camden, nous devions montrer l'exemple. Nous devions être à la hauteur de notre nom. Parce que nous étions qui nous étions, nous devions être plus irréprochables que n'importe quel gamin. Gigi avait pour habitude de dire : « En tant que Camden, vous serez toujours l'objet de tous les regards. »

— Sans doute voulait-elle que vous fassiez mentir la mauvaise réputation de votre famille, avança-t-elle, avant de regretter aussitôt ses paroles.

Cette fois encore, il ne parut pas prendre ombrage.

— Il y avait de ça, sans doute. Comme je vous l'ai expliqué, Gigi estimait que les choses négatives qui se disaient sur nous étaient des mensonges, et elle attendait que nous prouvions aux gens qu'ils faisaient fausse route. Aucun d'entre nous n'aurait osé faire ce que vous dites. Pour ça, il faut être un peu pervers, et aucun d'entre nous n'a cette fibre ! Je n'imagine pas qui pourrait se comporter ainsi.

Elliott Grant, répondit Gia en son for intérieur. *Je l'ai épousé. Je ne le connaissais pas vraiment, avant qu'il ne soit trop tard…*

Cependant, elle s'abstint de formuler sa réponse à haute voix.

— Mais vous étiez un boute-en-train, n'est-ce pas ? Cette histoire de citrouilles…

— On peut dire ça comme ça, mais c'est assez classique pour un garçon. J'étais sérieux à l'école, j'avais de bonnes notes…

— … mais vous vous êtes fait prendre pour quelques bêtises dont vous n'êtes pas fier, surtout avec des filles…

Il s'esclaffa.

— Je ne me rappelle pas avoir lié ces deux aspects, mais oui, en fait, j'ai souvent eu des ennuis à cause des filles.

Elle n'eut pas envie de lui demander de préciser sa pensée. Elle attendit silencieusement, espérant qu'il le ferait.

Mais il ne développa pas plus. Après lui avoir tendu le dernier plat, il regarda autour de lui.

— Avec quoi lavez-vous le plan de travail ? Je vais le faire avant de partir.

Elle soupira. Elle n'en apprendrait donc pas davantage. Et il allait s'en aller…

Une perspective qui ne l'enchantait pas.

— Vous en avez assez fait, se força-t-elle à dire. Je suis sûre que vous avez envie de rentrer chez vous…

Comme pour lui confirmer qu'il était fourbu, il fit rouler ses larges épaules et étira sa colonne vertébrale qui émit un craquement.

Elle aperçut le dessin de ses pectoraux au travers de son T-shirt jaune. Elle ouvrit la bouche, puis déglutit avec peine. Ses yeux restaient fixés sur lui tandis qu'il reprenait une posture normale.

— Je commence effectivement à me sentir un peu fatigué.

Quant à elle, elle avait juste envie de le sentir, lui… Sentir ses épaules, ses biceps, sa poitrine.

Elle dut serrer les poings pour lutter contre le désir de tendre la main et de le toucher. Elle s'obligea à détourner les yeux et ferma la porte du lave-vaisselle. Elle se dit qu'elle était fatiguée elle aussi, et que la fatigue devait exacerber ses instincts. Tout cela ne signifiait rien, en dehors du fait que Derek était très beau et très viril, et qu'elle était suffisamment femme pour ne pas y être insensible.

— En ce qui concerne le vide-greniers de la semaine prochaine…

Sa voix n'était pas aussi posée qu'elle aurait dû l'être. Elle s'éclaircit la gorge.

— Les dons seront les bienvenus, précisa-t-elle.

— Oui, je sais. Les membres de ma famille sont en train de rassembler des objets à donner. Je me demande d'ailleurs si je ne ferais pas mieux d'apporter ces objets ici samedi matin avant le début de la vente, car je ne sais pas comment nous pourrons tout stocker chez les Bronson.

Il n'avait pas tort. Il n'y avait pas beaucoup d'espace.

— Ce que nous avons récolté pour le moment se trouve à l'église, expliqua-t-elle. Le pasteur apportera tout vendredi soir pour que je puisse indiquer les prix. Il est censé faire beau, et j'espère que ce sera le cas, car je compte laisser les objets dehors à l'arrière de la maison, sous des bâches, et les disposer devant samedi matin.

— Voilà pourquoi vous souhaitiez conserver les bâches… Voulez-vous que j'amène mon bric-à-brac vendredi soir également ?

Oui, elle le voulait. Mais seulement pour qu'elle puisse le revoir un jour plus tôt… Une autre envie à laquelle elle devait résister.

— Non, samedi matin, ça ira. J'étiquetterai vos objets à ce moment-là.

— Je pourrai vous aider. Et je resterai pour la vente…

— D'accord, c'est gentil à vous…

Soudain, la perspective du vide-greniers lui sembla bien plus réjouissante que s'il s'était agi uniquement de récolter de l'argent pour les Bronson !

— Mais vous n'êtes pas obligé, se reprit-elle. Il n'est pas nécessaire qu'on soit aussi nombreux qu'aujourd'hui. Je peux m'en sortir seule ; j'ai des scrupules à vous demander d'offrir encore votre samedi.

— Le pasteur vous prêtera main-forte, non ?

— Je lui ai fait savoir que sa présence n'était pas nécessaire. Je n'ai pas très envie de rester seule avec lui toute la journée de samedi. Il se montre assez insistant pour que je sorte avec lui…

Et il n'y avait pas de doute : les pensées que lui inspirait le pasteur n'avaient rien de comparable avec celles que lui inspirait Derek !

Dès lors, même si elle s'était sentie prête à sortir avec un homme, ce ne serait pour rien au monde le pasteur Brian !

Gia espérait juste que celui-ci cesserait de la poursuivre de ses assiduités.

Il esquissa un petit sourire entendu.

— Vous paraissez étonnée qu'il se montre aussi déterminé.

— Je ne comprends pas pourquoi il n'abandonne pas.

— Vraiment ? Vous n'avez pas une petite idée ?

— Non. Il doit avoir un quota de nouvelles recrues à atteindre.

Il éclata de rire, et elle le regarda en fronçant les sourcils.

— Combien de temps avez-vous été mariée ?

— Sept ans.

Il hocha la tête, comme si cette réponse l'éclairait.

— Perdre conscience de votre pouvoir de séduction est-il la conséquence d'avoir été mariée pendant sept ans avec un type qui ne voulait plus vous embrasser ?

— Je parlais de façon générale quand j'ai dit ça, se défendit-elle. Je ne parlais pas de moi.

C'était faux, et elle comprit à l'expression de Derek qu'il n'était pas dupe.

Il eut cependant l'intelligence de ne pas insister. Il enfouit ses mains dans les poches de son jean et hocha de nouveau la tête.

— Je vais vous laisser. Vous devez être épuisée vous aussi.

— Je vous raccompagne. Je n'ai pas eu le temps d'aller chercher le courrier aujourd'hui.

Ils sortirent et s'arrêtèrent sous la véranda ouverte.

— Où êtes-vous garé ? s'enquit-elle.

— Quelques maisons plus loin, répondit-il sans la lâcher de ses yeux bleus. Ne vous inquiétez pas, il ne m'arrivera rien !

— Merci pour aujourd'hui… et pour ce soir. Et pour avoir embauché des plombiers et des électriciens ! C'était une bonne initiative, vu les anomalies qui ont été détectées dans l'installation électrique. Et je ne savais pas que la chasse d'eau des toilettes ne fonctionnait pas correctement… Les Bronson ont été ravis quand je les ai informés qu'elle avait été réparée.

Le couple était rentré chez lui pendant que le barbecue battait son plein. Gia leur avait montré les travaux effectués. Les Bronson avaient décliné son invitation à se joindre aux invités, étant fatigués par leur journée, mais ils lui avaient demandé de transmettre à tous leurs remerciements les plus chaleureux. Un remerciement particulier avait même été prononcé à l'intention de Derek qui avait eu la gentillesse de recruter des professionnels.

— Les artisans ont dit que le reste était en bon état, commenta Derek.

Elle hocha la tête. Une fois encore, elle eut la pensée fugitive qu'il avait peut-être en tête quelque chose qui puisse, au final, bénéficier aux Camden.

Mais cette pensée fut vite chassée quand elle prit conscience du regard de Derek, toujours fixé sur elle. Elle ignorait pourquoi. Tout ce qu'elle savait, c'était qu'il la regardait intensément, un léger sourire aux lèvres.

Soudain, ses mains se posèrent sur ses bras, puis il se pencha pour l'embrasser… sur la joue, exactement comme le ferait un ami !

Mais, contrairement à ce que font les amis ensuite, il ne relâcha pas immédiatement ses bras. Non, il continua à la regarder, ses yeux soudés aux siens.

Embrasse-moi, l'implora-t-elle intérieurement.

Alors elle releva le menton, car ce n'était pas un baiser sur la joue auquel elle aspirait…

Mais il se contenta de serrer doucement ses bras avant de les relâcher, puis de reculer, la laissant totalement interdite.

— Je vous appelle, promit-il en descendant les marches de la véranda avant de s'éloigner sur le trottoir.

Il disparut avant qu'elle réalise qu'elle ne lui avait même pas souhaité bonne nuit.

Elle avait été tellement occupée à répondre à d'autres signaux… Le contact de ses mains puissantes sur ses bras, ses doigts s'incrustant dans sa peau…

Ce baiser…

Pas ce baiser ridicule sur sa joue, mais cet autre baiser que ses lèvres avaient tant désiré…

Et ce, en dépit de tout ce qui les séparait.

6

Au cours des trois jours qui suivirent le barbecue, Gia eut largement le temps de penser à Derek, puis de se réprimander d'avoir pensé à lui… pour finalement se forcer à cesser de penser à lui !

Elle devait surtout se retenir de compter les jours avant de le revoir.

Lorsque Derek l'appela le mercredi, toutes ses bonnes résolutions s'envolèrent, dès l'instant où elle entendit sa voix à l'autre bout du fil. Son pouls s'accéléra. Elle était tellement heureuse qu'elle en était presque étourdie.

Elle en aurait presque oublié d'écouter ce qu'il lui disait !

Il expliquait qu'il avait une surprise pour les Bronson, et qu'il avait besoin d'elle pour les convaincre d'accepter cette faveur de sa part. Il ne précisa pas davantage et lui demanda simplement s'il pouvait la rejoindre après son travail.

Elle s'en voulut en s'entendant répondre qu'elle serait chez elle une heure après l'heure réelle, se donnant ainsi du temps pour se refaire une beauté.

En réalité, elle quitta même son travail une heure plus tôt pour pouvoir prendre une douche. Elle se morigéna intérieurement tout le temps qu'elle se prépara, mais fut plutôt satisfaite du résultat que lui renvoya son miroir : les boucles élastiques de ses cheveux propres, son visage mis en beauté par le mascara, le blush et le gloss. Elle avait jeté son dévolu sur son jean le plus moulant et sur un T-shirt bleu à bretelles dont le décolleté laissait voir plus qu'elle en montrait ordinairement.

Aujourd'hui faisait exception !

Lorsque Derek arriva, suivi d'un gros camion de livraison de l'entreprise Camden, sa curiosité était à son comble.

Le camion s'arrêta devant chez Larry et Marion tandis que Derek garait sa voiture devant chez Gia. Lorsqu'il descendit de voiture, elle ne put s'empêcher de le dévorer des yeux. Il n'avait manifestement pas eu le temps de rentrer chez lui pour se changer, car il portait un costume très bien coupé avec une chemise blanche et une cravate brune. Sa mâchoire laissait voir une ombre de barbe qui lui donnait un air incroyablement sexy.

Après être descendu de voiture, il défit le nœud de sa cravate et la retira, avant d'ouvrir les boutons de son col de chemise. Il ôta ensuite sa veste qu'il plia soigneusement et déposa sur le siège passager. Enfin, il se redressa en déboutonnant les boutons des poignets de sa chemise pour en rouler les manches jusqu'aux coudes.

La scène parut si sensuelle à Gia qu'elle eut l'impression d'assister à un spectacle de strip-tease dans un cabaret, et qu'elle faisait partie d'une horde de femmes excitées retenant leur souffle dans l'attente qu'il en enlève davantage.

— Salut ! lui dit-il avec un tel enthousiasme qu'elle se demanda s'il était aussi heureux de la voir qu'elle l'était, elle, de le retrouver.

— Salut, répondit-elle avec une note interrogative dans la voix, tout en tendant le cou vers le camion. C'est ça la surprise ?

— Ce qu'il y a à l'intérieur, oui. Venez voir…

Elle le rejoignit sur le trottoir. Entre-temps, le chauffeur du camion et un autre homme avaient ouvert l'arrière du véhicule.

— J'ai remarqué que tout était vieux et usé chez les Bronson, alors j'ai voulu renouveler certaines choses. Il y a une nouvelle télé à écran plat, un canapé, deux fauteuils inclinables pour remplacer ceux qui sont troués, et aussi un lit réglable avec un matelas en mousse à mémoire de forme. Je suis impressionné par la façon dont vous avez arrangé leur lit, mais je me suis dit qu'un nouveau lit serait une solution tout aussi appropriée.

Une solution bien plus raffinée surtout ! Elle apprécia toutefois la diplomatie de Derek.

— Vont-ils accepter tout ça, venant de moi ? l'interrogea-t-il.

Elle ne répondit pas. Il ne faisait aucun doute que les Bronson avaient désespérément besoin de tout ce mobilier. Leurs fauteuils et canapé perdaient leur rembourrage, leur toute petite télévision était à deux doigts de rendre l'âme. Quant à un nouveau lit, il leur permettrait indubitablement d'avoir un sommeil plus confortable et reposant.

Cela dit, même si Larry et Marion s'étaient un peu déridés avec Derek, ils avaient clairement fait savoir que leurs sentiments négatifs envers les Camden n'avaient pas changé d'un pouce.

— Je n'en sais rien, soupira-t-elle.

— Ne pourriez-vous pas leur dire que vous avez utilisé une partie de l'argent que vous avez récolté pour acheter ce mobilier ?

Elle secoua la tête. Elle ne voulait pas s'attribuer le mérite de quelque chose qu'elle n'avait pas fait. De plus, elle tenait les Bronson au courant des sommes qu'elle récoltait et de ce qu'elle en faisait. Ils comprendraient qu'elle n'avait pas pu dépenser une telle somme pour ces meubles…

— Je ne peux pas leur dire ça, mais laissez-moi leur parler. Pouvez-vous m'attendre ici ?

— Aussi longtemps qu'il le faudra.

Elle prit une grande inspiration avant de remonter l'allée qui menait chez les Bronson.

Le couple était posté derrière la fenêtre, espionnant ce qui se passait à l'extérieur. Quand elle les aperçut, elle sourit en agitant la main. En avançant, elle se demanda par quel angle les amadouer.

— Que se passe-t-il ? s'enquit Larry en la faisant entrer.

Elle leur expliqua la situation et écouta leurs objections immédiates, avant même d'avoir pu tenter de les convaincre.

Choisissant d'arguer que les Camden leur étaient redevables de tout ça, elle réussit finalement, non sans mal, à les persuader d'accepter ces cadeaux. Larry et Marion s'assirent dans la véranda tandis que Derek et les deux hommes enlevaient le vieux mobilier pour le remplacer par l'autre, flambant neuf. Les Bronson écarquillèrent des yeux devant la télé dernier cri et furent encore plus ébaubis en étudiant les fonctions de leur nouveau lit.

Lorsque le camion s'en alla, Marion et Larry étaient comme deux enfants émerveillés découvrant leurs cadeaux au pied du sapin de Noël. Ils finirent même par remercier Derek, tout en conservant une certaine réserve à son égard.

Ce qui ne les empêcha pas d'insister pour garder les deux jeunes gens à dîner…

— Oh non, je ne voudrais pas abuser, s'exclama Derek.

Il était clairement pris au dépourvu par cette invitation.

— Pourquoi n'irions-nous pas dîner tous ensemble au restaurant ? proposa-t-il en lançant un regard implorant à Gia pour qu'elle lui vienne en aide.

Celle-ci comprenait qu'il était embarrassé à l'idée de manger chez des gens qui avaient si peu de moyens. Cependant, Gia connaissait les Bronson… Si ceux-ci réalisaient ce que Derek pensait, ils éprouveraient un sentiment de honte.

— Vous auriez tort de rater la fameuse soupe de Marion, ainsi que son pain fait maison…

— Tous les légumes sont du jardin de Gia, ajouta Marion.

— Et ma femme fait aussi les nouilles, intervint Larry. C'est bien meilleur qu'au restaurant, je vous assure !

— Tout cela me met l'eau à la bouche, commenta Derek qui paraissait toujours hésitant. Si vous êtes sûrs…

— Absolument certains ! répondit Larry.

— Nous mangerons dans la cuisine, avec nous pas de chichis, décréta Marion en s'y dirigeant de ce pas.

Le repas se déroula dans une ambiance moins tendue que Gia ne l'avait craint. Derek vanta les louanges de la cuisine de Marion, ce qui ravit bien évidemment la vieille dame.

Il était doué pour entretenir la conversation sur un mode léger. Il évita tout sujet polémique qui aurait pu rappeler aux Bronson leurs différends avec la famille Camden. Il se montra agréable, bavardant et mettant tout le monde à l'aise.

— Gia, emportez donc de la soupe et une tranche de pain pour votre déjeuner demain, décréta Marion lorsqu'ils eurent fini de manger.

— Je l'aurais fait si nous n'allions pas déjeuner à l'extérieur demain. Trois de mes collègues fêtent leur anniversaire cette semaine. Gardez la soupe pour votre déjeuner... Nous allons au Tuscan Grill. Je sais que vous aimez leur saumon, alors ne cuisinez rien demain, Marion. Je vous apporterai du saumon de chez eux.

— En effet, il est délicieux, approuva Marion.

— Nous ne savons pas que ce que nous ferions sans elle, vous savez, confia Larry à Derek. Elle pense sans cesse à nous.

— Je vois ça, acquiesça ce dernier.

Gênée que l'attention se focalise sur elle, Gia se tourna vers Marion.

— Je vais faire la vaisselle et, ensuite, je vous aiderai à préparer votre nouveau lit, d'accord ?

— Et moi, monsieur Bronson, je vais vous montrer comment fonctionne votre télévision, enchaîna Derek.

— Larry, il s'appelle Larry, intervint Marion.

La vieille dame parut elle-même surprise par ses propres paroles et son ton chaleureux, car elle s'interrompit brutalement avant d'ajouter, un peu rapidement :

— Et moi, c'est Marion.

Gia retint son souffle, se demandant si Larry allait imiter sa femme et tendre à son tour un rameau d'olivier à Derek. Larry regarda son épouse et lui adressa un sourire complice avant de lui tapoter la main.

Puis il se tourna vers Derek :

— Oui, montrez-moi comment marche cet engin, car, ce soir, c'est le début de cette émission de danse que Marion affectionne particulièrement. Elle me tuera si je n'arrive pas à lui trouver son émission !

Le jour commençait à peine à tomber lorsque Gia et Derek quittèrent les Bronson, les laissant profiter des joies de leur télévision dernier cri.

C'était une belle soirée de septembre. Au lieu de se diriger vers la gauche où se trouvaient sa voiture et la maison de Gia, Derek tourna la tête vers la droite.

— Que diriez-vous d'une petite promenade jusqu'à Bonnie Brae pour acheter une glace ?

Elle lui sourit.

— Je savais bien que vous n'aviez pas autant mangé au déjeuner que vous l'avez prétendu, dit-elle, se référant à l'excuse qu'il avait invoquée pour ne manger qu'en très petite quantité la soupe, la salade et le pain offerts par Marion. Vous avez encore faim !

— Je me sentais tellement coupable, admit-il. J'avais peur qu'en mangeant ce qu'ils me proposaient les Bronson aient moins pour eux demain ou après-demain.

De la culpabilité…, songea Gia. C'était un sentiment qu'elle n'avait jamais décelé chez Elliott !

— Vous savez, parfois, ils veulent donner à leur tour, expliqua-t-elle. De la sorte, ils se sentent moins redevables envers les autres. Vous devez accepter ce qu'ils ont à vous offrir, de la même façon que vous voulez qu'ils acceptent ce que vous leur offrez.

— Hum… un peu comme vous acceptez ce qu'ils vous offrent et inventez que vous allez au restaurant le lendemain de façon à leur apporter de la nourriture, compensant ainsi ce que vous avez mangé chez eux ce soir !

— Qu'est-ce qui vous dit que je ne vais pas réellement au restaurant demain ? le défia Gia.

Il l'observa comme s'il voyait parfaitement clair en elle, avec un petit sourire qui semblait dire : « je le sais, c'est tout ».

— Laissez-moi vous offrir une glace. Vous n'avez pas mangé plus que moi…

Evidemment, elle aurait dû dire non. Mais les mots sortirent de sa bouche contre sa propre volonté :

— Je ne refuse jamais une glace, dit-elle.

Ils marchèrent côte à côte en direction de Bonnie Brae.

— En faites-vous autant pour votre famille que pour les Bronson ? lui demanda-t-il.

— Je le ferais si j'avais une famille…

— Oh oui, pardonnez-moi… Vous m'avez dit que les Bronson étaient devenus votre famille, car vous n'en aviez plus…

— Je dois avoir un père quelque part, mais il nous a abandonnées, ma mère et moi, quand j'avais sept ans. Personne n'a plus jamais entendu parler de lui. Je ne sais même pas s'il est encore en vie.

— Il est parti du jour au lendemain ?

— Du jour au lendemain, confirma-t-elle. Souvent, il disait à ma mère qu'il avait fait une erreur en se mariant et en ayant un enfant. Il répétait qu'il aurait voulu une autre vie… Ma mère a bien essayé de faire en sorte que ça marche, qu'il puisse avoir une part de liberté tout en restant avec nous, mais la vérité, c'est qu'il ne voulait pas de nous. Un jour, il est parti au travail et n'est jamais revenu. En le recherchant, ma mère a découvert qu'il ne s'était pas rendu à son travail… Il avait vidé leur compte en banque commun, empoché son dernier salaire et quitté la ville.

— Sans même dire au revoir ? fit Derek, abasourdi.

— Sans un mot.

— Et ce fut tout ? Vous n'avez plus jamais entendu parler de lui. Pas une lettre ? Pas un coup de fil ?

— Rien. Il avait souvent exprimé son envie de voyager, de quitter le Colorado, alors ma mère a supposé qu'il avait quitté l'Etat. Nous n'en savons pas plus.

Elle haussa les épaules. Tout cela remontait à si loin que les blessures de son enfance avaient fini par guérir.

— Je n'ai pas la moindre idée de ce qu'il est devenu.

— Vous n'avez jamais songé à le rechercher ?

Elle secoua la tête.

— Quand j'étais gamine, je m'imaginais souvent qu'il

revenait à la maison et s'excusait, déclarant qu'il avait fait une erreur en nous quittant. Je rêvais que nous redevenions une vraie famille. Puis j'ai grandi. Non, je n'ai jamais voulu faire de recherches. Je comprends les gens qui ont été adoptés et espèrent retrouver leurs parents biologiques afin de comprendre pourquoi ils ont été abandonnés. Mais en ce qui me concerne… Mon père a passé sept ans avec moi et…

Contre toute attente, sa voix se brisa. Finalement, certaines blessures anciennes n'étaient peut-être pas totalement cicatrisées.

Elle s'éclaircit la gorge.

— Il est clair qu'il n'avait rien à faire de moi. Même s'il avait divorcé de ma mère en bonne et due forme, il aurait pu s'arranger pour toujours faire partie de ma vie, même à distance. Il ne nous a rien laissé et ne s'est jamais soucié de ce qui allait nous arriver… Tout cela prouve que ce n'est pas un homme digne d'intérêt. Pourquoi rechercher quelqu'un comme ça ?

Arrivés devant chez Bonnie Brae, ils étudièrent les différents parfums de glace dans le congélateur.

— Chocolat pour vous, n'est-ce pas ? devina Derek. Vous n'avez plus qu'à choisir si vous le voulez noir ou au lait…

— En fait, j'aimerais une glace à la vanille !

Il éclata de rire.

— Vous plaisantez !

— Pas du tout. Une bonne glace à la vanille avec de petits morceaux de gousse de vanille. Et dans un cornet en gaufre.

— Décidément, vous êtes vraiment imprévisible, s'amusa-t-il. En ce qui me concerne, pour la glace, je suis très chocolat.

— Ah, il reste de l'espoir alors, le taquina Gia.

— Que sous-entendez-vous exactement ? N'y avait-il donc pas d'espoir pour moi avant ?

La vendeuse vint prendre leur commande, ce qui évita à Gia de devoir répondre.

Une fois qu'ils eurent récupéré leurs cornets, ils s'installèrent à une petite table en terrasse.

— Que s'est-il passé quand votre père est parti ? voulut

savoir Derek. Comment vous en êtes-vous sorties, votre mère et vous ?

— Les choses ont été difficiles après le départ de mon père. Ma mère avait de gros problèmes de santé — des problèmes cardiaques et une défaillance du système immunitaire —, donc elle ne travaillait pas. Le stress provoqué par le départ de mon père a rendu sa santé encore plus précaire. Nous avons dû emménager chez mes grands-parents. Ce sont eux qui m'ont élevée car ma mère était de plus en plus malade. J'avais onze ans quand elle est décédée.

— Vous êtes restée chez vos grands-parents par la suite ?

— Oui, ils étaient merveilleux. Ils m'ont vraiment gâtée... Je les aimais énormément.

— Mais ils ne sont plus de ce monde non plus, dit-il avec précaution.

— Ils ont été tués dans un accident de voiture, par un chauffard ivre. C'était juste avant que j'obtienne mon diplôme.

De nouveau, une boule se forma dans sa gorge, et elle arrêta de déguster sa glace. Elle tenta de ravaler les larmes provoquées par l'évocation de ce terrible souvenir.

— Je ne suis pas allée à la cérémonie de remise des diplômes parce qu'ils n'étaient plus là pour y assister, expliqua-t-elle. C'était vraiment terrible pour moi qu'ils ne soient pas là pour célébrer le résultat de toutes ces années d'études qu'ils m'avaient payées.

C'était à cette époque qu'elle s'était mariée. Pour combler le vide... En épousant Elliot, elle avait espéré fonder une famille. Elle s'était aussi imaginé que le clan des Grant l'accueillerait à bras ouverts et remplacerait ses grands-parents.

Elle s'était lourdement trompée.

— Eh bien, je parle vraiment beaucoup de moi ce soir, dit-elle sur un ton qu'elle voulut léger.

Cela ne semblait pas déranger Derek, puisqu'il ne la laissa pas changer de sujet de conversation.

— Je crois comprendre que les Bronson sont des grands-parents de substitution pour vous. Mais votre rencontre avec eux ne date que d'il y a trois ans, époque à laquelle vous avez traversé une autre période difficile…

— Mon divorce, acquiesça-t-elle. J'ai rencontré Larry et Marion juste après. Je n'ai rien perdu au change, croyez-moi !

Derek parut perplexe. Il esquissa un demi-sourire tout en fronçant les sourcils.

— Deux personnes de plus de quatre-vingts ans dans une situation difficile vous comblent davantage que votre vie maritale ?

— Croyez-le ou non, répondit-elle en s'esclaffant.

Elle n'en dit pas plus, estimant qu'elle avait assez parlé d'elle.

Et, comme ils avaient terminé leur glace, elle se dit qu'elle ne devait pas s'attarder davantage avec Derek, bien qu'elle en eût terriblement envie.

— Je vais rentrer, annonça-t-elle. Je dois me lever tôt demain matin pour faire de la cueillette toute la journée à Broomfield.

Il lui adressa un sourire triomphant.

— Le Tuscan Grill est à Cherry Creek… c'est vraiment très loin de Broomfield, déclara-t-il, jubilant d'avoir mis à jour son subterfuge.

Elle grimaça, avant d'éclater de rire.

— Vous n'avez pas tort.

— Comment allez-vous vous y prendre ? Allez-vous commander par téléphone en revenant de Broomfield et vous arrêter pour récupérer les plats avant de rentrer chez vous ?

Elle haussa les épaules. Ils se mirent en route.

— Je ne vous dévoilerai pas tous mes secrets.

— Le saumon aura-t-il le temps de refroidir ?

— Je rentrerai chez moi et je le mettrai au réfrigérateur un petit moment avant de l'apporter aux Bronson.

— Vous êtes rusée, la taquina-t-il.

— Seulement pour la bonne cause.

— Je n'en doute pas, répondit-il. Avez-vous besoin de mon aide pour étiqueter les objets pour le vide-greniers de samedi ?

— Merci, mais je contrôle la situation.

Elle aurait aimé qu'il en soit de même pour la façon dont elle réagissait en sa présence.

Car, depuis qu'il était descendu de sa voiture, elle avait été obnubilée par le moindre détail le concernant. Chaque fois qu'elle lui lançait ne serait-ce qu'un coup d'œil, son corps réagissait instantanément. Elle ne pouvait s'empêcher de désirer qu'il lui prenne la main, qu'il la touche, de quelque façon que ce soit… Marcher à côté de lui était si agréable qu'elle ralentissait volontairement le pas pour faire durer ce moment.

Non, décidément, elle ne contrôlait plus rien !

— Tyson et moi avons passé plusieurs soirées à étiqueter les objets, ajouta-t-elle. Tout est pratiquement prêt. Vendredi soir, j'aurai juste à canaliser les paroissiens.

Elle entendait bien ne pas revenir sur sa décision de se débrouiller sans lui.

— Vous et Tyson…, commença Derek. Vous n'êtes que des amis, dites-vous ?

— Uniquement des amis, confirma-t-elle en riant. Depuis l'âge de sept ans…

— L'âge que vous aviez quand votre père est parti.

— Oui… C'est l'époque à laquelle ma mère et moi avons emménagé chez mes grands-parents. Tyson et ses parents venaient de s'installer dans la maison juste derrière.

— Etes-vous allés à l'école ensemble ?

— En effet.

— Mais vous n'êtes jamais sortis ensemble ?

Elle rit de nouveau.

— Nous avions sept ans quand nous nous sommes rencontrés… Je l'ai vu faire ces choses dégoûtantes que font les gamins. Nous avons eu la varicelle en même temps, de l'acné, des bagues sur les dents… A treize ans, nous avons consommé de l'alcool à un mariage et vomi dans des poubelles côte à côte. Je pense que nous ne nous sommes jamais fait d'illusions l'un sur l'autre pour être autre chose que des amis…

— Vous pensez que les gens doivent se faire des illusions les uns sur les autres pour être davantage que des amis ?

Ils étaient arrivés devant chez elle.

Elle s'arrêta à côté de la voiture de Derek et haussa nonchalamment les épaules.

— Je crois que les gens se font des illusions sur les personnes dont ils tombent amoureux. Etre attiré par quelqu'un rend aveugle et déforme la perception qu'on a de la personne.

— Parlons-nous de nouveau de votre mariage ? s'enquit Derek.

Plutôt que de répondre directement à cette question, elle répliqua :

— Aviez-vous vraiment les yeux ouverts quand vous avez rencontré Sharon la médium ?

Il esquissa lentement un sourire.

— L'attirance vous fait fermer les yeux sur tout ce qui pourrait poser problème. Par la suite, ce que vous aviez négligé de prendre en compte conduit à l'échec de la relation.

— Exactement, renchérit-elle.

Il fit un geste de la tête vers la maison de Gia.

— Puis-je vous raccompagner ? proposa-t-il.

— Non merci, ça ira. Comme vous le voyez, personne ne m'attend tapi dans l'ombre.

Il jeta néanmoins un regard circulaire pour s'assurer qu'il n'y avait pas de danger. Il n'insista pas pour la raccompagner, mais n'esquissa pas non plus le moindre mouvement pour monter dans sa voiture. Il restait où il était et la contemplait de la même façon que le samedi précédent... quand il avait fini par lui donner ce baiser amical tellement décevant !

— J'imagine que j'ai moins d'illusions sur vous après ce soir, plaisanta-t-il, reprenant le fil de leur conversation. Chocolat pour tout... sauf pour la glace ! Rusée pour la bonne cause... Sans oublier l'appareil dentaire et la première ivresse à treize ans...

— Et je parle trop si vous me laissez faire, ajouta-t-elle.

— Vous n'avez fait que répondre à mes questions... enfin,

à la plupart, nuança-t-il, faisant référence à ce qu'elle avait tu au sujet de son mariage.

Pourtant, à la façon dont il la regardait, avec ce petit sourire qui recourbait les commissures de ses lèvres, elle devina qu'il n'y avait rien qui le rebutait dans ce qu'il avait appris ce soir.

Quant à elle, elle devait bien admettre qu'elle n'avait rien découvert chez lui qui puisse lui déplaire.

Elle releva la tête et se heurta à ses yeux si intensément bleus. Au moment où l'idée de l'embrasser l'effleurait de nouveau, il sembla lire dans son esprit et dit :

— Tyson et vous, vous êtes-vous au moins embrassés ? Dans un souci d'expérimentation ?

— Mais non ! s'exclama-t-elle, comme si cette idée était totalement incongrue. Je n'aurais pas embrassé mon frère si j'en avais eu un, or Tyson est comme un frère pour moi.

Le sourire de Derek s'accentua.

— J'ignore pourquoi je suis si heureux d'entendre ça…

Ses yeux ne la quittaient pas. Soutenaient son regard. Ne le lâchaient pas.

Elle se demanda soudain s'ils se tenaient aussi proches depuis le début ou s'ils venaient seulement de se rapprocher.

Ils étaient maintenant si près que Derek n'eut même pas à la toucher pour l'attirer vers lui. Il se contenta de se pencher pour l'embrasser, sur les lèvres cette fois, et non sur la joue.

Oh… c'était tellement mieux qu'un baiser sur la joue !

Car il était expert en la matière. Ses lèvres chaudes étaient parfaites, infiniment douces, s'écartant comme il le fallait… Il fit durer leur baiser, et elle y répondit avec bonheur. Elle avait l'impression qu'il y avait dans l'atmosphère quelque chose d'indéfinissable qui leur donnait la sensation d'être en dehors du temps, comme protégés dans un cocon.

Au moment où elle s'abandonnait totalement à ce baiser, il y mit fin.

De nouveau, il plongea ses yeux dans les siens.

— A samedi, murmura-t-il.

Elle hocha la tête, luttant pour retrouver sa voix.

— Je sortirai tout dès 7 heures et je ferai du café.

— J'en aurai bien besoin à 7 heures ! Vous voyez, encore une illusion de moins à mon sujet : je ne suis pas du matin !

— Moi non plus, avoua-t-elle.

— Bien, dit-il en s'écartant pour contourner sa voiture. Rentrez… si vous ne voulez pas me laisser vous raccompagner, je veux au moins vous voir rentrer chez vous en toute sécurité.

Lui obéissant, elle remonta l'allée jusque chez elle, glissa sa clé dans la serrure et ouvrit la porte.

— Tout va bien ! cria-t-elle en agitant la main.

Il lui rendit son salut et s'installa derrière le volant.

Il partit, la laissant en pleine interrogation sur ce qui venait de se passer.

Et pleinement consciente qu'elle n'aurait jamais dû laisser ce rapprochement se produire.

7

— Merci de m'avoir aidé, dit Derek à Louie Haliburton.

Derek et Louie venaient de terminer le chargement de la camionnette de ce dernier pour le vide-greniers du lendemain. Tous deux se trouvaient dans le garage des Camden où la camionnette resterait jusqu'à ce que Derek vienne la chercher à l'aube.

Louie accepta la bière que Derek était allé chercher dans la maison. Il s'assit sur une caisse retournée pour la boire.

— Merci, dit-il à Derek.

Derek s'assit sur les marches qui montaient dans la cuisine.

— Non, merci à toi ! corrigea-t-il en buvant une longue gorgée de bière avant de se pencher en avant et d'appuyer ses coudes sur ses cuisses.

— Tout ça est destiné à être vendu à un vide-greniers ? demanda Louie. Au profit d'un couple âgé qui a des difficultés, c'est ça ?

— Oui, un appel aux dons a été lancé pour eux dans les magasins, tu as dû voir des boîtes de collecte ici et là. Il s'agit du couple Bronson.

— Oui, j'ai vu ces boîtes. C'est comme ça que tu as eu connaissance de leur situation ?

— En fait, ces gens sont membres d'une église à laquelle des amis de Gigi appartiennent. Gigi a voulu que nous contribuions.

Derek choisit de ne dire qu'une partie de la vérité, réticent à révéler la véritable raison de l'engagement des Camden.

— Et cette Gia dont tu as parlé toute la soirée… elle est aussi impliquée ?

— Ah bon ? J'ai parlé d'elle toute la soirée ?

Derek était conscient d'être obnubilé par Gia — c'était le cas depuis le premier jour où il l'avait rencontrée —, mais de là à en parler… sans même s'en rendre compte ? Et pas qu'une fois, aux dires de Louie !

C'était tout bonnement ahurissant !

— Tu n'as pas cessé de prononcer son nom de toute la soirée, reprit Louie. Gia par-ci, Gia par-là… Gia dit ceci, Gia fait cela, pense ça… Tu es censé demander à Gia un remède naturel pour les allergies de Margaret et la verrue sur mon doigt, car cette jeune femme serait une sorte de scientifique des plantes ou je ne sais quoi…

Derek s'esclaffa.

— Elle est botaniste dans une société qui fabrique des compléments alimentaires et des remèdes naturels, précisa-t-il. Excuse-moi, je n'avais pas réalisé que je parlais autant d'elle.

— Ça a l'air d'être une chic fille. Je suis surpris que tu l'apprécies.

— Qui a dit que je l'appréciais ?

Louie se contenta de lui jeter un coup d'œil par-dessus sa bouteille de bière.

— Je ne… tu sais… je ne l'apprécie pas dans le sens où je suis intéressé par elle, reprit Derek.

— Tu m'as pourtant l'air diablement intéressé !

Derek ne put le contredire, puisqu'il avait apparemment parlé de Gia toute la soirée. Et que par deux fois, malgré ce que lui dictait sa raison, il s'était laissé aller à l'embrasser !

— J'essaie de faire une pause dans mes relations avec les femmes, déclara-t-il.

Avant de rencontrer Gia, il y était très déterminé.

— Après Vegas, tu sais, ajouta-t-il sans préciser davantage.

— Vegas… Un bel avertissement. Tout du moins, je l'espère.

— C'en fut un, admit Derek.

Il était d'accord avec Louie. Et avec le reste de sa famille, qui avait la même opinion sur le sujet.

— Je ne suis pas certain de pouvoir repartir sur d'autres bases avec les femmes, confia-t-il à l'homme dont il avait toujours recherché les conseils depuis qu'il était gamin. On ne choisit pas par qui on est attiré, n'est-ce pas ?

— Tout ce que je sais, c'est que, si tu continues à faire ce que tu as toujours fait, tu vas continuer à n'obtenir que ce que tu as toujours eu…

— C'est-à-dire rien, hormis des problèmes, termina Derek. Et dans le cas évoqué, un terrible embarras.

— Tu prétends toujours que les filles ordinaires ne t'intéressent pas, mais il me semble que les filles bizarres ne font guère mieux, observa Louie.

— Je n'avais pas vu les choses sous cet angle, concéda Derek.

— En tout cas, tu n'es resté avec aucune d'entre elles.

— Parce qu'elles s'avèrent finalement trop bizarres ou parce que je ne suis pas assez étrange moi-même pour conserver leur intérêt.

— Ce système me semble voué à l'échec.

Derek rit.

— Jusqu'à maintenant, en effet. Mais tu dois admettre qu'un peu de fantaisie a du bon. Ça tient en éveil !

— Tu étais éveillé à Vegas ? répliqua Louie avant de boire une gorgée de bière.

Derek accusa le coup.

— La fantaisie est une chose, reprit le vieil homme. Tu peux mettre un peu de fantaisie dans toute chose. La bizarrerie poussée à l'extrême, c'est très différent, surtout quand elle est à l'origine de comportements tortueux et fourbes.

— Je ne peux pas dire le contraire, marmonna Derek.

Il lança à Louie un regard en coin.

— C'est donc ça, le secret des mariages qui durent ? Mettre un peu de fantaisie dans toute chose ?

Louie ne mordit pas à l'hameçon et se contenta de sourire.

Il termina sa bière, se leva et se dirigea vers la poubelle de recyclage.

— Si tu trouves la bonne personne, les choses marcheront naturellement. Tu auras tout ce dont tu as besoin, tout ce que tu désires. Mais je te le répète : si tu poursuis dans la même direction, tu n'obtiendras rien de mieux !

Ses paroles furent ponctuées par le bruit de la cannette heurtant le fond de la poubelle. Louie marcha vers Derek et lui tapota l'épaule pour atténuer la dureté de ses paroles. Puis il monta l'escalier menant dans la cuisine, laissant Derek seul dans le garage.

Aussitôt, les pensées du jeune homme revinrent à Gia.

Décidément, elle ne ressemblait en rien aux femmes qu'il courtisait habituellement. C'était une sorte de cheftaine scout sans la moindre aspérité…

Et pourtant, il l'appréciait. Il était intéressé par elle, même s'il ne comprenait pas trop pourquoi.

Et, après l'avoir embrassée la dernière fois qu'il l'avait vue, il avait compris qu'il ne tiendrait pas sa promesse de rester loin des femmes.

Cela dit, puisque Gia était une cheftaine scout et qu'il n'avait pas encore perdu tout intérêt pour elle, pourquoi ne pas persévérer pour voir où tout cela le mènerait ?

Un peu d'exploration… tout en faisant bien attention, car il ne voulait surtout pas la blesser. Il serait criminel de faire souffrir quelqu'un comme elle !

Il devait donc faire attention à ce que son attirance pour elle ne soit pas seulement une réaction inconsciente destinée à compenser le fiasco de Vegas.

Car, si tel était le cas, une fois que le brouillard se serait dissipé, il ne serait certainement plus aussi entiché de Gia. Il perdrait alors tout intérêt pour elle et retournerait à ses anciennes amours.

Oui, mais voilà… Pour l'heure, il était bel et bien attiré par Gia et ne parvenait pas à lutter contre cette attirance.

Il avait beau essayer, il n'y arrivait pas.

Le vide-greniers organisé par Gia au profit des Bronson fut un véritable succès. A la fin, il n'y avait pratiquement plus rien à vendre !

Comme elle s'était levée à 5 heures du matin et était restée sur le pied de guerre toute la journée, Gia ne fut pas mécontente de voir la journée se terminer. Constatant son épuisement, Derek insista pour l'emmener dîner chez lui en récompense de son effort.

Enfin, « insisté » n'était pas le terme exact… Disons plutôt qu'il l'avait invitée, mais pas plus. Pourtant, pendant qu'elle se douchait et se préparait, elle se convainquit qu'il avait beaucoup insisté et qu'elle avait été trop épuisée pour lutter.

Elle avait donc accepté son offre pour ces raisons, et non parce que passer toute la journée avec lui ne lui avait pas suffi, pas plus que parce qu'elle ne pouvait laisser passer l'occasion de découvrir l'endroit où il vivait !

En outre, se disait-elle tout en se maquillant avec soin, aujourd'hui était le dernier jour de collecte pour les Bronson. Elle ignorait quel serait désormais l'engagement de Derek. Un coup de fil de temps à autre pour se tenir au courant de la situation du couple ? Une visite occasionnelle ? Elle n'en savait rien. Quoi qu'il en soit, elle était à peu près sûre qu'elle n'aurait plus l'occasion de passer des journées entières avec lui, comme cela avait été le cas dernièrement.

Cette pensée la contrariait, sans qu'elle sache exactement pourquoi. Quoi qu'il en soit, une soirée de plus en sa compagnie ne pouvait pas lui faire de mal !

Vêtue d'un jean slim noir et d'un haut en dentelle blanc qui la moulait comme une seconde peau, elle prit sa voiture et parcourut la courte distance entre chez elle et la maison de Derek qui se trouvait au cœur de l'un des quartiers résidentiels protégés les plus recherchés de Cherry Creek.

La demeure de Derek était une immense bâtisse en briques grises à laquelle étaient adossés pas moins de quatre garages.

Elle pénétra dans le vestibule très spacieux et meublé de façon traditionnelle.

— Eh bien ! Je ne m'attendais pas à ça !

— A quoi vous attendiez-vous ?

— A une résidence étudiante BCBG... A une villa de play-boy... A des aquariums remplis de serpents...

— Des aquariums remplis de serpents ?

— C'est que vous avez une certaine réputation... Tyson m'a raconté qu'une des amies de Sharon avec laquelle vous êtes sorti après elle était une mordue de serpents, alors je me suis dit que peut-être...

— J'aime les serpents, mais je déteste être réveillé au milieu de la nuit et découvrir que l'un d'entre eux s'est glissé dans mon lit, comme cela m'est arrivé.

— Oh ! quelle horreur ! s'exclama-t-elle.

Il rit.

— Je ne peux pas dire que j'étais ravi, en effet. Non, non, pas de serpents. Vous pouvez vous détendre.

Il l'entraîna vers la salle de séjour et une cuisine à la superficie impressionnante. Observant l'endroit, elle se surprit à le trouver particulièrement douillet. C'était une demeure qui semblait destinée à accueillir une grande famille.

— Pas de serpents, d'accord, mais êtes-vous sûr que votre femme et une demi-douzaine d'enfants ne vont pas débarquer dans la seconde ? ironisa-t-elle en voyant la cuisinière à gaz à six brûleurs, le double four, les innombrables placards et les huit tabourets autour de l'îlot central.

— Mon mariage a été annulé, souvenez-vous. Pas d'épouse. Et pas d'enfants non plus !

— Vous vivez tout seul dans cette grande maison ?

— En effet. Je cherchais une maison et, quand j'ai visité celle-ci, elle m'a tellement plu que je n'ai pas laissé passer l'occasion. Certes, elle est un peu grande pour moi actuellement, mais je me dis qu'un jour je ne serai plus seul à y vivre. Et puis, je suis issu d'une famille nombreuse, vous savez, alors j'aime organiser des soirées poker, des dîners...

Oui…

Une famille nombreuse. Nombreuse et soudée. Ayant l'habitude de faire des choses pas très recommandables…

Oui, elle connaissait ça.

C'était ni plus ni moins un avertissement pour elle. Elle ne devait pas se laisser distraire par l'attirance qu'elle éprouvait pour lui, son allure fabuleuse dans ce jean qui moulait parfaitement ses fesses et ses cuisses musclées, son T-shirt gris qui mettait en valeur ses épaules ainsi que ses pectoraux et biceps impressionnants.

Sans oublier son parfum, irrésistible lui aussi…

— Cette maison est magnifique, déclara-t-elle en s'efforçant de chasser ses pensées parasites.

— Merci. Nous allons manger français ce soir… J'ai entendu parler d'un nouveau restaurant qui a très bonne réputation et qui livre à domicile. La livraison est arrivée il y a une dizaine de minutes… Je nous ai installés dehors, si cela vous convient. J'essaie de profiter au maximum de la terrasse avant que le temps devienne moins clément. J'ai aussi acheté du vin français…

Il se pencha vers elle.

— Pour le dessert, j'ai commandé ce qu'on m'a dit être un succulent gâteau au chocolat noir, avec pas moins de douze couches de chocolat alternant avec de la ganache. Je constate à vos yeux qui pétillent que j'ai fait le bon choix… J'ai également pris de la crème brûlée. Peut-être pourrons-nous partager… Rassurez-vous, je ne prendrai pas la moitié de votre gâteau. Juste une bouchée ou deux !

— Tant mieux, parce que je ne suis pas fan de crème brûlée, répliqua-t-elle en souriant.

— La terrasse est par ici, dit-il en l'entraînant.

Ils passèrent devant une pièce dans laquelle trônait une immense télé écran plat.

Contrairement au reste de la maison, la terrasse n'était pas très vaste. Elle était composée d'une surface pavée et d'un jardin de rocaille où coulait une fontaine.

— Il vous faudrait un peu plus de verdure, fit-elle remarquer. Planter quelques fleurs parmi les pierres pour ajouter une touche de couleur.

— Peut-être l'aménagement de ma terrasse pourrait-il être votre prochain projet ? plaisanta-t-il.

Juste à côté de la fontaine, une table était dressée pour deux avec assiettes, serviettes, argenterie et verres à pied.

Il l'invita à s'asseoir.

— Au menu ce soir, je vous propose un steak au poivre accompagné d'asperges et de pommes de terre persillées. Puis nous passerons à ce fameux dessert… Cela vous va ?

— J'en ai l'eau à la bouche. Je suis affamée !

— Ça ne m'étonne pas. Je suis sûr que vous n'avez rien mangé à midi, avec tous ces clients…

Des clients qui étaient en fait des gens que Gia et les Bronson connaissaient. La jeune femme avait donc passé beaucoup de temps à discuter avec les uns et les autres, ce qui ne lui avait effectivement pas laissé le loisir de se restaurer.

— Les Bronson ont eu l'air de passer une bonne journée, commenta Derek en versant du vin dans les verres. Je ne crois pas qu'ils soient rentrés se reposer plus de cinq minutes de toute la journée, tant ils semblaient heureux de discuter. Ils doivent être épuisés.

— Ils le sont. Quand je les ai quittés, ils étaient devant leur télévision et attendaient leur film. Je leur ai conseillé de commander une pizza pour que Marion n'ait pas à cuisiner.

— Parfait, fit Derek en hochant la tête.

Il sortit des récipients d'un sac en papier sur lequel figurait le logo du restaurant français. Il les ouvrit et disposa la nourriture dans les assiettes avec goût, comme un véritable cuisinier professionnel.

Ensuite, il s'assit et leva son verre.

— A vous, dit-il. Pour tout ce que vous faites pour les Bronson.

Elle eut un petit rire gêné.

— Oh mon Dieu, c'est bien la première fois qu'on me porte un toast ! Je ne sais pas quoi dire…

— Eh bien, contentons-nous de goûter ce vin et de manger.

Elle acquiesça et but une gorgée de vin rouge qu'elle trouva charnu.

— Ah, ces Français, soupira-elle, une fois qu'elle eut également goûté le contenu de son assiette. Ils savent ce qu'ils font.

— La cuisine française est celle que je préfère, renchérit Derek. Alors, quel bilan tirez-vous de cette journée ?

— Je dois admettre que je suis étonnée, admit Gia. En général, on ne vend pas tout lorsqu'on fait un vide-greniers, or, là, tout est parti ! Et personne n'a marchandé, comme c'est souvent le cas, sans doute parce que tout le monde a voulu contribuer à aider Larry et Marion.

— Dans quelle mesure le produit de cette vente va-t-il aider les Bronson ?

Elle fit une moue tout en dégustant ses asperges.

— Cela va bien nous aider, déclara-t-elle quand elle put parler. Je devrais pouvoir rembourser une bonne partie des échéances en retard. Pas l'intégralité, mais suffisamment pour être en position de négocier avec la banque.

— Il faut toujours négocier, approuva-t-il en l'écoutant attentivement.

— J'espère que la banque acceptera la somme et fera une remise de dettes pour le reste. Ou, tout au moins, qu'elle acceptera de renégocier l'emprunt. Encore faudrait-il que les échéances soient suffisamment basses pour que les Bronson puissent les honorer. En fonction de ce qui va se passer, je parlerai à Larry et à Marion, et… nous verrons.

— Alors la maison est toujours menacée, résuma Derek.

— Un peu moins maintenant que je suis en mesure de payer pour éviter la saisie, mais rien n'est définitivement réglé. Et puis, il faut garder à l'esprit que tout ce que nous avons fait jusque-là n'est pas renouvelable. S'il apparaît que Larry et Marion pourraient se retrouver dans un an ou deux dans la même situation qu'aujourd'hui parce que les échéances, même renégociées, restent trop élevées, alors mieux vaut vendre maintenant tant que la situation est encore sous contrôle.

— Ils emménageraient alors dans votre sous-sol…

— Oui. Ils pourront garder leur nouveau mobilier.

Elle s'était cru obligée de le préciser pour qu'il n'ait pas l'impression que ses cadeaux soient gâchés.

Il se contenta de hocher la tête.

— On peut dire que toute personne en difficulté devrait avoir la chance de vous connaître.

De nouveau, elle se sentit gênée par ses compliments.

— Vous avez également apporté votre pierre à l'édifice, lui rappela-t-elle. Ce que j'ai beaucoup apprécié. Et j'apprécie aussi ce repas… c'est vraiment délicieux !

— N'est-ce pas ? C'est vraiment une adresse à conseiller.

— Je n'en peux plus, cela dit, reprit Gia en repoussant son assiette.

— Je suis certain que vous avez encore une petite place pour le dessert, la défia Derek.

— Vous n'avez pas tort. J'ai un compartiment spécial pour ça !

— Je n'en doute pas, s'esclaffa-t-il. Mais que diriez-vous si nous faisions une petite pause, le temps que je débarrasse et que je prépare du café ? Je peux vous faire un expresso si vous aimez votre café aussi noir que votre chocolat…

— C'est le cas, en effet, mais je n'en bois jamais aussi tard, de peur d'être debout toute la nuit.

Cette remarque fut accueillie par un haussement de sourcils ironique. Comme si cette idée semblait à Derek particuliè-rement alléchante…

— Pas de café, donc. Encore du vin ?

— Juste un petit peu, car je dois conduire pour rentrer. Je vais vous aider à ranger.

Elle se leva.

— Pas question, la contredit-il. Vous êtes mon invitée, ne l'oubliez pas. Asseyez-vous là, je reviens tout de suite.

Il lui montra le banc recouvert de coussins qui était intégré dans le muret en pierres délimitant le jardin de rocaille.

Elle voulut protester, mais il la prit par les épaules, la guida vers le banc et la força à s'assoir. Une fois qu'il eut disparu, la jeune femme remua pour dissiper le plaisir qu'elle avait éprouvé à sentir ses mains puissantes sur ses épaules.

Le spectacle du soleil couchant était splendide. Elle se perdit dans sa contemplation, s'efforçant de retrouver la maîtrise d'elle-même avant le retour de Derek.

Celui-ci réapparut, apportant le dessert. Il s'assit à côté d'elle et leur resservit un peu de vin. Puis tous deux dégustèrent le gâteau et la crème brûlée.

— D'accord, cette fois, moi aussi je préfère le chocolat, admit-il.

— Je partage volontiers, répondit-elle.

Les lumières du jardin s'allumèrent automatiquement. Elle espéra qu'elle était autant à son avantage que Derek dans la lueur mordorée.

— Eclairez ma lanterne, dit-il au bout d'un moment. Quelle est donc cette réputation qui est la mienne ?

Elle comprit qu'il faisait référence aux paroles qu'elle avait prononcées en arrivant. Elle haussa vaguement les épaules, ne sachant comment s'expliquer. Même si elle avait toujours la pénible impression de ne pas le voir suffisamment longtemps, Derek et elle avaient tout de même eu l'opportunité de passer du temps ensemble et d'apprendre à se connaître. Entre eux s'était développé un climat de confiance et d'honnêteté qui pouvait même aller jusqu'à la taquinerie. C'est pourquoi elle se sentit autorisée à lui répondre avec sincérité, d'autant plus qu'elle était curieuse d'en savoir plus sur son passé et qu'il lui tendait une perche pour satisfaire cette curiosité.

— Eh bien, vous avez eu une relation avec cette Sharon… la médium. Et Tyson m'a raconté qu'après elle vous étiez sorti avec deux femmes que vous aviez rencontrées quand vous étiez avec elle. Celle avec les serpents et une autre que Tyson a qualifiée de « bizarre ». Quelqu'un qui fait des performances artistiques, je crois…

— Quand j'étais avec cette fille, enchaîna Derek, elle s'était mis en tête de ressembler à la statue de je ne sais quelle déesse grecque. Elle restait immobile dans la rue, cherchant à faire croire qu'elle était réellement une statue. Sa performance était assez impressionnante, je dois l'admettre. On ne la voyait absolument pas respirer ni ciller. Le problème, c'est que, même lorsqu'elle n'était pas vêtue de ce costume de déesse grecque, elle aimait se figer tout à coup et faire son petit numéro. Cela se passait n'importe où : au restaurant, avec ma famille… Et, quand cela arrivait, elle ne revenait à la vie que lorsqu'elle « le sentait » !

— Combien de temps cela durait-il ?

— Je ne savais jamais, et c'était bien le problème ! Il arrivait que nous marchions tranquillement dans la rue et soudain… elle n'était plus à mes côtés ! Je revenais alors sur mes pas et la trouvais plantée là où elle s'était arrêtée. Et il n'y avait rien à faire pour qu'elle comprenne à quel point cela pouvait être gênant. Un jour, elle est restée en mode statue pendant un dîner entier chez ma grand-mère.

Gia dissimula à grand-peine un sourire.

— Donc, trois petites amies plutôt décalées…, résuma-t-elle.

— Je ne sais pas si on peut parler de petites amies. Disons que je les voyais…

De toute évidence, il avait pourtant couché avec la charmeuse de serpents, puisque l'une de ces créatures s'était retrouvée dans son lit…

— Ce dîner chez ma grand-mère a marqué la fin de mon aventure avec Theresa, reprit Derek. Cela faisait moins d'un mois que je la voyais…

— Voilà d'où vient votre réputation, mais peut-être est-elle injustifiée. Peut-être avez-vous juste traversé une période où la bizarrerie vous attirait, mais que vous avez changé depuis…

— Si seulement je pouvais dire ça, s'esclaffa-t-il.

— Ah, il y en a donc eu plus de trois ?

— J'ai un faible pour les femmes qui sont un peu… diffé-rentes, confessa-t-il.

— Différentes…, répéta Gia.

— Disons… uniques. Hors du commun. Parfois un peu trop !

— Vous voulez dire que, parfois, elles s'avèrent trop provocantes ?

— Parfois. La première fille dont je me suis amouraché à l'école primaire s'appelait Molly Ryker. Molly Ryker avait la fâcheuse habitude de dessiner des choses très sales sur le dos de sa camarade de classe assise juste devant elle. Rien qu'à la regarder faire, j'étais totalement fasciné…

— Vous aimez le danger ? demanda Gia, parfaitement consciente que ce n'était pas son point fort.

— Je crois que ce que j'aimais chez Molly, c'était son intrépidité. C'est un peu une constante chez moi. J'aime les femmes fortes, audacieuses, déterminées. Les femmes qui repoussent les limites, qui prennent des risques. Les femmes qui sont passionnées par quelque chose. Les femmes avec un je-ne-sais-quoi en plus. Des femmes hautes en couleur, disons…

Il secoua la tête en riant, comme si ce propre aveu le déstabilisait.

— Je les trouve plus intéressantes, conclut-il.

— Même quand elles dépassent les bornes ?

— Cela a pu me séduire, il est vrai, mais certaines de ces femmes m'ont causé bien des problèmes.

— Des problèmes… Une annulation de mariage, par exemple ?

— Une annulation de mariage, répéta-t-il d'une voix grave.

— Les femmes avec lesquelles vous êtes sorti se répar-tissent donc en deux catégories : il y a celles qui sont étranges, comme Sharon la médium et ses amies…

— Il y a aussi celle qui s'est excusée lors d'un repas chez ma grand-mère, s'est réfugiée dans la salle de bains et s'est rasé la tête pour choquer tout le monde. Et il y a eu celle couverte de tatouages et de piercings. Sans oublier celle au look gothique…

— Vous avez bu du sang et dormi dans un cercueil avec celle-là ? le coupa-t-elle, ne pouvant s'empêcher de le provoquer.

Il rit de bon cœur.

— Je ne boirai jamais de sang, répondit-il du tac au tac, et je n'ai jamais dormi avec elle, donc je ne sais pas si elle affectionne les cercueils. J'ai aussi connu des femmes qui avaient des habitudes alimentaires extrêmes ou bien des croyances religieuses assez obscures. Les psalmodies de l'une d'entre elles ont finalement eu raison de ma patience…

— Allez-y, imitez-la, l'encouragea-t-elle.

— Sûrement pas ! Je tiens à mes bonnes relations avec le voisinage.

— Nous avons donc parlé des filles bizarres. Qu'en est-il des autres ? De celle qui vous a mené à l'annulation par exemple…

A sa réaction, elle sentit que le sujet était délicat et qu'elle marchait sur des œufs.

— Nous avons parlé des femmes hautes en couleur, corrigea-t-il. Mais effectivement, ce ne sont pas celles-ci qui m'ont causé le plus d'ennuis.

Son expression indiquait qu'il n'était pas fier de ce qu'il allait raconter.

— J'ai été en garde à vue après que ma petite amie de lycée m'a emmené en balade dans une voiture volée…, commença-t-il. J'ai aussi été arrêté, avec plusieurs autres camarades, pour avoir participé à une fête qu'une autre de mes petites amies avait organisée dans une maison dans laquelle elle avait pénétré par effraction ! Et puis, à la fac, une fille a pris une photo de moi nu et l'a revendue pour se faire de l'argent. Le pire, c'est que la photo a été publiée dans un article de journal sur les dérives de la vie sur les campus universitaires…

— Une photo de vous nu ?

— J'en ai peur…

La pensée qu'elle aurait aimé voir cette photo traversa fugacement son esprit.

Cependant, elle se garda bien de le dire et se débarrassa de son assiette à dessert. Elle se tourna vers lui, croisant les jambes sous elle.

— Et puis, il y a eu l'annulation, insista-t-elle.

Il prit une grande inspiration, avant de souffler longuement.

— Tout est parti d'un séjour que j'ai fait à Las Vegas au printemps dernier. Je n'ai donc même pas l'excuse de la jeunesse pour me dédouaner... Je me suis rendu à une soirée d'enterrement de vie de garçon où j'ai rencontré une femme.

— Une femme qui vous a plu parce qu'elle était bizarre. Ou bien provocante...

— C'était la barmaid de la soirée. Elle m'a juste paru sympa, amusante et pleine d'esprit. Nous nous sommes mis à bavarder, et j'ai passé tout mon temps au bar avec elle. Nous avons aussi beaucoup bu, hélas... La fête était déjà très avancée dans la nuit quand je suis parti avec cette fille.

Il secoua la tête.

— Après, je n'ai que des souvenirs très flous, mais apparemment Krista et moi avons fini dans une chapelle de mariage... où il semblerait que je l'aie épousée !

— Vous ne vous en souvenez pas du tout ?

— Absolument pas. Mais il existe des photos et un certificat pour en attester.

— La barmaid était-elle ivre elle aussi ?

— Je pense qu'elle était parfaitement sobre, déclara-t-il. Je crois que Krista a décidé de me piéger dès qu'elle a su qui j'étais. Et je suis tombé dans le panneau la tête la première ! Ensuite, elle a essayé de me faire chanter en s'appuyant sur les photos et le certificat...

— Voulait-elle rester mariée à vous ? demanda Gia pour qui cette idée ne semblait pas le moins du monde saugrenue.

Après tout, il s'agissait de Derek ! De l'homme assis si près d'elle qu'elle pouvait sentir son parfum poivré et se perdre dans l'observation de son visage remarquablement beau dans la lumière dorée.

— Non, elle ne voulait pas rester mariée avec moi, répondit-il avec amertume. Ce qu'elle voulait, c'était une grosse somme d'argent. C'est ce que je lui ai donné trois jours plus tard pour la persuader d'accepter l'annulation du mariage. Mais cela ne s'est pas arrêté là… Bien que mes avocats lui aient fait signer une ordonnance de non-publication, son amie — celle qui avait pris des photos de la cérémonie — a publié les photos sur internet. L'histoire est rapidement devenue publique…

— Oh mon Dieu ! Comment peut-on faire quelque chose d'aussi cruel ?

— Vous savez, le fait que nous soyons des Camden nous oblige à nous montrer particulièrement prudents. Il y a des gens malintentionnés, comme Krista ou son amie, qui ne reculent devant rien, si nous baissons notre garde ou leur laissons une ouverture…

Il secoua la tête avec une expression de dégoût.

— Je n'ai pas fait suffisamment attention. C'est vraiment le pire qui me soit arrivé. Le plus honteux aussi, car je n'ai plus l'excuse de la jeunesse. Avoir son nom et son image jetés ainsi en pâture, c'est vraiment très douloureux. Ma famille a été la risée de tous. Je n'en suis pas fier, croyez-le !

— Vous avez appris une bonne leçon et ne recommencerez pas, voilà tout.

Il eut un rire triste.

— C'est ce que tout le monde espère !

— Vous n'en êtes pas certain vous-même ?

— J'essaie de faire profil bas et de modifier mon comportement. De tourner la page en quelque sorte. Mais je ne sais pas… Ma famille essaie sans cesse de me présenter des femmes « normales »… c'est le qualificatif qu'ils emploient. La plupart du temps, elles m'ennuient à mourir. C'est comme ça… Alors je recommence à chercher quelqu'un de plus… original !

— Une fille tatouée, percée, rasée, qui charme les serpents ou mange de la terre, conclut-elle.

Comme il rit de bon cœur, elle se sentit heureuse d'avoir pu lui remonter le moral.

— Je n'ai jamais parlé d'une femme qui mangeait de la terre, protesta-t-il.

— Peut-être, mais une femme comme ça aurait très bien pu vous attirer, non ?

De nouveau, il s'esclaffa en secouant la tête, puis il l'observa plus attentivement.

Elle avait l'impression que faire basculer la conversation sur le mode humoristique avait permis à Derek de cesser de ressasser. Une lueur était passée dans ses yeux si bleus.

Son sourire se fit rusé. Elle comprit qu'une repartie bien sentie allait venir…

— Je devine donc que sous vos airs de jeune femme sage et parfaite se cache une véritable diablesse, puisqu'il ne me viendrait jamais à l'idée de vous qualifier de « normale ». Quel est votre secret, Grant ? Peut-être mangez-vous de la terre !

— C'est pour cette raison que je suis devenue botaniste, renchérit-elle en riant. Quand je fais des plantations, j'avale des poignées de terre.

— Je le savais ! s'exclama-t-il d'un ton victorieux. Je me doutais que vous cachiez quelque chose…

— Eh oui, c'est mon secret le plus noir, ajouta-t-elle, se prenant au jeu.

Il plissa les yeux et se pencha vers elle pour mieux l'étudier.

— Peut-être ne mangez-vous pas de terre, mais il y a bel et bien une diablesse en vous. Je ne suis pas dupe.

Elle se contenta de sourire, terrifiée de constater à quel point il lui plaisait et combien elle était incapable de lutter contre cette attirance.

Sans crier gare, il franchit la distance qui les séparait et l'embrassa.

Il n'en fallut pas plus à Gia pour baisser totalement sa garde. Pour s'abandonner à ce qu'elle avait toujours voulu depuis tout ce temps…

Etre embrassée par Derek. L'embrasser en retour.

La main gauche de Derek se glissa dans ses cheveux,

puis jusqu'à sa nuque. Elle reposa sa tête contre sa main en entrouvrant les lèvres.

Il prit sa main, l'effleurant de son pouce. Puis il approfondit son baiser. Sa langue était persuasive et enjôleuse, et Gia s'abandonna à la sensualité de ce baiser.

Il y avait vraiment chez Derek quelque chose d'irrésistible… La texture de sa peau, la saveur de ses lèvres, chaque nuance dans ses caresses était parfaite.

Il noua ses bras autour d'elle et l'attira contre lui. Elle ne lui opposa aucune résistance et fut surprise de se sentir aussi bien dans son étreinte. Tellement bien qu'elle mourait d'envie de se fondre en lui. De ses paumes, elle parcourut son torse, éprouvant la dureté de ses pectoraux, absorbant la chaleur qui irradiait de sa peau.

Le plaisir montait en elle à une vitesse vertigineuse. Un plaisir provoqué par leurs bouches scellées l'une à l'autre, leurs lèvres qui se goûtaient, leurs langues qui jouaient.

Elle entendait en arrière-plan la fontaine toute proche, et le bruit de l'eau semblait l'accompagner, l'inciter à embrasser Derek et à s'abandonner dans ses bras.

C'était tout ce dont elle avait besoin.

Combien de temps s'écoula-t-il ? Elle n'aurait su le dire. A un moment, il lui traversa l'esprit qu'il devait être tard, car, à travers ses paupières closes, elle devinait que la lune était haute.

Il faut arrêter, se dit-elle. Revenir à la raison. Rentrer…

Elle avait beau y répugner, elle savait que c'était ce qu'elle devait faire. Doucement, elle repoussa le torse puissant de Derek.

Celui-ci ne semblait pas disposé à la lâcher, car il resserra son étreinte et accentua son baiser. Il le fit le temps de lui montrer sa réticence, puis il se plia au message qu'elle lui avait transmis et mit fin à leur baiser.

Il l'enlaça et la serra contre lui. La joue contre sa poitrine, elle noua ses bras autour de lui.

— Pas de doute, il doit y avoir quelque chose de sauvage

bien caché en vous et qui m'attire, murmura-t-il dans ses cheveux.

Il n'y avait rien de sauvage en elle, elle le savait. Elle s'abstint de répondre, tant elle se sentait bien dans ses bras. Elle ne voulait pas gâcher le moment en disant la vérité.

Elle s'accorda encore quelque temps lovée ainsi contre lui avant de se redresser légèrement pour se libérer de son étreinte.

— Je dois y aller…

Cette fois encore, il n'accepta pas instantanément de la laisser s'échapper. Lorsqu'il la relâcha enfin, elle se releva aussitôt, consciente que, si elle ne le faisait pas, elle céderait de nouveau à la tentation de l'embrasser.

Il se leva à son tour et posa sa main au bas de son dos pour la guider vers la sortie.

— Il n'y aura pas de terre au menu, mais que diriez-vous de venir dîner demain soir chez ma grand-mère ? lui proposa-t-il.

Le dîner dominical de la famille Camden… Comme il y avait eu les dîners hebdomadaires chez la famille Grant.

Où elle s'était toujours sentie comme une étrangère.

— Je ne pense pas que ce soit une bonne idée, dit-elle d'une voix rauque.

— Ma grand-mère aimerait vous entretenir de la santé des Bronson, argua-t-il. Je viens juste de réaliser que demain serait l'occasion idéale. Ma grand-mère a des contacts avec les meilleurs médecins de la ville et dans tous les meilleurs établissements pour personnes âgées. Vous connaissez les Bronson mieux que quiconque, il est donc préférable que vous en parliez directement avec Gigi plutôt que je joue les intermédiaires.

Elle avait beau mourir d'envie de le revoir, elle rechignait à ce que ce soit lors d'un dîner en compagnie du clan familial. Elle ne savait que trop bien comment ce genre de soirée se déroulait, et elle n'avait aucune envie d'y participer.

Pour autant, elle pouvait difficilement refuser dans la mesure où Derek mettait en avant l'intérêt de Larry et de Marion…

Elle tenta une diversion :

— Peut-être votre grand-mère et moi pourrions-nous nous rencontrer à un autre moment. Un dîner familial ne semble pas propice à ce genre de discussion…

— Gigi, vous et moi pouvons parfaitement nous isoler quelques minutes pour discuter, puis nous partagerons un bon repas, et je vous ramènerai chez vous. Allez… vous aimerez Gigi. Elle ressemble un peu à Marion. Et vous aurez tout de même une bonne partie de votre dimanche de libre, puisque nous dînons à 18 heures.

Elle pourrait le voir de nouveau…

Elle en mourait d'envie.

Même si elle était consciente qu'elle n'aurait pas dû.

Et puis, elle voulait aussi que Larry et Marion puissent bénéficier des meilleurs soins possibles.

Devant la porte d'entrée, il l'attira contre lui et pencha la tête pour l'embrasser.

Comme si cela allait l'aider à se décider !

Curieusement, ce fut le cas car, lorsqu'il cessa de l'embrasser, elle s'entendit dire :

— C'est d'accord.

— Vous n'êtes pas très enthousiaste, mais je vais me contenter de votre accord.

Il l'embrassa encore une fois avant de la relâcher.

— Je passerai vous prendre vers 17 heures. Mettez une tenue confortable, mais pas de jean !

Elle acquiesça, luttant pour dissiper les effets de leur dernier baiser.

— Merci pour le dîner, lui dit-elle, faisant appel un peu tardivement à ses bonnes manières.

Il la raccompagna jusqu'à sa voiture. Elle ouvrit la portière et tourna la tête vers lui.

Un lent sourire se dessina sur le visage de Derek qui ne put s'empêcher de lui voler un dernier baiser.

— Soyez prudente, lui dit-il.

— C'est promis, lui assura-t-elle en s'installant au volant.

Son assurance était feinte, car, dès qu'elle mit le moteur en marche, elle réalisa que les baisers de Derek avaient provoqué en elle une sensation d'ivresse.

Elle devrait faire preuve de concentration pour arriver chez elle saine et sauve. Chez elle où, elle n'en doutait pas, elle revivrait chaque instant de leur soirée.

Chaque baiser, chaque étreinte.

Et ce, jusqu'au moment où elle sombrerait dans un profond sommeil.

8

— Je n'arrive pas à croire que je me sois embarquée là-dedans, soupira Gia à l'intention de Tyson.

Il avait invité Gia à partager des pancakes avec lui et saisi l'occasion pour lui annoncer sa rupture avec Minna. Leur relation était vite devenue tumultueuse, ce qui expliquait pourquoi Tyson acceptait les choses sans sourciller. Il tenait cependant à prévenir Gia, puisque c'était elle qui les avait présentés l'un à l'autre et qu'elle côtoyait Minna chaque jour au travail.

— Nous avons juste pris du bon temps, avait-il analysé avant de s'enquérir de son amie.

Gia lui avait alors expliqué qu'elle avait accepté d'accompagner Derek au dîner dominical des Camden.

— Je m'en veux terriblement de m'être laissé convaincre, car je sais parfaitement que cela va ressembler à un dîner chez la famille Grant. Je vais arriver, et on va me regarder de travers parce que je suis une étrangère. La plupart des gens ne prendront même pas la peine de me parler. Ceux qui le feront seront déplaisants ou essaieront de me cuisiner pour obtenir telle ou telle information. Quoi que je dise, ils jugeront que je ne suis pas assez bien pour eux. Et moi, je passerai ma soirée à rêver d'être ailleurs !

Tyson tenta de la réconforter.

— Peut-être, mais cette fois ce sera différent, nuança-t-il. Tu n'essaieras pas de t'adapter ou d'être acceptée, car tu es de toute façon une étrangère pour eux. Les Grant, eux, ont continué à te traiter ainsi même après sept ans de mariage !

— Tu n'as pas tort, mais je redoute cette soirée, c'est tout.

Une seule chose la rassurait : elle serait avec Derek.

— Sharon a assisté à quelques dîners dominicaux chez les Camden, l'informa Tyson. Je crois me souvenir qu'elle les avait bien appréciés…

— Je croyais qu'elle s'en plaignait !

— Oui, parce que ces dîners étaient obligatoires. En revanche, elle admettait que la nourriture était excellente et l'ambiance chaleureuse. En outre, tous ces gens réunis autour d'une table, c'était une aubaine pour elle qui aime tant avoir un public !

— Apparemment, elle n'a pas été la seule parmi les anciennes petites amies de Derek à utiliser les dîners du dimanche pour se donner en spectacle.

Elle raconta brièvement à Tyson ce que Derek lui avait confié.

— Alors, il n'y a pas eu que Sharon et les deux cinglées qui lui ont succédé, commenta Tyson. Ce type a vraiment un goût prononcé pour les…

— Il les qualifie de femmes « hautes en couleur », précisa-t-elle. Et encore, tu ne sais pas tout…

Mais soudain, elle décida de ne pas raconter à Tyson l'histoire du mariage à Las Vegas et ses conséquences désastreuses. Ce qui était un peu étrange, car elle avait toujours tout raconté à Tyson, et elle se sentait presque déloyale de se taire.

Oui, mais voilà… Elle savait à quel point cet événement avait affecté Derek, et elle éprouvait un sentiment protecteur à son égard.

Tyson lui passa le sirop d'érable et dit :

— Je parie que cela ne ressemblera pas aux dîners chez les Grant. Dès qu'il était avec sa famille, Elliott t'oubliait. Je ne pense pas que cela arrive avec ce Derek.

— N'en sois pas si sûr…

— Hum… Derek ne semble pas vouloir te quitter des yeux !

— Que veux-tu dire par là ?

— Il ne cesse de te regarder. Ne me dis pas que tu n'as rien remarqué !

Non, elle n'avait rien remarqué. Elle avait cru être celle qui sans cesse lui jetait des regards à la dérobée.

— Tu te trompes, fit-elle.

— Oh que non ! insista Tyson. Lorsque nous avons repeint la maison de Larry et de Marion, dès que Derek a su qu'il ne ferait pas équipe avec toi, il a fait en sorte de modifier les équipes. Et au barbecue, chaque fois que tu t'éloignais un peu, il te cherchait du regard. Pareil au vide-greniers. Et puis, tu as bien dû remarquer qu'il est toujours le dernier à partir. J'en mettrais ma main au feu : ce type est dingue de toi ! Il t'a invitée à ce dîner parce qu'il te veut auprès de lui.

— Il prétend que c'est pour que je m'entretienne de Larry et de Marion avec sa grand-mère.

— Tu parles ! ricana Tyson.

— Je ne suis pas son genre, Ty, argua Gia, qui en était d'autant plus convaincue depuis la conversation qu'elle avait eue la veille avec Derek.

— Tu n'es pas cinglée, ça c'est sûr. Et tu n'es pas provocante non plus. Mais, sous des dehors sages, il y a une foule de choses intéressantes chez toi qui n'ont pas échappé à ce vieux Derek Camden.

— Peu importe…

— Soit. Mais il a quand même très certainement pas mal de points communs avec Elliott, concéda Tyson.

— Tu ne l'aimes pas…

— Si, si, je l'aime bien ! Mais j'avais aussi de la sympathie pour Elliott, quand je le voyais en tête à tête. Je ne l'aimais pas en tant que mari pour toi. Il ne te traitait pas correctement, tout comme sa famille d'ailleurs.

— De toute façon, Derek n'est pas le genre d'homme à se ranger avec quelqu'un comme moi et à avoir une vie normale, renchérit-elle. Il aime les sensations fortes. Moi pas.

— Cette idée semble t'attrister…

— Mais non, pas du tout !

— Mais si ! Tu étais toute guillerette quand je t'ai dit qu'il ne te quittait pas des yeux, et là tu t'obstines à mettre en avant ce qui vous sépare. C'est comme si tu brisais toi-même tes propres illusions.

Peut-être, songea-t-elle. Mais c'étaient des illusions qu'elle ne pouvait se permettre d'entretenir.

— Tu l'aimes vraiment, n'est-ce pas ? devina Tyson.

— Oui, souffla-t-elle, sans plus chercher à nier l'évidence. Je dois avoir un faible pour les mauvais garçons.

— Peut-être…, fit Tyson d'un ton grave.

— Ne t'inquiète pas, je sais ce que je fais. Je ne laisserai pas les choses aller plus loin.

Tyson haussa subitement les sourcils.

— Et jusqu'où est-ce allé ?

Elle eut une moue évasive.

— Euh, on s'est juste un peu embrassés…

Un véritable euphémisme pour des baisers aussi fabuleux dont le seul souvenir la faisait frémir.

— Fais attention à toi, Gia, dit Tyson d'une voix où perçait l'inquiétude.

— Tu es censé dire : « Bien sûr que tu sais ce que tu fais et que tu ne laisseras pas les choses aller plus loin ! »

Il hocha la tête, mais ne répéta pas les mots qu'elle lui suggérait.

— Je sais comment ça marche, tu sais… Tu rencontres quelqu'un avec qui il y a un déclic et, même si tu te méfies, l'attirance l'emporte. Je te demande seulement d'être prudente. Amuse-toi un peu avec lui, mais ne t'embarque pas dans une relation sérieuse. Prends du bon temps ! Histoire de stimuler ton ego et de te souvenir à quel point tu vaux mieux que ce qu'Elliott Grant mérite.

— Je sais.

— Tu penses y arriver ? fit Tyson, comme s'il en doutait.

Elle haussa les épaules.

— Tu peux bien, toi !

— Oui, c'est ce que je viens de faire avec Minna. Mais toi… Je ne sais pas, Gia. Tu n'as eu personne dans ta vie depuis Elliot. Il ne faudrait pas que tu t'engages dans une relation pour te consoler de ce qui t'est arrivé. Je ne voudrais pas que tu fermes les yeux et tombes la tête la première !

— Mes yeux sont grands ouverts.

— Voient-ils vraiment clair ?

— Assez clair pour me rendre compte que Derek entretient des liens très étroits avec une grande famille qui s'est mal comportée envers d'autres gens... Assez clair pour craindre que Derek puisse ressembler en tout point à Elliott... Assez clair pour comprendre qu'il a eu de nombreuses femmes dans sa vie, et que les seules qui retiennent son attention un petit moment ne me ressemblent en rien...

Mais pas assez clair pour analyser la situation au-delà du physique si séduisant de Derek. Au-delà de son incroyable séduction et de l'immense bien-être qu'elle ressentait dans ses bras.

Même si elle n'exprima pas cette réserve à voix haute, à son expression où se mêlaient inquiétude et impuissance, elle comprit que Tyson voyait clair en elle.

— Sois prudente, la mit-il de nouveau en garde. Fais ce que tu as à faire, et passe à autre chose. Tu y arriveras ?

— Peut-être. Je peux te dire que, lorsque je suis avec Derek, je ne pense pas à une robe blanche, à une église et à des bébés.

— Oh ma pauvre, tu es complètement accro, soupira Tyson d'une voix désespérée. Alors, vas-y... Mais le jour où tu commences à rêver de robe blanche, d'église et de bébés, prends tes jambes à ton cou !

— Je te le promets.

Le dîner chez les Camden laissa à Gia une impression pour le moins mitigée.

L'aspect positif fut que Derek resta à ses côtés pendant toute la soirée. Un comportement à son égard bien différent de celui qu'avait toujours eu Elliott dans des occasions similaires. Et pourtant, malgré la présence de Derek, elle ne put s'empêcher de se sentir très intimidée au contact de cette famille nombreuse et manifestement soudée.

Elle dut néanmoins reconnaître que les membres de la famille Camden s'étaient montrés particulièrement chaleureux et accueillants avec elle. Et ce, sans exception.

Oui, mais voilà… ils étaient tellement nombreux qu'après avoir été présentée et avoir échangé quelques banalités elle ne put s'empêcher de se sentir exclue lorsque la conversation entre Derek et les autres dévia sur des sujets auxquels elle ne pouvait prendre part. Cela lui rappela fortement les réunions familiales chez les Grant, au cours desquelles elle se sentait invisible.

Elle apprécia néanmoins que, pas une seule fois, une conversation n'ait cessé lorsqu'elle était arrivée dans les parages. Elle n'entendit pas non plus de critiques à son égard, ni ne décela de regards désapprobateurs.

Toutefois, elle ressentit cruellement le fait qu'elle ne faisait pas partie du clan, lorsque frères, sœurs et cousins s'extasièrent sur la grossesse de Jani, s'amusèrent des facéties de Carter, le fils de Lang âgé de trois ans, ou lorsque la discussion s'attarda sur les noces prochaines des quelques couples fiancés présents.

C'est pourquoi, bien que n'ayant pas ressenti le malaise qu'elle avait toujours éprouvé en compagnie des Grant, et malgré les efforts de Derek et de sa famille pour la mettre à l'aise, elle ne réussit tout simplement pas à se détendre et à prendre du bon temps.

Quel ne fut donc pas son soulagement quand la soirée se termina et que Derek et elle prirent congé !

— Bon, vous pouvez respirer maintenant, la taquina-t-il, une fois la porte franchie.

— Parce que vous croyez que je ne respirais pas ?

— Avez-vous respiré ? insista-t-il. Je ne crois pas avoir vu quelqu'un de plus tendu que vous à un dîner dominical chez ma grand-mère. Et je ne vous ai jamais vue comme ça avant. Sommes-nous si effrayants ?

Pas le moins du monde, songea-t-elle. Le problème venait d'elle. De son passé.

— Pas du tout, répondit-elle. Avais-je l'air effrayée ?

Il ouvrit la portière pour lui permettre de s'installer. Il fronçait les sourcils et ne lui répondit pas.

Une fois qu'il fut assis derrière le volant, elle chercha à changer de sujet.

— C'est très gentil de la part de votre grand-mère de proposer de recommander Larry et Marion à son médecin généraliste, même si celui-ci ne prend pas de nouveaux patients. Je serais rassurée qu'ils voient un nouveau médecin, car celui qu'ils consultent actuellement ne me semble pas prendre grand soin d'eux.

— Accepteront-ils de changer de médecin, surtout si c'est un Camden qui les recommande ?

— Je crois qu'ils seront satisfaits qu'on prenne leur santé au sérieux.

— Tant mieux.

— Quant au repas, il était succulent, ajouta-t-elle.

Elle avait remarqué que Derek l'observait du coin de l'œil. Elle se dit qu'il devait probablement s'interroger sur les raisons pour lesquelles elle avait semblé si mal à l'aise pendant le dîner.

— Les biscuits faits maison de votre grand-mère sont à se damner !

— Gigi aime qu'on apprécie sa cuisine…

— Elle est très gentille de m'en avoir donné à emporter chez moi. J'ai été surprise de découvrir qu'elle faisait la cuisine.

— Elle sait tout faire. C'était une fille de la campagne, rappelez-vous.

— Je n'aurais jamais cru qu'une personne de son rang…

— Son rang ? l'interrompit-il d'un ton humoristique. Ce terme la ferait beaucoup rire. Gigi est la première à dire qu'elle n'est pas la reine d'Angleterre !

Ils arrivèrent devant sa maison, et elle fut soulagée d'être parvenue à occuper tout le temps du trajet avec une conversation anodine. Il coupa le moteur et descendit de voiture.

Elle l'imita sans attendre qu'il fasse le tour du véhicule pour lui ouvrir la portière. Comme ils remontaient l'allée menant à sa porte, il tendit le menton vers la balancelle qui se trouvait sous la véranda ouverte.

— Il fait encore bon, et il n'est pas si tard, déclara-t-il. Que diriez-vous si nous nous asseyions quelques instants ? A moins que vous n'ayez des projets pour ce soir...

— Non, rien du tout. Bien sûr, asseyons-nous.

Elle réalisa à cet instant qu'elle n'avait pas vraiment pensé au-delà du dîner chez les Camden et qu'elle n'avait pas réfléchi à l'éventualité de proposer à Derek d'entrer ou non chez elle. S'il n'avait pas lui-même suggéré de rester un peu, elle aurait couru le risque qu'il lui dise bonsoir et la laisse plantée là !

Ce qui l'aurait terriblement frustrée.

— Voudriez-vous du café ou bien du thé glacé ? lui demanda-t-elle, se ressaisissant peu à peu maintenant qu'elle était en terrain familier.

— Non, merci. Allez poser vos biscuits... Je vous attends.

— Je reviens tout de suite, promit-elle en déverrouillant sa porte.

Une fois à l'intérieur, à l'abri du regard de Derek, elle prit plusieurs inspirations profondes pour calmer ses nerfs.

Elle se précipita ensuite jusqu'à la salle de bains pour vérifier son apparence dans le miroir. Pas de taches de mascara... Ses boucles laissées libres étaient encore en ordre. Quant à son pantalon kaki et sa chemise rouge ouverte sur un débardeur blanc, ils ne portaient pas la moindre trace de plis.

La seule tentation à laquelle elle céda fut d'appliquer un peu de gloss sur ses lèvres.

Quand elle ressortit, elle n'alluma pas dans la véranda afin de ne pas attirer les moustiques. Il faisait tellement sombre que, si elle n'avait pas su que Derek était sur la balancelle, elle ne l'aurait pas remarqué.

Il était bel et bien là, assis au centre de la balancelle, orienté vers la gauche, les jambes croisées, et le bras sur le dossier.

Il l'attendait...

Une fois que ses yeux se furent accoutumés à l'obscurité, elle fut une nouvelle fois frappée par la beauté un peu rugueuse de Derek.

Elle prit place à côté de lui, et il ne retira pas son bras.

— Expliquez-moi maintenant pourquoi vous étiez aussi stressée ce soir, lui demanda-t-il. Ai-je fait quelque chose qu'il ne fallait pas ?

— Pas du tout, le rassura-t-elle aussitôt. J'ai vraiment apprécié que vous soyez resté en permanence à mes côtés. Le problème, c'est moi…

— Ce n'est pas le fait de vous retrouver parmi beaucoup de monde qui vous met mal à l'aise, car il y en avait autant à votre barbecue, réfléchit-il à haute voix. Est-ce ma famille ? Y avait-il parmi nous un ancien amant ?

Il avait ajouté ces derniers mots avec légèreté.

Elle laissa échapper un petit rire.

— Non, ce n'est pas ça. Mon ex-mari était lui aussi issu d'une famille comme la vôtre.

— Une famille comme la mienne ? Que voulez-vous dire ?

— Une grande famille très soudée. Un clan. J'étais mariée à Elliott Grant. De Grant Moving and Storage…

— Je connais cette société, commenta Derek en hochant la tête. Nous avons eu recours à ses services quand nous avons déménagé de nos anciens bureaux. Cette société réalise des déménagements d'entreprises, mais ne travaille pas pour les particuliers, c'est bien ça ?

— En effet. Je ne suis pas surprise que vous ayez fait appel à elle. Les Grant font leur possible pour réduire la concurrence à néant, surtout dans le Colorado.

— J'ignorais que cette société appartenait à une seule famille, comme Camden Superstores, en fait…

— C'est tout à fait cela. Elliott a sept frères et sœurs et treize cousins qui travaillent tous pour la société, aux côtés des parents et des oncles et tantes.

— Mais ils nous battent alors ! Cette famille est encore plus grande que la nôtre !

— Hum…

— S'il vous plaît, cessez de me cacher des choses. Moi, hier soir, je vous ai avoué mes pires secrets. Alors, racontez-moi ce que vous ont fait votre ex et sa famille pour que vous ayez eu l'air d'avoir envie de vous cacher sous la table pendant toute la soirée !

Elle avait déjà remarqué que Derek était observateur et perspicace, et c'était une des choses qu'elle appréciait chez lui.

Sauf peut-être en cet instant…

— Les dîners chez la famille Grant n'étaient pas une partie de plaisir, admit-elle, comprenant qu'il ne serait satisfait que si elle se montrait honnête avec lui. Les Grant n'étaient pas très amicaux avec les « pièces rapportées ».

Elle était suffisamment près de Derek pour discerner son expression interrogative.

— Ah bon ?

— Oh que non ! « Les Grant sont nés Grant ou bien ils ne sont pas réellement des Grant », récita-t-elle en imitant le ton impérieux qu'ils avaient l'habitude d'utiliser. La mère d'Eliott et les autres épouses de cette génération ne sont même pas considérées comme de vraies Grant. La longévité de leur mariage leur a permis d'acquérir un statut « d'initiée » et les a rendues aussi mauvaises que les vrais Grant envers les personnes nouvellement incluses dans la famille. Cependant, si elles venaient à divorcer, c'en serait terminé pour elles.

— C'en serait terminé pour elles ! répéta Derek d'un ton mélodramatique et railleur. Mon Dieu, comme cela semble effrayant ! Que risqueraient-elles ? Qu'on leur tire dessus ?

— Non, bien sûr, fit-elle en haussant les épaules. Mais tout individu qui n'est pas un Grant est un intrus. Le divorce fait de vous non seulement un intrus, mais aussi un ennemi. Les intrus ne sont pas bien traités, alors les ennemis… J'imagine que cela peut être dangereux.

Il fronça les sourcils.

— Expliquez-moi ce que vous entendez par « dangereux »… Vous ne faites que supputer, n'est-ce pas ? Vous n'êtes sûre de rien ?

— Je n'ai jamais réellement su ce qui se passait chez les Grant. La plupart du temps, je n'étais pas dans le secret des dieux. Et, quand il s'agissait d'affaires, Elliott prétendait que je n'avais pas besoin de savoir.

— Oh ! ce que vous dites me rappelle quelque chose, reconnut-il. C'est le discours que tenait mon arrière-grand-père.

— J'ai été mariée à Eliott pendant sept ans, j'ai donc eu l'occasion d'entendre des choses de temps à autre. Parfois, je recoupais certaines informations avec d'autres, que j'avais recueillies par d'autres sources.

— Quelles autres sources ?

— Des informations que je lisais dans le journal, par exemple, l'annonce d'actes de vandalisme contre les véhicules de sociétés de déménagement concurrentes ou d'un incendie s'étant déclaré dans l'entrepôt d'un concurrent… Et puis, j'ai été témoin de ce qui est arrivé à une de mes belles-sœurs qui a divorcé d'un des frères d'Elliott…

— Ah, parce qu'ils ne se contentaient pas de se conduire comme des voyous en affaires ?

— Je ne sais pas si les Grant sont des voyous, déclara-t-elle. Tout ce que je sais, c'est qu'ils paient pour faire faire des actes qu'ils ne veulent pas s'abaisser à réaliser eux-mêmes.

— Vous pensez donc qu'ils recrutent pour faire leur sale boulot ?

— Je sais que ce ne sont pas des gens honnêtes et droits. Ils ont le pouvoir et l'argent, et se sentent habilités à tout faire pour en avoir plus encore. Ils n'ont aucune éthique. Ils s'arrangent pour entretenir de bonnes relations avec d'autres puissants et finissent ainsi toujours par avoir gain de cause.

— Pourquoi ai-je l'impression que dans votre tête vous pensez « comme les Camden » ?

Ainsi, il avait aussi le don de lire dans les pensées !

Comme elle ne confirmait ni n'infirmait, il n'insista pas.

— Que s'est-il passé quand votre belle-sœur a voulu partir ? lui demanda-t-il.

— Personne ne l'a retenue… Elle est partie les mains vides et sans son petit garçon.

— Qui avait du sang Grant dans les veines, donc qui était un vrai Grant.

— En effet. Comme je l'ai dit, les Grant ont l'argent et le pouvoir. Ils ont aussi d'excellents avocats et des juges parmi leurs amis. Ils ont commencé par faire une campagne de dénigrement contre Linda dans le but de la faire passer pour la mère la plus inapte de la planète. Ce qui n'était pas du tout le cas. Du coup, le juge ne lui a accordé que trois heures de visite tous les quinze jours et sous surveillance des Grant ! Pire encore, ils ont fait en sorte que ces trois heures soient impossibles à organiser. Quand j'ai quitté Elliott, Linda n'avait réussi à voir Bobby que deux fois en six mois. J'étais horrifiée pour elle. Elle venait de perdre la garde de son petit garçon et ne pouvait rien faire pour se défendre.

— Et vous ne pouviez prendre le risque de la soutenir…

— J'ai essayé, dans le dos d'Elliott. Mais l'avocat de Linda a dit que ma parole n'aurait aucun poids contre des rapports qui démontraient que Linda n'était pas en mesure de s'occuper de son fils. J'ai insisté, mais c'est Linda qui n'a pas voulu. Elle disait ne pas vouloir être responsable de ce que ma vie deviendrait au sein de la famille Grant si je la soutenais ouvertement.

Il poussa un long soupir.

— Puis-je me permettre de vous demander pourquoi vous avez épousé ce type ?

— Honnêtement, je n'en ai pas la moindre idée. Elliott semblait être un homme charmant. Il est très avenant… demandez à Tyson ! Au début, Tyson appréciait Elliott. Elliott est intelligent, séduisant… Je savais qu'il était proche de sa famille, et que tous travaillaient pour l'entreprise familiale. En revanche, je n'avais pas idée de ce qui se tramait derrière cette façade. Et, pour être parfaitement sincère avec vous, je rêvais d'intégrer une grande famille.

— Vous veniez de perdre vos grands-parents, se rappela-t-il.

— En effet. Quand nous sortions ensemble, j'avais rencontré quelquefois ses parents et quelques frères et sœurs, mais je n'avais jamais assisté à de grands dîners familiaux. Je les avais trouvés plutôt réservés, mais Elliot, lui, ne l'était pas.

— Et quand vous vous êtes fiancés… toujours aucun soupçon ?

— Non… Ses parents s'étaient un peu adoucis, et j'avais pensé qu'avec le temps les relations se normaliseraient. Ils avaient organisé une grande fête pour nos fiançailles. A cette époque, Elliott était très prévenant avec moi. Puis est venu le mariage, nous étions bien entendu le centre de l'attention. Ce n'est qu'après que j'ai commencé à ouvrir les yeux…

— Sur sa famille, sans doute, mais qu'en était-il d'Elliott ? Votre mariage a-t-il tout de suite commencé à battre de l'aile, ou bien avez-vous conservé vos œillères encore un peu ?

— Non, notre mariage ne s'est pas dégradé tout de suite, répondit-elle, éprouvant plus de difficultés à évoquer sa relation avec Elliott qu'avec la famille Grant dans son ensemble. La première année, nous avons été comme tous les jeunes mariés : heureux, se découvrant mutuellement… Amoureux.

— Vous vous êtes fréquentés combien de temps avant de convoler en justes noces ?

— Nous nous sommes rencontrés à une soirée caritative pour les Botanical Gardens. Nous nous sommes vus six mois avant de nous fiancer. Six mois se sont ensuite écoulés jusqu'à notre mariage.

— Que s'est-il passé après la première année de mariage ? reprit-il.

— Notre relation s'est dégradée petit à petit, expliqua-t-elle. En grande partie à cause de son rapport fusionnel avec sa famille, qu'il faisait toujours passer en premier. Il suffisait d'un coup de fil de l'un de ses membres pour qu'Elliott m'abandonne, de jour comme de nuit, même pour une broutille ! Peu importait si j'avais moi-même besoin de lui, ou si nous étions en vacances… Tout s'arrêtait pour lui permettre d'aller les rejoindre. Au bout d'un moment, cela m'a tapé sur les nerfs.

— Mais c'est vous qui auriez dû passer en premier, sauf en cas de véritable urgence, commenta-t-il comme s'il ne parvenait pas à concevoir ce qu'elle lui racontait.

— C'est bien ce que je pensais, mais ce n'était pas comme ça. Il y a cinq ans, je me suis retrouvée aux urgences avec un poignet cassé. Or un des frères de Derek l'a appelé au secours parce que sa voiture avait un pneu crevé…

— Il vous a laissée avec un poignet cassé pour aller changer un pneu ? fit-il d'un ton incrédule.

— Exactement. Et il n'est pas revenu. J'ai dû appeler Tyson pour qu'il vienne me chercher. C'est à cette époque que j'ai compris que je ne faisais pas le poids…

— Et c'est à cette époque que vous l'avez quitté ?

— Non. J'étais envahie par le doute. Je doutais de lui. De nous. De notre avenir commun…

— Vous vous inquiétiez aussi parce qu'il ne vous embrassait plus…

De nouveau, il faisait référence à ses paroles quand elle s'était extasiée sur le fait que Larry et Marion s'embrassent encore spontanément.

— Effectivement, Elliott ne m'embrassait plus. Quand nous nous sommes rencontrés, il a jeté son dévolu sur moi. Il me voulait vraiment, de la même façon qu'un gamin veut un cadeau pour Noël. Alors, il était super… très attentionné, faisant tout pour me plaire…

— Puis la nouveauté du cadeau de Noël s'est émoussée…

Elle haussa les épaules.

— Oui, admit-elle sans ambages. Il ne se souciait plus beaucoup de moi. Chaque fois que j'essayais de lui parler, il détournait à peine le regard de la télévision ou de son téléphone portable, et se contentait de dire : « Comme tu veux »… En fait, il n'écoutait pas un traître mot de ce que je lui disais.

C'était comme si je n'existais plus. J'étais le cadeau de Noël en exposition sur une étagère…

— Et vous êtes pourtant restée encore sept ans !

— Nous étions mariés, et je continuais à espérer que les choses changeraient. Que l'étincelle réapparaîtrait.

L'étincelle qu'elle s'était évertuée à rallumer seulement pour être rejetée.

— Qu'est-ce qui vous a finalement incitée à partir ?

— J'y pensais très sérieusement quand Elliott a décidé que nous devrions essayer d'avoir un enfant. C'était juste après ce qui était arrivé à Linda…

— Alors, prisonnière d'un mariage de façade avec un mari qui vous négligeait et voulait des enfants que vous risquiez de perdre si vous partiez un jour…

— … ajouté au fait que j'avais percé à jour le côté machiavélique des Grant et que je n'étais pas fière d'y être associée…

— … vous avez décidé de prendre vos cliques et vos claques !

— Absolument. Et ce fut le début d'une lutte acharnée pour moi et pour Tyson qui m'a représenté contre l'équipe d'avocats des Grant. La procédure a duré trois ans.

— Même sans avoir eu à vous battre pour la garde d'un enfant ?

Elle acquiesça.

— J'avais hérité de la maison de mes grands-parents à leur mort… Elliott avait affirmé qu'il s'y connaissait mieux que moi sur ce genre de choses et qu'il était préférable de la vendre. Or je n'ai jamais vu la couleur de l'argent issu de cette vente. Elliott prétendait qu'il l'avait mis en sécurité pour l'avenir…

— Mais, comme vous n'aviez plus de projets d'avenir avec lui, cet argent vous revenait de droit !

— C'est tout à fait cela. Tyson s'est donc démené pour le récupérer.

— Ce qui explique la bataille judiciaire de trois ans…

— Nous nous sommes battus pendant deux ans et demi. Puis Tyson et moi avons abandonné l'idée de revoir un jour cet argent. A la place, Elliott m'a donné cette maison… en grande partie parce que les derniers locataires étaient des étudiants et qu'elle était dans un état pitoyable. Mais à l'époque, je voulais en finir, alors j'ai accepté.

— C'est à ce moment-là que vous avez rencontré les Bronson…

— Quand j'ai emménagé, oui.

— Depuis combien de temps exactement êtes-vous divorcée?

— Depuis un an.

— Et depuis? Ce type et sa famille vous ont-ils laissée tranquille? Ou risquons-nous de nous faire tirer dessus depuis une voiture qui passerait dans la rue?

— Nous sommes plongés dans l'obscurité, alors je crois qu'il n'y a pas grand danger, s'esclaffa-t-elle. Non, je n'existe plus pour les Grant. J'ai aperçu mon ex-belle-mère en compagnie d'une des sœurs d'Elliott dans un restaurant il y a peu. Elles ont fait comme si elles ne me connaissaient pas.

— Je suis désolé, dit-il d'un ton compatissant.

— Ce n'est rien…

— Pas seulement parce que votre ancienne famille vous snobe, mais aussi pour tout le reste…

Elle rit de bon cœur.

— C'est bien plus qu'Elliott n'ait jamais exprimé.

Il ramena des mèches de ses cheveux dans son dos. De là, ses doigts s'aventurèrent dans son cou tandis qu'il se penchait vers elle et étudiait attentivement son visage. Elle sentit la caresse apaiser la tension qui l'habitait, et une excitation se propagea en elle à une vitesse fulgurante.

Après l'avoir longuement observée, il secoua la tête d'un air navré.

— Comment ce type pouvait-il regarder la télé ou envoyer des textos au lieu de vous admirer! Ou de vous embrasser. C'est vraiment difficile à croire.

— Vous dites ça, vous qui perdez si vite intérêt pour les femmes? le taquina-t-elle.

— Oui, je le dis, moi…

Le simple fait qu'il ait prononcé le mot « embrasser » avait suffi à attiser le désir de Gia. Aussi, quand il se pencha pour joindre le geste à la parole, elle s'approcha à son tour.

Même si elle n'y avait pas vraiment songé avant les quelques secondes qui venaient de s'écouler, l'union de leurs bouches s'avéra être exactement ce dont elle avait besoin. Non seulement elle mourait d'envie que Derek l'embrasse de nouveau, mais elle avait aussi besoin d'être rassurée. Ainsi, elle n'avait donc pas totalement perdu son pouvoir de séduction, comme le fait d'évoquer la fin de son mariage avait pu lui faire ressentir...

Elle s'abandonna totalement à ce baiser. Elle posa sa main sur son torse et, quand les bras de Derek l'enlacèrent, elle abdiqua sans la moindre protestation.

Leurs lèvres s'entrouvrirent et leurs langues se retrouvèrent avec bonheur. Immédiatement, elle oublia tout : les heures passées sans Derek, l'épreuve du dîner familial, et même son passé. Il n'y avait plus que Derek qui l'embrassait, et la sensation bouleversante d'être prisonnière de ses bras puissants.

Elle eut soudain l'impression que sa main était comme un mur de briques entre eux... Elle la retira et, à son tour, l'enlaça.

Elle n'avait pas réalisé à quel point son corps avait désiré cette étreinte... Ses bras autour de Derek, les muscles de son dos sous ses paumes, ses seins écrasés contre son torse puissant... Elle sentit les pointes de ses seins se durcir.

Pouvait-il les sentir malgré la barrière de leurs vêtements ?

Son corps se languissait de choses auxquelles elle avait cessé de penser depuis longtemps, de façon qu'elles ne lui manquent pas. Des choses qu'elle n'avait pas envisagé de refaire avec quelqu'un d'autre qu'Elliott... Parce que cela lui aurait paru étrange...

Ce n'était pourtant pas du tout ce qu'elle ressentait en cet instant. Désirer Derek, vouloir ses mains sur elle, lui semblait la chose la plus naturelle du monde.

Elle approfondissait leur baiser, et le désir se diffusait dans tout son corps. Le jeu de leurs langues se fit plus frénétique. Elle plaqua sa poitrine contre son torse, caressant les muscles de son dos à travers le T-shirt qu'il portait avec un jean noir qui lui allait si bien que, pendant le dîner, elle n'avait pu s'empêcher de jeter à la dérobée des regards à ses fesses.

Sa main s'aventura jusqu'à la cuisse ferme de Derek, et elle sentit les pointes de ses seins durcir davantage. Oh, comme elle brûlait que les doigts de Derek viennent les caresser !

Elle aimait parfois s'asseoir sur la balancelle à la tombée de la nuit et observer l'animation de la rue, mais jamais elle n'avait été aussi heureuse d'être plongée dans l'obscurité que lorsque Derek, intensifiant encore leur baiser, glissa sa main sous son T-shirt.

Au moment où sa main chaude se posa sur sa peau nue, elle laissa échapper un soupir rauque.

Ah... être touchée par un homme... Cela faisait tellement longtemps !

Et surtout, il y avait quelque chose d'électrique dans la caresse de Derek, comme si le contact de leurs peaux produisait des étincelles.

Il continua à la caresser, s'aventurant vers son ventre, avant de remonter. Elle retint son souffle au moment où il referma sa main sur son sein.

Doucement d'abord, puis plus fermement, il la caressa, pressa sa chair, faisant durcir encore davantage son téton. Il l'excitait de ses doigts experts, chaque caresse lui donnant envie de toujours plus.

Plus de caresses...

Plus de sensations...

Elle avait envie de tout à la fois.

Elle voulait tout de lui. Elle voulait explorer chaque parcelle de son corps avec ses mains et sa bouche. Et elle voulait que lui aussi connaisse le moindre centimètre carré d'elle.

Je pourrais le faire rentrer, songea-t-elle.

A cette pensée, sa main remonta de quelques centimètres le long de la cuisse de Derek. Quelques centimètres seulement. Pas suffisamment pour atteindre la partie de son corps qu'elle se languissait vraiment de toucher.

Mais, malgré sa conversation du matin avec Tyson, malgré son désir irrépressible pour Derek — un désir si puissant qu'elle en avait presque honte —, elle hésitait. Pouvait-elle simplement prendre du bon temps avec cet homme — juste ce qu'il faut, pour faire du bien à son ego — et reprendre ensuite le cours de sa vie comme si de rien n'était ?

Elle n'avait jamais fait ça auparavant et n'était pas sûre d'en être capable…

Sois prudente, lui avait répété Tyson. Cet avertissement clignotait dans son esprit, rivalisant avec les poussées de désir dont son corps était la proie.

Elle gémit doucement, recouvrit la main de Derek qui était sur son sein pour en accentuer la pression, comme pour graver pour toujours cette sensation sur sa peau. Puis elle relâcha sa main et mit fin progressivement à leur baiser.

— Je ne sais pas si nous devrions…, murmura-t-elle. Je ne sais pas si je devrais…

Les doigts de Derek la caressèrent encore, comme si lui aussi mémorisait la sensation pour l'emporter avec lui. Puis il retira à regret sa main de sous son T-shirt.

Il ne dit rien et posa son front contre le sien. Il resta un bon moment ainsi, avant de l'embrasser avec une telle tendresse qu'elle se demanda pourquoi elle devrait considérer ce qu'elle faisait avec lui autrement que comme quelque chose de bien…

Pourtant, elle refusait de se laisser emporter. Alors, quand leur baiser se termina, elle ravala les mots qu'elle était sur le point de prononcer pour inviter Derek à l'intérieur.

Elle l'entendit souffler et comprit qu'il s'efforçait de retrouver la maîtrise de lui-même.

— Travail demain… lundi, dit-il, comme s'il essayait de remettre de l'ordre dans ses idées. Vous avez rendez-vous avec la banque des Bronson…

— En effet.

Il hocha la tête.

— Bien, je vous appellerai après. Vous me raconterez…

Et à propos de ce qui vient de se passer ? songea-t-elle avec angoisse. *A propos de nous ?*

Elle se ressaisit aussitôt. Il n'y avait pas de « nous » envisageable ! Le seul fait qu'elle ait pu concevoir cette pensée lui fit prendre conscience qu'elle ne serait sans doute pas capable d'envisager une aventure avec Derek à la légère. Cela la conforta dans l'idée qu'elle avait raison de ne pas aller plus loin ce soir.

Il se leva et lui prit la main pour l'inciter à en faire de même. Puis il l'accompagna jusqu'à sa porte.

— Vous me faites tellement d'effet, chuchota-t-il tandis que son regard s'égarait vers la porte, comme si lui aussi songeait à entrer.

Elle faillit s'excuser de ne pas l'inviter à l'intérieur.

Elle se contenta néanmoins de dire :

— Soyez prudent en rentrant.

— Je le suis toujours, dit-il en l'attirant vers lui.

Il noua ses bras autour d'elle et l'embrassa avec fougue, au point qu'elle fut à deux doigts d'abandonner toutes ses bonnes résolutions.

Quand leur baiser prit fin, il la regarda en souriant.

— Bonne nuit, Gia.

Il semblait avoir accepté l'idée de la quitter. Ce qui aida Gia à trouver le courage de le laisser faire.

— Bonne nuit, murmura-t-elle.

Lorsqu'il l'embrassa de nouveau, que le bout de sa langue taquina la sienne et que sa main effleura son sein avant qu'il s'écarte d'elle et s'éloigne, elle fut de nouveau assaillie par le doute.

Son corps tout entier hurlait sa frustration.

En vérité, elle regrettait de le laisser partir.

9

— Ce soir… tenue habillée, talons hauts… le grand jeu ! Je passerai vous prendre à 19 heures. J'ai des informations à vous fournir concernant les Bronson et autre chose à vous dire également. Je vous emmène dîner dans un endroit très réputé, même si cette récompense n'est bien sûr pas à la hauteur de tout ce que vous faites pour vos voisins.

Ce fut la teneur du discours de Derek lorsqu'il avait appelé Gia à son travail le mardi matin.

Mystérieux. Intrigant. Quelque peu flatteur…

Comment refuser ? s'était dit Gia. Et ce, d'autant plus qu'elle avait tellement envie de le voir qu'il aurait pu se contenter de claquer des doigts pour qu'elle accoure !

Et puis, elle avait une robe qui ferait parfaitement l'affaire…

Elle quitta le travail tôt le mardi après-midi et rentra chez elle pour se doucher et se laver les cheveux. Elle les sécha légèrement en les faisant mousser pour mettre ses boucles en valeur avant de compléter son maquillage habituel par de l'ombre à paupières, une seconde couche de mascara et davantage de blush sur ses joues.

Elle enfila ensuite des bas en Nylon et une parure de sous-vêtements dont le soutien-gorge était sans bretelles.

Enfin, elle passa la robe…

Noire et habillée, celle-ci la moulait comme une seconde peau, accentuant chaque courbe de son corps. A bretelles, dévoilant ses épaules nues, elle affichait un décolleté plongeant et lui arrivait juste au-dessus du genou.

Elle aimait beaucoup cette robe qu'elle avait achetée quatre ans plus tôt, mais qu'elle n'avait jamais eu l'occasion de porter. Elle était soulagée de constater qu'elle lui allait encore…

Elle opta pour des escarpins noirs à talons de dix centimètres. Derek était tellement grand qu'elle pouvait se le permettre. Elle était en train d'appliquer du rouge à lèvres mauve pâle lorsque la sonnerie retentit.

— Magnifique ! s'extasia Derek quand il la découvrit.

Son expression admirative reflétait à quel point il appréciait le spectacle qu'elle lui offrait.

J'ai en autant pour toi, pensa-t-elle en le remerciant. Elle avait déjà vu Derek en costume, mais il y avait dans celui qu'il portait aujourd'hui quelque chose de plus. C'était un costume digne d'un président le jour de son investiture !

Bleu foncé, avec des reflets gris, il accentuait la perfection de ses larges épaules et de son torse si bien proportionné. Sous la veste, il portait une chemise gris anthracite et une cravate assortie. Oui, vraiment Derek aurait parfaitement pu poser pour un magazine de mode !

— Vous n'êtes pas mal non plus, dit-elle en le faisant entrer.

Elle se retint de fermer les yeux pour mieux humer son parfum boisé.

Après avoir refermé la porte, elle se retourna et le surprit en train de la dévorer des yeux.

— Je voulais que vous portiez une tenue habillée, mais vous êtes allée bien au-delà de mes attentes, madame, déclara-t-il. Vous êtes très sensuelle dans cette robe.

Sensuelle ? se répéta-t-elle, incrédule.

La façon dont il la buvait des yeux lui confirma qu'il appréciait ce qu'il voyait. Ses yeux la détaillaient avidement.

— Tournez sur vous-même que j'aie un aperçu complet, lui ordonna-t-il.

— Non, refusa-t-elle, soudain gênée par l'intensité de son regard.

Mais il était têtu, et il tourna alors autour d'elle pour l'admirer sous tous les angles.

— Cette robe vous va à merveille, quel que soit l'angle sous lequel on vous admire, conclut-il. Curieusement pourtant, je n'ai qu'une seule envie : la mettre en pièces !

Il la surprit en lui prenant soudainement la main et en l'attirant contre lui pour l'embrasser.

Au moment où elle sentait ses jambes commencer à fléchir sous son étreinte, il la relâcha.

Il lui fallut quelques secondes pour se ressaisir.

Lorsqu'elle releva les yeux vers lui, elle le trouva en train de l'observer avec un air amusé.

— Bonjour, fit-il, comme s'ils venaient tout juste de se rencontrer.

Elle éclata de rire.

— Bonjour, dit-elle à son tour.

— Avez-vous passé une bonne journée ?

— Excellente, et vous ?

— La mienne a été productive. J'ai acheté la maison des Bronson.

Un silence abasourdi accueillit cette annonce.

Elle se tendit de tout son être, et son visage devint livide.

— Vous avez acheté la maison des Bronson ? fit-elle d'une voix étranglée.

— Absolument.

— Vous l'avez fait à leur insu ? dit-elle d'une voix que la panique faisait monter dans les aigus. Mais pourquoi avez-vous fait ça ? C'est exactement ce qu'ils craignaient de vous ! Pourquoi détestez-vous ces pauvres gens ? Qu'ont-ils jamais fait aux Camden ? Vous n'êtes pas meilleur que ceux de votre famille qui les ont chassés de leur hôtel !

— Attendez, attendez, fit-il d'une voix qui se voulait apaisante. Malgré tout le temps que nous avons passé ensemble, vous me croyez toujours animé de mauvaises intentions ? Allons…

— Vous achetez leur maison sous leur nez ! répéta-t-elle d'une voix scandalisée.

— Réfléchissez un peu, Gia. Comment pourrais-je faire ça ?

— Ils sont en retard dans le paiement de leurs échéances

et la banque a menacé de saisir la maison. Vous, les Camden, seriez bien capables d'être propriétaires de la banque, non ? Vous avez tellement d'argent, et encore plus de pouvoir. Vous vous êtes immiscés et avez demandé à la banque de vous vendre la maison sous le nez de Larry et de Marion !

Il secoua la tête.

— Respirez, respirez…

Elle n'y arrivait pas. Son esprit bouillonnait et son cœur battait lourdement dans sa poitrine. Même sa respiration était entravée.

Derek la prit par les épaules — ses épaules nues qui réagirent aussitôt au contact de ses mains, malgré l'angoisse dont elle était la proie — et la guida vers le canapé.

— Asseyez-vous et écoutez-moi, lui ordonna-t-il.

Les jambes flageolantes, elle s'exécuta. Elle était totalement terrifiée à l'idée qu'elle avait peut-être poussé Larry et Marion dans la gueule du loup, alors qu'eux-mêmes l'avaient mise en garde contre les Camden…

Une fois assise, elle ne put détacher son regard de Derek. Mais cette fois, ce n'était plus pour l'admirer, mais parce qu'elle ne savait plus à qui elle avait affaire.

Il prit place à côté d'elle et la considéra en fronçant les sourcils.

— Vous avez donc une si piètre opinion de moi ? fit-il.

— D'abord, votre famille a chassé les Bronson de leur hôtel, et maintenant vous leur prenez leur maison, s'indigna-t-elle. Que voulez-vous que je pense ?

Les lèvres serrées, il sembla réfléchir, puis parvenir à une décision.

— Si je vous dis ce qui va suivre, commença-t-il, c'est parce que j'ai confiance en vous…

Il fit une pause, pesant manifestement le pour et le contre.

— Les Bronson ont été traités injustement par H.J. et par mon grand-père, déclara-t-il finalement.

C'était un aveu de culpabilité.

Jamais les Grant, eux, ne se seraient abaissés à admettre leur faute…

Toutefois, plutôt que de l'envisager comme une avancée positive, elle se fit la réflexion qu'il lui faudrait utiliser cet aveu contre Derek au tribunal, quand elle devrait aider ses voisins à sortir du pétrin dans lequel elle les avait mis !

— Mais ma famille actuelle n'a rien à voir dans cette histoire, reprit-il. Aucun d'entre nous ne ferait une chose pareille à quiconque. Personne ne regrette plus que moi ce qui s'est passé autrefois… Tout ce que j'essaie de faire aujourd'hui, c'est de compenser les mauvaises actions dont les Bronson ont été victimes. Je n'ai pas racheté leur maison sous leur nez. Ce que j'ai fait, c'est rembourser leur emprunt. L'ardoise est effacée, et le titre de propriété reste à leur nom. C'est la première chose que je voulais vous dire. Vous m'avez raconté hier ce qui s'était passé à la banque…

La banque acceptait de renégocier l'emprunt seulement s'il y avait un cosignataire. Or, même si Gia jouait ce rôle, les remboursements seraient encore trop élevés pour les Bronson. Gia estimait donc qu'il était plus sage pour eux de vendre la maison et de s'installer dans son sous-sol, mais elle ne pouvait pas prendre cette décision à leur place. Elle avait donc choisi de leur laisser le temps de la réflexion. Quand Derek l'avait appelée, elle lui avait expliqué la situation.

— Je sais que vous ne voyez pas d'inconvénient à ce qu'ils emménagent chez vous, reprit-il, mais je sais aussi, parce que vous me l'avez dit vous-même, que les Bronson préféreraient rester chez eux. Alors, j'ai fait en sorte qu'ils le puissent. Aujourd'hui, cette maison leur appartient, et les dettes sont effacées. Ils sont propriétaires de leur maison… pas moi, ni aucun Camden. Le titre de propriété leur parviendra bientôt, au nom de Larry et de Marion Bronson. S'ils le veulent, ils peuvent vendre la maison et récupérer sa valeur intégrale. S'ils ne le font pas avant de mourir, il leur appartiendra de choisir à qui ils souhaitent la léguer.

Elle le regarda avec circonspection, cherchant à détecter le moindre signe indiquant qu'il ne disait pas la vérité. Comme elle n'en trouva aucun, elle se calma quelque peu.

— J'ai également ouvert un compte à leur nom, poursuivit-il. Je ferai en sorte qu'il soit régulièrement approvisionné de manière que les Bronson puissent payer leurs impôts, leurs primes d'assurance et toutes les réparations nécessaires à l'entretien de leur maison. Vous aurez procuration sur ce compte pour les aider à gérer cet argent. Encore une fois, nous déposerons de l'argent, mais n'y aurons plus accès une fois qu'il sera sur ce compte. Aucun accès au compte et aucune prétention sur la maison. Ni maintenant ni jamais.

— C'est très généreux, fit-elle d'une voix hésitante.

Elle avait tant paniqué qu'elle avait du mal à retrouver son sang-froid.

— Je n'ai pas terminé, reprit-il d'une voix calme. Nous voulons également payer quelqu'un pour venir les assister dans la vie quotidienne, notamment pour le ménage. Ce pourrait être quelqu'un qui resterait chez eux ou bien qui viendrait quelques heures seulement par jour. Ce sera aux Bronson de choisir. Je vous laisse le soin de leur en parler.

— D'accord, fit-elle doucement, se disant encore que tout cela était trop beau pour être vrai.

Il sourit devant son air perplexe.

— Détendez-vous, Gia. Ma grand-mère m'avait missionné pour évaluer dans quelle situation les Bronson se trouvaient à cause de la perte de leur hôtel. J'ai observé, j'ai écouté de façon à me faire une idée de leurs besoins et j'ai attendu de voir ce que vous pouviez accomplir pour leur venir en aide. Maintenant que j'ai une vue d'ensemble de leur situation, je constate que les dégâts sont conséquents et que leurs besoins sont loin d'être satisfaits, et ce, malgré tous vos efforts. Vous devez donc me laisser faire… Nous leur devons ça.

Là encore, un aveu de culpabilité.

— Nous voulons nous assurer qu'à partir d'aujourd'hui les Bronson auront toujours tout ce qu'il leur faut. Nous souhaitons qu'ils vivent confortablement, que leur santé soit prise en considération et qu'ils soient déchargés de tout souci matériel. Je compte sur vous pour jouer le rôle d'intermédiaire. A vous de nous faire savoir s'il leur arrive quelque chose qui nécessite un changement dans les modalités d'aide que nous mettrons en œuvre.

— Qu'avez-vous à y gagner ? s'entendit-elle demander, car elle ne pouvait s'empêcher, encore une fois, de faire un parallèle entre les Camden et les Grant.

— Rien du tout. C'est une restitution pure et simple. Si vous pensez qu'il est préférable que les Bronson ne sachent pas que cela vient de nous, nous sommes d'accord. Vous pouvez prétendre que la maison a été rachetée par un donateur anonyme. Ou bien... il y a autre chose que vous pouvez leur dire... ce qui m'amène au deuxième point que je souhaitais aborder...

— Ah... il y a autre chose ? fit-elle, se tendant de nouveau.

— Les Bronson et vous-même avez ouvert les yeux de ma famille sur les besoins des personnes âgées en général. C'est pourquoi la Camden Foundation a décidé de développer un programme destiné à apporter ce type d'assistance à toute personne âgée qui en aurait besoin. Ce que nous faisons pour les Bronson est à part, bien entendu, mais je suppose qu'ils ont des amis ou connaissent des gens dans la même tranche d'âge qui pourraient bénéficier de ce programme. Par conséquent, si vous estimez qu'il est préférable qu'ils croient que ce qu'ils obtiennent est équivalent à ce à quoi leurs amis peuvent avoir accès, alors laissez-les croire ça.

— Ce dont ils vont bénéficier va bien au-delà de ce qu'on peut obtenir d'une fondation, fit remarquer Gia. Je crois qu'ils ne se laisseront pas berner par ce scénario. En outre, je suis persuadée qu'ils aimeraient savoir que votre famille admet qu'elle leur a fait du mal...

Voyant Derek froncer les sourcils, elle comprit que le sujet était encore sensible.

— Nous ne voulons pas nous mettre en avant pour ce que nous allons faire pour les Bronson, mais nous n'avons pas non plus besoin de la mauvaise publicité qui pourrait nous être faite si l'on remue trop les fantômes du passé...

Elle était consciente que la génération de Derek cherchait à faire oublier la mauvaise réputation des Camden, dont ils n'étaient en rien responsables. Elle le comprenait, mais elle ne pouvait s'engager pour Larry et Marion.

— Je ferai ce que je peux, se contenta-t-elle de dire.

Puis, faisant référence à ce qu'il avait annoncé un peu plus tôt :

— Alors comme ça, d'un simple claquement de doigts, vous avez mis en place un fonds de soutien aux personnes âgées !

Il haussa légèrement les épaules, comme pour signifier avec humilité que, oui, il avait cette capacité.

— Les critères sont en train d'être fixés, précisa-t-il. Dès le mois prochain, les gens pourront déposer une demande et, s'ils correspondent aux critères, nous les aiderons. Avant cette histoire, nous n'avions pas conscience de la détresse dans laquelle se trouvent certaines personnes âgées. Ma grand-mère a soixante-quinze ans, vous savez... La pensée qu'elle puisse se retrouver dans la situation des Bronson est intolérable.

Il secoua la tête.

— C'est pourquoi nous avons décidé de nous mobiliser pour aider cette population. Je sais ce que vous pensez de nous, mais nous essayons vraiment de nous comporter mieux que ceux qui nous ont précédés...

Elle ne pouvait s'empêcher de chercher encore quelle pouvait être la raison cachée de cette initiative. Les Grant, eux, en auraient forcément eu une, car jamais ils ne cherchaient à faire le bien autour d'eux, se contentant simplement de sauver les apparences pour passer pour des gens bien...

Dans le cas présent, il ne semblait pas y avoir de motivation inavouable. Derek avait même admis la culpabilité de sa famille... Il avait fait preuve d'honnêteté envers elle. Et ce qu'il proposait pour les Bronson et pour les autres seniors était véritablement impressionnant.

Elle prit conscience qu'il allait lui falloir reconnaître que les Camden — tout du moins la génération actuelle — étaient différents des Grant et qu'ils agissaient avec éthique. En tout cas, ils semblaient vouloir sincèrement se racheter auprès des Bronson.

Oui, décidément, les Camden n'étaient pas de la même étoffe que son ex-belle-famille !

— C'est donc vrai… vous êtes sérieux ? demanda-t-elle d'une voix où perçait encore une pointe d'incrédulité.

— Je suis parfaitement sérieux, lui confirma Derek. Mais, si vous ne me croyez pas, contactez la banque demain, et vous verrez.

Le fait qu'il ne cherche pas davantage à la convaincre fut ce qui, au bout du compte, l'incita à le croire.

— Je ne pense pas que de simples remerciements soient suffisants, déclara-t-elle d'une petite voix.

Il posa sa main sur son genou. Instantanément, le souvenir de cette même main sur ses seins surgit dans l'esprit de Gia. Oh ! combien elle se languissait de cette caresse !

Cette fois cependant, le geste de Derek n'avait pas de connotation sexuelle, sauf dans ce qu'il déclenchait en elle. C'était un geste réconfortant et suppliant en même temps.

— J'étais tout à fait sérieux aussi quand je vous ai dit que vous étiez magnifique dans cette robe, alors cessez de me regarder comme si je vous avais trahie.

— J'ai eu peur que ce soit le cas, avoua-t-elle. Que vous nous ayez trahis, les Bronson et moi.

— Il n'en est rien, rassurez-vous. Mais je ne veux pas non plus minimiser votre rôle dans toute cette affaire. Vous avez tellement fait pour vos voisins, et c'est grâce à vous que nous avons été alertés sur le problème des personnes âgées en général. C'est pourquoi nous aimerions appeler ce fonds le Gia Grant Fund…

— Le Gia Grant Fund…, répéta-t-elle, abasourdie.

— Au sein de la Camden Foundation, précisa Derek. Est-ce que vous êtes d'accord ?

— Je ne sais pas. C'est une sensation bizarre… Je n'ai pas

fait tant que ça, je cherchais juste à venir en aide à Larry et à Marion. Ne devrais-je pas être décédée pour que mon nom soit donné à une fondation ?

— Mais certainement pas ! répondit-il en riant. C'est une juste reconnaissance pour votre investissement. Nous aimerions également vous inviter à siéger au comité qui examinera les demandes. C'est une fonction non rémunérée... Nous tenons à ce que tout l'argent de la fondation serve les causes que nous défendons.

— Je... oui, j'aimerais faire ça, acquiesça Gia.

Elle se sentait tout à coup un peu étourdie par cette avalanche de nouvelles. Mais aussi extrêmement impressionnée par cet homme et par sa famille.

C'était pour elle une véritable révélation. Derek lui apparaissait désormais sous un jour différent. Non qu'il lui semble plus séduisant qu'avant, car c'était tout bonnement impossible ! Il était aussi beau que le premier jour où elle l'avait vu, mais elle se rendait compte aujourd'hui qu'il y avait aussi chez lui une profondeur qu'elle n'avait pas su déceler avant et qui ne le rendait que plus attirant.

— Allons dîner..., souffla-t-elle alors, réalisant qu'elle avait besoin de se remettre de ses émotions et de sortir de chez elle.

Car considérer Derek sous ce jour nouveau ne faisait qu'intensifier ses sentiments pour lui. Et tout ce qu'elle avait vraiment envie de faire en cet instant, c'était de lui arracher ses vêtements, comme il y avait lui-même fait allusion plus tôt !

— Dîner, répéta-t-il d'un ton qui manquait de conviction.

Son regard soutint le sien.

Il commença à lui caresser distraitement le genou.

— Avez-vous faim ? s'enquit-il.

Oui, elle avait faim. De lui.

Cette pensée la fit esquisser un sourire non dépourvu de sous-entendus, sous-entendus qu'il saisit sans peine, car il lui rendit son sourire avec un regard qui disait tout de ses intentions.

— La réservation n'est pas pour tout de suite, l'informa-t-il. Nous avons du temps devant nous…

— Vraiment ?

— Mais vous avez dit non l'autre soir…, lui rappela-t-il, lui faisant clairement comprendre qu'ils étaient sur la même longueur d'onde.

— En effet, confirma-t-elle.

— C'est la pensée de faire partie d'un comité qui vous monte à la tête ? plaisanta-t-il avec un sourire carnassier.

— Je pense, oui, dit-elle plutôt que d'admettre que c'était lui qui lui montait à la tête.

Car oui, elle était bel et bien en train de se laisser emporter et elle ne cherchait plus à lutter.

Momentanément, tout du moins.

Elle avait beaucoup réfléchi depuis dimanche et était arrivée à la conclusion qu'elle le désirait tellement qu'il fallait qu'elle l'ait une bonne fois pour toutes ! Elle céderait une fois et profiterait du moment sans penser à l'avenir.

Tant qu'elle n'espérait pas plus… qu'elle n'envisageait pas un mariage, des enfants et tout le tralala, pourquoi ne pas prendre du bon temps comme le faisait Tyson ? Son ami lui avait même suggéré de sauter le pas avec Derek pour le chasser définitivement de ses pensées !

Et, à ce stade, elle ne voyait vraiment pas d'autre solution pour se débarrasser de son obsession…

Voilà où elle en était arrivée dans ses réflexions, avant même d'accepter l'invitation de Derek à dîner. Cette invitation qui lui fournissait une chance de mettre son idée à exécution.

Il était là, devant elle, et elle avait encore moins de raisons de résister. Et, quand bien même en aurait-elle eu, elle s'en fichait !

Elle le désirait, un point c'est tout !

Il se rapprocha d'elle sur le canapé, accentuant sa pression sur son genou.

— Si cela peut vous convaincre, je peux vous intégrer dans un comité d'attribution de bourses scolaires. Ou dans un comité de mécénat artistique. A moins que vous ne préfériez un comité de défense des droits des animaux. Dites-moi le domaine qui vous intéresse, et il y aura probablement un comité dans lequel je pourrai vous mettre !

— Oh oui, des comités, toujours plus de comités, c'est ça qui me motive ! répliqua-t-elle sur le même ton tout en posant sa main sur la cuisse de Derek.

A peu près à l'endroit où elle avait été placée dimanche, avant qu'elle fasse machine arrière. Un peu plus haut, même…

— Vous êtes tellement belle…, dit-il, admiratif. Quel dommage de malmener cette robe !

— J'ai moi aussi des scrupules à abîmer tout ça, renchérit-elle en tirant de son autre main sur le nœud de sa cravate.

— N'hésitez pas… malmenez-moi ! la pressa-t-il tandis qu'il glissait sa main libre sur sa nuque.

Il se pencha vers elle et lui administra un baiser bien plus torride que celui dont il l'avait gratifiée en arrivant. Tellement torride qu'elle comprit que leur étreinte de dimanche avait aussi laissé des traces chez lui.

Elle lui rendit son baiser tout en lui retirant sa cravate, en même temps qu'elle se débarrassait de ses chaussures.

Au moment où leurs langues se mêlaient, elle lui retira sa veste tandis qu'il défaisait fébrilement le col de sa chemise. Leurs bouches se firent plus voraces à mesure qu'il s'abandonnait à la faim qu'ils avaient l'un de l'autre.

La main de Derek chercha le sein de Gia à travers sa robe et son soutien-gorge. Elle déboutonna à la hâte la chemise de Derek et posa ses paumes sur son torse.

C'était la première fois qu'elle le voyait nu…

La sensation sous ses doigts était aussi délicieuse que le spectacle visuel. Chaude, douce, sa peau roulait sur des muscles plus durs qu'un mur de briques. Elle fit glisser ses mains de ses pectoraux aux abdominaux qui disparaissaient dans la ceinture de son pantalon.

Elle en profita pour défaire son ceinturon et le bouton de son pantalon avant de faire courir ses mains autour de sa taille. Elle remonta ensuite dans son dos avant d'entamer le chemin inverse.

Elle ne se lassait pas de son dos !

Les épaules de Derek étaient larges et puissantes, et ses mains se régalèrent en les massant, imitant la caresse que les mains de Derek prodiguaient à ses seins dont les tétons pointaient contre le tissu.

Mais la chemise de Derek entravait ses mouvements ! Elle l'en débarrassa promptement, pendant que leurs langues entamaient une joute sensuelle.

Derek s'affaira alors autour de la fermeture Eclair de sa robe. Il en fit glisser les bretelles et détacha son soutien-gorge.

Tandis qu'il la dénudait, elle prit soudainement conscience qu'ils se trouvaient dans son salon, qu'il faisait encore jour et qu'on pouvait sans doute les voir de l'extérieur.

Un seul lieu de repli lui traversa l'esprit : sa chambre !

Si elle le conduisait jusqu'à sa chambre, cela signifiait qu'elle ne pourrait pas revenir en arrière…

Cette pensée ne la tourmenta pas plus d'un quart de seconde, et elle se soumit de nouveau avec délices à la langue joueuse de Derek.

Au bout d'un moment, elle lui prit la main et l'incita à se lever. Il sourit, devinant ses intentions. Il la suivit bien volontiers jusqu'à sa chambre où les rideaux étaient déjà tirés. Mais la belle luminosité de la fin septembre filtrait à travers le tissu.

Gia comprit alors à quel point elle désirait ce qui allait se passer. La pensée de se retrouver nue devant Derek sans être dissimulée par l'obscurité ne l'embarrassait pas un instant.

Au contraire, elle fut heureuse d'avoir l'opportunité d'observer Derek quand, une fois au pied de son lit, elle put savourer à loisir le spectacle de son torse, de ses biceps, de son ventre plat sur lequel courait une ligne de poils qui disparaissait au niveau de la ceinture.

Certes, il était magnifique en costume… mais sans costume il était encore plus sublime !

L'attirant contre lui, il prit sa bouche dans un baiser sauvage qui fit paraître bien tièdes ceux qu'ils avaient échangés dans la salle de séjour. Il reprit là où il s'était arrêté et lui ôta fébrilement sa robe et son soutien-gorge.

Un string en dentelle et des bas en Nylon… ce fut tout ce qu'il resta à Gia quand il libéra sa bouche et la contempla.

Il laissa échapper un grognement appréciateur quand il prit ses seins dans ses paumes avant de fondre de nouveau sur sa bouche.

Elle sentit ses genoux fléchir au contact de ses mains douces mais déterminées, de ses doigts qui s'enfonçaient dans sa chair, de ses paumes un peu rugueuses contre lesquelles ses tétons durcissaient.

La sentant vaciller, il la prit par la taille sans pour autant cesser de l'embrasser.

Elle entreprit alors de le déshabiller, et tout ce qu'il avait encore de vêtements vint rejoindre sa robe à leurs pieds.

Voulant à son tour profiter du spectacle, elle se déroba à ses baisers pour jeter un coup d'œil…

Habillé, Derek était impressionnant. Nu, il l'était tout autant. Viril et sensuel. Elle sentait tous ses sens s'affoler.

Mais il ne lui laissa pas le temps de lui jeter plus qu'un regard. Il la souleva brusquement dans ses bras et la déposa sur le lit avant de l'y rejoindre. Il s'assit d'abord sur le bord du matelas pour ramasser son pantalon et tirer un préservatif de sa poche, lui offrant une vue privilégiée sur son dos musclé.

Se tournant vers elle, il posa le préservatif sur la table de nuit et lui accorda de nouveau toute son attention. De sa cuisse, il l'immobilisa sur le matelas, prenant de nouveau sa bouche tandis que ses mains caressaient ses seins.

Elle laissa ses mains s'aventurer sur son corps, explorant la ligne de ses épaules, dont elle ne se lassait pas. Le creux de son dos, ses fesses incroyablement dures. Sa cuisse qui l'immobilisait sur le matelas… avant de remonter plus haut, jusqu'à cette partie de Derek dont elle n'avait eu qu'un bref aperçu.

Un gémissement guttural s'échappa de la gorge de Derek au moment où elle referma ses doigts sur son sexe.

Ce fut comme une explosion, et il intensifia ses baisers, laissant courir ses lèvres sur son cou, avant de s'attarder sur son sein qu'il suça, butina, lécha, lui prodiguant des caresses délicieuses, réveillant son désir endormi depuis bien long-temps, un désir qu'elle n'avait jamais connu aussi impérieux.

Puis il s'aventura plus bas, sur son ventre, jusqu'à l'élastique de son string.

Elle se cambra sous la caresse de ses doigts audacieux qui, après l'avoir caressée, entrèrent en elle, doucement, tendre-ment, comme s'ils demandaient la permission…

Elle resserra sa main autour de son sexe en érection, et il laissa échapper un grognement rauque. Il retira sa main et lui arracha son string.

Il l'abandonna alors quelques instants pour enfiler le préser-vatif. Quand il se rallongea sur elle, elle ouvrit les cuisses pour l'accueillir. En appui sur les mains, il lécha de nouveau ses seins, avant de la pénétrer avec lenteur.

Ils poussèrent tous deux un cri quand il fut entièrement en elle, et l'espace d'un instant ils savourèrent la sensation délicieuse.

Puis, lentement, il commença à remuer en elle, accélérant peu à peu à mesure que le désir les submergeait, les emportait toujours plus loin, plus haut.

Elle sentait son cœur cogner dans sa poitrine. Accompagnant son rythme, elle se cambrait pour mieux l'accueillir en elle, plus profondément, et s'abandonnait aux délicieuses sensa-tions qu'elle sentait déferler dans tout son corps. Un corps redevenu vivant.

Elle gémissait sous ses assauts. Leur corps se répondaient, comme s'ils se connaissaient depuis toujours, comme s'ils étaient faits l'un pour l'autre.

Tout son corps vibrait de plaisir, et bientôt une vague plus puissante la submergea, et elle cria son prénom avant de se laisser emporter par le plaisir immense qui montait en elle.

Il la rejoignit dans l'extase. Leurs deux corps semblaient fusionner dans une osmose parfaite. Elle ne savait plus où s'arrêtait son corps et où commençait celui de Derek.

La seule chose qu'elle savait avec certitude, c'était qu'elle aurait voulu que jamais cette sensation ne cesse…

— Est-ce que ça va ? s'enquit Derek après être resté un temps allongé sur elle. Je ne t'ai pas brisée en mille morceaux ?

Gia eut un petit rire.

— Brisée ? Non ! Et toi ?

Il remua en elle.

— Mes membres semblent encore en état de marche.

— Grâce à Dieu !

— Je ne te le fais pas dire…

Il ne bougea pas pour autant. Il resta où il était, c'est-à-dire en elle, là où il se sentait chez lui.

Elle noua ses bras autour de lui, le serra contre elle, comme pour mieux absorber toutes les sensations qu'elle pouvait.

— Je crois que nous avons loupé notre réservation, dit-il alors.

— Pas grave, souffla-t-elle.

Il rit et chatouilla son oreille de son nez.

— C'était trop beau pour être vrai, murmura-t-il.

C'était exactement ce qu'elle avait pensé quelques instants plus tôt.

— Trop beau pour être vrai, chuchota-t-elle à son tour.

— Je pense que nous devrions réessayer une deuxième fois, pour être sûrs…

Elle le regarda avec des yeux ronds.

— Vraiment ?

— Vraiment ! Après un petit temps de repos.

Il se retira et roula sur le côté, mais son corps resta plaqué contre le sien, sa cuisse sur ses jambes.

— Le soleil se couche, murmura-t-il. Nous pourrions essayer dans l'obscurité, maintenant que nous savons comment faire !

— Je vais y réfléchir…

— Bien, répondit-il en tapotant sa hanche de ses doigts.

Sa voix avait légèrement faibli. Après un dernier baiser sur la tempe de Gia, il s'assoupit.

Elle résista un moment à la tentation de sombrer à son tour dans le sommeil. Elle voulait rester allongée, Derek sur elle, et jouir du sentiment de bien-être qu'elle éprouvait.

Elle était comblée à l'idée qu'il serait toujours là quand elle se réveillerait et qu'ils pourraient alors recommencer.

10

— Pourquoi n'avons-nous pris qu'une demi-journée de congé ? murmura Derek en glissant ses bras autour de la taille de Gia.

Il se plaqua contre elle et enfouit son nez dans son cou.

Ils avaient tous les deux appelé à leur travail pour informer qu'ils prenaient la matinée de ce jeudi. Cela leur était apparu comme une nécessité, étant donné qu'ils avaient passé toute la nuit à faire l'amour !

Oui, mais voilà… plutôt que de rattraper le sommeil en retard, ils avaient également passé une partie de la matinée à faire encore l'amour !

— Peut-être devrions-nous aussi poser notre après-midi, suggéra-t-il.

Il était presque 11 heures lorsqu'elle s'était finalement résolue à sortir du lit. Elle avait enfilé le premier vêtement qui lui était tombé sous la main, à savoir la chemise de Derek. Dans cette tenue confortable, elle avait préparé le café.

Derek l'avait suivie dans la cuisine après avoir enfilé un pantalon. Il était torse nu, et dans le reflet du grille-pain elle l'aperçut dans son dos.

Elle se pressa contre lui et pencha la tête, de façon à lui offrir son cou. Elle avait tellement envie de retourner au lit avec lui…

— J'ai une réunion avec mon patron, l'informa-t-elle. Il vient de Fort Collins exprès pour me voir. Je ne peux pas lui faire faux bond.

Et pourtant, elle n'avait envie de rien d'autre que de se

retrouver de nouveau dans les bras de Derek, en position horizontale !

Cette obsession commençait d'ailleurs à l'inquiéter quelque peu. Car elle devait bien se rendre à l'évidence : faire l'amour avec Derek n'avait pas du tout eu l'effet escompté. Cela n'avait en rien tari la soif qu'elle avait de lui. Cela n'avait pas été cette libération définitive à laquelle Tyson avait fait allusion.

Non, bien au contraire, chaque minute avec Derek n'avait fait qu'intensifier son désir pour lui.

En outre, elle réalisait maintenant que la voiture de Derek était restée garée devant chez elle toute la nuit. Tyson avait dû la remarquer, tout comme Larry et Marion...

— Que dirais-tu si je rachetais la société où tu travailles ? plaisanta Derek. Je serais ton patron, et nous pourrions faire des réunions au lit !

— Harry Cooley ne vendra jamais sa société.

Il protesta, tout en lui mordillant le lobe de l'oreille.

— D'accord, d'accord, si tu le dis..., soupira-t-il. Nous allons donc travailler cet après-midi, mais peut-être pourrions-nous nous retrouver pour dîner ce soir. Et recommencer ce que nous venons de faire...

Elle en mourait d'envie. Et là était bien le problème. Si elle ne mettait pas fin à tout ça dès maintenant, qu'allait-il arriver ?

Cette question tournait en boucle dans sa tête pendant qu'elle préparait le café.

Passer la nuit avec Derek, faire l'amour avec lui, dormir dans ses bras l'avait entraînée dans une spirale émotionnelle d'une intensité inédite. Si elle continuait dans cette veine, elle risquait de plonger la tête la première.

Qu'arriverait-il alors ? Ou tout cela allait-il — pouvait-il — la mener ? s'interrogeait-elle.

Elle connaissait d'avance la réponse : nulle part.

Elle prit alors une grande inspiration et se força à se dégager de l'étreinte de Derek. Elle s'écarta de lui et gagna la partie opposée de la cuisine.

— Je...

Elle s'interrompit et prit une deuxième inspiration, se demandant comme elle allait arriver à faire ce qu'il fallait.

— Nous…

— Oui, je sais, nous devons aller travailler, enchaîna-t-il. Je suis sûr que je vais avoir de grosses difficultés pour me concentrer. Je vais sans cesse regarder ma montre et compter le nombre d'heures avant de revenir ici.

— Non, réussit-elle enfin à articuler. Ce n'est pas ce que je m'apprêtais à dire. Je voulais dire que nous… que ça…

Elle fit un geste de la main les incluant tous les deux, ainsi que l'espace qui les séparait.

— … nous ne pouvons faire ça…

Dérouté, il fronça les sourcils.

— Ça?

— Oui… tout. Nous revoir… Dîner ensemble… Ce que nous avons fait cette nuit… et ce matin… Nous ne pouvons pas recommencer!

— Je ne comprends pas, dit-il, comme si elle venait de raconter une plaisanterie qu'il n'avait pas saisie.

Elle s'obligea à le regarder en face. A affronter son visage si beau mangé par une ombre de barbe.

Tu dois le faire, s'encouragea-t-elle.

— Je dois envisager la situation dans son ensemble, déclara-t-elle.

— La situation dans son ensemble, répéta-t-il.

Eh bien, oui, pensa-t-elle. Elle devait garder à l'esprit qu'il ne lui faudrait pas bien longtemps avant de se rendre compte qu'elle était folle amoureuse de Derek, alors que lui réaliserait vite qu'elle n'était pas suffisamment originale ou extravertie pour conserver son intérêt.

Elle ne devait pas oublier qu'elle était à deux doigts de tomber folle amoureuse d'un homme issu d'une grande famille qui passerait toujours avant elle. Un homme loyal à un clan qui, peut-être, ne se conduisait plus aussi mal que par le passé, mais qui se rangerait comme un seul homme derrière Derek si les choses tournaient au vinaigre.

Elle devait garder la tête froide et renoncer à cet homme qui, inévitablement, se rendrait compte qu'il était avec elle pour de mauvaises raisons. Parce qu'il l'avait rencontrée à une période de sa vie où il essayait de renier son penchant pour ces femmes trop originales qui lui avaient valu beaucoup d'embarras, et ce, afin d'apaiser sa famille.

Elle ne pouvait, néanmoins, exprimer tout ça à voix haute.

— Je sors d'un mariage, invoqua-t-elle. Et toi aussi…

— Tu ne peux pas comparer la fin de ton mariage avec l'annulation de ce qui s'est passé lors d'une triste soirée d'ivresse à Las Vegas !

— Si, un peu, insista-t-elle. Je me suis extirpée de ce mariage en sachant ce que je veux et ce que je ne veux pas. Tu t'es sorti du tien avec l'intention d'en finir avec tes vieilles habitudes et de prendre un nouveau départ.

— D'accord, si tu veux, on peut comparer, concéda-t-il.

— Il y a des choses liées à ta personne et à ta famille qui me rappellent ce que j'ai fui. Or je ne veux pas me retrouver dans la même situation qu'avant. Je ne pense pas pouvoir prendre part à ce « nouveau départ » que tu souhaites pour toi.

— Tu ne veux même pas essayer ?

— Cela ne rendrait les choses que plus difficiles.

Elle avait prononcé ces mots avec douceur, sans pour autant révéler la profondeur de ses sentiments pour lui.

— Tu dis toi-même que les filles normales finissent toujours par t'ennuyer, reprit-elle.

— Je sais que j'ai dit ça…

— Eh bien, il n'y a chez moi rien d'original, ni de bizarre, Derek. Il est donc tout à fait probable que, dans peu de temps, tu préféreras te remettre en quête de quelqu'un de plus fantaisiste.

Elle s'interrompit et secoua la tête.

— Je n'ai pas les qualités que tu recherches chez une femme. C'est la réalité, il faut la regarder en face. Je suis une personne ordinaire, Derek. Je sais que ta famille revêt énormément d'importance à tes yeux, comme c'était le cas pour Elliott, et que tu cherches à lui plaire, surtout après ce qui s'est passé à Las Vegas. Tu veux te racheter, je peux le comprendre. Mais moi, je ne veux pas prendre le risque…

— … que je t'utilise pour retrouver les bonnes grâces de ma famille ?

Elle eut un mouvement de protestation.

— Je n'ai pas dit ça. Je ne pense pas que tu ferais ça consciemment… Est-ce le cas ?

— Absolument pas.

— Je sais comment les choses fonctionnent dans les familles comme la tienne. Si Elliott avait fait quelque chose que sa famille aurait réprouvé — comme ta famille a désapprouvé ce que tu as fait à Las Vegas —, il aurait fait n'importe quoi pour se racheter auprès d'elle.

— Alors, tu crois que je suis ici avec toi uniquement parce que je cherche à prouver à ma famille que je peux être un bon garçon ?

— Pas consciemment, je le répète. Mais oui, je pense que c'est probable…

— Et tu crois qu'avec le temps, quand je n'en pourrai plus de ta normalité, je te mettrai sur une étagère comme l'a fait ton ex et que je ne ferai plus attention à toi ?

Oui, répondit-elle en son for intérieur.

Elle choisit de faire preuve de diplomatie.

— Je ne veux pas courir ce risque. Et je ne veux pas que nous nous engagions dans une relation au point de ne plus pouvoir revenir en arrière. Tu dis toi-même que tu as encore besoin de moi pour aider Larry et Marion, alors je veux pouvoir t'appeler ou te voir sans qu'il y ait entre nous de la gêne ou du ressentiment. Je ne veux pas souffrir.

— Parce que, selon toi, il n'y a pas de doute que je vais te faire souffrir ? Que penses-tu d'autre ? Que parce que je suis un Camden, si les choses finissent mal entre toi et moi, je renoncerai à aider les Bronson ? Ou, pire encore, que je leur ferai du mal ?

— J'espère que non. Je pense juste que cette relation…

— … est vouée à l'échec ? Et que, lorsqu'elle se terminera, les Bronson risquent d'être des dommages collatéraux ?

— Il me semble que plus tard nous mettrons un terme à notre relation, plus il sera difficile pour nous de collaborer.

Car elle en était convaincue : il lui serait impossible d'entendre la voix de Derek ou de le côtoyer sans craquer.

Elle était déjà sur le point de craquer rien qu'en lui expliquant son point de vue.

— Tu veux donc en finir pendant que tout va bien, résuma-t-il.

Ce qu'elle voulait vraiment, c'était lui !

Mais seulement si elle était ce que lui voulait…

Seulement si elle pouvait avoir l'assurance qu'il continuerait à la désirer, dans toute sa normalité.

Seulement si elle pouvait être sûre qu'il ne la désirait pas uniquement parce qu'elle lui offrait un chemin vers la rédemption.

Comme elle ne pouvait être sûre de tout cela, elle préférait tout arrêter maintenant.

— Je crois que, par sécurité, notre relation doit s'en tenir à l'aide que nous voulons apporter à Larry et à Marion, décréta-t-elle.

— Après ce que nous avons vécu la nuit dernière ? fit-il avec la plus grande incrédulité.

— Surtout après la nuit dernière, dit-elle d'une voix si faible qu'elle en était presque inaudible. Si nous partageons encore une nuit comme celle-là, la situation m'échappera, et ce n'est bon pour personne.

— Mais nous pouvons continuer à nous voir, sans engagement aucun, et prendre du plaisir…

— Je ne peux pas ! s'exclama-t-elle d'une voix paniquée. J'ai cru en être capable, et c'est ce qui m'a amenée à partager cette nuit avec toi. Mais maintenant je sais… c'est compliqué pour moi, quoi qu'il en soit… Alors non. Ce qui s'est passé cette nuit ne se reproduira pas. Je me contenterai dorénavant d'être l'intermédiaire entre toi et Larry et Marion. La personne qui t'avertira si leurs besoins évoluent…

Sa voix était montée d'une octave, et elle avait parlé avec force pour bien faire comprendre qu'elle ne plaisantait pas.

Pourtant, elle se crut obligée d'ajouter :

— Je pense vraiment ce que je dis !

Il l'examina pendant quelques instants en fronçant les sourcils. Il paraissait complètement désarçonné.

— Je ne sais pas quoi dire, soupira-t-il enfin. Je ne m'attendais vraiment pas à cela. Pas après ce qui s'est passé cette nuit…

— Dis que tu es d'accord pour que nous nous en tenions à l'aide que nous souhaitons apporter à Larry et à Marion, répéta-t-elle.

— Larry et Marion, et ça…, fit-il en imitant le geste qu'elle avait fait un peu plus tôt, sont deux choses totalement différentes !

— Mais elles sont liées !

Même si elles ne l'étaient pas, elle ressentait confusément le besoin de se protéger. De lui. De ses sentiments pour lui. Elle prenait conscience qu'elle s'était trop éloignée de la zone de sécurité qu'elle avait construite autour d'elle après son mariage. Il lui fallait s'y réfugier au plus vite avant qu'il soit trop tard.

— Alors c'est tout ? fit-il, interloqué.

Il secoua vivement la tête.

— Non, c'est impossible ! C'était trop beau. Je sais que tu ne faisais pas semblant.

— Non, je ne faisais pas semblant, lui confirma-t-elle en essayant désespérément de ne pas pleurer tout en se demandant pourquoi elle en avait autant envie. C'était merveilleux.

Trop bon. Trop merveilleux. Cela ne l'avait en rien libérée. Cela n'avait fait que l'attirer davantage vers lui.

Aujourd'hui, il lui fallait battre en retraite pendant qu'il en était encore temps.

— C'était merveilleux, répéta-t-il d'un ton amer. Et pourtant tu me quittes… Cela t'amuse d'avoir attisé mon désir pour mieux me jeter ensuite ?

— Je ne joue pas, protesta-t-elle. Rien de tout cela ne

m'amuse. Je pense néanmoins qu'il vaut mieux que nous en restions là.

— Pour le bien des Bronson ? fit-il d'un air dubitatif.

— Et pour le mien, admit-elle calmement. Nous devons nous y tenir.

— Alors, tu as pris du bon temps, et puis basta !

Elle haussa les épaules. Elle se sentait totalement perdue et réalisait qu'elle s'était trompée en se croyant capable de rompre ainsi.

— Tu ne t'imaginais tout de même pas que nous allions parler mariage et bébés ! s'exclama-t-elle, faisant de son mieux pour paraître désinvolte.

Elle y échoua terriblement, car elle décela dans sa propre voix une note d'espoir.

— Je n'étais pas allé jusque-là…

Elle l'observa. Il était tellement séduisant que le simple fait de le regarder lui déchirait le cœur.

— Remontons donc le temps, si tu le veux bien, souffla-t-elle.

— De vingt-quatre heures ?

— Au moins…

— Nous n'aurons alors plus qu'un seul objectif tous les deux… aider deux personnes âgées à rester ensemble jusqu'à la fin de leurs jours. C'est bien ça ?

— Oui.

— Je déteste cette idée, Gia. Je ne suis pas sûr d'en être capable…

— Tu le seras, lui assura-t-elle. Tu ne reviendras pas sur ta parole, n'est-ce pas ?

— Je ne parlais pas des Bronson. Je ferai tout ce que je me suis engagé à faire pour eux.

— C'est donc tout ce qu'il y aura entre nous, conclut-elle.

De nouveau, elle fit ce geste entre elle et lui :

— Ça…, souffla-t-elle, était juste quelque chose qui est arrivé par hasard. Nous devons y mettre un terme.

Elle se redressa.

— Je vais me changer et te rendre ta chemise.

Il restait planté, le front barré de plis amers. Il paraissait ne pas comprendre ce qui venait de se passer.

Elle le laissa dans la cuisine et se réfugia dans sa chambre. La vue des draps froissés, de ce lit dans lequel elle avait connu un bonheur aussi intense lui noua la gorge.

Les larmes qu'elle avait retenues jusqu'alors roulèrent sur ses joues.

Il ne fallait surtout pas qu'il la voie pleurer !

Alors, elle retira la chemise de Derek, entrebâilla la porte de la chambre et suspendit la chemise à la poignée extérieure.

Elle referma la porte et pressa son dos contre le battant.

Les yeux fermés, la gorge nouée, elle l'entendit s'en aller…

J'ai vraiment perdu la tête, se lamenta Derek en garant sa voiture dans la rue de Gia, à plusieurs mètres de chez elle.

D'où il était, il avait une vue parfaite de sa maison et de celle des Bronson. Il espérait bien apercevoir Gia, ne serait-ce qu'une fraction de seconde.

Je suis pire qu'un ado amoureux, songea-t-il. *Je la poursuis comme un harceleur !*

Mais il ne partit pas pour autant. Il coupa le moteur et resta le regard fixé sur la maison de Gia, tout en se maudissant intérieurement.

La nuit commençait à tomber. Après avoir dîné chez sa grand-mère, comme tous les dimanches soir, il avait pris sa voiture, et celle-ci avait roulé presque toute seule jusqu'à University Boulevard, plutôt que jusque chez lui.

Il n'avait pas eu de nouvelles de Gia depuis vendredi, lorsque celle-ci l'avait appelé pour l'informer qu'elle avait convaincu les Bronson d'accepter tout ce que sa famille et lui voulaient leur offrir. Elle lui avait dit avoir emmené les Bronson à la banque afin qu'ils signent les papiers nécessaires pour la maison, ainsi que la procuration sur le compte qu'il avait ouvert.

Sa voix, bien que légèrement tremblante, lui avait paru

distante. Il avait tout de même osé demander s'ils pouvaient parler… ce à quoi elle avait répondu d'un ton bref : « Si ce n'est pas à propos de Larry et de Marion, non ! »

Et elle avait raccroché.

Il en avait été fortement perturbé.

Il n'avait d'ailleurs pas fermé l'œil depuis trois nuits. Depuis ce jour où elle avait rompu.

Il ne parvenait plus à se concentrer sur son travail. La télévision n'arrivait même pas à le distraire, et il ne mangeait pratiquement plus rien, car aucune nourriture ne lui faisait envie… Un soir, il avait beaucoup bu, espérant que cela l'aiderait à trouver le sommeil. Hélas ! Il avait fini complètement soûl et désespéré, et avait hérité d'une méchante gueule de bois le lendemain matin.

Aujourd'hui, après avoir essayé en vain de se concentrer sur le match des Bronco, il s'était rendu au dîner dominical chez Gigi, où il s'était senti malheureux comme les pierres.

Comment aurait-il pu en être autrement, alors que la plupart de ses frères, sœurs et cousins offraient l'image d'un bonheur radieux avec leurs chers et tendres ? Se rappeler en outre que le dimanche précédent Gia avait été à ses côtés n'avait fait que le déprimer davantage.

Il n'avait eu qu'une hâte : que le dîner se termine au plus vite et qu'il puisse s'en aller.

Comme il n'avait pas mangé de dessert et s'était montré anormalement silencieux pendant le repas, sa grand-mère, pensant qu'il couvait quelque chose, l'avait incité à rentrer chez lui pour se coucher.

Oui, mais voilà… son lit était devenu pour lui un lieu de torture, tant son esprit ne le laissait pas en paix.

Voilà pourquoi il se retrouvait maintenant garé tout près de chez Gia, se demandant quelle excuse il allait pouvoir invoquer s'il se faisait arrêter comme un vulgaire rôdeur.

Mais qu'est-ce qui m'arrive ? s'interrogea-t-il.

Jamais il n'avait traversé une telle épreuve…

Il avait été quitté quelquefois, mais jamais cela ne l'avait affecté comme aujourd'hui. Chaque fois, il avait rebondi presque aussitôt. D'ailleurs, il avait souvent vu les choses venir et avait la plupart du temps été à deux doigts de rompre lui-même. Ce qui lui avait donc évité d'avoir à le faire...

Mais là, c'était différent. Bien plus douloureux.

Tandis qu'il fixait la maison de Gia, la lumière de la véranda ouverte des Bronson s'alluma soudain, attirant son attention. Il y porta son regard avec espoir, se disant que Gia venait peut-être de rendre visite au vieux couple et prenait congé.

Il sentit son pouls s'accélérer et se demanda, au cas il l'apercevrait, s'il devait lui faire savoir qu'il était là.

Ce ne fut cependant pas Gia qui sortit de la maison, mais tout naturellement Larry et Marion. Habillés de survêtements — gris pour Larry, rose pour Marion —, ils portaient chacun un bol et prirent place sur les chaises qui se trouvaient dans la véranda.

De la glace..., devina Derek. Le couple dégustait probablement un bol de glace avant d'aller se coucher. Profitant ainsi des dernières chaleurs de cette soirée de septembre...

Ces gens n'avaient certes pas eu une vie facile, mais ils pouvaient se reposer l'un sur l'autre, songea-t-il.

Ils étaient toujours ensemble...

Gia avait raison : plus que le fait d'être encore ensemble, c'étaient la sincérité de leur relation et l'amour qu'ils se portaient toujours qui étaient étonnants.

Il les observa plus attentivement. Tous deux discutaient avec animation, riaient... A un moment, Larry piqua un morceau de glace dans le bol de Marion avant de tendre son bol à celle-ci pour qu'elle se serve, en guise de consolation.

Bon sang, tu as vraiment besoin de dormir! marmonna Derek en se frottant les yeux qui s'étaient mis à le démanger en assistant à la scène.

Que n'aurait-il pas donné pour être assis comme les Bronson, sur la terrasse à côté, en compagnie de Gia.

Comme eux...

Cette pensée le prit lui-même au dépourvu. Car que faisaient les Bronson après tout ? Ils se contentaient de rester assis en grignotant quelque chose, se tenant compagnie comme ils le faisaient depuis soixante-dix ans.

C'était ce qu'il voulait, lui aussi ?

Simplement s'asseoir dans une véranda ? Parler ?

Vraiment ?

Mais oui, c'était ce qu'il voulait, réalisa-t-il avec le plus grand étonnement. Et une légère dose de scepticisme. Avait-il vraiment envie de quelque chose d'aussi simple et banal ?

Avant Gia, cela n'aurait pas été possible. Il aurait estimé ce mode de vie trop ennuyeux pour lui !

Alors que se passait-il ?

C'était d'autant plus bizarre que, s'il s'imaginait dans cette situation avec une des femmes qu'il avait rencontrées avant Gia, cela ne lui faisait pas du tout envie.

Toute une vie avec Sharon la médium ? Avec Celeste, la femme au crâne rasé ? Avec Lila la statue ?

Certainement pas !

Et pas plus avec Brittany, Reagan ou Nancy, les femmes à peu près normales qui n'avaient pas retenu son intérêt aussi longtemps que Sharon, Celeste ou Lila.

Dès qu'il faisait entrer Gia dans l'équation, en revanche, tout s'éclairait comme une enseigne au néon.

Peut-être Louie savait-il de quoi il parlait…, pensa-t-il.

C'était en effet l'homme à tout faire des Camden qui avait suggéré que les filles bizarres n'intéressaient finalement pas beaucoup plus Derek que les femmes normales.

Mais que la femme de sa vie, « la bonne personne », quand il la rencontrerait, saurait le captiver.

Derek, lui, n'avait jamais pensé qu'une femme y parviendrait. Mais il se rendait compte soudain qu'il n'avait pas perdu une once d'intérêt pour Gia depuis qu'il la connaissait.

C'était même le contraire… Plus il apprenait à la connaître, plus il passait du temps avec elle, plus il voulait en savoir sur elle !

Plus il était captivé, ensorcelé…

Séduit.

Et pourtant, il n'y avait aucune bizarrerie chez elle.

Quoique… il trouvait toujours intrigants les mécanismes de son esprit, son inventivité… Ses inventions pour aider les Bronson. Rien d'extraordinaire, mais il avait des dizaines d'exemples de moments où il s'était demandé ce qu'elle penserait de tel ou tel problème, ce qu'elle y verrait qu'il n'aurait pas vu, ou encore la façon dont elle envisagerait de le résoudre…

Il aimait sa façon de penser. C'était même pour lui source d'excitation, parfois plus que les choses insolites qu'avaient faites certaines femmes avec lesquelles il était sorti.

Elle le surprenait à petites doses. Pas de façon ostentatoire, mais subtilement. Par une réplique, par exemple. Par le fait qu'elle soit obsédée par le chocolat, mais préfère la glace à la vanille… Rien d'extravagant, juste des choses un peu hors de l'ordinaire, qui lui donnaient l'impression de ne jamais savoir ce qui allait venir…

Il vit Marion donner à son mari un petit coup de pied taquin. Réagissant à une vitesse surprenante, Larry attrapa la cheville de son épouse, se pencha et l'embrassa.

Puis tous deux éclatèrent de rire.

Même à distance, Derek pouvait voir qu'il y avait encore entre eux une étincelle bien vivace. Il comprenait pourquoi Gia avait tant à cœur que ce couple ne soit pas séparé.

Il réalisait qu'il y avait aussi quelque chose d'attirant dans la volonté discrète que Gia avait mise dans cette cause, dans l'énergie qu'elle avait déployée pour sauver le couple.

Là encore, pas de protestations bruyantes ou de bannières aux couleurs criardes. Seulement des boîtes de dons, un vide-greniers et l'impulsion d'un grand élan de solidarité.

Il admirait par-dessus tout ses méthodes.

Il l'admirait…

Plus il pensait à Gia tout en observant les Bronson, plus il se rendait compte qu'il voulait un couple comme celui-ci, si l'autre moitié de ce couple était Gia.

Gia qui, il le réalisait subitement, était la femme de sa vie. Celle dont Louie avait parlé…

Gia, dont la passion et la sensualité étaient discrètes… jusqu'à ce qu'elles se déchaînent dans une chambre !

Oui, mais voilà… Gia l'avait chassé de sa vie.

Sans doute avait-elle de bonnes raisons, car Derek lui-même s'était demandé si elle ne représentait pas pour lui une façon de compenser la débâcle de Vegas. Lui-même avait pensé qu'une fois ce traumatisme surmonté il ne serait probablement plus autant entiché d'elle. Qu'il reviendrait alors à ses anciennes amours et perdrait tout intérêt pour elle.

— Quel idiot tu fais ! se sermonna-t-il à haute voix.

La réalité lui sautait aux yeux. Ce qu'il ressentait pour Gia n'avait rien d'une simple tocade. Et cela n'avait rien à voir avec ce qui s'était passé à Vegas.

Il était tombé amoureux d'elle.

Voilà pourquoi elle n'avait besoin d'aucune extravagance pour attirer l'attention. Il suffisait qu'elle se présente telle qu'elle était pour qu'il soit subjugué.

Voilà pourquoi il était fasciné par les plus petits détails de sa personnalité, qui lui semblaient si particuliers et intrigants.

Voilà pourquoi il lui importait peu que la chose la plus folle chez elle soit sa chevelure !

Voilà pourquoi il devenait fou loin d'elle.

Et pourquoi il ferait tout pour la récupérer.

S'il le pouvait…

La pensée qu'il puisse ne pas y parvenir le plongea dans le plus grand désespoir.

Pourtant, Gia avait mis à leur relation un coup d'arrêt qui semblait définitif. Elle ne lui avait laissé aucun espoir.

Au téléphone, elle ne voulait parler de rien d'autre que de la situation des Bronson.

Les Bronson… Assis en ce moment même sur leur terrasse…

Peut-être Gia les écouterait-elle s'il parvenait à les convaincre.

Avait-il suffisamment gagné leurs faveurs pour qu'ils acceptent de jouer les intermédiaires entre Gia et lui ?

Il avait peur que non…

Mais, au point où il en était, il était décidé à tout essayer. Tout !

Il n'avait pas le choix, car il réalisait avec angoisse que le reste de sa vie était en jeu. Que Gia était la seule femme dont il ait envie et que, s'il ne parvenait pas à l'en convaincre, jamais il n'aurait ce qu'avaient les Bronson.

Il remit le moteur en marche et sortit de l'emplacement où il était pour se garer un peu plus près, à moitié devant chez les Bronson, à moitié devant la maison de Gia.

Il espérait que son initiative n'allait pas lui valoir de se faire attaquer par un tuyau d'arrosage !

11

— Vous vous servez de Larry et de Marion pour parvenir jusqu'à moi ! s'offusqua Gia.

Lorsque la sonnette avait retenti en ce dimanche soir, la jeune femme avait été surprise, en regardant par le judas, de trouver ses vieux amis devant sa porte.

Bien entendu, elle leur avait immédiatement ouvert.

Et c'est alors qu'elle avait découvert Derek, qui se tenait juste derrière eux.

— Je me suis dit que, si j'arrivais à les convaincre, peut-être m'aideraient-ils à te convaincre, expliqua-t-il en s'approchant.

— Me convaincre de quoi ?

— Nous pensons que vous devriez l'écouter, ma chérie, intervint Marion.

— Nous avons vu sa voiture garée dans la rue l'autre matin, ajouta Larry.

Tyson ne s'était pas gêné pour mentionner ce détail à Gia. Les Bronson, eux, n'avaient rien dit.

— Nous vous connaissons, Gia, reprit Marion. Nous avions bien remarqué que vous étiez éprise de cet homme. Et nous savons que vous vous efforcez de paraître gaie, mais nous nous rendons bien compte que vous êtes triste depuis que vous ne vous voyez plus.

— Nous l'avons blâmé, certes…, fit Larry.

— … mais il dit que c'est vous qui l'avez chassé, poursuivit Marion. Est-ce vrai ?

— Eh bien, disons que… pour notre bien à tous, j'ai estimé que… Oui, c'est moi.

Elle avait marmonné sa réponse, car elle était gênée de devoir évoquer, même de façon détournée, la nuit qu'elle avait passée avec Derek. Cette nuit qui avait déclenché tellement de choses en elle, et depuis laquelle elle souffrait terriblement d'être loin de lui.

— Gia, nous avons écouté Derek, et nous pensons que vous devriez l'écouter aussi, conclut Marion.

— Si vous avez besoin de nous, nous sommes juste à côté, enchaîna Larry. Et vous savez que je peux encore courir s'il le faut !

Larry avait prononcé ces mots en jetant un regard un peu méfiant en direction de Derek.

— Parlez-lui, l'encouragea Marion. Et si, ensuite, vous voulez toujours qu'il vous laisse tranquille, alors libre à vous. Mais écoutez-le d'abord.

La vieille dame prit son mari par le bras et l'entraîna.

— Nous sommes juste à côté, répéta Larry par-dessus son épaule, tandis qu'ils s'éloignaient.

Etait-ce un rappel pour elle, ou bien un avertissement à l'intention de Derek, elle n'aurait su le dire.

Il se tenait toujours devant elle. Il paraissait aussi épuisé qu'elle... Ses yeux, en revanche, étaient moins bouffis que les siens.

Elle avait tellement pleuré, depuis qu'elle l'avait évincé de sa vie.

— Il n'y a rien à dire, soupira-t-elle à l'intention de Derek, une fois les Bronson hors de portée de voix.

— Moi, j'ai beaucoup de choses à dire, insista-t-il avec fermeté. Des choses que je viens juste de comprendre. Tu avais en partie raison...

— Alors pourquoi devrions-nous parler ? fit-elle.

Elle ne se sentait pas assez forte pour l'écouter lui confirmer que cela n'aurait pas marché entre eux. C'était déjà suffisamment dur de traverser cette épreuve... elle n'avait pas besoin d'entendre cette vérité de la bouche de Derek !

Une bouche qu'elle mourait d'envie d'embrasser malgré tout. L'idée qu'elle ne le ferait plus la faisait souffrir le martyre.

— Tu dois m'écouter, parce que ton raisonnement était juste. Maintenant que j'ai eu du temps pour faire le point et m'interroger sur ce qui m'arrive, j'ai ouvert les yeux. Et tu n'as plus raison…

De quoi parlait-il au juste ? s'interrogea-t-elle. Derek avait toujours une grande famille à apaiser, un clan auquel il était férocement loyal, et il avait toujours un goût pour les femmes extravagantes…

Elle resta sur le seuil, lui bloquant le passage.

— Dois-je aller chercher Larry et Marion pour que tu me fasses entrer ?

— Je n'arrive pas à croire que tu aies osé te servir d'eux, s'exclama-t-elle.

— Ils sont venus avec moi jusqu'ici parce qu'ils m'ont cru quand je leur ai dit que je voulais juste une chance de te parler.

Elle continuait à l'étudier, tout en le laissant sur le seuil.

En elle, une bataille faisait rage.

Elle faisait confiance aux Bronson… S'ils avaient amené Derek jusqu'à elle, c'était parce qu'ils avaient dû estimer que ce qu'il avait à dire valait la peine d'être entendu.

Et, même si elle ne voulait surtout pas y céder, elle ne pouvait s'empêcher d'éprouver un soupçon d'espoir. L'espoir que quelque chose qu'il puisse dire permette d'arranger la situation…

Elle soupira et recula d'un pas, puis elle s'effaça pour le faire entrer.

Quand il passa devant elle, son parfum boisé lui chatouilla les narines, et elle pria pour avoir assez de volonté pour ne pas craquer.

Une fois qu'il fut à l'intérieur, elle referma la porte et s'appuya contre le battant, le fixant de nouveau tandis qu'il faisait quelques pas avant de se retourner pour lui faire face.

Le fait qu'il soit aussi beau ne l'aidait pas, se lamenta-t-elle. Car, même s'il semblait avoir eu tout comme elle des

problèmes de sommeil, le regarder, vêtu de son pantalon gris
et de sa chemise noire qui lui donnaient un air ténébreux,
était un véritable plaisir pour les yeux.

Elle, en revanche, ne ressemblait vraiment à rien avec son
vieux jean, ses deux débardeurs enfilés à la va-vite l'un sur
l'autre et sa masse de boucles indomptables.

— Je reviens du dîner chez Gigi, commença-t-il. Je n'ai
pas supporté le fait que tu n'étais pas avec moi. Et je n'ai pas
pu m'empêcher de penser que, si ma famille savait ce que tu
m'as dit jeudi — que j'étais avec toi juste pour lui plaire —,
tous éclateraient de rire. Car je serais bien le dernier de cette
famille à faire les choses pour cette raison !

— Peut-être le fais-tu inconsciemment, suggéra-t-elle.

— Ni inconsciemment ni consciemment. Je pourrais tout
aussi bien être orphelin, car rien de ce que je fais avec toi
n'a à voir avec ma famille. Enlève-toi cette idée de la tête !

Elle ne trouva rien à redire à ça.

— Tu dois aussi savoir quelque chose à propos de ma
famille, reprit Derek. Oui, je lui suis loyal, mais, lorsque l'un
d'entre nous se marie ou a une relation amoureuse, aucun de
nous ne prétend avoir une quelconque priorité sur cette relation.

— En cas d'urgence…

— Un pneu crevé n'est pas une urgence, la coupa-t-il
en faisant référence à l'histoire qu'elle lui avait racontée au
sujet de son ex-mari. Et, même en cas de véritable urgence,
nous sommes nombreux, alors il y aura toujours quelqu'un
pour intervenir. Toutefois, si je devais aller porter secours à
un membre de ma famille, je t'emmènerais avec moi, car je
voudrais toujours t'avoir à mes côtés.

Ces mots avaient leur importance pour elle. Car la laisser
seule était exactement ce qu'Elliott faisait quand il volait au
secours de l'un de ses proches.

— Et, lorsque l'un d'entre nous choisit quelqu'un pour
partager sa vie, reprit-il, cette personne devient un membre
à part entière de notre famille. A tel point que, parmi les
personnes que tu as rencontrées dimanche dernier, il y en a

au moins une ou deux qui ne sont pas nées Camden, alors que je suis persuadé que tu penses le contraire !

Il avait tort. Elle savait exactement qui étaient des Camden de naissance et qui ne l'étaient pas… Elle admettait cependant qu'il disait juste pour le reste, car, en se remémorant ce dîner chez les Camden, elle prenait conscience que les conjoints n'étaient pas du tout traités de la même façon que chez les Grant. Elle-même ne s'était pas sentie aussi étrangère parmi eux que parmi les Grant, même après plusieurs années de mariage avec Elliott.

— Je sais que ta famille est différente de celle des Grant, admit-elle.

— Même si tu t'es trompée sur toute la ligne concernant cette soi-disant dépendance familiale, reprit Derek d'un ton plus calme, il est normal que tu t'interroges sur mon passé et que tu t'inquiètes à cause de mes précédentes petites amies. Je comprends que tu aies peur que je retrouve mes anciennes habitudes…

Elle se figea. Si les Bronson avaient intercédé pour qu'il ait le loisir de lui dire qu'elle avait eu raison en mettant un terme à leur relation car elle n'était pas son type… jamais elle ne le leur pardonnerait !

— Seulement, il y a un élément essentiel dont tu n'avais pas connaissance, continua Derek. Tu ne pouvais pas savoir, car je viens juste d'en prendre conscience moi-même…

Elle releva le menton d'un air interrogateur, se préparant au pire.

— Je n'ai jamais eu de véritable inclination pour les filles bizarres ou provocantes, expliqua-t-il. En fait, leur originalité était une diversion qui me détournait du fait que je n'avais que peu de sentiments pour elles. J'étais, certes, un peu attiré, mais guère plus. Leur étrangeté ne faisait que combler un vide. Elle me procurait des frissons, une sorte de distraction… Quant aux femmes à peu près normales avec lesquelles je suis sorti… eh bien, il n'y avait rien de remarquable chez elles qui permettait de compenser le fait que je n'avais pas de sentiments pour elles, alors je…

— Tu les as toutes quittées, conclut-elle avec fatalité, craignant toujours qu'il ne la classe dans cette catégorie.

— Disons que mon intérêt pour elles a faibli plus rapidement, nuança-t-il. Mais ce soir, j'ai réalisé quelque chose. Tu sais, je me sens tellement mal depuis jeudi… J'étais là, comme un misérable, garé devant chez toi en espérant t'apercevoir à travers ta fenêtre ou dans ton jardin… C'est alors que j'ai compris.

Il secoua la tête, comme s'il n'arrivait pas à croire qu'il avait pu être aussi stupide.

— J'ai compris quand j'ai comparé ce que je ressens pour toi avec ce que je ressentais pour toutes ces femmes avec lesquelles je suis sorti… J'ai compris que je n'avais jamais éprouvé de sentiments profonds pour aucune d'entre elles.

Elle osait à peine respirer. Elle craignait d'avoir mal entendu… Etait-ce l'espoir qui brouillait sa capacité à comprendre ?

— Ce que tu ressens pour moi…, répéta-t-elle dans un murmure.

Alors, il lui dit tout.

Il lui raconta avoir observé les Bronson dans leur véranda. Avoir souhaité pouvoir vivre la même chose avec elle et seulement avec elle… Il lui confia combien chaque petit détail de sa personnalité lui donnait le frisson. A quel point elle le fascinait. Encore et encore.

— Et il ne s'agit pas seulement de ce que je connais déjà de toi, poursuivit-il. Il s'agit aussi de ce que je suis impatient de découvrir à ton sujet… Ce que tu feras, ce que tu diras, à quoi tu ressembleras sur une plage ou dans une combinaison de ski. J'ai tellement hâte de te voir enceinte. Hâte que tu deviennes mon épouse, une mère, une grand-mère et une petite vieille…

Ces derniers mots la firent rire.

Il s'approcha d'elle.

— Je t'aime, Gia. Tu es ma Marion…

Peut-il être mon Larry ? pensa-t-elle.

— Il faut que je réfléchisse, dit-elle.

— Réfléchis autant que tu veux. J'attendrai le temps qu'il faut… mais je ne bougerai pas d'ici.

Il croisa les bras et s'appuya au dossier du canapé comme pour le lui prouver.

— Cela a été trop difficile d'entrer ici ! Larry et Marion n'ont pas été faciles à convaincre.

En raison de l'opinion qu'ils ont des Camden en général…, en déduisit Gia.

Aujourd'hui, elle pouvait sincèrement affirmer que les Camden d'aujourd'hui n'étaient pas comme ceux d'hier. Et ils n'étaient en rien immoraux ou sans scrupules comme les Grant.

Elle avait été témoin de tout ce que Derek avait fait pour les Bronson. Elle avait vérifié qu'il faisait bien tout ce qu'il promettait et n'avait rien décelé de malhonnête dans sa façon d'agir.

Quel qu'ait été le comportement de ses ancêtres, Derek, lui, était digne de confiance.

Un homme de parole.

S'il était cet homme de parole, alors peut-être pouvait-elle le croire quand il disait que son attirance pour elle n'avait rien à voir avec un quelconque désir de plaire à sa famille.

Et quand il affirmait que jamais il ne ferait passer sa famille avant elle…

D'accord, mais pour tout le reste alors ?

Le plus important…

Les sentiments de Derek à son égard allaient-ils durer ?

Elle n'en savait rien. Mais qui pouvait avoir la certitude d'être aimé pour toujours par une autre personne ?

C'était un pari sur l'avenir qu'il lui fallait faire. Elle l'avait déjà fait une fois et elle avait perdu. Et pourtant, Elliott n'avait pas semblé constituer un risque au départ… car il ne lui avait montré de lui et de sa famille que ce qu'il avait bien voulu.

Plus elle y réfléchissait, plus elle réalisait qu'il n'en était pas de même pour Derek. Malgré ses craintes et ses soup-çons, elle n'avait décelé chez lui aucun subterfuge, aucun travestissement de la réalité.

Il ne lui avait rien caché de son passé, y compris ses rela-tions amoureuses avec ces femmes un peu particulières qui lui avaient parfois causé des ennuis. Il lui avait même avoué ce dont il avait le plus honte : son mariage à Las Vegas…

Il s'en était ouvert à elle… Il s'était montré aussi honnête que Larry et Marion l'étaient l'un envers l'autre.

Peut-être pouvait-elle lui faire confiance quand il disait que ce qu'il y avait entre eux était bien réel…

Plus réel que sa relation avec Elliott.

Assez réel pour prendre le risque ?

Au beau milieu de sa réflexion, elle leva les yeux vers lui…

Un seul regard sur lui eut raison de ses doutes.

Derek… Incroyablement beau et attirant, mais dont le visage témoignait des affres dont il avait été la proie depuis qu'ils avaient rompu. Jamais Elliott n'aurait montré sa faiblesse. Il aurait fait son possible pour paraître au meilleur de sa forme afin de mieux la tromper. Elle voyait que Derek avait souffert. Cela signifiait qu'il avait vraiment des sentiments pour elle. Des sentiments aussi intenses que ceux qu'elle éprouvait.

Derek… l'homme fort et puissant dont elle avait découvert les mérites, celui qui lui promettait de la faire passer avant tout le reste.

Derek… l'homme qui avait écouté et observé, puis avait fait en sorte que la situation des Bronson soit prise en main. L'homme qui avait créé une fondation pour aider les per-sonnes âgées en difficulté, car il était attentionné et doué de compassion et n'agissait pas seulement pour donner de sa famille une image de bienfaitrice.

C'était l'homme qu'elle aimait…

Elle avait essayé de le nier, de se convaincre du contraire, mais il lui fallait se rendre à l'évidence.

Elle l'aimait de tout son cœur.

Derek était celui qui lui donnait de nouveau envie d'être une épouse.

De devenir une mère…

Il était celui à côté de qui elle voulait vieillir, comme Larry et Marion avaient traversé les ans ensemble.

Elle prit une longue inspiration.

Il leva les yeux sur elle et la contempla avec un espoir fou dans les yeux. Mais il y avait aussi dans son regard de la vulnérabilité… ce qui ne fit que la conforter dans sa décision.

Elle marcha vers lui, et il se raidit, dans l'attente de la sentence.

— Tu es sûr ? murmura-t-elle.

Il lui adressa un sourire qui lui alla droit au cœur.

— Jamais je n'ai été plus sûr de toute ma vie. Tu es ma Marion. Si tu veux bien me laisser être ton Larry…

Elle sentit les larmes lui monter aux yeux. Elle posa sa main sur la joue de Derek et absorba avec délices la chaleur de sa peau.

— Epouse-moi, Gia. Dis-moi que tu veux bien m'épouser, et je promets que jamais je ne cesserai de t'embrasser, et ce, jusqu'à ce que nous quittions ce monde !

Elle éclata de rire en ravalant ses larmes.

— Je te rappellerai ta promesse, fais-moi confiance, le mit-elle en garde.

— Tu n'auras pas à le faire, dit-il en nouant ses bras autour de sa taille pour l'attirer contre lui.

Il l'embrassa alors. Lentement, profondément, avant de répéter :

— Dis que tu veux m'épouser…

Il y avait une telle évidence dans ses yeux, dans sa voix. Il voulait tout d'elle autant qu'elle voulait tout de lui. Et il avait besoin de l'entendre le lui dire, de savoir que son désir serait comblé.

— Je veux t'épouser, déclara-t-elle sans la moindre hésitation.

— Promets aussi que, lorsque je serai vieux, tu rafistoleras mon lit, plaisanta-t-il.

— Quand tu seras vieux, je rafistolerai ton lit, je te le promets !

A son sourire se substitua alors une expression plus grave. Ses yeux bleus et limpides plongèrent dans les siens.

— Je t'aime, déclara-t-il avec force. Je t'aime plus que les mots ne peuvent l'exprimer.

— Je t'aime moi aussi. C'est pour cette raison que j'ai dû me séparer de toi. Je t'aimais trop pour être en mesure de prétendre le contraire.

Il hocha la tête.

— Ne refais jamais ça, je t'en prie, la supplia-t-il. Je ne pourrai y survivre.

— Jamais, jura-t-elle.

De nouveau, il l'embrassa. Elle lui rendit son baiser avec ardeur, nouant ses bras autour de lui, tandis que son corps se consumait contre le sien.

En cet instant, elle sut…

Elle sut que dans ses bras elle était exactement où elle devait être.

A sa place.

Pour le pire et pour le meilleur

Jusqu'à ce que la mort les sépare.

Retrouvez ce mois-ci,
dans votre collection

Passions

*Un homme. Une femme. Ils n'étaient
pas censés s'aimer. Et pourtant...*

HARLEQUIN
www.harlequin.fr

En avril 2015, des changements dans votre collection

Passions

Un homme. Une femme. Ils n'étaient pas censés s'aimer. Et pourtant...

CHARLENE SANDS
Promesses à Sunset Ranch

BRENDA JACKSON
Les fiançailles d'un Westmoreland

CHRISTINE RIMMER
La clé de leur destin

KAREN ROSE SMITH
Inavouable tentation

5 volumes inédits à retrouver tous les mois
7,35 € le volume

Rendez vous dans nos points de vente habituels
ou sur www.harlequin.fr

OFFRE DE BIENVENUE

Vous êtes fan de la collection Passions ?
Pour prolonger le plaisir, recevez gratuitement

◆ 2 romans Passions gratuits ◆
et 2 cadeaux surprise !

Une fois votre colis de bienvenue reçu, si vous souhaitez continuer à recevoir nos romans Passions, cela se fera automatiquement. Vous recevrez alors chaque mois 3 volumes doubles inédits de cette collection au tarif unitaire de 7,35€ (Frais de port France : 1,99€ - Frais de port Belgique : 3,99€).

➡ ET AUSSI DES AVANTAGES EXCLUSIFS :

➡ LES BONNES RAISONS DE S'ABONNER :

Des cadeaux tout au long de l'année.

◆

Aucun engagement de durée
ni de minimum d'achat.

◆

Aucune adhésion à un club.

◆

Vos romans en avant-première.

◆

La livraison à domicile.

Des réductions sur vos romans par
le biais de nombreuses promotions.

◆

Des romans exclusivement réédités
notamment des sagas à succès.

◆

L'abonnement systématique et gratuit
à notre magazine d'actu ROMANCE.

◆

Des points fidélité échangeables
contre des livres ou des cadeaux.

➡ REJOIGNEZ-NOUS VITE EN COMPLÉTANT ET EN NOUS RENVOYANT LE BULLETIN !

✂ ┄┄┄┄┄┄┄┄┄┄┄

N° d'abonnée (si vous en avez un) ⎵⎵⎵⎵⎵⎵⎵⎵⎵⎵

RZ5F09
RZ5FB1

Mme ☐ Mlle ☐ Nom : .... Prénom : ....

Adresse : ....

CP : ⎵⎵⎵⎵⎵ Ville : ....

Pays : .... Téléphone : ⎵⎵⎵⎵⎵⎵⎵⎵⎵⎵

E-mail : ....

Date de naissance : ⎵⎵ ⎵⎵ ⎵⎵⎵⎵

☐ Oui, je souhaite être tenue informée par e-mail de l'actualité d'Harlequin.

☐ Oui, je souhaite bénéficier par e-mail des offres promotionnelles des partenaires d'Harlequin.

Renvoyez cette page à : Service Lectrices Harlequin – BP 20008 – 59718 Lille Cedex 9 - France